Édéfia
エデフィア
ロリアル湖
網膜《もうまく》焼き

OKSA POLLOCK

オクサ・ポロック

4 呪《のろ》われた絆《きずな》

アンヌ・プリショタ
サンドリーヌ・ヴォルフ
訳 児玉 しおり

西村書店

断固としてゾエのために。
私たちにとって大切な人であることを知っている人たちのために。

OKSA POLLOCK, tome 4, Les liens maudits
Anne Plichota
Cendrine Wolf

オクサ・ポロック4 呪《のろ》われた絆《きずな》　目次

第一部　征服《せいふく》

OKSA POLLOCK

4

OKSA POLLOCK 4

ポロック家の家系図

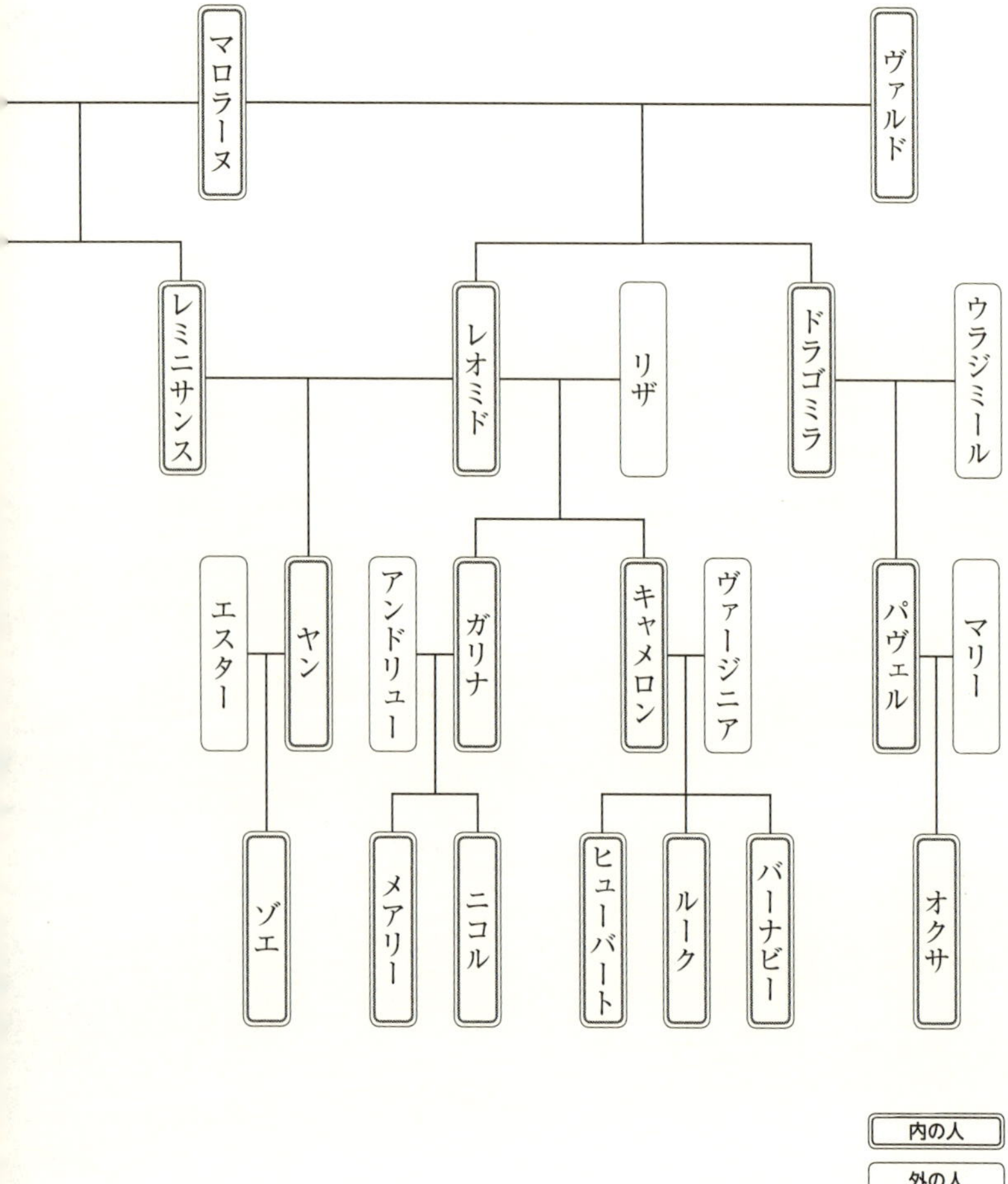
マロラーヌ
ヴァルド
レミニサンス
レオミド
リザ
ドラゴミラ
ウラジミール
エスター
ヤン
アンドリュー
ガリナ
キャメロン
ヴァージニア
パヴェル
マリー
ゾエ
メアリー
ニコル
ヒューバート
ルーク
バーナビー
オクサ
内の人
外の人

クヌット家の家系図

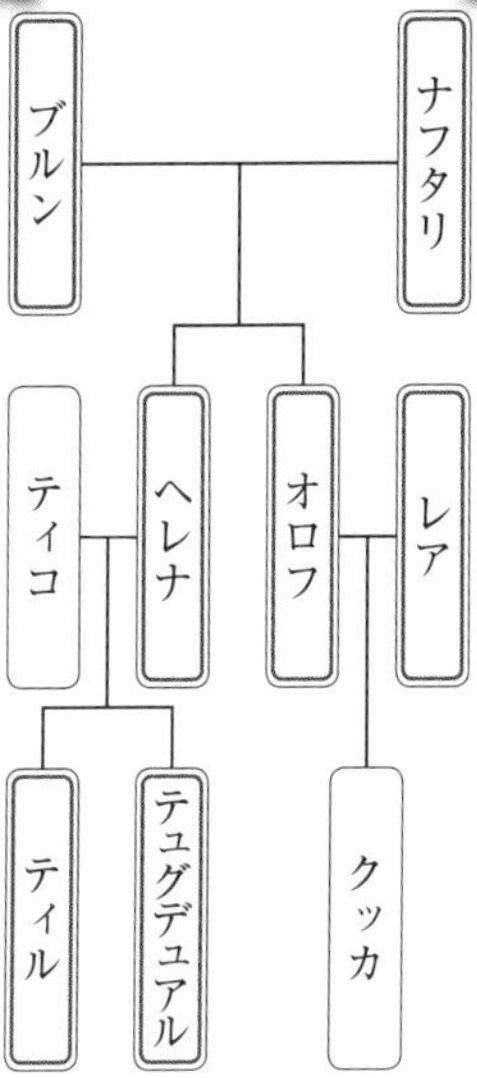

ベランジェ家の家系図

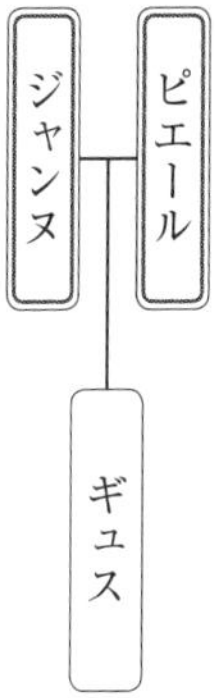

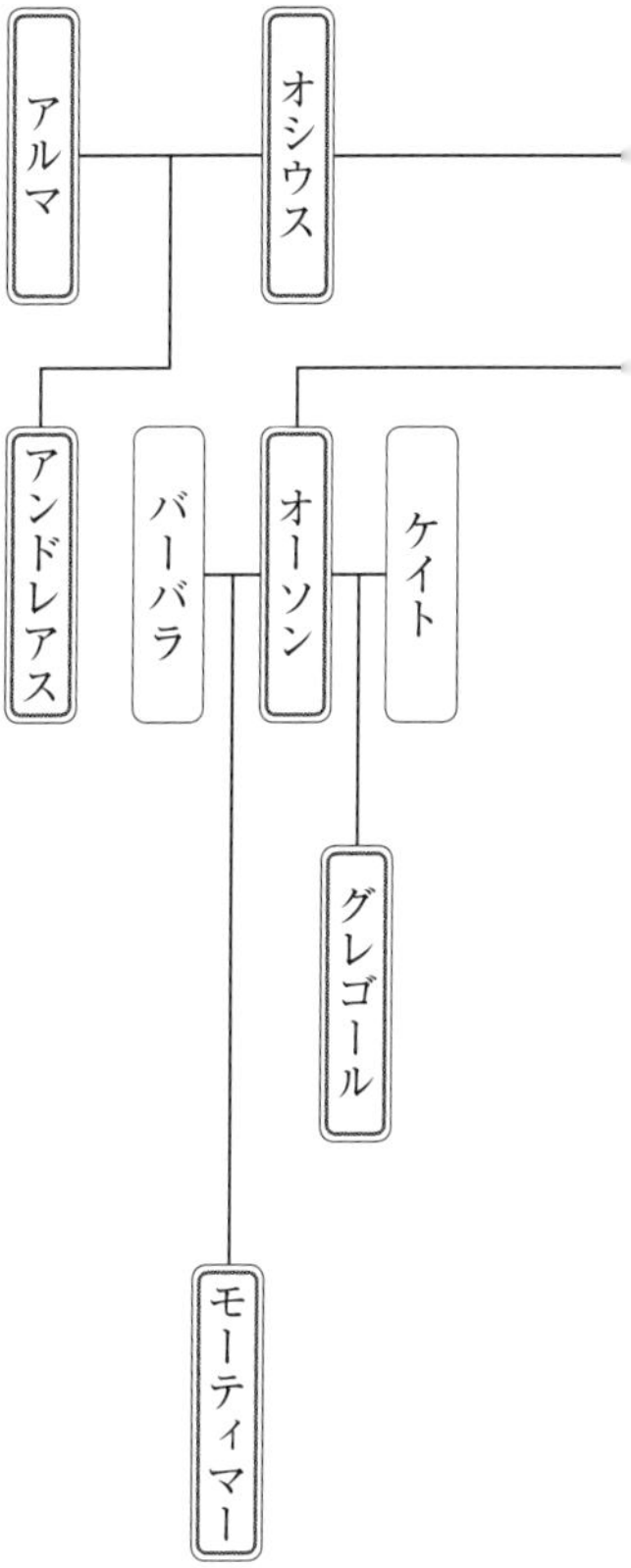

主な登場人物

オクサ　オクサ・ポロック。16歳《さい》。この物語の主人公。エデフィアの君主《グラシューズ》の地位の継承者《けいしょうしゃ》。

ギュス　ギュスターヴ・ベランジェ。オクサの幼なじみで親友。エキゾチックなユーラシアン。

テュグデュアル　テュグデュアル・クヌット。ミュルムの血を引く、かげりのある少年。

ドラゴミラ　オクサの父方の祖母。通称《つうしょう》「バーバ」。エデフィアの門で命を落とし不老妖精になる。

パヴェル　オクサの父親。背中に「闇《やみ》のドラゴン」を宿す。

マリー　オクサの母親。反逆者《フェロン》の陰謀《いんぼう》によって、車椅子《くるまいす》生活となる。

オーソン　オーソン・マックグロー。恐《おそ》るべき反逆者《フェロン》の首領《しゅりょう》。

レミニサンス　オーソンの双子《ふたご》の妹。グラシューズ・マロラーヌの血を引く。

ゾエ　レミニサンスの孫娘《まごむすめ》。オクサの親友であり、またいとこ。

オシウス　オーソンとレミニサンスの父親。〈大カオス〉を引き起こしエデフィアを牛耳る。

アバクム　ドラゴミラの後見人。通称「妖精人間」。野ウサギに変身できる。

クッカ　魅力的なテュグデュアルのいとこ。オクサを目の敵にする。

前巻までのあらすじ

　オクサ・ポロックは十三歳《さい》を目前にして、自分が地球の人には見えないパラレルワールド「エデフィア」の次の君主「グラシューズ」であることを知った。おなかにあらわれた星形の印と、彼女が自分のなかに見いだした不思議な力によって、オクサの身近な人たちはそのことを確信した。オクサの家族をはじめ、エデフィアから逃《のが》れてきた〈逃げおおせた人〉たちが長年待ち望んでいた故郷への帰還《きかん》、それを可能にする「希望の星」がオクサなのだ。

　オクサはロンドンのフランス人学校に通いながら、不思議な能力を使いこなすためにあらゆる方法で訓練を積んだ。愛すべき祖母ドラゴミラは、グラシューズになるはずの人だっただけあって最高の先生だった。ドラゴミラをずっと見守ってきた妖精人間アバクムもオクサにいろんなことを教えた。しかも、オクサの周りには〈逃げおおせた人〉たちという仲間と不思議な生き物たちがおり、団結してオクサを助けてくれた。

　オクサにとって大変だったのは、超《ちょう》能力を持っていることを世間の人々に気づかれないようにふつうの生活を続けることだった。父親パヴェル、アバクム、そして〈外の人〉（＝ふつうの人）ではあるが幼なじみで親友のギュスは、最も信頼できる味方だった。しかし、数学の教師としてオクサの中学校に入りこんでいたオーソン――〈逃げおおせた人〉の宿敵である反逆者《フェロン》で、のちにオクサの祖母の兄であることがわかる――と対決することになった。オーソンはオクサを捕《つか》まえてエデフィアにもどり、そこを支配する野望のためには何でもやってのける邪悪《じゃあく》な人間だった。

＊＊＊

オーソンに殺されそうになったドラゴミラを救出したあとも、試練は次々とふりかかってきた。オーソンのせいで〈絵画内幽閉《ゆうへい》〉されたギュスを助けるために入った迷路のような絵の中での危険な冒険《ぼうけん》や、反逆者《フェロン》に誘拐《ゆうかい》された母親マリーの救出……しかも、そのころ地球は地震《じしん》、火山の噴火《ふんか》、豪雨《ごうう》など、この世の終末を思わせる天変地異に見舞《みま》われていた。このままいけば、地球は消滅《しょうめつ》してしまう。若いグラシューズとなるべきオクサは、〈内界〉（＝エデフィア）と〈外界〉（＝エデフィアの外のふつうの世界）という二つの世界の均衡《きんこう》を取りもどして救う使命を果たさなければならないのだ。

そのためオクサは、仲間や反逆者《フェロン》とともに〈エデフィアの門〉があらわれるアジアのさいはてまで旅した。しかし、そこにはさらなる試練が待ち受けていた。ギュスやマリーら〈外の人〉はエデフィアに入ることができず、ドラゴミラは命を落としてしまったのだ。

＊＊＊

エデフィアには無事に入ったものの、オクサたちはオーソンの父で反逆者《フェロン》の首領《しゅりょう》オシウスに監禁《かんきん》されるつらい日々が続いた。一方で、オクサは〈逃げおおせた人〉の一員である暗い美少年テュグデュアルにますます惹《ひ》かれていった。子どもの頃《ころ》から強い絆《きずな》で結ばれているギュスと、謎《なぞ》めいた魅力《みりょく》のあるテュグデュアル。二人のうち、どちらを選んだらいいのだろう？　〈外界〉に取り残されたギュスや母親への思いに心を引き裂《ひさ》かれながらも、オクサは父親やテュグデュアルらとともに、自分の運命にまっしぐらに進んでいく。

　ある出来事がきっかけで無気力状態に陥《おちい》ってしまったオクサだったが、最終的にはギュスに対する愛着と嫉妬《しっと》のおかげで、正式にグラシューズとなって二つの世界の失われた均衡を取りもどす使命に立ち向かうエネルギーを得た。

　オクサははたして、二つの世界と愛する人たちを救うことができるだろうか？　そして、ギュスとテュグデュアルという二人の少年のどちらかを選ぶことができるだろうか？

第一巻『希望の星』
第二巻『迷い人の森』
第三巻『二つの世界の中心』

オクサ・ポロック 4
呪《のろ》われた絆《きずな》

Message

第一部　征服《せいふく》

1

運命との出会い

〈クリスタル宮〉の地下七階。その扉《とびら》はとんでもない勢いで燃えあがっていた。まるで金属が溶《と》けているかのようだ。扉からもれ出る光があまりにも強烈で、オクサは苦しそうに息をついて目を細めた。とうとう、〈ケープの間〉に入るときがやってきた。ロンドンの家で自分の超《ちょう》能力に目覚めてからエデフィアに着くまでのことが、嵐《あらし》が駆《か》けめぐるように頭に浮かんでは消えた。記《き》憶《おく》をたどるうちに、決心も固まってきた。

オクサは息を深く吸いこんでふり返った。半円状に並んだ人たちが自分をじっと見つめていた。父親や〈逃げおおせた人〉たちをはさむように、厳しい目つきをしたオシウスと反逆者《フェロン》たちが立っている。みんながいる――四人を除いて……。母親、友だち以上の存在のギュス、亡くなった祖母ドラゴミラ、そして愛しいけれど、本心をあかしてくれないテュグデュアル。この四人の不在のせいで、オクサの心にはぽっかりと深い穴があいていた。

オクサは目を細めた。心が締《し》めつけられるような激しい感情を、だれにも悟《さと》られないように。そして強烈な光から目を守るために。壁をおおう宝石に反射して、光の威力《いりょく》はますます強くなっている。しかも、我慢《がまん》ならないことに、骸骨《がいこつ》コウモリやヴィジラントが〈逃げおおせた人〉の頭上をたえず飛びまわっている。その動きが、まるでストロボのような不気味な効果を生み出していた。オクサは〈火の玉術〉を使いたい気持ちを必死に抑え、気持ちの悪い骸骨コウモリや、毛虫のようなヴィジラントのほうへいやそうな目を向けた。

「やっと、この瞬間が来た」

指を鳴らして骸骨コウモリとヴィジラントに動かないよう命じ、オシウスがつぶやいた。百歳《さい》を超《こ》える堂々としたその男はオクサのほうに歩をすすめた。パヴェル・ポロックは身構えたが、妖精人間アバクムがだいじょうぶ、という仕草をしてパヴェルを制した。

「この瞬間をどれだけ待っていたことか……」オシウスは感に堪《た》えないという面持《おもも》ちだ。「だが、おまえのおかげで、待ち続けたこの長い年月の苦労はどうでもよくなった。こうして〈ケープの間〉が再び姿をあらわし、ついにおまえがそこでケープを受け取る。新たなグラシューズに選ばれたのはおまえなのだからな。そして、わたしの、いや、我々の使命を手助けしてくれるというわけだ」

「あなたたちの使命ですって？　完璧《かんぺき》に誇大妄想《こだいもうそう》じゃない！」オクサは両手のこぶしをにぎりしめて、言い返した。「あたしがここにいるのは、あんたのためじゃない。二つの世界を救うためよ！　あんたは何の役にも立ちはしないわ」

オシウスは皮肉な笑みを浮かべた。

「かわいそうに……子どもは単純だな！」

「エデフィアの君主のつもりだろうけど、ほんとは、イカれた老いぼれじゃない」オクサはぷりぷりしながら続けた。「あんたのせいで滅《ほろ》びようとしている、このすばらしい国の人々の宿敵なのに、まだ自分がいちばん力をもっていると信じたいわけ？　ほんとに悲しい人！　少しは後悔《こうかい》とかしないの？　怪物《かいぶつ》じゃなくて、本当は人間なんだってことをみんなに証明したいんなら、いまのうちよ！」

「オクサ、黙《だま》って」パヴェルがすがるような目をしてささやいた。

ますますかっかしてきたオクサは、ブルーのTシャツの袖を破れるくらい引っぱった。

「おまえの生意気な意見など、どうでもいいことだ」オシウスは見くだすような笑みを浮かべた。

「いまのところは、おまえの仲間の命をにぎっているのはわたしなのだからな」

オシウスの合図で、広間をぐるりと囲んでいた革の鎧《よろい》を着た護衛たちが〈逃げおおせた人〉たちにぐっと近づいた。そしてすばやい身のこなしでパヴェルに近づいたオシウスは、恐ろしい握力で彼の首を締めつけ、とげとげしい目つきでオクサをにらみつけた。

「さあ、わたしを喜ばせたいなら、〈ケープの間〉に入ってもらおうか。そして、均衡を取りもどして、わたしのために〈エデフィアの門〉をあけるんだ。わかったな？」

オクサにはオシウスの言葉が耳に入らなかった。ブルーの宝石で輝く丸天井のあたりで何かが動いたような気がしたからだ。骸骨コウモリとヴィジラントたちが飛び交うなか、炎のような翼を持った眩《まばゆ》いばかりの鳥があらわれた。コウモリとヴィジラントはわきによけた。その鳥はみんなの頭上を優雅に舞い、オクサの足元に下りてきた。とたんに広間は厳粛《げんしゅく》な雰囲気《ふんいき》につつまれ、反逆者《フェロン》も〈逃げおおせた人〉たちも息をのんだ。

「あたしの不死鳥！」オクサがつぶやいた。

不死鳥はおじぎをすると、片足を前に出して爪を広げ、八つの角をもつ星の飾《かざ》りがついた鍵《かぎ》を放した。オクサのへそにある印――彼女の人生をすっかり変えてしまったもの――と同じエデフィアの紋章だ。鍵が床に落ちて細かいほこりがきらきらと舞い上がった。不死鳥はしゃがれた鳴き声をあげると、舞い上がって再び丸天井のほうに姿を消した。

「若いグラシューズ様は最後の要素の保有をなされました」

丸々とした顔の生き物はそう宣言し、急いで鍵をひろってオクサに手わたした。

「ありがとう、フォルダンゴ」

その鍵の重みとひやりとした感触に驚き、オクサはあやうく鍵を落としそうになった。その数メートル先には、〈ケープの間〉の扉が真っ赤に膨張していた。オクサは震《ふる》えた。

「地獄の炎……」

肩に手がおかれた。

「ちがうよ」アバクムがオクサの耳元でささやいた。「おまえの運命に出会うんだよ」

オクサはアバクムのグリーンの瞳をじっとのぞきこみ、かすかにほほえんだ。自分が強いと感じることと、本当に強いかどうかは別問題だ。

「娘を勇気づけさせてくれ」

パヴェルは首を締めつけているオシウスの手をふりほどこうともがいた。

「それでおまえが満足するならな……」

そう言ってオシウスは手を放し、パヴェルにクラッシュ・グラノックを向けた。パヴェルは緊《きん》張《ちょう》した面持ちで娘に近づき、力いっぱい抱《だ》きしめた。オクサは父親の心臓の鼓《こ》動《どう》が激しく打つのを感じた。

「だいじょうぶ。うまくいくよ、パパ」

オクサは父親を安心させるようそうささやくと、だれの顔も見ず、頭をからっぽにして、光り輝く〈ケープの間〉に近づいていった。

2　ケープの間

鍵《かぎ》を鍵穴に差しこんだとたん、オクサは光輝く扉《とびら》の向こうに吸いこまれていった。扉は雷鳴《らいめい》のような大きな音を立てて閉まると同時に消えてしまい、そこには壁があるばかりだ。その光景を見ていた人たちの叫《さけ》び声《ごえ》も、オクサにはやがて聞こえなくなった。まるで別の次元に飛んでいったかのようだ。

「えっ、何、これ？」

オクサの体は無重力状態のように宙に浮かんでいた。一グラムの重さもないみたいだ。栗色の髪《かみ》が頭の周りでふわふわと波うっている。オクサは平泳ぎをするように腕《うで》を動かして扉のあった壁から遠ざかろうとした。

「ウソでしょ……」

オクサは思わず宙返りをした。浮遊術《ふゆう》で宙に浮くときは、体に力がみなぎるような感じだが、いま経験していることはまったく新しい感覚だ。宇宙飛行士のあの不思議な感覚をいつか味わうのが夢だった。でも、この見えない世界、一度は失われ、そしてやっとたどり着いたエデフィアで、しかもこんな状況《じょうきょう》でその夢がかなうとは思いもしなかった。

オクサは慎重《しんちょう》に辺りを見回した。〈ケープの間〉に充満《じゅうまん》する光が強すぎて、部屋の輪郭《りんかく》も境界もはっきりしない。興味深げに、オクサは目をしばたたいた。恐怖はもうなくなっている。この不思議な場所の様子と重力がないことが、意外にもオクサをリラックスさせていた。まるで催眠《さいみん》術にかかったようだ。けれど、意識ははっきりとしている。生きたブレスレット、キュルビッタ・ペトがたくみに体をくねらせ、オクサの波立つ感情やどくどくと打つ心臓の鼓動《こどう》を静めようとしてくれていた。おかげで、この場の異常な静けさがよけいにきわ立っている。

光が弱まってきたのだろうか。それとも、強い光に少しずつ慣れてきたのだろうか。まぶしい光にようやく耐《た》えられるようになって、オクサはほっとした。何の目印もない部屋の中を注意深く平泳ぎで進みながら、オクサは祖母ドラゴミラのことを思っていた。若いグラシューズにとって運命の瞬間、〈ケープの間〉でのグラシューズ即位の儀式できっと会えると約束してくれたのはずだ。

「バーバ、いるの?」

かすれた声で思い切って呼んでみた。

水平になっているのか、垂直になっているのかもわからない。オクサは自分を落ち着かせようと腕を自分の体にきつく巻きつけた。すると、少しずつではあるが部屋の様子が見えてきた。乳白色の柱に支えられた丸天井《まるてんじょう》で、巨大なイグルー(イヌイットの家)のような部屋だ。ふり向くと、そこで起きている不思議な現象に目が釘《くぎ》づけになった。境界のあいまいだった壁の様子が変わっている! 裏箔《うらはく》のない鏡のようなクリスタルの壁から、地下七階の様子が見わたせるのだ。床に座りこんで頭をかかえている父親の姿が見える。これまでのさまざまな試練に加え、いまオクサと離《はな》れ離れになっていることが、父親を打ちのめしているのだろう。オクサは壁まで泳いで行き、クリスタルの壁に手をついた。

「パパ……」

「パヴェルにはおまえのことが見えないし、何も聞こえないのよ、わたしの愛しい子《ドゥシュカ》」

すぐ近くで声がした。

「バーバ! 来てくれたんだ!」

オクサはふり返って目を輝かせた。

目の前の光る人影は、何時間か前に〈歌う泉〉の洞窟《どうくつ》で会ったときよりもずっとぼんやりしていた。だが、まちがいない。頭にぐるりと巻いた三つ編み、気品のあるシルエット、そして低くて安心感のある声……。祖母は約束どおり来てくれた！　オクサはドラゴミラに抱《だ》きつこうとした。けれど金色の人影を突きぬけてしまい、がっかりした声をあげた。彼女はそこにいる。だが、死んでいるのだ。そのことに思いいたると、オクサの胸は痛んだ。目の前にいるのは、祖母の魂《たましい》であり、引き延ばされた命、祖母が属している永遠の世界の投影《とうえい》でしかないのだ。絶望的な事実だけれども、同時に慰められる気もする。光る影がオクサを暖かくつつんだ。オクサは泣き出したいのをこらえた。

「あたしといっしょにここにいてくれて、すごくうれしい」オクサは涙《なみだ》のたまった目を乱暴にぬぐった。「ここに一人ぼっちでいるなんて、いやだもん」

「来ないと思った？」

「ううん！」

　オクサはきっぱりと答えた。

「じゃあ、どうしてそんなに泣くの？」

　オクサは首をふって、再び金色の影を見つめた。

「バーバがいなくて、すごく寂《さび》しい……」

　言葉がうまく出てこない。

「わたしの愛しい子《ドゥシュカ》、わたしだって寂しいのよ。でも、くじけちゃだめ。でないと、これまでやってきたことや、乗り越えてきたことが全部無駄になるわ。おまえの心の中にあることを聞かせてちょうだい。いま、どんな気持ち？」

「わからないことがいっぱいある。でも、いちばんに思うのは、あのオシウスのやつと仲間をやっつけて、あたしの大好きな人たちがさらわれるんじゃないかって、いつもびくびくしなくてもいいようにすること。あいつ、年寄りだけどすごく強いんだ。それに、すごく危険だし」

「そんなに年寄りじゃないけどね」ドラゴミラはかすかに笑いながら言った。

「ジョーダンでしょ。あいつ、百歳《さい》は超《こ》えてるよ！」

「エデフィアでは熟年くらいのものよ。それに、きっと〈長寿《ちょうじゅ》の真珠《しんじゅ》〉を持っているだろうし」

「そうだった……。でもさ、あいつのことなんか怖くないよ。パパや〈逃げおおせた人〉たちを盾《たて》に取って脅《おど》されなかったら、あたしはあいつもあいつの息子もやっつけてやれるんだから」

「ちゃんとわかってるわ、わたしの愛しい子《ドゥシュカ》。でも、おまえにその力があっても、気をつけないといけないわよ。とくにオーソンにはね。彼は父親よりずっと残虐《ざんぎゃく》な人間だわ」

オクサは額にしわをよせて、しばらく黙《だま》っていた。それから、だしぬけにたずねた。

「あたし、いつかエデフィアから出られると思う？」

光のシルエットは急に明るさを失った。これまでこの質問は、ひどい傷を負って死んだマロラーヌの姿や、砂丘《さきゅう》の頂上に消えたドラゴミラの姿と一体だった。昔から〈語られない秘密〉に謳《うた》われているように、門が開くとグラシューズの命が失われる。〈語られない秘密〉が消滅《しょうめつ》したいまも、それは変わらないのだろうか？〈外界〉へ出るためには、グラシューズが犠牲《ぎせい》になるのだろうか？　エデフィアの門のこと以外に、もっと残酷《ざんこく》な問いもある。オクサと〈逃げおおせた人〉は、エデフィアに入れなかった〈締《し》め出《だ》された人〉たちに再び会えるのだろうか？　オクサは息を詰《つ》めて、ドラゴミラの返事を待った。しかし、祖母が何も言ってくれないことがわかると、オクサはため息をついて、きっと顔を上げた。

「バーバ、あたしのやるべきことって何?」

「こっちにいらっしゃい」

オクサはうながされて、部屋の中央に進みでた。

「獅身女がおまえにわたしたペンダントをかしてくれるかい?」

オクサはその不思議なペンダントを首から外し、クラッシュ・グラノックを取り出して〈拡大泡《ほう》〉を呼んだ。そして手わたす前に、そのクラゲのような拡大鏡でペンダントをつぶさに観察した。ミニチュアの地球はハリケーンに痛めつけられ、飢《う》えた巨人のような海に沿岸を飲みこまれている。地球がオクサの手のひらで震《ふる》え、地表が内側から揺《ゆ》れた。世界は新たな苦しみに見舞《みま》われている。

「これって、本物の地球なの?」と、オクサがたずねた。

「おまえが見ているのは、もちろん、地球を模したものにすぎないけれど、いまの状態はまったく同じよ」と、ドラゴミラが答えた。

心配そうにイギリスを観察していたオクサの顔がみるみる青ざめた。オクサは震える手でドラゴミラにペンダントをわたした。

「ママとギュスが危ない。早くしないと!」

オクサの目の高さの位置に、ペンダントの地球がふわふわと浮かんできた。それが、だんだん大きくなって直径四メートル近くになり、回転し始めた。この数週間で起きた大規模な自然災害のひどい傷あとが、大きくなったことでよけいにはっきり見える。

「ひどすぎる！」

オクサは叫んだ。さっきより拡大されてよく見える災害の大きさにショックを受けた。

地球が一回転すると、地下や海の中が透《す》けて見えるようになり、地球の構造が目の前にさらされた。海底のでこぼこまで細かくはっきりと見える。オクサは言葉も出ない。プレートが激しく揺れ動き、火山の底に溶《と》けたマグマの渦巻《うずま》いている様子が見える。

「あっ、マリアナ海溝《かいこう》だ！」

オクサはそう叫びながら、太平洋にあるひときわ深い溝《みぞ》をじっと見つめた。

それから、地球の内部が核《かく》まであらわれた。いろいろ詰まっているはずなのに透明《とうめい》だ。とつぜん、地球が半分の大きさになり、その周りに、大きな木星をはじめとした太陽系の惑星《わくせい》があらわれた。最後に堂々とした太陽があらわれ、それを中心にすべてが秩序《ちつじょ》だって動き始めた。オクサは金色のシルエットを探した。

「バーバ、これって、すごい……」

答えの代わりに、髪に優しい吐息《といき》がかかった。オクサは祖母を捕《つか》まえようとしたが、無駄《むだ》だった。オクサの顔がゆがみ、目は悲しみにくもった。震えるくちびるからうめき声がもれた。

すると、ドラゴミラがオクサのあごを引きあげ、体全体を包んでくれているような気がした。くじけてはいけない。オクサは顔をこすり、太陽の周りをまわる惑星の動きに注意をむけて、手と脚《あし》をゆっくりと動かしながら前に進んだ。

惑星は複雑な軌道《きどう》をえがいていた。燃えるような太陽からはとりわけ強い光線が差している。地球が自転を終えるのを待っていると、太陽から差す光線が扇状《おうぎ》に広がってゴビ砂漠《さばく》の一部を照らしていることに気づいた。

「ここがエデフィアなんでしょ、バーバ？　ここにいるんだよね？」

「そうよ」影が答えた。「でも、もう少し見ててご覧なさい」

太陽の光はレーザー光線のように地球の表面をつらぬき、核にまで達していた。核がひくひく動いているように見える。

「あれっ、地球の核って固くて動かないものだと思ってたのに……」オクサはぼそりと言った。

「鉄でできてるって、学校で習ったような気がするけど」

「わたしたちの世界を構成しているものは、すべて生きているんだってことを忘れちゃいけないわ」ドラゴミラが訂正《ていせい》した。「ほら、聞いてごらん」

オクサが耳を澄《す》ますと、病人の心臓のように不規則で弱々しい鼓動《こどう》が聞こえてきた。

「っていうことは、バーバ……あたしたちはこれから地球の核を治さないといけないってこと？　修理工とか、外科医みたいに？」

ドラゴミラはしばらくしてから震える声で答えた。

「わたしなら、〝グラシューズみたいに二つの世界の中心を癒《いや》して救う〟って表現するでしょうね、わたしの愛しい子《ドウシュカ》」

3　世界の中心へのマッサージ

〈歌う泉〉からオクサがもどってきてからというもの、オーソン・マックグローは、〈ケープの間〉へのオクサの入室を自分の指揮の下で執《と》り行《おこな》おうとたくらんでいた。だが、その企《くわだ》ては二度にわたって阻止《そし》され、失敗に終わった。一度は〈逃げおおせた人〉たちが用心したため。もう一度はオーソンの父オシウスが権威《けんい》をかさに着て、オーソンを阻止したためだった。

「エデフィアの君主はまだわたしだぞ！」と、オシウスは息子に向けてぴしゃりと言った。

オーソンは自尊心をひどく傷つけられたが、ぐっとこらえた。けれども、父親に恨《うら》みを抱《いだ》くオーソンが、オクサに課された使命の遂行《すいこう》をじゃまするかもしれないとだれもが考えた。オーソンが自暴自棄《じぼうじき》になってしまう恐れはつねにある。彼は予測できない危険人物だ。もし、オシウスに精神的に追いつめられたら、オーソンは自分がいちばん強いことを見せつけるためにすべてを破《は》壊《かい》するのではないか。みんなはそのことを恐れていた。

そんなことを考えていたから、不老妖精が十人ほど壁を通り抜けて〈ケープの間〉に入ってきたのを、オクサはオーソンと勘《かん》ちがいして、思わずクラッシュ・グラノックを構えた。

「わたしの愛《ドゥシュカ》しい子、だいじょうぶよ。ここでは何も恐れることはないの」

ドラゴミラはオクサを包みこむようにして言った。

「グラシューズ即位《そくい》の儀式《ぎしき》の時間がきました」

海草のように髪《かみ》の毛《け》をゆらゆら揺らしながら、不老妖精の一人が告げた。

この不老妖精もほかの妖精と同じように乳白色をしている。オクサはなぜかとても気持ちが落ち着くのを感じた。彼女はオクサに深紅の長い布を差し出した。

「若いグラシューズ様、あなたのケープです。あなたがお生まれになった日から、刺繍《ししゅう》をし始めました」

「どうしてあたしがグラシューズになるってわかったの?」

「わたしたちにはわかっていたのです」とだけ、その不老妖精は答えた。

不老妖精が広げた長いケープにはきれいな刺繍がほどこされていた。そのすばらしさにオクサは息をのみ、みとれた。

「刺繍の糸はあなたの不死鳥の羽根からこしらえたものです。糸は一本一本、植物や鉱物から採取した染料で染めあげ、わたしたちのなかで最も優れた機織工《はたおり》が織った布に刺繍しました」

「とってもきれい……」オクサは刺繍の柄《がら》をうっとりとながめて、ため息をついた。「この世にこんなものがあるなんて知らなかった。中国の皇帝《こうてい》だって、こんなのは持ってなかったはずよ!」

ケープの裾《すそ》から上には、力強く根がからまっていかにも肥沃《ひよく》な土が盛りあがり、何種類もの美しい花々が咲き乱れる草むらがえがかれていた。そこには蜂《はち》や鳥やトンボなど、あらゆる生き物が空を飛んでいる。もう少し上の腰《こし》のあたりには、一本の木から茂《しげ》った葉が、色調のちがういろいろな緑でえがかれている。背景の赤は上にいくほど濃《こ》くなってほとんど黒くなり夜空をあらわしているようだ。そこには星や惑星がちりばめられ、神秘的な太陽光線が地球に注がれていた。不老妖精がケープを裏返すと、エデフィアの象徴《しょうちょう》である八つの角を持つ星があらわれた。

オクサは思わずおなかに手をやった。次のグラシューズであることを示すその印がいまでもへその周りにあることがわかる。その印がじんわりと温かく感じられたからだ。

「若いグラシューズ様、このケープはあなたのものです」

オクサは目で祖母ドラゴミラを探した。彼女は立派な人だった。エデフィアの門があいたとき、自分の仲間と二つの世界を救うために、自分の人間としての命をささげた。だが、その犠牲《ぎせい》のためにドラゴミラは永遠に未完のグラシューズになってしまった。このケープを身につけることもできないし、エデフィアの民とともに未来を築くことも、慈《いつく》しんでいた孫のオクサの成長を見届けることも、永久にできない。

「わたしの運命は別のものなのよ、わたしの愛しい子《ドゥシュカ》」大好きな声が聞こえた。

「それなら、フォルダンゴの言ったことはほんとだったんだ」オクサの声が詰《つ》まった。

オクサの問いにフォルダンゴはすべて答えなかったが、自分の直感が正しかったことがわかった。ドラゴミラは、不老妖精のなかでも最高の地位である〈永遠の本質〉になる。二つの世界の中心が癒《いや》されたとき、その均衡《きんこう》そのものになるのだろう。

「わたしの大事な人たちを救うことができるなんて、この上ない栄誉《えいよ》だわ」と、ドラゴミラが言った。

「バーバ、それよりもっとすごいことだよ！」と、オクサが叫《さけ》んだ。「人類すべての新しい未来になるんだから！　バーバの肩《かた》にすべてがかかってるわけじゃない。わかってる？」

ドラゴミラのシルエットのおぼろげな感じが急になくなった。オクサは祖母がほほえんでいるような気がした。体を優しく包みこまれたように感じ、しっかりとした意志が芽生えてきた。

オクサは不老妖精のところまでふわふわ浮かんでいき、ケープをはおらせてもらった。ほとんど黒といっていい深紅のケープはビロードのようになめらかで、シルクのように軽い。しかも、織り糸の一本一本から不思議なエネルギーがあふれ出ているかのようだ。オクサは強い電気に打たれたように感じた。その瞬間、まだ無邪気《むじゃき》だった頃の思い出、いちばんつらい思い出、別離《べつり》、裏切り、後悔《こうかい》といった彼女の人生の場面が走馬灯のように目の前を流れていった。砂漠《さばく》に置き去りにされた母マリー・ポロックの最後の姿が浮かんできた。オクサは思わずうめき声をあげた。それに続いて、最後に見たギュスやテュグデュアルの姿もよみがえってきた。ギュスへの揺《ゆ》るぎない愛着、テュグデュアルのあらがいがたい魅力《みりょく》、二人のキス、迷い……。

オクサの数メートル先に浮かんでいる球体がとつぜん、稲妻《いなずま》のはじける黒雲におおわれた。同時に、〈クリスタル宮〉が土台から激しく揺れた。

「どうしたらいいか教えて！」

イギリスの周囲に盛り上がってきた海を見つめながら、オクサが叫んだ。

すぐに不老妖精たちがオクサの体を包みこみ、地球のそばに移動させた。ケープの袖《そで》と、それより長いTシャツの袖をまくり上げ、オクサの手を取って大西洋のど真ん中にひたした。オクサは自分の腕《うで》が氷のように冷たい水につかり、その下の地殻《ちかく》にすうっと入っていくのを感じた。泡立つ熱いマグマに触《ふ》れ、一瞬、やけどするのではないかと思った。しかし、不老妖精たちに導かれたオクサの手はすんなりと地球の奥深くに入っていく。まるでクリームの中に手を入れているようだ。肩まですっぽりおさまると、手が核に触れた。いよいよ運命の時だ……。

「ねえ……どうしたらいいの？」オクサはうめいた。「きっと失敗するよ！　助けて！」

「核をつかんでください、若いグラシューズ様！　二つの世界の中心をつかんで、生き返らせるのです！」

最後の希望をパニックで台無しにするのだけはよそうと決意したオクサは、その指示に従った。弱々しくひくひく動いている核をつかむと、直感のおもむくまま、もみ始めた。

核はスポンジかゴムのような不思議な感触《かんしょく》だった。まるで肉でできているようだ。オクサは核を規則正しくもみほぐし、自分の体の中にわいてくる力を核に伝えることに集中した。大洋の波が肩の周りでぴちゃぴちゃと音を立てている。オクサにとってはたいした波ではないが、実際、海にいる人たちにとってはものすごい波にちがいない。墨のように黒い雲が顔のすぐ下にある。オクサは息を吹きかけて雲をどけようとしたが、うまくいかなかった。雲は空気のように自由だ。稲妻をはらんだ雲がオクサの首すじに触れた。

「いたっ！」

雷《かみなり》が触れたところにもう片方の手をやった。

「気持ちを集中させなさい、オクサ」ドラゴミラの声がした。

オクサは額を真っ赤にしながら、核をもむ作業を再開した。ケープの織り糸一本一本から不思議なエネルギーが伝わるのを感じ、すべての力と希望を核に伝えようとした。そうして何時間もすると、オクサは体じゅうが痛くなってきた。ドラゴミラと不老妖精たちには手助けできない。オクサの近くにいて、疲労《ひろう》でくじけそうになるオクサを励《はげ》ますことしかできなかった。世界を救済するという責任を一人で背負っていることを実感した。肉体的な苦痛よりも精神的な負担のほうがずしりと重くなっていくことをオクサは感じた。


地球はゆっくりと規則的に自転している。大陸や大洋が一巡《いちじゅん》するたび、オクサは砂漠の熱や熱帯の湿気《しっけ》や南極・北極の刺《さ》すような冷たさを順に感じた。その極端《きょくたん》な寒暖の変化に震えたり、汗《あせ》をかくので、体がひどく消耗《しょうもう》していった。そのとき、広大なシベリアの地が目の前にあらわれた。自分のルーツの一部がこの雪におおわれた大地にある！　ヨーロッパ大陸の中央に連なる山脈のように、永久に消えることのない部分だ。続いてフランスがオクサのほおの前にやってきて、イギリスがそれに続いた。恐ろしく増水しているテムズ川を目で追った。全身全霊《ぜんしんぜんれい》をかたむけてマッサージを続けているにもかかわらず、オクサは自分自身の一部がそこから離《はな》れていくような気がした。

「ママ！　ギュス！」と、オクサは叫んだ。

4　一瞬の抱擁《ほうよう》

ジャージの袖《そで》をひじまでまくりあげたギュスは、洪水《こうずい》ではがれてしまったタイルを貼《は》りつけ直そうと悪戦苦闘《あくせんくとう》していた。ふと顔をあげ、顔にかかった黒い前髪《まえがみ》を無意識に手ではらった。すると、マリーがとつぜん、声をあげた。ギュスは驚いてマリーを見た。

「そんな……ばかな……」ギュスがつぶやいた。

彼は、かつてポロック家のサロンだった部屋の真ん中に立ちつくし、マリンブルーの目を大きく見開いて固まっていた。それから、われに返ると、頭をゆっくりと左右にふった。レオミドの息子キャメロンの妻、ヴァージニア・フォルテンスキーが皿洗いをしていた手をとめてとなりのキッチンから急いでやってきた。

「どうしたの?」

ギュスはそれを無視して、マリーの前にしゃがんだ。

「あなたも感じたんですね。そうでしょ?」と、ギュスがたずねた。

マリーは車椅子《くるまいす》のひじかけにのせた両手をこわばらせ、うなずいた。のどが詰《つ》まって声が出てこない。

「オクサ、そこにいるのか?」ギュスは興奮を隠しきれず、とまどいながらも呼びかけた。「オクサか?」

ロンドンのビッグトウ広場に面したポロック家に住む〈締《し》め出《だ》された人〉たちは、マリーの叫《さけ》び声《ごえ》を聞きつけて、急いでサロンに集まった。ギュスはサロンの真ん中に立ちつくし、目に見えない何かを探すように宙に目を向けている。気が動転した様子のマリーも同じように周囲をうかがっている。

「どうしたの? 二人とも」

ナフタリとブルンの孫娘クッカ・クヌットが心配そうにたずねた。

クッカはいぶかしげに二人を見つめた。ギュスはぐらぐらするソファにどさりと腰《こし》をおろした。しばらく黙《だま》っていたが、ようやく口を開いた。

「オクサがいたんだ」

「何だって?」

〈締め出された人〉たちはいっせいに声をあげた。

「オクサがいたんだ」

ギュスは長い前髪をかきあげながら繰《く》り返《かえ》した。

「そんな……ギュス。そんなことあるわけないでしょ!」

そう言いながらクッカはギュスに近づくと、彼の肩に手をおき、シベリアン・ハスキーのようなブルーの瞳で心配げにギュスの目をのぞきこんだ。ギュスは熱いものに触れたかのように、乱暴に彼女の手をふりほどいた。

「そんなふうに見ることないだろ！　同情なんてまっぴらだ！」

「そんな、ギュス……」クッカは青ざめた。「同情なんてしてない！」

ギュスはソファから跳《と》び起きると、すり切れたジーンズのポケットに乱暴に両手を突っこんで窓辺に行き、窓ガラスに鼻をこすりつけた。泥《どろ》におおわれた広場に人影《ひとかげ》はなく、荒れ果てていた。サイレンが鳴りひびいている。もうすぐテムズ川が再び氾濫《はんらん》するらしい。だが、家の中には別の心配事がある。

「ギュスの言うとおりよ。オクサがいたのよ。わたしも感じたわ」

ついにマリーが口を開いた。

牧師のアンドリューはとまどっているというより、むしろ悲しそうに顔をこすった。

「みんな、わたしたちの頭がどうかしてしまったと思ってるんでしょう？」マリーが苦々しげに続けた。「でも、わたしたちが感じたことは想像なんかじゃないわ。オクサがどうやったのかはわからないけれど、本当にそこにいたのよ！　そこにいるのがわかったし、あの子の匂《にお》いがして、髪《かみ》がほおに触《ふ》れたわ……あの子はわたしを抱《だ》きしめたの」

そう言うと、マリーは顔をふせてぐったりとした。

ロンドンにもどってからというもの、オーソン・マックグローの作った石鹸《せっけん》の毒にむしばまれたマリーの病状は重くなるばかりだった。あのように断言してしまったけれど、本当にそうなんだろうか？　ひょっとすると理性が失われてきているのかも？　オクサにいてほしいと望むあまり、彼女がそばにいたと信じたいだけなのだろうか？　マリーは自問した。だが、そうではない。マリーは心底、自分の想像のなせるわざだとか、ただの幻覚《げんかく》だとは思っていなかった。ギュスも自分と同じように感じたではないか……。ただ、こんなありもしないようなことをどうやったら他人にわかってもらえるだろう。

「オクサが〈夢飛翔《ゆめひしょう》〉したという可能性はあるわ」ヴァージニアが助け船を出した。「もしそうなら、彼女が正式なグラシューズになって元気だということよね」

「わたしが聞いた範囲《はんい》では、〈夢飛翔〉は精神が旅をするんじゃなかったかな。肉体的には存在しないはずだろう」アンドリューが反論した。

重い沈黙《ちんもく》がサロンを包み、みんなの顔がくもった。もし、オクサや〈逃げおおせた人〉たちがエデフィアで危険な目にあっているというサインだとしたら……。マリーは目を閉じ、うなだれた。思いどおりにいくことなんて何ひとつない。

「上の階に行かないと！」急にギュスが〈締め出された人〉たちのほうに向き直った。「また、水かさが増してきた」

その声で不吉《ふきつ》な考えがさえぎられ、みんなは我に返った。ロンドンにもどってから、これで五度目の洪水警報だ。前回はその前の洪水よりひどかった。しかし、一階が地面よりずっと高くつくられているので、水は一階までしかあがってこなかった。それから数日間、浸水《しんすい》した部屋をもとのようにもどすため、彼らはふだんの二倍の努力をしなければならなかった。水道や電気、そのほか生活に必要なほとんどすべてが不足しているなか、彼らの努力で、地下はともかく、サロンとキッチンは使えるようになった。

けれども、今度の警報はもっと深刻そうだ。すべてがめちゃめちゃになってしまうかもしれない。空を飛びかう軍のヘリコプターが拡声器で警告をがなり立て、サイレンを鳴らし続けているのを一瞥《いちべつ》すると、ギュスとアンドリューはマリーの車椅子を二人がかりで持ち上げ、すぐさま三階へあがった。


ドラゴミラが使っていた部屋は嵐《あらし》や洪水には遭《あ》わなかったが、バロック調であたたかい雰囲気《ふんいき》の家具や装飾《そうしょく》品はほとんど略奪《りゃくだつ》されてしまっていた。持ち出すには大きすぎる深紅のソファとコントラバスケースだけが、絵や丸テーブル、カーテン、絨毯《じゅうたん》などすべてがなくなった部屋にある唯一《ゆいいつ》の装飾品だ。以前は何百という小瓶《こびん》——なかにはとても貴重な物質が入っていたものもある——が詰まっていた本棚は木とガラスの山と化し、見るにしのびなかった。

ギュスとアンドリューは肩《かた》で息をしながら、マリーの車椅子をそっと床におろした。みんなは窓辺に駆《か》け寄《よ》った。ゴミやガラクタの混じった茶色い水が少しずつ広場をおおってきている。

「最悪の場合は、まだドラゴミラの工房がある」と、ギュスが告げた。

略奪者《りゃくだつしゃ》たちは屋根裏にある秘密の工房を見落とした。コントラバスケースの裏に秘密の通路があると考える人はまずいない。強風で瓦《かわら》や窓に少々ダメージを受けてはいたが、工房はまったくもとのままだった。とはいえ、この家が無事だったのは両どなりのおかげだろう。家がくっついて建っているために、おたがいが支えになって損害が少なくてすんだのだ。「人生にはしばしばこういうことがあるけど、不幸を乗り越《のこ》えるための原則だわね……」と、マリーが感に堪《た》えないというふうにコメントした。

手先の器用なアンドリューが屋根や壁の割れ目をきれいにふさいだので、〈締め出された人〉たちはドラゴミラが生き物たちのためにストックしておいた貴重な食べ物を救うことができた。シリアル類や缶詰《かんづめ》などの貴重なストックのおかげで、〈締め出された人〉たちはなんとか無事に食いつなぐことができたのだ。

それでも、いろいろと大変なことはあった。警察の水陸両用車が地区ごとにパトロールしていても、略奪はなくならなかった。街には都市ゲリラがはびこって、どこも治安が悪くなり、国じゅうが戦時下のような状態になった。最初は助け合っていたのが、絶望のあまりしだいにだれもが利己主義に変わっていき、多くの人は、はじめのうちこそそのことを恥ずかしく思ったものだ。しかし、停電が多くなり、食料品店の棚がとぼしくなるにつれて、自分の寛大《かんだい》さがあだになることに気づき始めた。そうなると、最低限の道徳すら忘れられていった。弱肉強食の法則が定着していったのだ。そういった変化から人々は逃《のが》れられず、例外は少なくなった。生活に必要なものがなくなってくると気高《けだか》い人たちでさえも気持ちをくじかれ、ガスボンベや缶詰すら、人々は争って手に入れようとした。

〈締め出された人〉たちは、ポロック家の隣人《りんじん》であるシモンズ家の人たちを助けることで、そのことを身をもって体験した。ものを分け合う精神を持ち、礼儀《れいぎ》作法や社交術のマニュアルを地でいくような感じのいい年金生活者のシモンズ夫妻に、〈締め出された人〉たちは袋入りのシリアルをいくつか分けてあげた。その翌々日、夫妻はポロック家の玄関《げんかん》にやってきて、前よりずっと感じ悪く、しつこく食べ物を要求してきた。そこで、アンドリューが、シモンズ夫妻がたった二日でたいらげた量は〈締め出された人〉たち七人の一週間分の食料に相当すると説明し、食料を節約しなければならないことについてていねいに説明しようとした。すると、シモンズ氏は怒りだし、年季《ねんき》の入ったピストルを突きつけて家に押し入ろうとした。ふつうの状況《じょうきょう》ならおおげさというか、滑稽《こっけい》なやり方だ。それを見たギュスは頭に血がのぼり、空手の技であっさりとやっつけた。これには、シモンズ氏だけでなく、〈締め出された人〉たちも驚いた。〈締め出された人〉たちは気落ちしながらも、この事件以降、以前より用心するようになった。

神経にさわるサイレンの音はまだ続いている。

「こんなこと、もう我慢《がまん》できない。もうたくさん」

クッカが泣き言を言い、壁にもたれてへなへなと座りこんだ。生成《きな》りのセーターを引っぱってひざをおおい、そこに顔をうずめた。テムズ川の増水が歩道や車道をおおっていくのを窓から見ていたギュスは、クッカをかわいそうに思って、となりに座った。

こういう状況なので、当局は緊急措置《きんきゅうそち》として各地の気象台に気象予報をいっさい出さないよう指示していた。実際、天気はひどかった。〈締め出された人〉たちがロンドンにもどってからというもの、雨の降らない日はなかった。日の光が差すことは一度もなく、青空はかけらほども見えなかった。灰色で冷たい水がすみずみまでしみわたり、あらゆるところに泥《どろ》の跡《あと》を残した。

〈締め出された人〉たちの気分は天気と同じように暗かった。

「寒い。ろうそくの光じゃ、体もきれいに洗えない。いつか食べるものだってなくなるわ！」

クッカは頭をかかえたまま、不平を言い続けた。

乱れたブロンドのシニョンから、よごれたひと房《ふさ》の髪が落ちた。ギュスはそれをもとにもどしてやろうと手を伸《の》ばしかけたが、思いとどまった。

「こんな状況が続くことはないよ。そんなこと、あるはずない」と、ギュスがつぶやいた。

クッカはちらりとギュスを見た。

「そんな楽天的なの、めずらしいじゃない？」

ギュスはさっと立ち上がった。

「きみみたいな人の役に立てるならうれしいよ」

ギュスはつらそうにクッカを見つめてつぶやいた。

「わたしの役に立ちたいなら、両親を見つけてきてよ！」

クッカは怒りだした。

気分を害したギュスはマリーのところにもどろうとして、ふり返りざまに吐《は》き捨てた。

「きみって、気まぐれな子どもだよな」

この言葉にクッカは赤くなった。

「ギュスの両親だってエデフィアに行ってしまったじゃないの。忘れたの？」

ヴァージニアが割って入って、クッカを非難するように言った。「みんな、大事な人たちがエデフィアにいるのよ。みんなが苦しんでるの。あなただけじゃないでしょ、クッカ！　あなたの気分でみんなの団結を乱すのはやめてちょうだい！」

クッカは母国語のフィンランド語での悪態を飲みこみ、顔をしかめた。マリーはぼんやりと視線を泳がせながら、ギュスの手を取った。つかの間のオクサの気配は、期待を抱《いだ》かせただけで、結局みんなを言いようのない悲しみに突き落としたのだ。外では川からあふれ出した水が玄関の階段のいちばん上に達し、玄関ホールに入ろうとしている。状況はよくない。〈締め出された人〉たちに希望をあたえてくれるようなことは、いまのところ何ひとつなかった。

5　グラシューズ即位《そくい》式の最終段階

ビッグトウ広場の家を〈もう一人の自分〉が訪ねたことは、オクサの気持ちをかき乱し、どうしようもないジレンマを生んだ。自分では行くことのできない場所に、実体のない自分が無意識に行けるという不思議で新しい能力を、オクサはまだうまく使いこなすことができなかった。〈もう一人の自分〉の働きを理解してはいても、コントロールできていない。ひょっとすると、エデフィア初代のグラシューズとオクサのほかには、この能力を持った人はいないのだから。コントロールできないものなのかもしれない。この気持ちをだれに理解してもらえるだろう。

オクサにわかっているのは、今度もパニックが引き金になって、この能力があらわれたということだ。テムズ川の氾濫《はんらん》にショックを受け、数秒後には、オクサの〈もう一人の自分〉は母親に寄りそっていた。それは時間の止まったもうひとつの世界であり、二人は触《ふ》れ合《あ》うことのできない現実のなかで驚きや感動や困惑《こんわく》を共有した。そして、ギュスが視界に入ってきた。オクサはすぐに駆《か》け寄《よ》って彼を抱《だ》きしめた。ギュスへの愛情に全身が包まれたような気がした。とっさにギュスのくちびるに軽く触れたため、ギュスははっと体をこわばらせた。この瞬間が何時間も続けばいいとオクサは思った。一瞬のことだったけれど、オクサはいいようのない幸福感に包まれていた。実際に体が触れたのと同じくらい強烈なものを感じたのだ。母親のやわらかい肌《はだ》、ギュスの髪《かみ》のレモンの香り、そして、家に充満《じゅうまん》する湿《しめ》った匂《にお》い。

だが、もどってこなければならなかった。静かな〈ケープの間〉にオクサの悲痛な声が響《ひび》いた。この不思議な能力は強大だけれど、不完全だ。強力だけれど、はかない。このジレンマに耐《た》えるには時間が必要だ。長い時間、長い時間が……。

二つの世界の中心へのマッサージは何日も続いた。オクサの顔は青白くなり、体はくたくたになった。ドラゴミラと不老妖精たちは、オクサの血のにじむような努力を支えようとできる限りのことをした。オクサはこれほど何かに全力をつくしたことはない。いくらグラシューズだといっても、人間にはちがいないのだ。腕《うで》や手がけいれんしてきたとき、自分も生身の人間なのだということをあらためて思い知った。

その作業をさらにつらいものにしたのは、地球上で起こる自然災害がオクサにははね返ってくることだ。数日のうちに、何度となく嵐《あらし》や噴火《ふんか》のとばっちりを受けた。オクサは放心状態になりながらも、数限りない痛みに黙《だま》って耐えた。溶岩《ようがん》が飛んできて肌には真っ赤な火傷のあとができ、砂漠《さばく》の嵐と乾燥《かんそう》でくちびるはひび割れた。ドラゴミラはオクサを休ませるため、何度か地球から遠ざけた。そんなとき、オクサはケープにくるまって丸くなり、すぐに眠《ねむ》った。無重力状態でぐったりと浮かんだまま。唯一《ゆいいつ》、口にしたのは祖母が作ってくれた不思議な飲み物だ。胃はからっぽだったけれど、その飲み物が元気をくれたので空腹は感じなかった。

「腕は落ちてないじゃない、バーバ」

オクサは周りに浮かんでいる飲み物の詰《つ》まった泡《あわ》を吸いながら、うれしそうに言った。

それから、すぐに二つの世界の中心へのマッサージ作業にもどるのだった。そうやって何度も元気を取りもどし、決意を新たにしながら作業を続けた。

オクサが〈ケープの間〉に入ってから十昼夜すると、やっと世界の中心の鼓動《こどう》が規則的で力強くなった。ぐったりしたオクサは、そうっと地球から離《はな》れて地球とそれに完璧《かんぺき》に連動したほかの惑星《わくせい》の動きをながめた。

「よし、仕事はうまくいったみたい」

オクサは腰《こし》に手をあててつぶやいた。周りをぐるりと取り囲んだ不老妖精たちとドラゴミラはこれまでになく輝いている。

「若いグラシューズ様、あなたは使命を果たされました。二つの世界の中心はまだ弱々しくはありますが、なんとか救済されました！」いちばん背の高い不老妖精が言った。

「ということは、自然災害も全部終わるっていうこと？」オクサがたずねた。

その背の高い不老妖精の光輪が少し弱まった。

「二つの世界の終焉《しゅうえん》が避《さ》けられたということです」

「これからも地球に自然災害《ドウシュカ》は起こるのよ」ドラゴミラが口をはさんだ。「それは避けようがないわ。でも、わたしの愛しい子、おまえがやりとげたことは奇跡《きせき》よ。本当の奇跡だわ！」

とつぜん、ものすごい音がした。〈ケープの間〉の壁が揺《ゆ》れ、天井《てんじょう》からほこりが落ちてきた。

オクサはとっさに叫《さけ》んだ。

「だめだったんだ！　まちがってたんだ！　あたしは失敗したんだ！」

すぐにオクサは不老妖精たちに取り囲まれた。

「若いグラシューズ様、それはちがいます。あなたは成功したのです。この音は、あなたの統治砂時計が設置された音です。あなたのグラシューズとしての治世が始まったのです」

オクサは驚きつつも、なんとか理解しようとした。

「砂時計がひっくり返されて、あなたの治世の最初の砂が落ち始めたのです」一人の不老妖精が説明した。

「その……あたしが治める時代は長いのかな？」そう聞かずにはいられなかった。

不老妖精たちが笑っているのがわかった。オクサもすぐにそのうれしそうな笑いに引きこまれた。

「オーケー、わかったよ！」オクサはにっこりしながら言った。「それは大事なことじゃないんだよね。でも、できたら知りたいな……」

「宇宙や宇宙を構成しているすべてのものと同じように、統治の時間というのは生きているのです」いちばん背の高い不老妖精が答えた。「ですから、即位したグラシューズの力と、彼女が作り出す調和によって変わってきます。前もってわかっていることではないですし、だれにも決めることはできないのです。調和がこわれたときか、あるいは、新たなグラシューズに引き継《つ》ぐときが来たら、砂時計は止まります」

オクサは少しの間考えた。

「あるいは、マロラーヌのときのように、誓《ちか》いが破られたときか……。グラシューズが統治にともなう規則に背いたら、すべてが止まるわけだよね」

不老妖精たちはうなずいたようだ。

「統治の時間は生きている……」と、オクサは不老妖精の言葉を繰《く》り返《かえ》した。「あなたたちって、ほんと、ふつうのことはしないんだよね。ところで、その砂時計ってどこにあるの？　見たいな！」

「そこにありますよ」

いちばん大きな不老妖精がオクサをクリスタルの壁に組みこまれた扉《とびら》のところに連れていった。〈ケープの間〉の続きには何の装飾《そうしょく》もない部屋があった。薄暗《うすぐら》いので重苦しい感じがするが、サーカスのテントを思わせる丸みのある部屋の形がそんな雰囲気《ふんいき》を和《やわ》らげている。オクサはふわふわ浮きながら中に入り、砂時計を目で探した。

「どこにも見えないけど……」

部屋には中央にすべすべした四本の柱があるだけだった。その殺風景な様子が逆にオクサの好《こう》奇《き》心をかきたてた。床から数センチ浮いたまま、オクサが部屋をぐるりとめぐると、急に不老妖精に止められた。

「気をつけてください、若いグラシューズ様！　砂時計はそこにあります！」

いちばん背の高い不老妖精がオクサの目の前にやってきて、敷石《しきいし》の一部を光輪で照らした。たしかに、そこに統治砂時計があった。

「ええっ、すごく小さい！」

オクサは体をよじって平衡《へいこう》を保ち、最初は目を凝《こ》らして床を見ていたが、ついにクラッシュ・グラノックを取り出して〈拡大泡《ほう》〉を使った。

「ああ、これなら見える！」

クラゲのような〈拡大泡〉で見ると、細かいところまでよく見えた。砂時計は黒っぽい木と細い金属の骨組みでできたごくふつうのものだ。しかし、不老妖精が「統治の砂」と呼んだ不思議な砂は、暗い感じの冷たい光を放っていた。もう二粒《つぶ》が下に落ちている！　オクサはあせりを感じた。砂時計は設置されたばかりなのに！

「けっこう速いんだ……」

オクサはクラッシュ・グラノックをしまいながら、つぶやいた。

「若いグラシューズ様、儀式《ぎしき》の最終段階になりました」いちばん背の高い不老妖精が言った。「これが終わると、あなたの治世が始まります」

オクサはどきどきした。未来は自分がいま成しとげたこと以上に困難かもしれないが、とにかくここは安全だ。

「こちらに！」同じ妖精がオクサを再び〈ケープの間〉に導いた。

ドラゴミラは体の輪郭《りんかく》がはっきりしないだけで、ほとんど全身がわかるようになっていた。自分に向かって両手を伸ばした祖母の悲しそうなほほえみにオクサははっとし、急いでそばにいった。このひとときが長続きしないことを知っている二人は、黙《だま》って寄《よ》り添《そ》った。それから、ドラゴミラがオクサの耳元に何かをささやいた。オクサは大きく目を見開き、足をバタバタさせてあとずさりした。

「それは新たなグラシューズの宣誓《せんせい》です」背の高い不老妖精がおごそかに言った。「若いグラシューズ様、その意味はおわかりになりましたか？」

「はい……」

「それが定める義務、また、それが意味する重大な結果も理解されましたか？」

「はい……」

オクサは死人のように青ざめている。

「ドラゴミラが伝えたことをどうぞ復唱してください。宣誓を口にされるのは、これが最初で最後です」

オクサは言われたとおりにした。一度しか聞かなかったけれど、宣誓の言葉は決して消せないもののように記憶《きおく》にきざみつけられた。とつぜん、オクサはおなかのあたりで何かが起きているのを感じた。その感覚はどんどん強くなっていく。Ｔシャツの下で何かが起きている！　いまやＴシャツの形すら変えようとしている動きに、オクサはうろたえた。

「これ、何が起きてるの？」

体に侵入《しんにゅう》したエイリアンや、とんでもない突然変異《とつぜんへんい》といった恐ろしい光景が次々と頭に浮かんできた。ひょっとして、グラシューズになると体が変化するのだろうか？　教えておいてくれればよかったのに……。

それから、その何かがＴシャツの下から出てこようとしているのに気がついた。不安になって、オクサは用心深くＴシャツの裾《すそ》をめくった。心臓がどきどきしている。信じられない現象が起きていた。へその周りにあったはずの八つの角を持つ星の印が、実物の星に変化していたのだ。それから、星はオクサの体を離《はな》れ、目の前にしばらく浮かんでいたが、とつぜん信じられないような速さで〈ケープの間〉で動き続けているミニチュアの太陽系に向かって飛んでいった。

「ほかの星たちに仲間入りするんだ。ウソみたい！」オクサはほっとすると同時に感心しながらつぶやいた。「あたしの体の一部がいまや宇宙のなかにあるわけか」

無数の天体の光と同じくらい強く、不老妖精たちが輝きだした。

「これで、あなたはエデフィアの正式な新グラシューズになられました！」

不老妖精たちがうれしそうに宣言した。

オクサは眉《まゆ》をひそめ、乱暴に髪《かみ》をかきあげた。

「エデフィアの新グラシューズねえ……」と、宙を見つめた。「それで、これからどうなるの？」

「お父さんや仲間のもとにもどるのよ」ドラゴミラが答えた。「みんながオシウスたちを打ち負かす手助けをするの。敵はおまえに片時も休息をあたえないだろうから、つらいことが続くかもしれない。でもおまえは強いし、エデフィアの民もおまえの味方よ。それを忘れないで」

「バーバは？」オクサはのどが詰《つ》まったような声でたずねた。

ドラゴミラは顔をそむけた。

「わたし？　わたしはここに残るわ。わたしにはやるべきことがあるのよ。覚えているでしょう？」

「バーバは〈永遠の本質〉だもんね。二つの世界の均衡《きんこう》を保たないといけないんだよね……」オクサはわっと泣き出した。「二度とバーバには会えないんだ」

「未来のことなんてわからないわ。だれにもわからないのよ」

運命が新たな段階に入ったことを告げるように、オクサの肩《かた》からケープがするりとすべり落ちた。オクサは急に疲《つか》れを感じた。

「若いグラシューズ様、〈ケープの間〉を出なければなりません」

背の高い不老妖精がオクサを部屋の隅《すみ》にうながした。

「ちょっと、こっちじゃないはずよ！」

オクサは十日前に入ったのと反対側に導かれたことに気づいて、思わず文句を言った。

「地下七階から出るのはとても危険です。オシウスたちが一歩も動かずに待っていますから」

オクサは身震《みぶる》いした。〈逃げおおせた人〉たちの戦いはまだ始まったばかりなのだ。

「こちらから出られるのが安全です」不老妖精が手まねきした。

丸みのある壁に出口があらわれた。出口の外にははてしなく続く長い通路があるようだ。

「秘密の通路ね。すごい！」思わずオクサは叫んだ。「どこに続いてるの？」

「とても遠いところです。そこはとても安全なところです」不老妖精が答えた。「心配しないでください。一人ではありません。信頼できる人がこの先で待っています」

「だれ？」

「心配はご無用です」

返事はそれだけだった。不老妖精がそれ以上答えてくれないだろうことはオクサにもわかった。通路の先は薄暗い。ふり返ると、ドラゴミラのシルエットはすでに消えていた。

「さよなら、バーバ」

「さようなら、わたしの愛しい子《ドゥシュカ》」懐《なつ》かしい声がかすかに聞こえてきた。

オクサは手の甲《こう》で涙《なみだ》をぬぐい、息を深く吸って、自分を新たな運命に導く通路を進んだ。

6　エデフィアの果てに向かって

いまのオクサにとって、その通路を進むことは容易ではなかった。無重力状態の快適さを知った後では、自分の体がとても重く感じられ、重力のある世界にもどったことがうらめしかった。足元はがれきでおおわれ、でこぼこした道は歩きにくい。薄暗《うすぐら》くて、空気もほこりっぽい。それに、へとへとに疲《つか》れていた。疲労《ひろう》が積み重なって、まるで背中に大きな岩がのっているかのようだ。まばたきをすることすらだるい。何度も足首をくじきそうになっては悪態をついた。この最低の気分に呼応するように、おなかがぐうぐう鳴った。死ぬほどおなかがすいているのだ。何キロも歩くと、通路が急に狭《せま》くなり、かがまなくてはならなくなった。

「サイコー……そのうち、這《は》わないといけないかも」

オクサは、何十年もエデフィアを支配している強力な老人、オシウスとその仲間、そしてライバル同士でもある彼の二人の息子のことを考えた。もし、そのうちのだれかに捕《つか》まったら、一巻の終わりだ。これまではらってきた犠牲《ぎせい》や、別離《べつり》、苦しみが無駄《むだ》になってしまう。

「捕まらないわよ！　絶対に！」オクサは大声でどなった。

背中や足がひりひりしたが、どうにかオクサは歩き続けた。生きたブレスレット、キュルビッタ・ペトはオクサの手首の周りで休むことなく波打ち、効果的なツボに圧力をかけて主人をリラックスさせようとしている。だが、キュルビッタ・ペトも疲れているようだ。舌をだらりとさせ、小さな目は閉じかかっている。オクサの耳に届いた〝腸のガス〟の音が、キュルビッタの悲惨《ひさん》な状態を示していた。オクサははっと立ち止まった。

「ああ、キュルビッタ、あたしってひどい恩知らず！」オクサはななめがけしたポシェットのなかをかき回した。「ずっとあたしを助けてくれてたのに、えさをあげるのを忘れてたなんて。ごめんね！　ほんとに、ごめんね！　しっかりして、すぐにあげるからね」

オクサはキャパピル剤やキュルビッタ・ペト用の顆粒《かりゅう》が入っているキャパピルケースを急いであけた。「一日に一粒《つぶ》。それ以上でもそれ以下でもいけない」というアバクムの言葉がよみがえってきた。熊《くま》の顔をしたブレスレットはオクサが指先にのせた顆粒を飲みこむと、目をうっすらとあけ、感謝に満ちたまなざしを向けた。オクサはキュルビッタ・ペトの頭をなでてやり、この果てしない逃亡《とうぼう》を早く終わらせようと先を急いだ。

終わりのない通路で悲惨な死に方をするのだろうかとオクサが思い始めたころ、遠くに光の点が見えてきた。最初はほんの小さな光だったが、進むにつれて大きくなり、出口の形になってきた。やっと着いた！　そうこなくちゃね！　一歩足を踏み出すにも大変な努力がいるほど疲れきっていたが、オクサは胸がいっぱいになって駆《か》け出《だ》していた。昼間の光がさしこみ、外の空気が胸に入ってきた。呼吸ができるってなんて気持ちいいんだろう！　気をつけて、と自分に言い聞かせはしたが、我慢《がまん》できずに最後の数メートルはころがるように通路を駆け抜けた。とつぜん人影《ひとかげ》が視界を横切り、オクサはハッと立ち止まった。

「あたしのフォルダンゴ？　おまえなの？」オクサはおずおずとたずねた。

ずんぐりしたシルエットが再び出口にあらわれた。

「若いグラシューズ様の召使《めしつか》いは肯定《こうてい》的な返事をもたらします」

フォルダンゴらしい鼻にかかった声がした。

「おまえに会えて、すっごくうれしい！」

オクサが駆け寄って抱《だ》きしめると、フォルダンゴはよく熟《う》れたナスのように紫《むらさき》色になった。フォルダンゴはどうしたらいいかわからなくて、オクサを頭のてっぺんからつま先までながめていた。オクサはうれしくてたまらなかったので、フォルダンゴのとまどいにはまったく気づかなかった。

「でも、ここで何してるの？」オクサは目を輝かせて問いかけた。「ここから出てくるって、だれから聞いたの？　みんな元気？　パパは？　アバクムは？　ゾエは？」

フォルダンゴは面食らってあとずさった。ぽっちゃりした体の脇《わき》で両手をぶらぶらさせている。

「質問の量が豊富でしたので、あなた様の召使いの精神の混乱をひき起こしました。と申しますのは、あなた様の召使いはあらゆる言葉に対して優先性の約束をあたえたからです。若いグラシューズ様のご質問は、重要性の詰まった伝達がなされたあと、二次的な返答を享受《きょうじゅ》されるでしょう」

オクサの表情がくもった。

「うん、わかった。あたしに何を言わないといけないの?」

「危険が非常な残存を経験しました。悪意のある邪《よこしま》な反逆者《フェロン》たちから逃《のが》れるために、若いグラシューズ様は大きな安全性のある避難《ひなん》所へ案内されなければなりません」

オクサは思わず周りを見回した。不毛でほこりっぽく、起伏《きふく》のある風景が灰色の砂漠《さばく》のように果てしなく続いている。エデフィアの首都〈千の目〉からも、命あるものがいる場所からも遠く離《はな》れているように思えた。

「あたしがどこへ行ったらいいか、知ってるの?」

「若いグラシューズ様の全面的な保護を保証する唯一《ゆいいつ》の場所は、〈妖精の小島〉が位置するエデフィアの果てです」

「ウソ! じゃあ、〈妖精の小島〉に行くんだ?」オクサは勢いこんで言った。

フォルダンゴは力強くうなずいた。

「元グラシューズ様が、若いグラシューズ様とその召使いへの同行と導きを行われます」

「バーバが?」オクサの胸は期待でふくらんだ。

「非常に愛された古いグラシューズ様は〈ケープの間〉の内臓における使命を保持しておられます」

この言葉にがっかりしたけれど、笑いがこみあげてきた。

「それって、〈ケープの間〉の奥深くって言いたいんだよね?」

「あなた様の訂正《ていせい》は正確さに出会われました」

フォルダンゴは深い尊敬のまなざしでオクサを見つめた。


「こんにちは、オクサ」とつぜん、どこからか女の声が聞こえた。

オクサはとっさに、いつもの防御《ぼうぎょ》の構えをとった。右足を前に出して、両腕《うで》を直角に前に出すポーズだ。あらわれたのはドラゴミラのシルエットよりずっとはっきりした威厳《いげん》のある人影《ひとかげ》だった。やせた美女で、髪《かみ》が驚くほど長く、深い憂《うれ》いをふくんだ表情をしている。ドラゴミラとびっくりするほど似ている。

「あなたは……マロラーヌ！」オクサはそれがだれだかすぐに気がついた。

その女性は落ち着いた様子で前に進み出た。

「そう、わたしはあなたの曽祖母《そうそぼ》、マロラーヌです。こんな状況《じょうきょう》だけれど、あなたに会えて光栄だわ」

「わたくしの前のグラシューズ様」と、フォルダンゴがおじぎをした。

「わたしのフォルダンゴ……」マロラーヌはそうつぶやいて、以前は自分に仕えていた召使いの頭をなでた。

オクサは口もきけずに、ぼうっと曽祖母をながめた。すべての問題の根源である人に対面する日が来るなんて思ってもいなかった。オシウスと秘密の関係を結んで、オーソンとレミニサンスという双子《ふたご》を出産したこと、レミニサンスが受けた〈最愛の人への無関心〉という罰《ばつ》、〈大カオス〉……こうした不幸な出来事の元凶《げんきょう》はこの人なんだ。だが、それは彼女の意図するところではなかった。最悪なのはそのことだ、とオクサにはわかっていた。マロラーヌは人を信じやすい純粋《じゅんすい》な性格につけこまれ、あざむかれたのだ。どうして彼女を責められるだろう。しかも、自分の過ちのせいで、家族やグラシューズの地位、そして自分の命まで失った。いちばんの犠牲者は彼女なのかもしれない。

オクサは頭が真っ白になり、この元グラシューズから目が離せなかった。質問したいことは山ほどある。しかし、いまはそんな場合じゃない。ほかに急を要することがある。

「急がないといけないわ!」マロラーヌは砂漠のような荒野《こうや》を見わたしながら、あせった様子で言った。「オシウスたちが何かおかしいとそろそろ気づくころよ。すぐに隠れ場所に行かなくては!」一瞬、マロラーヌの顔におびえたような表情が広がった。オクサはそれに気づき、心から気の毒だと思った。

マロラーヌはオクサを心配そうに見やった。

「浮遊《ふゆう》できる?」

「もちろん!」

「そうじゃないの。あなたの疲労が心配なのよ」

「だいじょうぶです」

そんなに心配されるほど、自分はひどい顔をしているのかとオクサは思った。

「じゃあ、行きましょう!」

マロラーヌがフォルダンゴを光の輪で包みこむようにして浮き上がらせると、フォルダンゴの顔は蒼白《そうはく》になった。流れ星のように優雅《ゆうが》に暗い空へ舞《ま》い上《あ》がっていくマロラーヌのあとをオクサは追いかけた。しばらくすると、マロラーヌの質問の意味がわかってきた。オクサは疲《つか》れきっていた。最初はだいじょうぶだったが、浮遊は思ったより体力を消耗《しょうもう》し、ふらふらしてきた。最後に残ったわずかな体力すら空っぽになったような気がする。

「あきらめちゃだめだよ、オクサ！」ここにギュスがいたらそう言うだろう。父親のパヴェルも同じように励《はげ》ましたにちがいない。

「パパ、どこにいるの？」オクサはうめくようにつぶやいた。

数キロメートル後方に、〈クリスタル宮〉が地平線を切り取るようにそびえていた。その周りを黒い雲のようなものが取り巻いている。反逆者《フエロン》の必殺の武器、骸骨《がいこつ》コウモリだろう。その残忍《ざんにん》な赤い目と剃刀《かみそり》の刃《は》のようなするどい歯を思い出し、オクサは身震《みぶる》いした。パヴェルやほかの〈逃げおおせた人〉たちは〈ケープの間〉の前で、オシウスたちに包囲されたまま自分のことを待っているにちがいない。愛する人たちはみんなあまりにも遠くにいる。なのに、自分はとうの昔に死んでいる女性に連れられ、陰気《いんき》な空を飛んでいる。悲しくて涙《なみだ》がこぼれそうになった。その拍子《ひょうし》にふらふらしたオクサの高度がガクンと下がった。

「もう少しよ、オクサ！」マロラーヌが励ました。

オクサはとっさにポシェットを探った。秘密兵器を使うべきときだ。オクサは顔をしかめながら、頭脳向上キャパピルをひとつごくりと飲みこんだ。このキャパピルには頭脳だけでなく、身体機能を向上させる働きもある。吐《は》き出《だ》したくなるほどひどい土の味がしたが、すばらしい即効《そっこう》性を示した。みるみる視界が明るくなり、筋肉の張りが出て、なくなったと思っていた力が体のすみずみにみなぎってきた。ふり返ったマロラーヌとオクサの目が合った。一方は心配そうなまなざし、もう一方は燃えるような目をしている。オクサは自分を取りもどした。もうそろそろ〈妖精の小島〉に着くころだった。

7　神経戦

ちょうどそのころ……。

ロンドンが洪水《こうずい》に見舞《みま》われている間、エデフィアは逆に干ばつに苦しんでいた。滝《たき》のような雨でも降れば、国じゅうにこの上ない幸せをもたらしただろうに、この五年間というもの、雨は一滴《いってき》も降っていない！　そのため以前は肥沃《ひよく》だった土地がだんだんやせて不毛の荒野《こうや》になってしまった。その間、国民はひたすら息を殺すようにひっそりと暮らし、物不足と暴政に耐《た》えてきた。

ほこりっぽい土地にやっと少しだけ雨が降り始めると、国民は最初、信じられないというようにおずおずと、それから先を争って家の外に駆《か》け出《だ》した。水を吸いこめないほど硬《かた》く乾《かわ》いてしまった土は雨を弾《はじ》き、あたりに、なつかしくて温かい湿気《しっけ》の匂《にお》いを放った。雨は、しだいに激しくなり、ついには豪雨《ごうう》となって地面や人々の上に流れるように降り注いだ。だれもが安堵《あんど》と歓喜《かんき》に酔《よ》ったように笑い出し、歌ったり踊《おど》ったりした。

激しい雨の音や人々の大騒《おおさわ》ぎも〈クリスタル宮〉の地下七階までは届かなかった。〈逃げおおせた人〉たちと反逆者《フェロン》たちがこの宝石を敷《し》きつめた広間に閉じこもってから、もう長い時がたっていた。正確に言えば、十二日間だ。その間ずっとこの二つの陣営《じんえい》は心理的な揺《ゆ》さぶり合いをしていた。息が詰《つ》まるような雰囲気《ふんいき》のなか、全員がその場に残り、おたがいに相手を煽《あお》るようなやり取りが続いた。床に寝《ね》ることも、質素な食事も、手っ取り早く体を洗わねばならないのも、すべて我慢《がまん》した。生き物たちだけが主人の最低限の世話――毛布や食べ物を持ってくるといったこと――をするために、地下と部屋とを行ったり来たりして献身《けんしん》的に働いた。重苦しい雰囲気のなか、〈ケープの間〉の扉《とびら》とおたがいの敵を交互《こうご》ににらみつけながら、〈逃げおおせた人〉と反逆者《フェロン》の苛立《いらだ》ちは最高潮《さいこうちょう》に達していた。

一人の若い警備の者が大声をあげて広間に飛びこんできたため、だれもがはっと顔を上げた。

「ご主人様……雨が、雨が降っています！」オシウスにおじぎをしながら、その男はつっかえつっかえ報告した。

オシウスは丸天井《まるてんじょう》と〈ケープの間〉の扉を交互に見つめ、それから〈逃げおおせた人〉たちに冷ややかな視線を向けた。口の端《はし》にかすかなほほえみを浮かべたアバクムが見つめ返すと、オシウスの顔は怒りにゆがんだ。二日前に、フォルダンゴは、グラシューズの部屋に残っている生き物たちが心配だからという理由で、部屋へもどることをオシウスに願い出ていたのだ。

「若いグラシューズ様は救世の使命の終了にアクセスされます」と、そのときフォルダンゴはアバクムの耳にこっそりささやいた。「〈ケープの間〉の外での再会は切迫《せっぱく》しています」

意外なことに、オシウスはフォルダンゴが部屋にもどることを許可したが、二匹のヴィジラントを厳重な見張りにつけた。アバクムにまんまとしてやられたわけだ。つまり、オクサは二つの世界の均衡《きんこう》を回復することに成功し、〈ケープの間〉にはもういないだろうということだ。そのことはすぐに口から口へと伝わり、〈逃げおおせた人〉たち全員が知るところとなった。その場は騒然《そうぜん》となり、みんなの疲れきった目に輝きがもどってきた。

「成功したんだ！　これで助かった！」あちこちから声があがった。

「黙《だま》れ！」オシウスがどなった。

みんなはっとした。青ざめた反逆者《フェロン》の首領がこめかみをもんだ。

「思いどおりにいかなかったようだな、オシウス」アバクムが言い放った。

「あなたは勝負に負けたのかしらね？」何重にも巻いたブレスレットをカシャカシャ鳴らして、ブルンが言った。

「オクサは〈ケープの間〉にはもういないんだ。彼女の勝ちだな」と、ナフタリが追い討ちをかけた。

〈逃げおおせた人〉たちが反逆者《フェロン》を動揺《どうよう》させようと挑発《ちょうはつ》したのはこれが初めてではない。しかし、これまではいつも失敗に終わっていた。オシウスがあまのじゃくであるうえに、自分の信念に凝《こ》り固《かた》まり、一歩も引こうとしなかったからだ。オシウスはオクサがひょっとしたら逃げ出したかもしれないという考えをあえて無視した。というのは、何世紀にもわたって保存されている〈覚書館《おぼえがき》〉のグラシューズ古文書《こもんじょ》によると、〈ケープの間〉の出入口はひとつだけだからだ。オクサが中に入ってから、入り口からはずっと目を離《はな》さずにいた。しかし、今回ばかりはオシウスの思いどおりにいかなかったことは明らかだし、〈逃げおおせた人〉たちが最初からこうなるだろうと予測していたのも明白だ。彼らはオクサが逃げ出す時間をかせぐために、オシウスを地下七階にひきとめておこうとあらゆる手段を講じていたのだ。オシウスは怒りのあまり泡《あわ》をふいた。二日前、〈ケープの間〉からもれでる光が弱まったときに行動を起こすべきだったのだ。あのサインを見逃《みのが》すべきではなかった！　オシウスはアバクムをにらみつけた。

「知っていたんだな！」

二人はしばらくの間、黙ってにらみ合っていた。相手がけっして目をそらさないことは、おたがいわかっていた。

「自分が何をやらかしたかわかっているのか？」オシウスが沈黙《ちんもく》を破った。

「わかっている」と、アバクムは重々しく答えた。「新しいグラシューズとなったオクサを、おまえたちの悪の手と生命の危険から救ったんだ！　おまえが自分の野望をかなえるためならオクサを断罪することもいとわないのを、わたしたちが知らないとでも思っていたのか？」

オシウスはつねに冷静なことで知られていた。気性は野獣《やじゅう》というより爬《は》虫類に近く、反応が予測不可能なだけによけいに手ごわい。長い間むっつりと無表情でいるかと思えば、まったく前《まえ》触《ぶ》れなく急に恐ろしい攻撃《こうげき》をしかけてくる。何十年も前から彼をよく知っている人ですら、その冷静な表情にだまされることがあった。そのため、とつぜんオシウスがアバクムでなく、パヴェルに跳《と》びかかったときは、みんながびっくりして叫《さけ》び声《ごえ》をあげた。二人は床にどさりと倒れて、きらきら光るほこりのなかをころがった。

「オシウス、おまえは大きな過《あやま》ちをおかしている！」

パヴェルはオシウスのわき腹をなぐりつけ、しゃがれた声で叫んだ。

骸骨《がいこつ》コウモリとヴィジラントが隊列をなして〈逃げおおせた人〉の頭上に来ると、起こるべきことが起きた。誤った選択《せんたく》をしたことを再びオシウスに見せつけたのだ。パヴェルの背中の刺青《いれずみ》から闇《やみ》のドラゴンがあらわれ、金褐色《かっしょく》の翼《つばさ》でオシウスとパヴェルを包みこんだ。殴《なぐ》り合っていた二人は静かになった。広いとはいえ、この限られた地下のスペースで闇のドラゴンは荒々《あらあら》しく頭をふり、火を吐《は》いた。百匹ほどの空飛ぶ怪物《かいぶつ》たちは、たちまち燃えあがった。気分の悪くなるような焦《こ》げた臭《にお》いが地下七階に広がった。パヴェルと闇のドラゴンの威厳《いげん》に飲まれたように、全員が身動きできないでいた。

オーソンだけが攻撃に転じた。しかし、彼がドラゴンの口に向けて発したグラノックは、何の威力《いりょく》もないごく小さな火の玉にすぎない。それから、ドラゴンは翼の下に包みこんだオシウスを放し、刺青にもどった。パヴェルは体の痛みをこらえて姿勢を正し、すごすごと仲間のほうに引き下がるオシウスを黙ってにらみつけた。ドラゴンの威嚇《いかく》は十分だったようだ。

「これですむと思うな」オシウスは衣服を直しながら言った。

オーソンが父親をかばおうと前に進み出たが、オシウスはみんなの目の前で息子を追いはらうような仕草をした。しかも、彼の放った言葉は厳しいものだった。

「おい、わたしのいる方向へけっしてグラノックを発射するな。絶対にだ。いいか？」オシウスはオーソンを指さしてすごんだ。

オーソンは平然とはしていたが、メタリックで冷たい目だけが雷雲《かみなりぐも》のようにくもった。

「なんていう侮辱《ぶじょく》！」ブルンは思わず口を手でおおった。

オシウスは手を後ろに組んで胸をそらせた。そして、苦々しい思いを隠すかのように〈逃げおおせた人〉たちをにらみつけ、不気味な低い声でこう言った。

「おまえたちは無責任だ！」

そして、あごをそらしてこう締《し》めくくった。

「こいつらを連れていけ！　部屋に閉じこめて、しっかりと見張りをつけておくんだ！」

威嚇するようなうなり声をあげるヴィジラントに加勢《かせい》されて、革の鎧《よろい》を着た三十人ほどの護衛が〈逃げおおせた人〉たちを取り囲んだ。アバクム、パヴェル、ブルン、ナフタリ、ピエール、ジャンヌがおとなしくしたがった。監禁《かんきん》やこれからへの不安を抱《いだ》きながらも、希望がわいてくるのを感じていた。その相反する思いは、エデフィアにたたきつける恵《めぐ》みの豪雨《ごうう》に似ていた。

8
戦闘準備《せんとう》

「国じゅうを探して、全国民を尋問《じんもん》しろ！　家も一軒《けん》残らずすみからすみまで、山の洞窟《どうくつ》も地面にほってある穴もぜんぶ調べるんだ！　あの娘はどこかにいるはずだ！」

わがもの顔に使っている〈クリスタル宮〉の最上階の居室で、オシウスは息子や仲間たちに背を向け、窓のほうを向いていた。顔を見なくてもオシウスがどれほど怒っているのかわかる。チャコールグレーの麻《あさ》のシャツを着た肩《かた》がこわばっているのを見れば一目瞭然《いちもくりょうぜん》だ。

「お父さん、すぐに見つかりますよ！」アンドレアスが例のうっとりするような声でなだめた。

「エデフィアはそんなに広くないんですから……」

オーソンは思わずため息をもらした。弟はどうしようもなく楽観的なのか、それともただ父親に気に入られようとしているだけなのか。

「人員はどれだけそろっていると言っていたかな?」オーソンはエデフィアの面積が十二万平方キロメートルあることを思いながら、わずかにあざけりをふくんだ調子でたずねた。

アンドレアスの挑《いど》むような視線がオーソンに向けられた。

「わたしは何も言っていない」アンドレアスは短く答え、自分をばかにしたようなオーソンの言葉をはねつけた。

まるで、そんな程度の低い挑発《ちょうはつ》は相手にしないといわんばかりだ。アンドレアスは満足そうに口の端《はし》をわずかに上げ、目はここ数日の疲れでげっそりしている手下たちのほうに向けた。けわしい顔つきをした赤毛の女が〈外界〉から帰ってきた反逆者《フェロン》たちに向かって言った。

「町の数は少ないんです。干ばつで土地がだめになってしまってからというもの、人々は助け合うためにいくつかの共同体にまとまりました。生き延びるためにそうせざるを得なかったのです。〈千の目〉のほかには、森人《もりびと》の住む〈緑マント〉地方と匠人《たくみびと》の住む〈断崖《だんがい》山脈〉に合わせて五つの町しかありません」

「きちんと戦略を立てなければ」と、アンドレアスが続けた。「若いグラシューズをかくまっている者たちの不意をつけば成功するはずだ」

やっとオシウスがふり返って、心配そうにスキンヘッドをなでた。そして、無言でうなずいてからたずねた。

「情報提供者たちは何と言っているんだ?」

体格のいい男が口を開いた。

「〈千の目〉に潜入《せんにゅう》した仲間たちが数ヵ月前から網《あみ》を張っていた結果、扇動者《せんどうしゃ》を捕《つか》まえました」

「だれだ?」

「アルヴォの孫、アシルです」

オシウスはののしりの言葉を飲みこみ、反逆者《フェロン》たちはショックから叫《さけ》び声《ごえ》をあげた。オーソンたち事情のわからない者はきょとんとしていた。

「アルヴァだって⁉」エデフィアに帰還《きかん》した〈覚書館《おぼえがき》〉の司書アガフォンが叫んだ。「マロラーヌのポンピニャックで灌漑公僕《かんがいこうぼく》をしていたやつかね？」

「あなたの記憶力《きおく》は抜群《ばつぐん》ですね」アンドレアスが言った。「アルヴァは〈大カオス〉の数ヵ月前にわれわれの企てに加わり、父がポンピニャックを組閣したとき、耕作公僕に任命されたんです。農学の第一人者ですからね。彼のおかげで、荒《あ》れ果《は》てた土地に適合した野菜や果物の品種を開発することができ、日に日に近づいてくる飢饉《ききん》を遅らせることができたのです。アルヴァはその後も長い間、われわれの側にいました。しかし、しだいにわれわれの統治政策や治安政策に大っぴらに反発するようになりました」

「あいつは、自分の周りに革命思想をまき散らしたんだ！」オシウスはテーブルをこぶしでドンとたたき、吐《は》き捨てるように言った。「何のためらいもなくわたしを裏切るやつらを信用していたとはいまいましい」

オーソンとアンドレアス以外は目を伏せた。

「裏切り者のアシルはどこにいる？」オシウスがたずねた。

「ひっとらえました」ひげをはやした男が短く答えた。

「アルヴァは？」

「アルヴァはわれわれの仲間の厳しい監視《かんし》下におかれています」

「それはよくやった！　あいつのことはわたしが引き受けよう。ほかの地域の様子はどうなんだ?」

「〈緑マント〉地方の首府〈葉かげの都〉は鎮圧《ちんあつ》されました。仲間のうち最強の者を送りこんだところ、反乱の火種はすべて消えたようです。反乱者たちの野望はぐらついているのでしょう。いまでは住民たちもネズミのように家にひきこもり、生き延びるだけで精いっぱいだとか」

「おまえに何か策はあるか?」オシウスはアンドレアスに向かってたずねた。

「六つの特別攻撃《こうげき》部隊を編成し、六つの町で同時に作戦を展開してはどうでしょう」と、息子が答えた。「隠れられるところは限られていますし、お父さんに逆らえば、得るものより失うもののほうが大きいことは国民もよくわかっているはずです。お父さん、あなたはいつも恐れられていますよ。最後には絶対にあぶりだしてやる、あの……」

アンドレアスは言葉を探した。「……いまいましい小娘め!」

オシウスは目を細め、不吉《ふきつ》でどう猛《もう》な笑いをもらした。

9 妖精の小島

〈妖精の小島〉はオクサが想像していたのとはまったくちがっていた。彼女が思いえがいていたのは、時間も空間も超越《ちょうえつ》した、地球上のどんな場所にも劣《おと》らない豊かで夢のような美しい場所だ。

ところがフォルダンゴとマロラーヌにつき添われたオクサの目の前に広がるのは、エデンの園というよりは退廃《たいはい》した天国といった風景だ。以前はたしかに楽園だったのだろうが、過酷《かこく》な年月のあいだにそのすばらしさは失われたようだ。

かつては滝が流れていたのだろう、すべすべした白い岩の断崖《だんがい》のある〈妖精の小島〉はそんなに広い土地ではなかった。枝の曲がったみすぼらしい木がまばらに生えた小さな村くらいの大きさだ。中央にちょろちょろ流れている小川は、かつては勢いよく流れていたのだろうが、いまでは枯渇《こかつ》寸前の細い銀糸のようだ。岸辺にところどころに生えている草が、何週間も緑を見ていないオクサの目を少しだけ和ませてくれた。

地面に下りると、オクサはへたりこんだ。頭のてっぺんからつま先まで疲れ切っている。短い枯れ草の上にひざまずくと、フォルダンゴがつまずきながらあわてて駆《か》け寄《よ》った。

「若いグラシューズ様は筋肉のゆるみを見せておられますので、召使いの心には心配が詰めこまれています！」

「ふう、フォルダンゴ、ゆるんでいるのは筋肉だけじゃないみたい」

げっそりとしたオクサは息をついたが、それでよけいに頭がくらくらした。

「きっとひどい顔をしてるよね」オクサはよごれて傷だらけになった手や服を見ながら言った。

「若いグラシューズ様の体は災禍《さいか》と垢《あか》におおわれていますが、心はそうではありません」フォルダンゴがきっぱりと言った。

オクサはまつ毛を震わせながらフォルダンゴを見つめ、ため息をつくように言った。

「おまえって、優しいね」

乾《かわ》いた地面の上に浮かんだまま、マロラーヌが進み出た。

「ここでは何も恐れることはないわ。少し休めるわよ」

オクサは顔を上げた。

「でも……」と言う彼女の顔に迷いがある。

「でも、じゃないの」マロラーヌがぴしゃりと言った。「体力を取りもどさないと、何もできないわよ。こっちへいらっしゃいな！」

マロラーヌはオクサに軽く触《ふ》れたが、彼女には肉体がないため、オクサを支えることができない。一生懸命《けんめい》主人を助けようとしたのはフォルダンゴだ。思いがけない力を発揮してオクサの腕をとり、立ち上がるのを手伝った。そのぽっちゃりした手があんまりやわらかくて、オクサは小さくなって手にほおずりしたい気持ちでいっぱいになった。人のぬくもりとやわらかさ、それこそオクサがいまいちばん望んでいるものだったから。だが、いまはもう少し待たねばならない。

フォルダンゴは主人のそばにぴったりと寄《よ》り添《そ》い、彼女を支える役目を断固として果たしていた。どんな障害もはねのけるほどの真剣《しんけん》さだ。

「若いグラシューズ様は召使《めしつか》いを杖のように使わなければなりません」

フォルダンゴは背中を丸めながらオクサを励《はげ》ました。

そのにっこりした顔と真剣なまなざしには逆らえず、オクサはその言葉に従った。この奇妙な二人づれは小川に沿って進むマロラーヌのあとを追った。

「ここなら休めるわよ」

マロラーヌは小川に張り出している、アカシアでできた小さな展望台を指さした。オクサは言われるままに重い体を引きずってついていった。草の模様が彫《ほ》ってある柱の間に透《す》き通《とお》った薄《うす》い布が張られていた。そのなかをのぞくと、オクサはほっとため息をついた。

「すごい……」

いちばん難しいのは食べることと眠《ねむ》ることのどちらを選ぶかだ。オクサを悩《なや》ますあさましくも人間的な欲求は、彼女がグラシューズであっても避《さ》けられない。おなかが鳴る大きな音がフォルダンゴの耳にまで届いた。

「若いグラシューズ様の空腹が緊急《きんきゅう》の嘆願《たんがん》をされました」フォルダンゴはあわててそう言うと、食べ物が並んでいる低いテーブルにオクサを連れていった。「栄養失調が緊急に出会っています。堪能《たんのう》してください！」

オクサはフォルダンゴに二度まで言わせなかった。フランネルの大きなクッションの上にあぐらをかいて座り、自分のために用意された食事を食い入るように見回した。色とりどりの野菜とハーブでマリネされた魚のソテーのクレープ巻き、クルミとヘーゼルナッツ入りの小さなチーズ、キャラメルがけのフルーツ、それに、クリーミーなバターだ。オクサはほかほかの大きな丸いパンをいそいそと二つに割った。

「フォルダンゴ、いっしょに食べようよ！」

フォルダンゴの顔がバラ色になった。

「おお……若いグラシューズ様はその提案の授与《じゅよ》によって、召使いに甚大《じんだい》な名誉《めいよ》をあたえられました！」

「おまえだって、死ぬほどおなかがすいてるんじゃない？」

オクサは口のまわりにバターをつけて言った。

フォルダンゴはうなずき、まだ湯気の立っている大きなパンの塊を飲みこんだ。

「あなた様の召使いは食料不足に出会って苦しんでおりました」

オクサは思わず笑いをもらした。展望台の手すりの上に浮かんでいるマロラーヌはほっとため息をついた。

「あなたたち二人を見ているとうれしくなるわ」

「わたくしの前のグラシューズ様は口に真実を持っていらっしゃいます」と、フォルダンゴが言った。

「あたしはこのおいしいチーズを口に持っていこうっと！」オクサは笑いながら、いい香りがする小さなチーズを口に放りこんだ。

この世のものとは思えないほどふんわり軽そうなロングドレスをまとったマロラーヌと何人かの不老妖精たちがオクサたちを見守っていたが、オクサは彼女たちがほほえみを浮かべたのをたしかに見た。オクサはほほえみを返しながら、疲《つか》れと安心感で体から力が抜けていくのを感じた。

フォルダンゴが「前のグラシューズ様」と呼んだマロラーヌが近づいてきた。

「あ、あの、ありがとう」オクサがつっかえながら言った。「あと一時間遅かったら、腹ペコで死んでたかもしれない」

マロラーヌが静かに頭を下げると、長い髪《かみ》がシルクの布のように肩《かた》をおおった。その姿は信じられないほどあでやかだ。

「わたしたちも、あなたをここに迎《むか》え、国民を助けることに貢献《こうけん》できてとてもうれしいのよ。でも、まずはあなたを治療《ちりょう》しないといけないわね。あなたは……」

「ちょっと傷だらけ？」オクサがさえぎった。

オクサには切り傷だらけの腕《うで》しか見えなかったが、顔や首筋にも地球をおそった災害の影響《えいきょう》を受けているはずだ。肌《はだ》が乾燥《かんそう》しているせいで、Tシャツが肩をこするだけでひりひりした。

「あたしの姿、ひどいんでしょ？」

フォルダンゴが心配そうな顔をしているので、オクサは不安になった。

「若いグラシューズ様のご容ぼうは表面上は保存されていますが、肌はある程度の損害に出会われています。炎《ほのお》のすじによる火傷のあとがやわらかい表皮に残っており、嵐《あらし》の厳しさが醜《みにく》さに満ちた傷《きず》あとをあたえました」

「オーケー」オクサはため息をついた。「あたしがフランケンシュタインに似てるっていうことだよね」

マロラーヌが割って入った。真実を告げることがいつもいいとは限らない。

「あなたが思っているほどひどくはないわよ」マロラーヌがなぐさめた。「数時間もすれば消えるわ。さあ、フォルダンゴ、おまえの出番よ！」

フォルダンゴはサロペットから予想どおりのものを取り出した。あの這《は》いまわる生き物、気持ちの悪い縫合《ほうごう》グモだ。聖プロクシマス中学の理科室でオーソン・マックグローと対決したときに体じゅうにできた切り傷を、このクモがまったく痛みなしに手際よく治してくれたことをオクサは覚えている。だからといって縫合グモが虫であることに変わりはないし、オクサはどんな虫も大嫌《きら》いなのだ。

「若いグラシューズ様は水平の位置の受け入れをされなければなりません」

フォルダンゴが提案した。

オクサは逆らう気力もなく、仰向《あおむ》けに横たわった。けれども、フォルダンゴがぽっちゃりした指でクモを一匹つまみあげたとき、オクサはぞっとした。縫合グモはすぐに仕事を始めた。フォルダンゴが首とほおに掃除虫《そうじ》をひとつまみ置いたのは、オクサが目をつむったあとだったので見なくてすんだ。オレンジ色の極小《ごくしょう》のうじ虫たちは傷をひとつひとつていねいに吸う治療《ちりょう》を始めた。数時間もすれば、傷などわからなくなるだろう。

〈妖精の小島〉は暖かかった。小川がさらさらと音を立て、優しい風が仕切り布をゆらした。すべてが静かだ。オクサの鼓動《こどう》はキュルビッタ・ペトの動きに合わせてゆっくりとおだやかになり、気持ちのよいけだるさに全身がおおわれていった。おなかもいっぱいになって疲《つか》れきっていたオクサはまもなく眠《ねむ》りについた。

これは夢だろうか。それとも雨の音なのだろうか。気持ちのいい眠りにつく前のことを思い出そうと、オクサはじっとしていた。何か騒《さわ》がしいような気がする。あちこちから知らない声が聞こえる。

「あーあ……」と、オクサはつぶやいた。

ようやく目をあけると、自分をうれしそうに見つめているフォルダンゴが目の前にいた。とつぜん、フォルダンゴは大声をあげた。

「若いグラシューズ様が意識に再会されました！　目覚めです！　目覚めです！」

展望台はマロラーヌをはじめとする不老妖精たちでたちまちいっぱいになった。ほかの妖精たちも興奮の渦《うず》に包まれた展望台を取り囲んでいる。

「雨が降ってるの？　ほんとに降ってるの？」と、オクサがたずねた。

「そうよ！」マロラーヌが答えた。「あなたは奇跡《きせき》を起こすことに成功したのよ！　あなたと、わたしの愛しいドラゴミラのおかげでエデフィアが生き返るのよ！」

雪崩《なだれ》のようにいろいろな思いがオクサの心に押《お》し寄《よ》せてきた。

「わあ……サイコー！」オクサは何を言ったらいいのかわからず、それだけ言うと、ぐしゃぐしゃになった髪をかき上げた。

「あたしはいま、どんな感じ？」オクサは自分の腕を見ながらたずねた。

「まどろみの間に掃除虫が若いグラシューズ様の肌に穴をあけていた悪の消化をいたしました。また、縫合グモも成功に満ちた表皮の刺繍《ししゅう》を果たしました」と、フォルダンゴが答えた。

「ふうっ」と、オクサは息をついた。「それで、あたしは長い間眠っていたの？」

「若いグラシューズ様の睡眠《すいみん》は大いなる不足に苦しんでいらっしゃいました。休息は二昼夜の継続《けいぞく》に会いました」

「ええっ！　そんなに⁉」

オクサは思わずそう叫《さけ》んでから目にいっぱい涙《なみだ》をためた。〈逃げおおせた人〉たちがオシウスの元に捕《と》らえられているというのに、二昼夜も無駄《むだ》にしてしまったなんて……。しかも眠っていたせいで！　あわてて飛び起きたため、オクサはふらついた。怒りに震《ふる》えながら手すりをつかみ、服の袖《そで》で濡《ぬ》れたほおをぬぐった。大事な人たちの顔が次々に浮かんできた。

「だれか、パパの最近の様子を知ってる？」

肩《かた》にななめにかけているポシェットがごそごそ動いた。

「ガナリこぼし！」

オクサはその円すい形の蜂《はち》のような生き物がポシェットから出るのを助けた。

「若いグラシューズ様、なんなりとご用をお申しつけください！　何かお役に立てますでしょうか？」

オクサがガナリこぼしに何かささやくと、太鼓腹《たいこばら》をしたガナリは南に向かって飛び立っていった。

「早く帰ってきてよ」と、オクサはつぶやいた。

オクサの心は罪悪感でずしりと重かったが、休息のおかげで疲れがとれたのはたしかだ。マロラーヌと不老妖精数人につき添《そ》われて、オクサは展望台の階段を用心深く下りた。とたんに雨に打ちつけられた。うれしい驚きだ。温かい雨のしずくに癒《いや》されるような気がして、びしょぬれになるのもまったく気にならなかった。

オクサはどしゃぶりの雨を降らす雲を見上げた。雨が顔のよごれやほこりをすっかり洗い流してくれ、生き返ったような気がしてきた。靴下《くつした》もパンツも上着もぬいで、Tシャツだけになった。足が泥《どろ》にしずみこむような感覚はなんとも言えず気持ちがいい。雨のシャワーは最高の快感だった。クリームのようになめらかな地面をころげまわりそうになったくらいだ！　しかし、どろどろの地面に両手をつっこんだだけで立ち上がった。そして手のひらを前に差し出し、顔を上に向け、雨が肌をすっかり洗ってしまうまでじっとしていた。

ふと獣《けもの》の臭《にお》いがした。見ると、十匹ほどの奇《き》妙《みょう》な生き物が、地面にあふれる雨水を逃がすために溝《みぞ》を掘っていた。

「〈心くばりのしもべ〉だ！　わあ、すごい！」オクサはその生き物をよく見ようと目を細めながら声をあげた。

マロラーヌが驚いたようにオクサを見た。オクサは無言の問いに答えた。

「バーバが話してくれたんだ……」オクサはTシャツの裾《すそ》を引っぱりながら懐《なつ》かしそうに言った。

「ドラゴミラと〈心くばりのしもべ〉の出会いは、とてもよかったようね」とマロラーヌが言った。

〈心くばりのしもべ〉たちは仕事の手をとめてオクサのところに来ておじぎをした。人間の頭に生えた長い角がオクサの足をかすった。彼らはひづめで地面の泥をかき、敬意をあらわすために前脚《あし》を折り曲げた。温かみのあるこげ茶の毛並みに雨がはね、湯気があがっている。その様子は〈心くばりのしもべ〉たちの幻想《げんそう》的な雰囲気《ふんいき》をさらに際立たせていた。オクサはその光景をうっとりとながめた。不老妖精たちのそばで生きるために半人間、半雄鹿《おじか》になる呪《のろ》いを受け入れるなんて、よほど決意の固い人たちだったんだ！

「わたくしどもの土地を救ってくださってありがとうございます、若いグラシューズ様！」〈心くばりのしもべ〉のなかでもいちばん年かさの者が言った。とがったあごひげと驚くほど大きい角を持っている。

それから、すぐに彼らは仕事にもどった。

「あのう……どういたしまして」オクサはしどろもどろに返事をした。

オクサはふと空を見上げた。ガナリこぼしが帰ってくるのが待ちきれないのだ。仲間たちの消息がわからないとどうすることもできない。オクサの微妙《びみょう》な心の動きを気づかうマロラーヌが黙《だま》って優しくオクサに触《ふ》れた。フォルダンゴでさえ、なぐさめの言葉が見つけられないでいる。オクサは展望台の階段に座り、爪《つめ》をかみ始めた。あっという間に二歳《さい》も歳《とし》をとったのに、子どもの頃《ころ》からの悪い癖《くせ》は直っていなかった。ほかにすることがないので、オクサはTシャツをひざまで引っぱって縮こまり、ひたすらガナリこぼしを待った。

やっと羽の生えた情報提供者が帰ってきた。オクサの苛立《いらだ》ちは最高潮《さいこうちょう》に達しており、すぐさま立ち上がって大声で呼んだ。びしょぬれのガナリこぼしがオクサの手のひらにおりてきた。

「若いグラシューズ様のガナリこぼし、報告いたします！」

「早くして！」

「若いグラシューズ様、わたくしはできるだけ速く飛んで、〈外界〉の単位でいうと、ここから百十キロメートルの〈千の目〉まで三十七分で着きました。そこでは、たくさんのヴィジラントの群れが〈クリスタル宮〉を警備していましたので、そこに入るためには建物の土台に沿ってはうようにして進まなければなりませんでした。あのけんか腰《ごし》の毛虫どもはわたくしのことを甲《こう》虫《ちゅう》類だと思ったようです。そうして宮殿《きゅうでん》内に入りました……」

オクサはガナリこぼしの言葉をひと言ももらすまいと熱心に聞いていたが、つい不満が顔に出たらしい。ガナリこぼしはオクサの知りたがっていることを先に報告することにした。

「若いグラシューズ様、わたくしは最上階に行くことができたのです。そこに〈逃げおおせた人〉たちが監禁《かんきん》されているからです。しかし、あなた様のお父様、それにアバクム、ゾエはもはや〈クリスタル宮〉にはいらっしゃいません」

「ええっ？」

オクサの心臓が止まりそうになった。最悪の事態を想像してしまったのだ。オシウスはオクサの逃亡《とうぼう》に報復するため、彼女のいちばん大事な人たちを殺してしまったのではないか？　恐ろしい場面が次々と頭に浮かんできて、オクサは悲鳴をあげた。ガナリこぼしがモーターのような音をあげてオクサの目の前に飛んできた。

「ご心配は無用です、若いグラシューズ様！　どうやってだかはわかりませんが、三人が脱走《だっそう》に成功したことはまちがいありません！」

10　グラシューズ狩《が》り

エデフィアの住民はここ何年も、ひどい苦しみを受けてきた。〈大カオス〉のときにグラシューズ・マロラーヌが死に、ごくひとにぎりの人たちが門の向こうに消えた。未来のグラシューズのドラゴミラ、その兄レオミド、妖精人間アバクム、オーソン、そのほか重要な人物ばかりだ。大多数の国民は、その人たちが門を通過するときに死んでしまったのだと思っていた。そして、エデフィア史上これほどおぞましい事件はなかったので、そのトラウマはとても大きかった。

それ以来、何もかもが変わってしまった。多くの人々は〈外界〉のことを何も知らなかった平和な時代を懐《なつ》かしんだ。混乱が過ぎ去ったあと、歴代のグラシューズたちが何世紀もの間、なぜ国民に〈外界〉のことを秘密にしてきたのかがわかった。エデフィアの安全と調和を守るためだったのだ。なんとシンプルで、根本的な理由だったことか！

それからおよそ六十年、国民みんなが〈語られない秘密〉の暴露《ばくろ》の代償《だいしょう》をはらってきた。エデフィアの国民はマロラーヌの〈夢飛翔《ゆめひしょう》〉のおかげで、おごり、個人主義、権力への渇望《かつぼう》といった〈外の人〉たちの性質を知り、最初は恐れた。しかし、そうした欲望から引き起こされる最悪の事態を逃《のが》れることはできないのだと、苦い経験から悟《さと》った。「〈内の人〉であれ、〈外の人〉であれ、人間のなかには善と悪がある」と〈語られない秘密〉は教えてくれた。そのことに気づいたことはあまりに残酷《ざんこく》だった……。

〈大カオス〉後の最初の数十年間は、マロラーヌの死と、ひどい混乱を引き起こしたオシウスとその仲間が権力をにぎったこと以外、とくに何も起こらなかった。ショック状態にあったエデフィアの国民はすべて成り行きにまかせた。反対派はごく少数で孤立《こりつ》していたし、反抗《はんこう》するのに慣れていなかったため、まもなくあきらめてオシウスたちに従った。

その後、事態が急変した。数週間のうちに、ぶ厚く乾《かわ》いた鉛《なまり》色の雲に空がおおわれるようになった。日の光が弱まり、気温も急激に下がって、水が不足し始めた。収穫が減り、砂漠《さばく》化が進み、食糧《しょくりょう》が統制されるようになった。エデフィアを日に日に衰退《すいたい》させる厳しい事態を、オシウスは何とかしようと試みた。彼は各分野の有能な専門家に助けられ、資源を節約して有効に開発するシステムを作りあげた。何百平方キロメートルもの耕作地を切り捨てて限られた土地に灌漑《かんがい》を集中させたり、〈断崖山脈《だんがいさんみゃく》〉の洞窟《どうくつ》にあるダイヤモンドやサファイヤより貴重なものとなった水を求めて、さらに深く地中を掘《ほ》ったりもした。資源を共同で使用し助け合うために、異なる種族がなるべく集まって住むようにもなった。というのは、あらゆるものが不足する状況《じょうきょう》に国民は疲《つか》れてしまっていたからだ。気力がおとろえ、ものが不足するにつれて、希望もなえていった。失わエデフィアの黄金時代は終わった。オシウスの調子のいい言葉に国民はだまされなかった。失われたものはもどってこないのだ。

ごく少数の人たちだけがまだ未来を信じていた。オシウスとその仲間は、エデフィアの門の向こうに消えた人たちは生き延びていると思っていた。その仮説を信じるに足るたしかな情報を彼らはにぎっていた。

マロラーヌがもらした秘密に加え、何世紀にもわたって秘密にされていた膨大《ぼうだい》なグラシューズ古文書《こもんじょ》もあった。〈大カオス〉のときに一部がこわれた〈クリスタル宮〉の最上階にある〈覚書《おぼえがき》館〉で、オシウスは〈語られない秘密〉の意味だけでなく、〈外界〉での自分の力の無限の可能性について真に理解したのだ。それからというもの、オシウスは〈外界〉とそこに住む何十億という人を支配するために、いつの日かエデフィアから出るのだという考えに取り憑《つ》かれた。祖先のテミストックルと同じように、オシウスは見えない門を通過するための方法を探るのに、ばく大なエネルギーを費やした。

長い間、オシウスは厳しいが公平な支配者だった。軍事力を完全ににぎってはいるものの、国民のためになる決断を下すことができる人間だった。しかし、やがて自分の野心が義務や忍耐《にんたい》を上まわり、理性では抑《おさ》えられなくなった。ミュルムの秘薬を作ることに解決策があると考え、エデフィアの国民をおぞましい半透明《とうめい》族のえじきにするという卑《いや》しい選択《せんたく》もした。何百人という人たちから恋《こい》する感情を永久に奪《うば》い、大量の秘薬を作った。

こうしてエデフィア史上、最悪の時代がやってきた。それは半透明族の溶《と》けた鼻の穴から流れ出るべとべとした液体にちなんで「タールの時代」と呼ばれた。ちょうどドラゴミラがアバクムやパヴェルといっしょにパリに住み始めた頃《ころ》だ。エデフィアではオシウスの野望がかなわないまま、半透明族が恋心の吸い取りすぎで——公式の理由は〈網膜焼《もうまくや》き〉の土地の光量が急激に減少したからということだったが——、しだいに死んでいった。この時期になって初めて、〈内の人〉は君主の自己中心的で誇大妄想《こだいもうそう》的で野蛮《やばん》なやり方に反抗《はんこう》するようになった。

それに対する弾圧《だんあつ》はひどいものだった。いやがらせ、不毛な土地への追放、不当な配給制……。オシウスはエデフィアで禁じられている生命を奪《うば》う行為《こうい》こそしなかったが、容赦《ようしゃ》もしなかった。しかも、君主の軍隊に入ることを希望する人には全員、大量に生産されたミュルムの秘薬が配られた。大勢の人が行く末に不安を抱《いだ》いて秘薬を飲んだため、ミュルムの数が異常に増えていった。昔は調和のとれた平和な国だったエデフィアは軍隊の国となった。オシウスはといえば、エデフィアに閉じこめられているという不満が高まるにつれ、ますます厳格《げんかく》な人間になっていった。

オシウスが断固とした声で命令すると、六つの部隊はエデフィアに残る六つの町におそいかかった。〈逃げおおせた人〉たちの帰還《きかん》と新たなグラシューズの出現は〈内の人〉のなえた心に大きな衝撃《しょうげき》をあたえた。この知らせはあっという間に国じゅうに広がり、人々は希望を抱《いだ》きながら、グラシューズがもたらす大きな変化を待ちこがれていた。

数日すると雨が降りだした。その意味はとても大きい。いろんな意味での「最後の希望」だ。人々は安心し、期待した。きっと何かが起こる。しかし、実際にどういうことが起きるのか、だれも想像できないでいた。

興奮したヴィジラントとするどい歯を持つ骸骨《がいこつ》コウモリを引き連れたオシウスの軍隊は、死んだようにひっそりした町々を夜中のうちに支配し、すべての家を捜索《そうさく》した。人々は眠っているところをたたき起こされ、同じ質問を浴びせられた。

「若いグラシューズはどこだ?」

人々が一様に黙《だま》りこむのを見て、兵隊たちは厳しく問いつめた。

「若いグラシューズの居場所を知っている者がいたら、いますぐ言うんだ!」

「そうしなかったら?」向こう見ずに、こうたずねる者もいた。

この問いにはヴィジラントたちが、ちくちくする全身の毛で質問者のほおをこすって答えた。質問した人は痛くて叫《さけ》び声《ごえ》をあげた。だれもひと言もものを言わなくなった。兵隊たちは〈緑マント〉地方の木の上にある家から〈断崖《だんがい》山脈〉の小さな洞窟《どうくつ》まで、一軒《けん》一軒、家をくまなく調べてまわった。箱や家具の中身はぶちまけられ、マットレスははがされ、物はこわされた。人々の心もこなごなにされた。怒りのあまり抵抗する者もいたが、兵隊より恐ろしいヴィジラントや骸骨コウモリにはかなわなかった。

オシウスは〈千の目〉で行われている作戦の成り行きを〈クリスタル宮〉の最上階からながめていた。二人の息子たちが、数年前のクラッシュ・グラノック没収《ぼっしゅう》以来の大規模な作戦をエデフィアの首都で指揮していた。大がかりではあったが不成功に終わった没収作戦を、この年老いた暴君はまざまざと思い出していた。オシウスはこの思い出したくもない記憶《きおく》を遠ざけるかのように、手でふりはらう仕草をした。

「どうしてあいつらは、いつもわたしに刃向《はむ》かおうとするんだ？」

兵士に見張られ家の外に集まっている人々を見て、オシウスはため息をついた。

二人の息子は、ここ数日降り続いた雨でどろどろになった通りにいた。オーソンとアンドレアスだ。二人が憎《にく》み合っているのは火を見るより明らかだ。では自分は？　自分は二人を愛しているのだろうか？　オシウスはそうつぶやきながら〈千の目〉のはずれにあがった火の手に目を向けた。

「どうしてこんなことするの？」一人の少女がアンドレアスに向かってどなった。

一人の兵士がその子の長い髪《かみ》を引っぱり、もう一人の兵士が両手をつかんで、しっかりと捕《つか》まえていた。

「おまえの父親とひいじいさんは反対派のリーダーだ」アンドレアスがその少女を見おろして答えた。「反対派のリーダーだし、裏切り者だ。エデフィアを裏切ったんだ」

魅力《みりょく》的で妙《みょう》におだやかなアンドレアスの声は、きつい言葉遣《ことばづか》いや、彼の短く刈《か》った髪と同じ真っ黒な瞳や厳しい目つきとは対照的だった。アンドレアスは優雅《ゆうが》であると同時に危険な印象を人にあたえる変わった人物だ。めったにしないが、身ぶり手ぶりの動作は正確でするどかった。

彼は悲痛な面持《おもも》ちの群衆のほうに向きなおった。ある人々には厳しいまなざしを、ほかの人々には完璧《かんぺき》に整った横顔を見せていた。すぐ前では例の少女が抵抗《ていこう》しようとあがいている。兵士たちがさらに強くつかんだので、少女の服の袖《そで》が破れた。

「お父さんとひいおじいちゃんは裏切り者なんかじゃない！」少女がどなった。「あんたや、あんたの独裁者の父親なんかより、ずっとエデフィアを大事に思ってるわ！」

だれもが、アンドレアスが少女をなぐると思った。しかしそれはまちがいだった。アンドレアスは少女を長い間見つめてから、指を鳴らした。すると、兵士たちが少女の家に入り、部屋をめちゃくちゃにした。家の中にあるものはすべて窓から捨てられ、しわだらけの老人が外に引っぱり出された。

「やめてよ、野蛮人《やばんじん》！」少女はよけいにもがいた。

「アルヴァよ、起き上がれ！」アンドレアスが命じた。「アシルがおまえの家族に塗《ぬ》った恥の上塗りをするんじゃない」

「お父さんはなんにもしてない！」ヴィジラントの群れが顔の周りでぶんぶんうなっているのもかまわず、少女がまた叫んだ。「思ったことを口にするのは犯罪じゃないわ！」

アンドレアスはほほえみを浮かべながら、暗闇《くらやみ》のような目でじっとその子を見つめ、いかにもうれしそうに言った。

「もちろん、犯罪じゃない。しかし、この大変な時期にもめごとの種をまくのは犯罪だ」

「アシルはどこにいるんだ？」泥《どろ》にまみれた老人アルヴァがたずねた。

「自分の嘘《うそ》が自分にしか聞こえない場所だ」アンドレアスが答えた。

「あんたたちにそんなことする権利なんかない！」少女が激しく言い返した。

今度ばかりはアンドレアスの顔がとげとげしくひきつった。顔をきっとそらしている少女のすぐそばまで来ると、両目の間に人差し指を突き出した。

「ルーシー、おまえはまちがっている。おれにはあらゆる権利があるんだ」

そう言うと、アンドレアスはくるりと背を向け、たいまつを一本取ると、おののく住民の目の前で家に火をつけた。


数メートル後ろにオーソンが見下すような態度で立っていた。これが「すばらしく才能のある」異母弟のやり方か！　腕《うで》っぷしの強い親衛隊の親分で口のうまいやつ。ただ、それだけのことだ。老人を押しのけ、子どもを脅かし、家を焼く……。なんてぶざまなやり方だ！

長男の自分はもっと大胆《だいたん》だし、やり方がスマートだ。オーソンはクラッシュ・グラノックを取り出し、アルヴォに向けて吹いた。すると、彼は水たまりの中に倒れ、目を見開いたまま動かなくなった。この光景を目撃《もくげき》した群衆と同じくらい驚いた兵士が、少女の腕を放した。ルーシーは曽祖父《そうそふ》のところに駆《か》け寄《よ》った。彼女の泣き声と人々の沈黙《ちんもく》のなか、オーソンは挑《いど》むようにアンドレアスをにらみつけ、たたきつける雨のなか、その場をあとにした。戦いは次の段階に進んだのだ。

六つの町は徹底《てってい》的に荒《あ》らされた。その理由は明らかだった。それまで守られていた原則は砂の城のように崩《くず》れ去った。権威《けんい》と脅《おど》しだけでは十分ではない。だから、野蛮《やばん》なやり方が幅を利かせ、すべてが破壊《はかい》しつくされた。

しかし、〈緑マント〉地方の最大の町である〈葉かげの都〉だけは思いがけず抵抗《ていこう》を示した。まず、オシウスの兵士たちが直面したのは、町の構造だった。家々は高さのちがう枝の上に作られており、移動の手段は、ワイヤーや、サルがわたるような二本のロープでできた橋だった。そんな構造にオシウスの兵は手こずった。しかし、それよりもっと厄介《やっかい》だったのは森人《もりびと》たちの抵抗だ。クラッシュ・グラノックを持ち仮面をつけた男たちに率いられた森人は、好き放題に暴力をふるう兵に抵抗した。兵士たちが家を一軒一軒まわっていると、巨木の周りに人影《ひとかげ》が次々とあらわれる。彼らはリスのようにすばしこく、キツネのように利口に、たくみな罠《わな》をしかけて兵士たちを仲たがいさせるようにしむけた。大勝利をおさめたわけではないが、危険を冒《おか》しても抵抗することには意味があった。体よりも誇《ほこ》りを傷つけられた兵士たちはいきり立ち、抵抗をやめない〈葉かげの都〉に最も激しい弾圧をしかけた。

しかし、成果はなかった。何も見つからなかったし、だれひとり口を割ろうとしなかったのだ。

11　包囲されて

オシウスは、若いグラシューズが身を隠すのに理想的な場所は〈妖精の小島〉だと最初から気づいていた。ただ、グラシューズ古文書《こもんじょ》のなかに、〈妖精の小島〉に入った人間がいるという記録はどこにもない。〈心くばりのしもべ〉とグラシューズ――生きているにしろ、死んだにしろ――以外はだれもそこに行くことはできない。見えない幕がエデフィアを囲っているように、この土地も目に見えないバリアで守られていて、近づく者は数十メートルもはね飛ばされてしまう、と〈覚書館《おぼえがき》〉の司書アガフォンは明言した。不老妖精たちの助けがなければたどり着くことができないし、彼らが自分の味方でないこともオシウスはよくわかっていた。あの理想主義のマロラーヌが死んで以来、不老妖精がオシウスの前に姿を見せることはけっしてなかった。しかし、オーソンの言うように、妖精たちがただ黙《だま》ってみているわけがない。妖精は〈外界〉で何度か〈逃げおおせた人〉の前に姿をあらわしたのだから。あのいまいましい〈ケープの間〉に入ったオクサをすぐに妖精たちが保護したにちがいない。

エデフィアの六つの町の捜索《そうさく》作戦は国民にあることを示した。つまり、国の手綱《たづな》をにぎっているのはまだオシウスだということだ。しかし、結果は満足のいくものではなかった。〈妖精の小島〉に入ることはできないため、オシウスはアンドレアスの率いる空から攻める精鋭《せいえい》部隊と、自分とオーソンが率いる地上部隊の二つの部隊でその周りを取り囲んだ。もし若いグラシューズがすでに〈妖精の小島〉にいるとしたら、自分たちに気づかれずにそこから出ることはできない。そのとき、どちらが強いかわかるだろう。

〈妖精の小島〉が包囲されていることは、そこにいるだれもがわかっていた。オクサは敵に気づかれることなく、あのぞっとするヴィジラントと骸骨《がいこつ》コウモリを引きつれた兵の動きを観察することができた。オシウスやアンドレアス、オーソンと息子のグレゴールまで見えた。革の鎧《よろい》に身をつつんだ彼らはなんでもやってのけそうだ。

「しぶといやつら……」オクサは悔《くや》しそうに顔をしかめた。

「あなたが思っている以上にしぶといわよ」マロラーヌがうなずいた。

マロラーヌはオクサとならんで、用心深くオシウスを観察した。自分を破滅《はめつ》させた男。マロラーヌのシルエットはふだん乳白色だが、いまは黒と紫《むらさき》色のまだら模様の雷雲《かみなりぐも》のようだった。オシウスへの恨《うら》みがあらわれているのだとオクサにはわかった。

ドラゴミラの〈カメラ目〉で見た恐ろしい光景が忘れられない。六十年ほど前、大きく開いた門の前でオシウスとマロラーヌは激しい戦いを繰《く》り広げた。頭から血を流したマロラーヌは最後の力をふり絞《しぼ》って浮遊《ふゆう》し、なんとか宿敵を倒そうとした。その時、彼女は死に、不老妖精になった。そして、オシウスは生き残った。

見られているのを感じたのか、とつぜん、オシウスはくるりとふり返って二人のグラシューズのほうをにらんだ。オクサは思わず叫《さけ》び声《ごえ》をあげたが、マロラーヌはオシウスに挑《いど》むかのようにびくともしなかった。オシウスが不審《ふしん》そうな目をして近づいてきた。時間が止まったかのようだ。二人がそこにいることがわかっているのだ。すぐそこにいるのに近づけない。怒りが顔にあらわれている。すると表情がさっとどう猛《もう》なほほえみに変わったので、オクサは頭のてっぺんからつま先までぶるぶる震《ふる》えた。オシウスはバリアまで近づき、それからさらに一歩前に出た。ほかの兵士のように弾《はじ》き飛ばされない。バリアに食いこんだように見えた。思わずオクサは恐怖の声をあげた。

「心配しなくていいのよ」マロラーヌが優しく言った。

「心配なんかしてないけど、あいつはミュルムのなかでいちばん強いし、テミストックルの子孫だから、このバリアを抜けられるかもしれないじゃない！」オクサはいっきに言った。

「いいえ、あの人にも、だれにも抜けられないわ。ここはグラシューズとグラシューズに招待された人だけが来られるの。そのほかの人は入れないのよ。安心して、オクサ」

何人かの不老妖精が光の輪でオクサを囲んだ。マロラーヌの言葉を裏づけるかのように、オシウスがあとずさりした。ただ、挑むような構えはくずさなかった。

「どうしたらいいの？」オクサは心配そうにたずねた。

オクサは何ヵ月もこの小島から出られないのではないかと思った。固い意志をもったオシウスなら、ここをいつまでも見張り続けるだろう。オクサの目に涙《なみだ》がたまってきた。贅沢《ぜいたく》な監獄《かんごく》ともいえるこのバリアに閉じこめられている間、仲間たちは休む間もなく戦っているはずだ。やることはいっぱいあるのに……。

「あなたはもうグラシューズなのよ……」マロラーヌが答えた。

「それで有利になった気はしないけどね」オクサは泥《どろ》だらけの地面を腹立ちまぎれに蹴《け》りあげながらマロラーヌの言葉をさえぎった。

「あなたはグラシューズなのよ」と、マロラーヌが繰り返した。「つまり、ほかの人にはない能力があるわけよ」

「でも、できない……あいつらと戦うなんてできない！」オクサは兵士の一団とおぞましい虫の群れを指さした。

「戦うですって？　もちろん、死の危険にさらされずに戦うなんてできないし、そんなことはもってのほかよ。でも、逃げることはできるでしょう」

オクサは髪《かみ》をかき上げながら、ぼそぼそ言った。

「でも、どうやって？」

「逃げるためにはどうしたらいいか、知っている？」

オクサは眉《まゆ》を寄せ、何かつぶやきながらじっと考えこんでいたが、やがてよろよろとしゃがみこんだ。

「透明《とうめい》人間にでもなる以外、思いつかないけど……」

この言葉に、くすんでいたマロラーヌのシルエットが白っぽくなり、不老妖精たちの影《かげ》がまたたいた。フォルダンゴがブルーの目を興奮で輝かせながらやってきた。

「若いグラシューズ様は解決策に指を添《そ》えられました」

オクサの視線は不老妖精たちから、うれしそうなフォルダンゴに移った。

「あたしが透明人間になれるってこと？」オクサは疑り深そうに言った。「それって……あたしがミュルムになったからできるの？」

フォルダンゴは首を横にふった。

「若いグラシューズ様は適切な理由を表現されませんでした。しかし、この召使《めしつか》いが重大なヒントの提供を行いましょう。われらが愛する妖精人間が所有するサイロ内部の訪問の記憶《きおく》を保持しておられるでしょうか？」

オクサは自信なさそうに顔をなでた。

「う〜ん……でも、いろんなものがあったよね。ちょっと考えさせて……サントレ、ノビリス、ピュルサティィヤ、不思議なハーブ、トリカブト、眠《ねむ》りイヌホオズキ……」

「樹木もハーブも、若いグラシューズ様の不可視性に貢献《こうけん》いたしません」フォルダンゴがさえぎった。

「じゃあ、なに？」

オクサは背も伸びたし、一人前のグラシューズになったけれども、変わっていない部分もある。残念ながら、あわてると頭の中が真っ白になるのだ。一瞬、ギュスの顔が浮かんだ。こういうとき、答えを見つけてくれるのはいつもギュスだった。ギュスは記憶力が抜群《ばつぐん》なのだ！　でも、ギユスはいま、ここにはいない。

「ほら、オクサ、よく考えて！」オクサは自分で自分を励《はげ》ました。

そして、息をととのえ、記憶をたぐった。アバクムの家、古い穀物サイロ、おかしな植物たちの温室、飛びまわっていたプチシュキーヌたち……。オクサの顔がぱっと明るくなった。

「カモフラじゃくし！　そうだよね？」

不老妖精たちのシルエットが再び明るさを増し、フォルダンゴは愛嬌《あいきょう》のある不器用さで手をたたいた。オクサは大喜びした。答えは自分のなかにあった。オクサはそれを見つけたのだ！

カモフラじゃくしは、歓迎の気持ちを表わすために、マスゲームみたいに動く絵にもなるけれど、それだけが特技の空飛ぶおたまじゃくしじゃない。グラシューズの姿を隠すことができるという、すばらしいカモフラージュ能力があるのだ。オクサはやっと思い出した。自分も試していいかとアバクムにたずねたとき、彼は謎めいた返事をしたのだった。「そのときがきたら、試してもいいよ」と。やっと、そのときが来たんだ！

「問題はカモフラじゃくしがあなたとフォルダンゴを隠すだけの数しかいないってことなのよ」マロラーヌが言った。「だから、わたしたちはだれもあなたといっしょに行くことができないの。たとえわたしたちに肉体がなくても、オシウスは気づくだろうし、そうなるとあなたの逃亡《とうぼう》が危うくなるから」

「うまくやるわよ、絶対！」オクサは自信ありげに言った。

だが、すぐにオクサの顔がくもった。

「でも……あたし、どうしたらいいの？　どこへ行けばいいの？」

「あなたのガナリこぼしを貸してごらんなさい」マロラーヌが手を伸ばした。

言われたとおりにすると、一人の不老妖精がオクサをある場所に連れて行くための情報をガナリこぼしにさずけた。マロラーヌは興奮した様子でオクサにささやいた。

「かわいいオクサ、あなたの味方が待ってるわよ。安心して行きなさい」

12　妖精の小島からの脱出

カモフラじゃくしに体全体をおおわれたとき、オクサは気味が悪くて叫《さけ》び出しそうになった。昆虫《こんちゅう》ではないけれど、ネバネバしたおたまじゃくしにおおわれるのは気持ちのいいものではない。

「あーあ……これにずっと耐《た》えられるかどうか自信ないなあ」

オクサは口をなるべくあけないようにしてつぶやいた。

フォルダンゴがオクサにぴったりとくっついていてくれたので、ずいぶん安心できた。カモフラじゃくしに囲まれた二人はまもなくだれにも見えなくなった。この新たな能力で優位に立ったことをかみしめながら、オクサは深く息を吸いこんだ。体の上をうごめく分厚いカモフラじゃくしのことは考えないように心をからっぽにし、〈妖精の小島〉から勢いよく飛び立った。

不老妖精たちは口々にオクサを励《はげ》まし、見えないバリアまで見送ってくれた。オクサには勇気もやる気も十分にある。だが、透明《とうめい》人間になってはいても、あの敵のなかに飛びこむのは想像以上にハードなことだ。

まるでオクサがそこにいるのを感じたかのように、オシウスはうなり声をあげながら片手を上げ、兵士の半分に飛び立つよう命令した。いったい何に気づいたのだろう？〈妖精の小島〉の防護膜《まく》が動いたんだろうか？　カモフラじゃくしの覆《おお》いにすき間でもあるんだろうか？　オシウスは探るような目をして、くもり空を見上げた。オクサがそこにいるのがわかっているのだ。わずか数十センチのところにいるオシウスの疑り深そうな視線に射られて、オクサはあやうくバランスをくずしそうになった。相手には自分が見えないのに、自分は相手を見ることができるってすごく変な感じだ。

「全員、ここに集まれ！」オシウスが威張《いば》って命令した。

兵士たちがオシウスの周りに駆《か》けつけた。すぐに百人あまりの兵士による巨大な人の壁ができた。オクサは自分が恨《うら》めしかった。カモフラじゃくしのねばっこさに文句を言うだけじゃなく、どうしてもっと基本的なことを聞いておかなかったんだろう。物質としての自分の体はなくなるのか？　グラノックの攻撃《こうげき》でダメージを受けるのか？　捕《つか》まることはあるのか？　オクサの心臓が激しく打つのに気づいたフォルダンゴは主人の手をいっそう強くにぎった。

「若いグラシユーズ様はある情報を得られなければなりません」フォルダンゴはパニックに陥《おちい》りそうになっているオクサの耳もとにささやいた。

「教えて」

「カモフラじゃくしは完全性に満ちた透明性との出会いを有しています。若いグラシューズ様は見られることも、聞かれることも、感じられることも、さわられることもないという確信を披露《ひろう》することができます。しかしながら、唯一《ゆいいつ》の欠点は実体がないことです。若いグラシューズ様の行為《こうい》は結果をもたらすことができません」

「えっ、なに、そうなの？」オクサは急に元気になった。「今のあたしには肉体がないっていうこと？　幽霊《ゆうれい》みたいに？」

「肯定《こうてい》は完全です、若いグラシューズ様」

心を決めるのにそれ以上の説明はいらなかった。オクサは勢いをつけて目の前にできた人の壁にまっしぐらにつっこんでいった。

「どいてよ、このきたならしいやつらめ！」オクサは声のかぎり叫んだ。

数人の兵士の体を通り抜けるときに、ほんの少し引っかかりを感じたが、何ものもオクサを止めることはできなかった。兵士たちのほうもわけのわからない動きを感じたらしかった。いぶかしげに顔を見合わせる者もいれば、その奇妙《きみょう》な感じがどこからくるのかふり返ってみる者もいた。

オシウスがあてずっぽうに放った〈ノック・パンチ〉は風のようにオクサの体を通り抜けていった。カモフラじゃくしに守られているオクサには、皮膚《ひふ》に波動が起こったように感じられ、髪《かみ》の毛《け》が舞《ま》い上《あ》がっただけだ。

オクサは有頂天になった。すると、とつぜん、宿敵オーソンが目の前にいることに気づいた。

オクサの浮かれた気持ちが怒りに変わった。オーソンは待《ま》ち伏《ぶ》せするかのように空中に浮いたまま、じっとしていた。オクサも同じように宙に浮いたまま、その冷たいグレーの目を遠慮《えんりょ》なくにらんだ。

「あんたなんか、大嫌《だいきら》い！」どんな音や声もカモフラじゃくしが消してくれるので、オクサは思いきりどなった。「二つの世界でサイアクの人間よ！　言っとくけど、あたしの大事な人たちにしてくれたことのお返しは、ちゃんとさせてもらうから！」

　その声はオーソンには聞こえなかったが、オクサの怒りは、強力なベールになっているカモフラじゃくしもふくめ、あらゆる防護装備をも突き抜けることができただろう。オーソンが急に腕《うで》を伸ばしたので、手がオクサの肩にさわった。オクサははっとして動きをやめた。フォルダンゴが主人にしっかりと抱《だ》きついた。

「若いグラシューズ様は逃亡《とうぼう》を実行しなければなりません。いますぐです」

　オクサは稲妻《いなずま》のような速さで空を駆《か》け上がり、あっという間に雲の上に出た。浮遊《ふゆう》術を教えてくれたレオミドがいたらきっと鼻を高くしただろう……。憎《にく》らしいオシウス、オーソンとその兵隊はいくら探してもオクサを見つけられないのだ。

　いつものようにガナリこぼしはすぐれた偵察《ていさつ》能力を発揮した。わずかなカモフラじゃくしに身を隠し、オクサを励ましながら空の道案内をした。オーソンとの出会いにショックを受けていたオクサには心強かった。こういう危険な状況《じょうきょう》にひとりで立ち向かう恐怖を自分でもよくわかっていた。

「若いグラシューズ様はけっして孤独《こどく》と出会うことはありません」急にフォルダンゴがオクサの首に長い腕を巻きつけながら言った。「若いグラシューズ様の人生はつねに生き物たちの同伴《どうはん》とともに展開するでしょう」

オクサはスピードを落とした。

「おまえはほんとに優しいね、フォルダンゴ。それに、おまえの言うとおりだよね！」

フォルダンゴの気遣《きづか》いに心が温かくなったオクサは、息を切らして羽ばたいているガナリを目で追いながら飛び続けた。下界には陰気《いんき》で殺伐《さつばつ》としたエデフィアが広がっている。この数日間降り続いた雨でそこらじゅうが泥《どろ》だらけで、川は泡《あわ》だっている。オクサたちに気づかずに空を飛ぶ兵士とときどきすれちがうが、そのたびにオクサは自分がしっかりしてくるような気がした。どんな困難にも立ち向かえる。不老妖精の元で休んだことですっかり元気を取りもどしたようだ。

「ガナリ、ここはどこ？」

「若いグラシューズ様のガナリ、ご報告します！」ガナリこぼしは飛び続けながら言った。「わたくしたちは目的地から六十四キロメートルの地点におり、真南に向かっています。時速九十二キロメートルで飛んでいますので、四十一分で到着する予定です」

「そんなに速く飛んでるの？」オクサは驚いたようにたずねた。

「それが平均時速です、若いグラシューズ様。あなた様はもっと速く飛べますよ。たとえば、五十七分前にオシウスの兵隊の前から飛ばれたときは、最高速度に達しました。あのときのスパー

ト は時速百三十二キロメートルを記録しました」

オクサはヒューと口笛を鳴らした。

「たいしたもんじゃない！」

この情報に気をよくしたオクサが空中で片足を軸《じく》にくるりと一回転すると、フォルダンゴはうれしそうにくすくす笑った。

「それで、その目的地ってどこ？　教えてくれる？」

ガナリこぼしは小さな目をめいっぱい開き、羽を激しく動かしながら回れ右をしてオクサの目の前にやってきた。

「若いグラシューズ様、かつては〈緑マント〉で最もすばらしいといわれた場所に行くんです。ひいおじい様のヴァルドと妖精人間の生まれた土地、〈葉かげの都〉です」

「絶対そうだと思ってた！」オクサはわくわくした。


日が暮れて地平線が少しずつ暗くなってきた。泥だらけの荒野《こうや》の真ん中に、巨木の生えた緑のオアシスが妖しくも美しい姿をあらわした。オクサは無限の力がみなぎってくるのを感じた。ついに、森人の生まれ故郷であり、自身の一部でもある伝説の町を見ることができる。自分に課された仕事をやりとげるために、いよいよ正念場を迎えたと、オクサは本能的に感じた。

13　真夜中の再会

瀕死《ひんし》の緑の帯が〈葉かげの都〉を取り囲んでいた。葉が落ちて枯れ細った木々は、森を侵食《しんしょく》する砂漠《さばく》と養分をすべて吸い取ってしまう巨木とにはさまれて生き絶えようとしている。カモフラじゃくしにおおわれたオクサは、巨大な木々まで約百メートルのところまで飛んでいった。それから砂丘《さきゅう》に向かっておりていき、身を隠しながらあたりを見回した。やわらかくて温かいフォルダンゴの体がぴったりと寄《よ》り添《そ》っている。

町の周辺には革の鎧《よろい》をつけた兵士たちがやけに目についた。地上でも空中でも、いたるところを行き来している。オクサは考えこんだ。この兵士たちは敵なのか、味方なのか？　オシウスに雇《やと》われた反逆者《フェロン》だろうか？　それとも仲間を守ろうとする〈葉かげの都〉の住民なんだろうか？

「若いグラシューズ様は究極の懸念《けねん》を吟味《ぎんみ》する必要に出会われています。この兵隊的緊張の激しさは邪《よこしま》な指導者、オシウスの命令への服従を帯びています」フォルダンゴがこう耳打ちしたので、迷いは消えた。

姿は見えないはずだが、オクサは本能的に湿《しめ》った砂に体を押しつけ、偵察《ていさつ》を続けた。この緑の地は、想像力にあふれた誇大妄想狂《こだいもうそうきょう》の植物学者の夢を現実にしたかのようだ。なんてすばらしいのだろう。てっぺんが雲を突き抜けている巨木がいくつもある。その巨木の間には、たくさんの橋や渡り廊下が複雑に交差し、枝に食いこむように作られた家をつないでいる。夜の闇《やみ》が〈葉かげの都〉を包み始めると、家々からもれるほのかな明かりが枝の間に見えてきた。ひとつひとつの橋にもちらちらと灯りがともっている。

休みなく見張りを続ける兵士たち以外、生きたものの姿は見えないが、オクサはこの深い森のなかにかすかに動くものの気配を感じとっていた。

「若いグラシューズ様に実用的な情報をいくつかお伝えします」ガナリこぼしがオクサの肩《かた》にとまって言った。

「教えてちょうだい」

オクサは情報がほしくてうずうずしていた。

「〈葉かげの都〉は直径六キロメートルの円状に広がっています。その地下にはエデフィアの地下水層のひとつがあり、そのおかげでこの町は今日まで生き延びてこられたのです。現在、三百四十八人の人間と五百十二匹の生き物が暮らしています。そのほかに、オシウスのパトロール隊員二百二十人、官人《つかさびと》と匠人《たくみびと》の亡命者が二十三人、〈クリスタル宮〉から逃げた〈逃げおおせた人〉四人と生き物が十一匹います」

オクサは目を見開いた。

「〈逃げおおせた人〉が四人？　いま四人って言ったよね？」

「まちがいありません、若いグラシューズ様」

この情報にオクサは混乱した。

「でもさ、パパとアバクムとゾエだけが脱出に成功したって言ってたじゃない？　それなら四人目はだれなの？」

「すべての質問にお答えできなくて申し訳ありません」ガナリがしょんぼりした。

「若いグラシューズ様は喜びで心がもみくちゃになるであろう情報の受理をされなければなりません」フォルダンゴが口をはさんだ。

「愛すべき妖精人間が地理的接近の方法を知っています」

オクサはすっかり暗くなった周囲を用心深く見回した。木々の間に見える無数の明かりと、兵士がヘルメットにつけた発光ダコのほかには何も見えなかった。

「アバクムおじさん！」

オクサは小さな声で呼びかけながら、深い闇に目を凝《こ》らした。涼しいはずなのに、冷たい汗がひとすじ、こめかみをつたって流れた。アバクムに自分が見えなかったら？　カモフラじゃくしの隠《かく》れ蓑《みの》をぬぎ捨てたかったが、敵に発見されてしまう恐怖のほうが大きかった。自分の姿が見えないうちは安全だ。最初はささやくような声だったがしだいに大きく、オクサはアバクムを呼び続けた。

「若いグラシューズ様は召使《めしつか》いがおすすめする方向に視線を移される意思がおありでしょうか？」とつぜんフォルダンゴが提案した。

「なんだってするわよ！」

するとフォルダンゴはぽっちゃりした指を何もない方向に向けた。しばらくすると、何かが見えてきた。実際、この闇夜で砂丘を横切る影《かげ》を見分けるには、フォルダンゴやオクサたちの持つするどい感覚が必要だ。影になった妖精人間。明るいグレーのハレーションのように見えにくい、写真のネガのような影がしなやかに静かに砂の上をすべってくる。

「アバクムおじさん！　ここよ！」オクサは思わず叫《さけ》んだ。

「わかってる、わかってるよ」聞きなれた声が答えた。

「あたしの声が聞こえるの？」自分の声が人に聞こえることに不安になったオクサがたずねた。

「わたしに動物の部分があるのを忘れたのかい？」アバクムがからかった。

影はさらに近づいてきて、オクサに触《ふ》れた。オクサはその人物の息づかいを感じた。

「アバクムおじさん、会えてすごくうれしい！　すごーくうれしい！」

影が震《ふる》えた。

「わたしといっしょにおいで。言うとおりにするんだよ。もうそろそろ、みんなと再会してもいいころだろう？　そう思わないかい？」

〈葉かげの都〉に着いてから、オクサはずっと危険な綱渡りをしているような気分だった。オシウスの軍隊の何十というテントや、すぐれた機動力があって警戒心《けいかいしん》の強い兵士とヴィジラントの群れの間を縫《ぬ》ってジグザグに進まなければならなかった。そのうえ、予想外の問題で事はいっそう厄介《やっかい》になった。カモフラじゃくしはオクサと同じくらい空飛ぶ毛虫が苦手だったのだ。あのきたならしい毛虫のヴィジラントが一匹でも近づいてくると、オクサは吐《は》き気《け》がし、カモフラじゃくしたちもぎゅっと身を縮めた。気持ち悪さに比例して、ものすごい力でオクサを締《し》めつけるのだ。

「窒息《ちっそく》しちゃうよ。それってぶざまな死に方……」オクサはぶつぶつ言った。

　オクサの肩にまたがったフォルダンゴは力の限り息を吹き、両手をぐるぐるふり回してヴィジラントを追いはらおうとしたが、むだだった。そんなふうに、思うようにはいかなかったけれども、オクサはアバクムを見失わないようになんとか進んだ。アバクムというより、巨大な森へ案内してくれる明るい影についていったといったほうがいいかもしれない。

「兵士たちの体を通り抜けるのは避《さ》けるんだ！」アバクムが注意した。「おまえに肉体はないけれど、訓練された兵士は、おまえのことに気づくかもしれない」

　兵士を避けてとおるのは難しくはない。けれども、ヴィジラントを避けるのは並大抵《なみたいてい》ではなかった。何百匹というヴィジラントが文字どおり彼女の体を通るのだ！　その羽はシュッシュッというやな音を立て、せん毛が毒のある蝶のようにオクサの体をかすめて通り抜けていく。しかも、オクサにはどうにもできない。自分に触れたらどういう目にあうかを〈火の玉術〉を使って見せつけてやることすらできない。気持ちの悪いその体を灰にしてやれるのに！　一匹通り抜けるたびに気持ちが悪くなるうえに、同じように最悪の気分を味わっているカモフラじゃくしが締めつけてくるのにも耐《た》えなければならない。オクサはもうキレそうだった。自分が怒り狂った人間みたいだと思いつつも、腕《うで》をふり回して叫びながら突っ走った。

兵士たちの垣根《かきね》と枯《か》れた木々の地帯を抜けると、いちばん危険なところを過ぎたのだとやっとわかった。カモフラじゃくしの締めつけがなくなったので、オクサは大きく息を吸いこみ、フォルダンゴが肩から下りるのを手伝ってやった。すぐにやわらかい手が自分の手の中にすべりこむのを感じてほっとした。

「勝利は完全さを堪能《たんのう》しました、若いグラシューズ様。召使いは安心であふれています」

オクサは少し笑った。それに応じてアバクムが笑うのも聞こえた。

「アバクムおじさん、あたしたちはもうだいじょうぶ。どこにでもついていくよ！」オクサはしっかりとした口調で宣言した。

するとアバクムの影は発光ダコに照らされた広い道に入っていった。とてつもなく大きな木々の幹がタコの足が放つ明かりに照らされ、不気味だが不思議な美しさをかもし出していた。階段が木の根元から始まり、巨木の周りをめぐるらせん階段になっていた。オクサは圧倒されて見上げた。五メートルくらいの高さとさらにその上にも、太い枝が交差したところにプラットホームが作られ、その上にたくさんの森人の家が建っている。家々からは光がもれていた。

「すごくステキ……」オクサがつぶやいた。

こうして二キロほど歩いたが、その間も四、五人からなる兵士のグループとすれちがった。

「ほんとにあちこちにいるのね」彼らの威圧的《いあつてき》な様子にオクサは文句を言った。

道沿いの植物はぎざぎざの葉をざわざわと揺《ゆ》らした。オクサは風のせいだろうと思ったが、そうではなかった。

「植物は若いグラシューズ様への敬意にあふれたあいさつを示しています」と、フォルダンゴが説明した。

オクサははっと立ち止まった。

「この植物たちにはあたしが見えるっていうこと？」

ガナリこぼしとフォルダンゴは笑い出した。

「若いグラシューズ様は珍妙《ちんみょう》な言葉を表現されました！　植物は視覚を知ってはおりませんが、超《ちょう》感覚の洞察《どうさつ》力を持っています！」

「もちろん、あたしもそう言いたかったのよ！」

オクサはいたずらっぽくほほえんで、あわててつけ加えた。


オクサは夜の静けさに包まれた森にみとれながら、昼間の美しさはこれ以上だろうと想像してみた。少し前まで中学に通って、ロンドンの通りでローラースケートをしたりして、ふつうの生活を送っていたことを思うと、涙《なみだ》がにじんできた。いまでは魔法のおたまじゃくしにおおわれて、あたしにあいさつする植物がいるとんでもない森のなかを歩いている。ほんと、ウソみたい……。

しばらくすると、いままでいちばん大きな木が見えてきた。幹の直径は五十メートルはありそうだし、木のてっぺんは雲よりずっと上にあるのだろう。

「さあ、着いたぞ」

そう言ってアバクムはオクサ一行をその巨大な木の根元に導いた。まるで木の皮におおわれた高層ビルの前にいるようだ。アバクムの影は用心深く周りを見回してから元の姿にもどった。薄《うす》暗《ぐら》さのなかでも彼のほおがこけ、しわがきざまれているのがわかり、オクサの胸は締めつけられた。アバクムはオクサの視線を避けるように顔をそらし、ポケットから鮮《あざ》やかな緑色をしたコガネムシを取り出した。〈外界〉の家でも使っていたものだ。

その生きた鍵《かぎ》が木の皮の向こうに消えると、無数の錠《じょう》がカチカチとかすかな音を立てた。すると、幹にちょうどみんなが通れるほどの穴があいた。穴は全員が木の中に入るとすぐに閉じた。

14　大木の中の隠《かく》れ家《が》

信じられないくらい高く続く、幹の内側の階段を上る代わりに、アバクムは内壁に巧《たく》みに隠された扉《とびら》にオクサを案内した。そこには木の根の間に深く掘《ほ》られた小さな別の階段があった。

「アバクムおじさん」オクサは階段を下りる前に声をかけた。「これをどこかにやってくれる?」まだオクサの体をおおっているカモフラじゃくしを指さして言った。

アバクムは一瞬驚いたが、にっこりとほほえんだ。

「すごく役に立ったし、死ぬまで、ううん、死んでからも感謝するって誓《ちか》うけど、もう我慢《がまん》できない!」と、オクサが申し訳なさそうに言った。

フォルダンゴがオクサの手をにぎったまま、勢いよくうなずいた。

「クラッシュ・グラノックを出してごらん」

オクサは片時も放さずにいるポシェットの中をごそごそ探してクラッシュ・グラノックを取り出した。

「その端《はし》を胸に当ててから、こう唱えるんだよ」

クラッシュ・グラノック
殻を再生せよ
わたしの存在を無にする
カモフラじゃくしを集めよ

オクサが教えられたとおり、呪文《じゅもん》を唱えながらクラッシュ・グラノックを胸に近づけると、アバクム以外の全員の目をくらませた無数のカモフラじゃくしが、筒《つつ》の中に消えていった。オクサと同時にフォルダンゴとガナリこぼしも防護膜《まく》から解放された。

「これって、ほんとにすごい!」オクサは感心して叫《さけ》んだ。「でも、呼ぶときにはどうすればいいの? また必要になるときがくるかもしれないよね」

「それはそうだ」アバクムがうなずいた。「呼び出すときは、〝再生せよ〟という言葉を〝破れ〟に換え、〝集めよ〟を〝解放せよ〟に換えればいいんだ。でも、いいかい、この能力はグラシューズだけが使えるんだよ。それも、本当に必要なときだけだ」

アバクムは口の端だけでほほえんで、オクサを横目で見た。

「おもしろ半分に使ってはいけないよ」

「そんなことしないよ！」オクサはさも心外だというポーズをした。「考えてもみてよ。カモフラじゃくしがいくら優秀《ゆうしゅう》だからって、あたしがおたまじゃくしなんかと遊びたいなんて思うわけないじゃない！」

アバクムは満足そうにウインクを返した。

「ああ、やっとふつうの人間にもどった！」オクサは自分の体をさわってみた。「やっぱり、このほうがいいみたい」

そう言うと、オクサは目を輝かせてアバクムの胸に顔を押しつけた。

「ああ、アバクムおじさん……どんなに会いたかったか……」

アバクムはオクサを抱《だ》きしめた。オクサは久しぶりに感じる温もりとなぐさめに癒《いや》された。アバクムはオクサをじっと見つめた。オクサの気持ちはわかっていた。アバクムは何か言おうとしたが、急に思い直してオクサを放し、くるりと背を向けた。そして、巨木の奥深くに続く階段のほうへ進むと、クラッシュ・グラノックを取り出して発光ダコを呼んだ。タコはまるで水中にいるかのようにゆっくりと足を伸ばし、アバクムの肩のくぼみにおさまってあたりを明るく照らした。

「さあ、行こう。おまえを待っている人たちがいる」

疲《つか》れで体が重く感じられるからだろうか。それとも、待ちきれない思いが時の歩みを遅《おそ》くしているのだろうか。もしかしたら地球の中心へ向かっているのだろうか。地中を掘って作られた階段は曲がりくねっているうえに、あちこちに張り出した根にじゃまされ、うまく前へ進めない。用心しないと、一歩踏《ふ》み出すごとに足をとられてしまう。もう十八回もころんでいるフォルダンゴに比べるとずっとましだけれど。オクサは気の毒に思って、フォルダンゴを抱き上げた。

「ああ、若いグラシューズ様……」フォルダンゴはうめいた。「召使《めしつか》いは無限の落下に出会っています。その不器用さはわたくしの体をあざでおおい、心を屈辱《くつじょく》でおおい、不器用さに苦しむ召使いの体重を支える義務を若いグラシューズ様にあたえています。おお……」

「だいじょうぶだって、フォルダンゴ。ぜんぜん平気だから」オクサはフォルダンゴの産毛の生えた頭をなでた。

「若いグラシューズ様の寛大《かんだい》さはどんな制限にも出会いません」

フォルダンゴは情けなさそうに主人の腕《うで》のなかで丸まりながら、ため息をついた。

みんなは黙《だま》りこくったまま階段を下り続けた。ところどころ階段に横道があるところをみると、複雑に交錯《こうさく》する通路が地下に張りめぐらされているのだろう。そのうえ、根が少しずつ動いている。オクサとアバクムが近づくと道をふさぐため、オクサは気味が悪くなった。

「この根たちの意図を誤解するんじゃないよ」と、アバクムが説明した。「わたしたちに道を教えてくれているんだ。こんな迷路のようじゃあ、すぐに道に迷ってしまうからね」

地下道の奥のほうを人影が横切るたびに、オクサはぶるっと震《ふる》えた。幸いにも階段はしだいに広くなり、不恰好《ぶかっこう》な根におおわれた円形の巨大な広間に行き着いた。オクサの目に最初に飛びこんできた人が、彼女を幸せでいっぱいにした。

「パパ！」

オクサはフォルダンゴを放り出して叫んだ。

疲れ、脱力感、後ろ向きの考え……といったものすべてが瞬時に消えた。オクサは父親に抱きつくと、これまでたまっていた緊張《きんちょう》がいっぺんに解けるのを感じた。オクサはこらえきれずに、わっと泣き出した。

「おまえに会えてよかった……。おまえに何かあったんじゃないかと思うと怖かったよ……」

パヴェルはこうつぶやきながら、力いっぱい娘を抱きしめた。

オクサは涙を流し、泣き笑いしながら父親を見つめた。

「もう絶対に離《はな》れ離《ばな》れにならないようにしよう……。パパ、絶対よ！」

「ぼくも約束するよ。今回はほんとうにつらかったよ」パヴェルはあえぐように言った。

彼の顔はここ数週間の苦悩《くのう》を物語っていた。無精《ぶしょう》ひげのはえたほおはこけ、グレーっぽいブルーの目の下には紫《むらさき》色の隈《くま》ができている。ブロンドの髪は豊かだけれど、銀色のものが少し混じっていた。オクサはまた泣き出したくなるのをこらえて、父親の肩のくぼみに顔を押しつけた。オクサの嗚咽《おえつ》がゆっくりと収まるまでしばらくの間、まるで世界に二人きりしかいないかのように、しっかりと抱き合ったままでいた。

「あたし、ママを見たんだ」

とつぜん、オクサが言った。

パヴェルはびくっとし、娘からそっと離れて、その目をのぞきこんだ。そして、人差し指の背で娘のよごれたほおをぬぐい、髪《かみ》をひとふさ耳にかけてやった。父親はオクサが訳のわからないことを言い出したと思い途方に暮れているようだ。

「あたしには、自分の体から離れて行動する能力があるの」オクサは小さな声で言った。

「〈もう一人の自分〉か……」アバクムが口をはさんだ。

「そう、バーバがそう呼んでた。その能力のおかげでママを見ることができたんだ。ママはほかの〈締《し》め出《だ》された人〉たちといっしょにロンドンにいる。元気よ」洪水《こうずい》の話はやめておいた。

「よかった……」パヴェルがほっとため息をついた。

「ママを抱きしめることもできたんだ。あたしがそこにいるのをママも感じたみたい。不思議な体験だったわ、パパ」

「それで……ギュスも見たの？」と、懐《なつ》かしい声がした。

「ゾエ！」

オクサはまたいとこで親友でもあるゾエのところに駆《か》け寄《よ》った。二人はしっかりと抱き合った。

ゾエはひどい顔をしていた。赤みがかったブロンドの髪を後ろにまとめているせいで、よけいに顔色が灰色っぽく見えた。こげ茶色の大きな目は苦悩に満ちている。

「うん、ギュスも見たよ。彼も元気。まるでリーダーみたいだった。ほんとだよ」

ゾエはほほえんだ。

「だいじょうぶ？」オクサは続けた。「逃げ出したときのことを話してよ！」

「おい、ちょっと待てよ！」パヴェルはわざと真剣《しんけん》な面持《おもも》ちで口をはさんだ。「おまえこそ、ぼくたちに話すことが山ほどあるんじゃないのかい？　おまえが〈ケープの間〉でどうしていたのか、ぼくたちはまったく知らないんだから。たとえおまえがグラシューズだとしても、おまえのかわいそうな父親と平凡な友人たちを無知のままにしておこうなんて、大まちがいだぞ！」

オクサは思わずぷっと吹き出した。

「かわいそうな父親と平凡な友人って！　二つの世界でいちばん強い人たちじゃないの！」

「そうだったらいいんだけどな……」パヴェルがつぶやいた。

「その証拠《しょうこ》に、うまく逃げ出したじゃない！」オクサが続けた。

「たしかに」パヴェルは苦笑いをした。「だが、ぼくたちの英雄《えいゆう》的な脱出劇のことを話す前に、力を貸してくれた人たちを紹介するよ」

数人がオクサの前に進み出たが、彼女にはたった一人しか目に入らなかった。三人の脱出した〈逃げおおせた人〉といっしょにいてほしいと、彼女が心から願った人だ。

「こんにちは、ちっちゃなグラシューズさん」

15　再会の喜び

オクサは両腕《うで》をだらりと下げ、動くこともしゃべることもできずに固まっていた。体じゅうの血が逆流していくようだ。

テユグデュアルがほんの三メートル先にいる。黒いパンツのポケットに両手をつっこみ、首をややかしげ、冷たい目で無表情に自分を見つめている。オクサはとまどった。

この人は何を考えているんだろう？　どんな気持ちでいるんだろう？

これまでにそれがわかったことがあっただろうか？

それから、テユグデュアルはかすかにほほえんだ。オクサにもなじみのあるほほえみだ。オクサは夢中で駆《か》け寄《よ》り、胸をたたき続けた。

「なんなのよ！」

テユグデュアルはオクサのこぶしをつかんでたたくのをやめさせ、無理やり抱《だ》きすくめた。かっとなったオクサはふりほどこうとあばれた。すると、急に大きな雷鳴《らいめい》がとどろき、上から土が落ちてきた。

「落ち着けよ、たのむからさ」

テュグデュアルはオクサの耳元でこうささやくと、有無を言わさず、さらにきつく抱きしめた。テュグデュアルの心臓の鼓動《こどう》がにぶくひびいてくるのをオクサは感じた。彼の体のぬくもりが伝わってきて頭がぼうっとなり、ついに降参した。

「急にいなくなって、寂《さび》しくてたまらなかったんだから！」オクサは低い声でつぶやいた。「大《だい》嫌《きら》い！」

テュグデュアルは軽く笑ってオクサの首筋に手をやると、頭を自分の肩《かた》に引き寄せた。オクサはされるがままになって、両腕をテュグデュアルの腰《こし》に回した。周りの人たちはそっと広間を出て行ったので、木の根におおわれた奇妙《きみょう》な場所は二人だけになった。

ただし、華奢《きゃしゃ》な影《かげ》がひとつだけ、ものかげから熱い目で二人の様子を見つめていた。

「何も言わずに、ろくにあたしのほうも見ずに消えちゃったんだよ」オクサはテュグデュアルをなじった。

「おまえのほうを見たら、あの場を去る勇気なんてなくなったろうな」テュグデュアルの顔が急にくもった。「あそこに残っていたら、オシウスはおれを半透明族《とうめいぞく》のところに連れて行っただろう」

テュグデュアルの顔がこわばり、オクサの顔をはさむ両手が震《ふる》えだした。

「そして、おまえのことを永久に失っただろう」

テュグデュアルはオクサのからまった髪《かみ》をなでながら額に優しくキスをした。

「オクサ……オクサ……」

テュグデュアルのくちびるがオクサのくちびるに軽く触《ふ》れた。

「おれはゾエに助けられたんだ。彼女はおまえのために、おれたちのために自分を犠牲《ぎせい》にした。おれのことを悪者にするようなはったりを言ったおかげで、うまくいった。おれを半透明族にさせてもうまくいかないかもしれないとオーソンは本気で信じたからな。つまり、もしおれがおまえを愛していなかったなら、半透明族はおれの恋愛感情を吸い取れなくて、計画がだめになるということさ。そうなったら、おまえは容態が悪くなって死んでしまい、エデフィアから出られる可能性もなくなるというわけだ」

オクサはテュグデュアルから体を離《はな》して、じっと見つめた。

「本当のことを教えて……あなたはゾエがはったりを言ったとわかっていたの？」

「いいや。彼女は強い。すごく強い。とてもじゃないけど、かなわない。完全にやられたよ。ゾエがおれのことを本気でそう思ってると想像しただけでつらかった。耐《た》えられなかったんだ。彼女は自信たっぷりだったから、みんな最後には信じたんだ」

「あたし以外はね！」オクサが反論した。

「おまえは信じたくなかったんだろ。ちょっとちがうよ」テュグデュアルが言い直した。

オクサは口を閉ざした。あのひどい一日以来、オクサの心を悩《なや》ましている疑念をテュグデュアルには話すことができない。〈最愛の人への無関心〉事件の前まで、ゾエはギュスとテュグデュアルのどちらを好きだったのか。オクサは、「ゾエ……何だって絶対っていうことはないよ」と、恋愛感情を永久に捨てようとするゾエを思いとどまらせようと説得した。「これから先、どうなるかわからないじゃない。これからの人生がどうなるかなんて。この世にいるのはギュスだけじゃないし！」とも言った。

すると、「ギュスですって？　だれがギュスのことだって言ったの？」と、ゾエは言い返したのだ。

このやり取りでオクサは爆弾をかかえこんだ気がした。ゾエはギュスのことが好きで、自分を犠牲にするのはその恋をあきらめるためだと、オクサはずっと考えてきた。ギュスはオクサを好きだから、ゾエを好きにはならない。それなら、それにしがみついて何になるだろう。ゾエがオシウスや〈逃げおおせた人〉たちの前で言ったことはそういうことだ。だが、それが全部まやかしだったとしたら？　もしゾエがテュグデュアルを好きなのだとしたら、彼女の恋愛感情を半透明族に餌《えさ》としてあたえることで、いつかテュグデュアルがゾエを愛するかもしれないという希望をすべて失うことになる。もしそうなら、事情はずいぶん変わってくる。

オクサは疑念にかられ、うめき声をあげた。テュグデュアルに対してではない。本心を見せないゾエに対してだ。オクサは再びテュグデュアルの胸に顔をうずめ、背中を優しくなでた。あたしはこの人を愛してる……。

「ところでさ、元気なのか？」とつぜん、テュグデュアルが場ちがいなくらい軽い調子でたずねてきた。「二つの世界の中心を救ったんだってな！」

「うん、それとあと二、三、やることを片づけた」オクサも同じ調子で答えた。

「どっちにしても、時間がかかったよな。かなり長いこと、おまえのこと待ってたんだぜ」

「だって、不老妖精のせいだよ！〈ケープの間〉でさ、すごーく楽しかったんだから！妖精たちはあたしの気をちらすしさ。それから、不老妖精のところに招待されたんだけど、ぐちゃぐちゃになってたから、ちょっと片づけないといけなかったし……。あなたのほうは？」

「う〜ん、別に変わったことはなかったな。散歩してたら感じのいい人たちに出会ってさ、いっしょに〈逃げおおせた人〉たち何人かを〈千の目〉まで迎えにいったんだ」

「あなたが？」

「〈クリスタル宮〉にずっと閉じこもっていると、体がなまると思ったんだ」

二人は笑い出した。そして、同時に笑うのをやめてまっすぐに見つめ合った。

「かなりきたない格好だけど、かわいいのは変わらないな」

テュグデュアルはほこりまみれのオクサのほおに触れた。

「そっちは雨にぬれた犬みたいな臭《にお》いだけど、まあいいや。それでも、好き」

オクサがほほえむと、小さなえくぼがひとつできた。テュグデュアルがオクサを両腕で包みこみ、二人はぴったりと寄り添った。オクサはふらついた。二人のくちびるは二人の心と同じようにやっとぴったり合わさった。

「コホン……」

フォルダンゴがオクサのTシャツをそっと引っぱった。オクサはばつが悪そうにフォルダンゴのほうを向いた。

「若いグラシューズ様、注意を貸していただく意思をお持ちでしょうか？」

フォルダンゴの後ろに二十人ほどの人があらわれた。

「ごめんなさい、パパ！」オクサはしどろもどろにあやまると、パヴェルに駆け寄って大きな音を立ててほおにキスした。

パヴェルはうれしそうにされるままになっていたが、テュグデュアルにちらりと目をやった。

「巨大な木の下にいるなんてウソみたい！」オクサは周囲を見回した。

「まるで魔法のようだって言いたいんだろ？」パヴェルが言葉を引き取った。「ぼくたちがいまここにいられるのは、力強い味方のおかげなんだ。おまえに紹介《しょうかい》しようとしていたんだが、テュグデュアルにおまえを取られてしまったからな」と、ほほえんだ。

オクサはすかさず応じた。

「話して！」

パヴェルは広間の真ん中に円をえがくように置いてある、羽根布団のようにやわらかくてカラフルな大きいクッションのほうにオクサを連れて行った。半透明の球状のガラスにおおわれたたいまつの明かりのもと、みんなもオクサにならって座り、若いグラシューズをじっと見つめた。

しかし、オクサは自分の好奇心《こうき》を満足させる前に、自分のしたことを細かく報告しなければならなかった。オクサの話にみんなは驚いたり、感嘆《かんたん》の声をあげたりした。

テュグデュアルはひざにひじをついて、射るようにオクサを見つめていたので、オクサはうれしいのと同時にとまどった。そのとなりでは、ゾエがひざをかかえて真剣《しんけん》に話を聞いている。ゾエの顔に浮かぶ聡明さと計り知れない悲しみにオクサは胸をつかれた。

パヴェルとアバクムはというと、オクサの話をひと言も聞きもらすまいと熱心に耳をかたむけていたが、ドラゴミラのことと〈締《し》め出《だ》された人〉たちの様子を見に行った話がでると、安堵とともに苦しみの混じった思いに胸が締めつけられているようだった。アバクムは目に涙《なみだ》をためて、石のように体を硬《かた》くし、パヴェルは土気色《つちけ》の顔をこわばらせ、こぶしをにぎっていた。

この四人のほかはオクサの知らない人ばかりだ。オクサの視線は行き当たりばったりに人から人へと移ったが、目が合うたびに、とまどうほど尊敬のこもったまなざしを返された。注目されるのはどうも性に合わないようだ。

オクサの話が終わると、その場は沈黙《ちんもく》に包まれた。敬意をあらわす沈黙でもあり、それぞれが考えこんでいるための沈黙でもあった。ときどきフォルダンゴのいびきが混じっていたけれども。

気詰《きづ》まりなオクサはひじをつき、頭をかかえた。

「本当に……驚くべきことだわ！」長い栗色の髪をした少女がやっと沈黙を破った。

これが引き金となって、みんながいっせいに身ぶり手ぶりを交えてしゃべりだした。興奮で顔を赤くしながら、自分の感想や解釈《かいしゃく》を話し始めたのだ。

オクサは黙《だま》ったまま、賞賛のまなざしで自分のことを話す人たちをながめていた。爪《つめ》をかもうとして無意識に手が口にいったときだ。

「いましゃべってた女の子だけどさ」とつぜん、ゾエがオクサに話しかけてきた。

オクサはうなずいた。

「彼女の職業が何なのか、絶対に当てられないだろな……」ゾエが思わせぶりに言った。

「あたしがなぞなぞ苦手なの、知ってるじゃない！　教えてよ！」

「あのね、ルーシーっていうんだけど、ジェトリックスのトリマーなんだ！」

オクサのほほえみはすぐに大笑いに変わった。

「ジェトリックスのトリマー！　ジョーダンみたい！　サイコー！」笑いすぎてしゃっくりが出てきた。

オクサが楽しそうに笑っているのを見て、みんながおしゃべりをやめた。オクサはとたんに気まずくなった。

「あのう……こんにちは、ルーシー。はじめまして」オクサはしどろもどろになった。

優しそうなその少女に対して思いやりのない、ひょっとしたら無礼な態度をとったかもしれないことにばつが悪くなって、くちびるを噛んだ。しかし、その子はまったく気を悪くした様子はなかった。ルーシーはオクサのところにきて、にっこりほほえんだ。彼女がおじぎをすると、オクサはもぞもぞ体を動かした。

「手に負えない生き物たちの世話をしてるなんて……えらいね！」オクサは何を言っていいかわからないので、こう言って取りつくろった。

「ありがとう、若いグラシューズ様！　ほんとうに、生き物たちには手こずらされてるんですよ」と、ルーシーは答え、オクサを敬うように見つめた。

「覚えてないでしょうけど、あなたが〈千の目〉に着かれた日に、わたしもあの場にいたんですよ。オシウスの親衛隊の間を浮遊《ふゆう》していましたよね……」

「よく覚えてるわ」オクサがさえぎった。「通りにいて、手をふってくれたよね」

「わたしをごらんになったんですか？　本当に？」ルーシーはうれしそうに声をあげた。「きっと新しいグラシューズ様だと、わたしのひいおじいちゃんが言ったんです。そのとおりだった！」

とつぜん、ルーシーの声が震えた。

「ルーシーはアシルの娘で、アルヴァのひ孫なんだ。二人ともわたしたちの力強い味方だ」と、アバクムが説明してくれた。

ルーシーは顔を両手でおおった。アバクムが立ち上がって彼女を抱きしめた。

「アシルとアルヴァはオシウスの側近だった」ルーシーを自分のそばに座らせながら、アバクムが説明した。「二人はオシウスから離れたために、大変な代償《だいしょう》をはらった。今日ここにいる人たち全員と同じようにね。オクサ、最もたよりになる味方を紹介するよ。おまえの帰還《きかん》を六十年近く待っていた人たちだ」

16　脱出劇の顛末《てんまつ》

かなり高齢《こうれい》でがっしりとした体格の男が、オクサの前に進み出てうやうやしくおじぎをした。

髪《かみ》を結い上げてお団子にまとめ、上品なグレーの着物風の服装をしている。その気品あふれるたたずまいに、破れたジーンズとよごれたTシャツを着たオクサは自分がひどく情けなく思えた。

「若いグラシューズ様、わたしはエドガーと申しまして、あなたのひいおじい様、ヴァルドの親友でした。わたしたちは子どものころからの友人で、わたしはヴァルドが息を引き取るまでそばにいました。〈名木〉にようこそいらっしゃいました。どうぞわれわれの護衛をお受けください」

オクサはアバクムを目で探し、どうしたらいいのか、指示か合図を出してくれることを期待した。アバクムが口を開いた。

「〈大カオス〉のずっと前から、エドガーは、オシウスに用心するようヴァルドに忠告していた。しかし、ヴァルドもマロラーヌと同様、だれもが持つ邪悪《じゃあく》な心に人間が支配されるということを想像すらできない理想主義者だったんだ。そして、〈大カオス〉が生命も信念も幻想《げんそう》もすべてさらっていった。エデフィアの民はずっと、完璧《かんぺき》な平和主義と純粋《じゅんすい》な善意のもとで暮らせると信じてきた。もっとも、それは大きなまちがいだったがね。人間はだれもが天使じゃないということは、〈大カオス〉のときにわかったわけだが、ほとんどの人たちはあのすさまじい暴力に打ちのめされて、縮こまってなんとか生き延びることしかできなくなった。だが、毅然《きぜん》とした態度で闘《たたか》おうとした人たちもいた。エドガーやわれわれの仲間がそうだ。あれから長い歳月《さいげつ》が流れ、エデフィアは日ごとに衰退《すいたい》していったが、彼らはいつか新しい時代がやってくるという希望を胸にきざみ、人知れずせっせと未来のための準備をしてきたんだ。その未来が、おまえのおかげで今日から始まるんだよ」

オクサはじっと自分を見つめている男女を見た。みんながみんな、老いた賢者《けんじゃ》でも並外れた力を持つ人たちでもなかったが、目の奥には同じ光があった。山さえ動かすことができそうな意志の強さだ。

「長い脚《あし》をしたわれわれのメッセンジャー、ヴェロソたちが、〈千の目〉にあなたがいると知らせてくれました。でもそれより前に、わたしたちにはあなたが来ることがわかっていたのです」

今度はエドガーがオクサに向けて語り出した。

「あのころ、ルーシーは〈クリスタル宮〉で働いていたのです。だから彼女が気づいたことはアシルやアルヴォを通して聞いていました。〈クリスタル宮〉の最上階にあるオシウスの部屋が数日前からざわざわしているという情報が入りました。オシウスがカリカリしている様子から、何か重大なことが起きているとわかりました。それが現実になるのに長くはかかりませんでした。若いグラシューズ様、あなたと、あなたたち〈逃げおおせた人〉が、エデフィアの空を飛んでこられた。わたしにとってこの六十年間で最もすばらしい瞬間でした。わたしたちがいまいるこの木のてっぺんから、オシウスの軍隊に囲まれたジェリノットを見ました。あの憎《にく》むべき首領《しゅりょう》があなたたちを連行するところでした。そのなかに誠実な妖精人間アバクムを見つけて、彼といっしょにいる見知らぬ人たちが、われわれを不幸な運命から救ってくれるにちがいないと確信したんです。ヴェロソたちがこのことを国じゅうに知らせたので、新しいグラシューズ様が着かれたことを知らない人は一人もいませんでした。わたしたちはひたすら待っていました。それから数週間は、ほこりが土地をおおったままで、希望は薄《うす》らいでいくばかりでした。仲間のなかには悲観的になる者も多かった。だれもわれわれを滅亡《めつぼう》から救ってくれる者はいない、そう考えているようでした。でも、わたしたちは希望を捨てませんでした。いや、希望よりもっと強いもの、確信です。ところが、新たな情報はなかった。ルーシーは父親の逮捕《たいほ》で〈クリスタル宮〉にいられなくなった。幸いにも、運命はわれわれに奇跡《きせき》の人をよこしてくれた」

エドガーが指さすと、テュグデュアルは顔をふせたので、髪で顔が隠れた。そして、とつぜん冷たい光をたたえた目でオクサをじっと見つめた。オクサはどきっとし、心のなかで悪態をついた。氷は炎より熱いことがあるということが、いまになってわかった。またやられた！

「あなたはどこにいたの？」オクサが小声でたずねた。

テュグデュアルは貝のように押し黙《だま》っている。

「仲間の匠人《たくみびと》たちが、〈断崖山脈《だんがい》〉の奥の峡谷《きょうこく》で半分死んだようになっている彼を見つけたんです」テュグデュアルが黙っているので、エドガーが説明した。「追いかけてきたヴィジラントにひどく刺《さ》されていました。匠人たちが秘密基地にしている洞窟《どうくつ》に彼を連れていき、手当てをしました。彼が起き上がれるようになったので、わたしたちのところに連れてきたのです。テュグデュアルは〈千の目〉やとくに〈クリスタル宮〉で起きていることについて重大な情報をくれました。彼のおかげで、〈クリスタル宮〉の最上階のすぐ下の階に監禁《かんきん》されている〈逃げおおせた人〉たちの解放作戦を準備することができたわけです。長い間苦しめられてきた厚い雲から初めて日の光が差しこんだとき、われわれの準備は整っていた。日の光は美しく、力強かった！　みんなが待ち望んでいた印だったのです。しかし、長くは続かなかった。まもなく雲が広がって雨が降り出しましたから。若いグラシューズ様、われわれにとってその雨がどういう意味をもつか想像できますか？」

オクサは大きく目を見開き、頭を横にふった。

「まさに奇跡ですよ。死にかけていた土地への天の恵《めぐ》みです。わたしがいちばん衝撃《しょうげき》を受けたのは何だと思います？　ひ孫の反応ですよ。五歳になりますが、雨を見たことがなかったのです。その日、みんなが大喜びしているのに、あの子は水が地面を激しく打ちつけるのを見て怖《こわ》くて叫《さけ》び出したんです。あの雨を見て、ついに最悪の時代が終わったと思いました」

急にいろんな記憶《きおく》がよみがえってきたのか、エドガーは何度もうなずいた。

「それからどうなったの？」

オクサは早くその先が知りたかったが、なるたけ優しくたずねた。

「オシウスは自分が権力をにぎっていることを示すために、これまでにもひどい行動に出ました」エドガーがうつろな声で答えた。「みんなが耐《た》えられるぎりぎりのところまでオシウスはやったと思っていました。だが、それはまちがいだとやつは証明したのです」

エドガーと仲間たち全員の顔がくもった。死人のように青白い顔をした女が顔をそむけた。

「オシウスは何をしたの？」

みんなが黙ったままなので、オクサは再びたずねた。

「国民を傷つけるという取り返しのつかない行為に出ました。あなたがいなくなってしまったので、怒り狂《くる》ったのです。思いあがったプライドを深く傷つけられ、彼のような人間には我慢《がまん》ならなかったのでしょう。あなたを見つけるために全土に兵隊を動員し、国が衰退しているにもかかわらず、これまで守ってきた最後のルールを無視しました。クラッシュ・グラノックの大没収《ぼっしゅう》のときでさえ、あれほどの暴力はふるわなかったのに……」

「オシウスがみんなのクラッシュ・グラノックを没収したですって？」

オクサは驚いて叫んだ。

「ええ、十年ほど前のことです。やつの仲間と親衛隊だけが持つことを許されました。自分の体の一部をもぎ取られたように、つらい経験でした」

「没収してどうなるの？」オクサは不思議そうにたずねた。「クラッシュ・グラノックは持ち主しか使えないわけでしょ。それなら、どうしようもないじゃない？」

「没収してどうこうしようというのが目的ではありません。われわれの能力の一部を奪《うば》うことで、いままで以上にわれわれを支配するためです。でも、そのときは少なくとも命までは奪われなかった」

「最悪なのはオシウスじゃないわ！」とつぜん、ルーシーが声を荒《あら》げた。

それから、わっと泣き出した。何人かの人が青ざめ、アバクムは、わかっているというように、ルーシーの肩《かた》を抱《だ》いた。

「いちばん卑劣《ひれつ》なのはあいつの息子よ！　あんなやつ大嫌《だいきら》い！」ルーシーは泣きわめいた。

オクサは父親に目で問いかけた。

「ルーシーのひいおじいさんは彼女の目の前でオーソンに殺されたんだ」パヴェルがオクサに耳

打ちした。

「オーソンに!?」オクサは思わず叫んでしまった。

みんなの視線がオクサに集まった。目に涙《なみだ》をいっぱいためたルーシーもオクサのほうを見た。

「ひどい……」オクサの声は震《ふる》えた。

「オシウスとアンドレアスもひどい人間だけれど、オーソンはいろんな意味で二人をはるかに超《こ》えているように思う」と、エドガーが言った。

「あいつは骨の髄《ずい》まで腐《くさ》ってる！」オクサがかみつくように言った。「あたしも、あいつは大嫌い！」

全員が暗い顔をして黙りこくった。

「その残虐《ざんぎゃく》な行為《こうい》ですべてが決まりました」エドガーが再び話し始めた。「もうたくさんだ、行動しなければと。わたしたちはオシウスの軍の戦闘《せんとう》準備の混乱に乗じて、ある夜、〈千の目〉に忍《しの》びこみました。〈クリスタル宮〉の内部とオシウスの警備態勢をいちばんよく知っていたのはテュグデュアルです。事情に通じた一人の人間は二人の値打ちがある。この青年が教えてくれたあらゆる対抗策《たいこうさく》をわれわれは最大限に利用しました。ヴィジラントも問題じゃなかった。こちらにはエデフィア一の昆虫学者がいる。結局、ヴィジラントは毛虫にすぎないわけだ」

「どうやったの？」気持ちの悪い毛虫のことを思い出してオクサは身震いした。

「われわれは秘密の薬を持っているんです。知りたいですか？」

オクサが熱心にうなずいたので、エドガーは愉快《ゆかい》そうなほほえみを浮かべた。

「マジェスティックの木の根にふくまれるある物質があるんですが、それはパピヤックスを作るエキスなんです」と、エドガーが説明した。

「食べ物に自分の好きなフレーバーをつけられる豆だよね。知ってるわ！」

「そのエキスを吸収すると、空間での体の感覚がひどく混乱するらしいのです。重力を変化させるのではなくて、感覚を乱すわけです」

「それはどういうこと？」

「ヴィジラントは大食いなんです」エドガーが続ける。「あいつらはわれらが昆虫学者の作った団子に飛びついてむしゃむしゃ食べた。しばらくすると、あいつらは飛べなくなったと勘《かん》ちがいして地面を這《は》いまわりました。重力に逆らえないと感じてしまうわけです」

「地面を這うヴィジラントですって？」オクサが叫んだ。「見てみたかったな」

テュグデュアルがほほえむのがオクサにわかった。

「正直言うと、あいつらを踏みつぶしてやりたい誘惑《ゆうわく》と闘《たたか》うのは大変でした」と、エドガーが続けた。「だが、われわれには任務があった。テュグデュアルとルーシーが最上階のすぐ下の階に案内してくれました。ルーシーと森人《もりびと》たちは内部の通路を使い、〈ロッククライム〉の能力がある仲間はテュグデュアルの指揮で外壁から登りました」

「クモの技ね！　それはいいわ！」オクサが声をあげた。

「われわれよりずっと戦いに慣れているオシウスの兵隊に対峙《たいじ》しなければならなかったけれど、自分たちの能力を生かして反撃に出るのはわくわくしたね！」エドガーは明らかにうれしそうに言った。

「みんなは部屋に閉じこめられていたんでしょう？　何が起きているかわかってた？」オクサは父親やアバクム、ゾエのほうを向いてたずねた。

「超敏感《ちょうびんかん》な生き物たちのおかげで、知らずにはいられなかったよ」パヴェルがウインクした。

「好奇心の強いプチシュキーヌと異常に興奮したドヴィナイユがいたからね。何かが起こっていることはすぐにわかったよ」アバクムがつけ加えた。「二重の攻撃がしかけられているとわかるとすぐに、オーソンとアンドレアスがわたしの部屋にやってきて、わたしを連行しようとした」

オクサは思わず叫び声をあげた。

「唾液《だえき》の威力《いりょく》がすごい生き物を覚えているかい？」と、アバクムがたずねた。

オクサの目がぱっと輝いた。

「ヤクタタズがあの恐ろしいつばをあいつらにかけたの？」

「いくらかダメージをあたえたおかげで、ちょっとした陽動作戦が成功したということかな」アバクムは謎めいた答えをした。

「ヤクタタズってサイコー！」

「みんなよくやったよ。わたしたちがクラッシュ・グラノックを持っているかどうかを確認しなかったのはオシウスの大きなミスだな。おそらく、〈外界〉では作れないと思ったんだろうな。そこにテュグデュアルがやってきて、わたしといっしょに〈腐敗弾《ふはいだん》〉や〈ガラス化弾〉で攻撃し始めると、やつは思ったより厳しい戦いになるとわかったんだろう」

「あいつらはグラノックに当たったの？」オクサは夢中になってたずねた。

「テュグデュアルがオーソンに当てた」

「やった！」

「でも、オーソンが特殊《とくしゅ》な代謝能力を持った強いミュルムであることを忘れちゃいけない。とはいえ、われわれの奇襲《きしゅう》攻撃で、オシウスと息子たちにとって事態が複雑になったことはたしかだ。クヌット夫婦とベランジェ夫婦は部屋を抜け出して、アンドレアスと十五人ほどの兵士に連れていかれたレミニサンスとゾエを助けに行った。ゾエは逃げられたけれど、われわれの大切なレミニサンスは敵の手中にある」

アバクムの顔がかすかにくもった。オクサはアバクムの手に自分の手を重ねた。

「すぐに助けだせるよ、きっと。オシウスの娘なんだから、危ない目にはあわないよ！」

「わたしはおまえほど自信が持てないな。だが、希望は持ち続けるよ」

アバクムのくちびるは震えていた。

心配そうなアバクムの様子に、オクサの心は痛んだ。アバクムは自分の恋愛を犠牲《ぎせい》にしてドラゴミラや仲間をずっと見守り、一生を他人のためにつくしてきた。レミニサンスは唯一《ゆいいつ》愛した女性だ。けれど、気持ちを打ち明けないまま、彼女がレオミドに恋したときと〈最愛の人への無関心〉の罰《ばつ》を受けたとき、その愛は永久に失われた。それでも、アバクムの気持ちは変わらなかった。六十年近くも会わず、時とともに薄れていく希望にもかかわらず、アバクムはずっとレミニサンスを愛し続けた。〈絵画内幽閉《ゆうへい》〉から彼女を救った日は、レオミドを失ったとはいえ、彼の人生で最もすばらしい日のひとつだった。みんな、それを知っていたし、アバクムの無言の深い愛に敬意をはらっていた。

オクサは同情だけでなく、アバクムを支えたいという思いから手を強くにぎった。アバクムは考えごとから目覚めたかのように軽く頭をふった。そして、すまなそうにオクサを見て、言葉を続けた。

「全員が逃げられたらよかったんだが……とにかくすさまじい戦いだった。おまえのお父さんが闇《やみ》のドラゴンになってあらわれ、バルコニーの窓ガラスを破ったとき、わたしはヤクタタズをかかえてドラゴンの背中に跳《と》び乗《の》ったんだ。パヴェルは『急いで！』と〈クリスタル宮〉にいる人たちに向かって叫んだ。〈逃げおおせた人〉たちは力の限り戦っている最中だった。ナフタリたちはオーソンの攻撃からゾエを守っていた。匠人はするどい動物的特長を生かしたし、森人は植物の力を利用した。つまり、手をタカの爪《つめ》の代わりに、体をハンマーの代わりに使う者もいれば、非常に有害な植物の濃縮《のうしゅく》液の霧《きり》吹きやひもを使う者もいた。ミニチュアボックスに生き物を入れていたテュグデュアルを、ブルンとベランジェ夫妻が守っているのも見えた。それはいい考えだったし、勇気ある行為だ。というのは、生き物たちはわれわれにとって大きな切り札になるからな。生き物たちをわたしたちが連れだすのを見逃したのはオシウスの第二のミスだよ。そのおかげでこっちは助かったんだがね……」

「テュグデュアルはミニチュアボックスを割れた窓ごしにわたしに投げてよこし、また戦いにもどっていった。闇のドラゴンはオシウスの軍隊に向けて炎の嵐《あらし》を吹きつけ、グラノックを無数に浴びた。だんだん劣勢《れっせい》になってきて、われわれは退却《たいきゃく》するしかなかったんだ。浮遊《ふゆう》できない者はドラゴンの背中に跳び乗った。ゾエもそばにいた。ピエールが『行くんだ！　いますぐ！』と叫んだ。しかたなくドラゴンは飛び立ち、浮遊術を使える人たちがそれに続いた。そのなかには、監禁《かんきん》されていた人たちと味方の匠人だけでなく、オシウスとその兵士たちも混ざっていた。そうなると、味方に危害を加えずに敵を攻撃することはできなくなった」

「〈逃げおおせた人〉たちはどうなったの？」オクサは体をこわばらせた。

「テュグデュアルたちはブルンとジャンヌを助け出そうと必死で戦ったんだが……」アバクムの目が宙をさまよった。

アバクムはそのまま沈黙《ちんもく》した。オクサははっとして彼の腕《うで》を取った。鼻の奥がつんとしてきて、とても問いただせない雰囲気を彼の表情から読み取った。ブルンとジャンヌは……。

「必死の努力もむなしく、二人はオーソンに捕《と》らえられた」やっとアバクムが口を開いた。「ナフタリはしばらくはドラゴンにつかまっていたんだが、体を麻痺《まひ》させるオシウスのグラノックを受けて落下してしまった。あいつは花びらを受け取るように簡単にナフタリを捕《つか》まえただろう」

「ヘレナは？　ティルは？　フォルテンスキー家の人たちは？」オクサは心配そうにたずねた。

「みんなつかまった……」

オクサは息が止まるかと思った。

「だけど、みんな……生きてるよね？」

「われわれの羽の生えた情報提供者によると、みんな無事だそうだ。あまり元気とは言えないし、怪我《けが》をしている人もいるようだが、命に別状はない」

アバクムはそう安心させるように言ったが、オクサは半信半疑だ。

「その状況《じょうきょう》が変わる可能性はある?」

そうたずねると、テュグデュアルの体がこわばるのがわかった。オクサはくちびるをかみしめ、こぶしをにぎった。余計なことを聞いてしまった……。だが、その問いに答えたのはテュグデュアルだった。

「もちろん、変わる可能性はあるさ。オシウスが全員を殺す可能性はある」

「オシウスか、あるいはオーソンか……」

こう言ったアバクムの目はうつろだった。

17 ゆったりとした目覚め

オクサが〈葉かげの都〉で過ごした最初の夜はおだやかで、しかも不思議なものだった。巨木の根のくぼみで眠《ねむ》るなんて、そうそうできる体験ではない。不思議な経験はもう数え切れないほどしてきたけれど……。住民たちはこまやかな心づかいをしてくれた。グレーの薄《うす》い麻《あさ》のカーテンに囲まれた天蓋《てんがい》つきのベッドには、紫《むらさき》色のウールのカバーがかかっていた。その脇《わき》にある小さなサイドテーブルには銀色に光る水盤《すいばん》と小さな鏡が置いてあり、木の根でできたベンチには服が何枚かかけてある。オクサはあまりにも疲《つか》れきっていて、身づくろいには一秒も割《さ》けなかった。天井《てんじょう》には発光ダコが一匹いてやわらかな光を投げかけている。心休まる光がかすかに揺《ゆ》れ、まるで水槽《すいそう》のなかにいるようだ。オクサは服を着たままベッドに倒れこんだ。重苦しい気分や閉じこめられたような恐怖、大きな不安などが少しずつ消えていき、まもなく眠りについた。

こういう場所で目覚めるのは不思議なものだ。場所には見覚えがあるような気がした。地下何百メートルもの深さにいるためか、圧迫感《あっぱく》があり、時間の感覚もなくなっていた。まだ夜なのだろうか？　もう朝なのだろうか？　二時間眠ったのか？　十二時間眠ったのか？　どちらにしても、完全に休息できたことだけはたしかだ。オクサはのろのろとベッドから出て、自分の姿をすみからすみまで点検した。

「ふ～ん、さえないなあ……」

小さな鏡をのぞきこみながらつぶやいた。

急にふたつも歳《とし》をとってからいままで、オクサは人の目に映る自分の姿を確かめる機会も、ましてやその姿に自分が慣れる機会もほとんどなかった。それにいまは、顔もやつれ、グレーの目の下には紫色の隈《くま》ができ、髪《かみ》はもつれていて、よけいに自分の顔のような気がしない。指でほおをこすると、黒いよごれの跡《あと》がついた。ジーンズとTシャツには、カタツムリの粘液《ねんえき》のようなてかてかしたカモフラじゃくしの跡がついている。

「きったな〜い！」

反射的にテュグデュアルのことを思った。彼はどうやっていつも自分を魅力《みりょく》的にみせているんだろう？　まるで何ものにも影響《えいきょう》されないというように、どんな状況《じょうきょう》でも完璧《かんぺき》だ。ほかの星から来たんじゃないかな、とオクサはばかげたことを思った。「ここの人たちより、ちょっと変わってるだけだよね」

「ちっちゃなグラシューズさん、なんで笑ってんの？」すぐ後ろで聞きなれた声がした。

ふり返って思わず赤くなった。テュグデュアルが無造作に土壁にもたれ、腕《うで》を組んでオクサをじっと見つめている。くちびるの端《はし》にあの独特のほほえみを浮かべているせいで、ほお骨が浮き上がり、ほおに陰《かげ》ができている。

「あなたと比べると、あたしはみじめな格好だと思っていたの！」オクサはそれしか答えられなかった。「シラミのわいたきたない女の子と白馬の王子様って感じ。わかる？」

テュグデュアルは猫のようにしなやかな動作で近づいてきた。オクサの肩《かた》に両手を置き、くちびるの端に軽くキスをした。

「シラミのわいたきたない女の子だって？」

オクサを頭のてっぺんからつま先までながめて、ため息をついた。

「あたしを見るのはやめてよ！」オクサはいらいらした。

テュグデュアルはその言葉を無視し、タオルを一枚取って水盤にひたし、とまどっているオクサの顔を優しくふき始めた。

「いい匂《にお》い……」オクサがつぶやいた。

テュグデュアルがすぐそばにいるせいで、オクサのとまどいはますます募《つの》り、額が赤くなった。どうして自分はただ黙《だま》っていられないのだろう？　そんな……場ちがいなことを言ってもしょうがないのに。

「ノビリスのエッセンスだよ」テュグデュアルが教えてくれた。「よかったら、ノビリスがいっぱい生えているところを教えてやるけど」

オクサはうなずいた。ノビリスに最初に出会ったときのことがよみがえってきた。アバクムの秘密のサイロにいたときだ。ノビリスの花びらがオクサの手をなでながらうれしそうにしていたっけ……。これも変わった体験だった。その間にもテュグデュアルはオクサの顔をふいていた。鼻すじ、まぶた、それから指。キスをされたいという激しい衝動《しょうどう》にかられた。しかし、テュグデュアルは何もせず、顔をきれいにする作業を終えると、ほおを優しくなでた。

「よし、じゃあ、あれを着ろよ」と、根のベンチの上にかけてある服を指さした。「あっちで待ってるよ」

テュグデュアルは部屋を区切っているカーテンをしめた。オクサはてかてか光る筋のついたジーンズとしみのついたTシャツを苦労してぬぎ捨て、さわやかでいい匂いのするカーキ色のチュニックとパンツを身につけた。清潔な服の匂いにビッグトウ広場の家や母親や〈外界〉の生活のことが思い出されて、涙《なみだ》ぐんだ。だめだ。過去のことをふり返ってはいけない。その思い出がいまを重苦しくする場合は、とくに。オクサは深く息を吸いこんでから、顔を上げてカーテンをあけた。

　昨晩は気づかなかったが、生き物や植物たちはここにいたのだ。よく知っているヤクタタズ、ドヴィナイユ、ジェトリックス、プチシュキーヌ、メルリコケット、ゴラノフなど以外に、やわらかそうな毛をしたハリネズミのような動物と、鮮《あざ》やかなブルーの毛並みをしたマーモットの変種のような、見知らぬ生き物もいた。

「警報！　警報！　若いグラシューズ様がいらっしゃいます！」

「それなら、嘆《なげ》く代わりに喜べよ、このレタス！」ジェトリックスがふさふさした髪の毛を揺らした。ゴラノフはぶるっと震《ふる》えて葉をだらりとたらした。感情が高まりすぎてかよわい神経には耐《た》えられなかったのだ。

「わたしもここにいますよ。逃げ出そうなんて思っていませんよ」と、ヤクタタズがのんびり言った。

　オクサは我慢《がまん》できずに笑いだし、その場にいた人や生き物たちもつられて笑った。何がおかしいのかわからず、ただうれしそうにオクサを見つめているヤクタタズだけは別だ。

「生き物たちにまた会えて、すごくうれしい！」オクサは涙をぬぐいながら言った。

　それからまじめな顔にもどって、三脚《さんきゃく》台にのったトレイを前に食事をしている人たちに向かってあいさつした。みんな大きなクッションの上にあぐらをかいて座っている。父親とアバクムは疲れているようだが、落ち着いている。ゾエは、オクサに悲しそうなほほえみを向けた。オクサはゾエの気持ちを受け取り、心からほほえみ返した。

「この森における若いグラシューズ様の存在は、生命をもつすべてのものからの満場一致《まんじょういっち》に強化された栄誉《えいよ》に出会いました」調理台でパンを切っているフォルダンゴが告げた。

そのそばで、ハリネズミのような動物がぐるぐるまわりながら動いており、パンくずを吸いこんでいた。

「若いグラシューズ様はスライスしたパンを食する意思がおありでしょうか？　また、のどの渇《かわ》きをいやすご希望はありますでしょうか？」と、フォルダンゴがたずねた。

「喜んで！　ちょうどおなかがすいてたんだ」

すぐに願いは聞きとどけられた。フォルダンゴは文字どおり飛ぶようにオクサのもとに走ってきたので、持っていたトレイを落としそうになった。すばやく反応したゾエが、人差し指をさっと動かしてトレイのバランスをとった。

「これができることを、いつも忘れちゃうんだよね！」

オクサはゾエにウインクしながらささやいた。

焼きたての白パンがもたらした効果は絶大だった。何ともいえずおいしいジャムを薄く塗《ぬ》ったパンをたちまち五切れもたいらげた。だが、フォルダンゴが作った温かい飲み物に口をつけると、顔をゆがめた。

「おお、若いグラシューズ様のお顔は深い嫌悪《けんお》感を示しています。召使《めしつか》いはひりひりした痛みに満ちた失敗に出会いました。おおっ」フォルダンゴは嘆いた。

そして、悲しみのあまり、壁をつたってずるずるとくずおれた。

「かわいそうに！」ゾエが叫《さけ》んだ。「パピヤックスの豆のエキスを入れたのを言い忘れたんだ！どんなフレーバーがいいか飲む前に考えないといけないのよね。そうすれば好みの味になるのよ」

オクサは自分の額をパチンとたたいた。そうだった！　オクサはじっと考えてから飲み物に口をつけ、にっこりとほほえんだ。主人のこの反応を待っていたフォルダンゴはすぐにしゃんと姿勢を正した。

「この指示のし忘れは、あなた様の召使いの心に死ぬまで後悔《こうかい》の存続をもたらすでしょう」

「ちょっと、ぜんぜんだいじょうぶよ、フォルダンゴ！」オクサはフォルダンゴの前にきてひざまずいた。「おまえはカンペキだって！」

オクサはフォルダンゴを抱《だ》きしめて、音を立ててほおにキスをした。フォルダンゴはナスのように紫色になった。

「どんなフレーバーにしたんですか?」ルーシーがたずねた。

「柑橘《かんきつ》系のスパイスティー。『ドラゴミラ風』ロシアンティーなんだ」

そう答えたオクサの目がくもった。オクサはうつむいて残りの紅茶を飲みほした。のどがつまって痛かった。

「じゃあ、ちっちゃなグラシューズさん、ちょっと見せたいものがあるんだ。来いよ！」と、テュグデュアルが誘《さそ》ってきた。

18　二人だけの〈葉かげの都〉

父親とアバクムが何も言わずに二人を見送ったことに、オクサは驚いた。もちろん、テュグデュアルと自分にくれぐれも気をつけるよう注意することは忘れなかったが、こんなふうに自由にさせてくれたのは初めてだった。オシウスの駐屯《ちゅうとん》部隊はほとんどが〈葉かげの都〉の周辺部にとどまっていたし、都の内部にいる部隊も町の出入口や広場、商業区域などいくつかの要所に限られていたからだ。二人を見送るパヴェルは心配そうな視線をオクサに向け、少し厳しいまなざしをテュグデュアルに注いだ。信用してまかせたのに、もし娘に何かあったら、大変なことになるぞ、というふくみがあるようだ。

「あれだけのことを乗《の》り越《こ》えてきたのに、自分の身を自分で守れないってまだ思ってるの？　怖《こわ》がり屋のパパ！」

パヴェルはいつものように娘の髪《かみ》をくしゃくしゃにしようとしたが、考え直してやめた。ちっちゃなオクサはもう新グラシューズになったのだから。

数え切れないほどの階段を上ってやっと外に出たとき、オクサはようやく〈葉かげの都〉の新《しん》鮮《せん》な空気を吸うことができた。前の晩にこの町の一部を垣間見《かいま》たけれど、町の大きさや様子を把《は》握《あく》することはできなかった。

オクサとテュグデュアルは巨大な森の中央に位置する木の上にいた。その木は森の主のように桁外《けたはず》れに大きくて美しく、地上二十メートルあたりから最初の枝が伸びていた。幹の中の階段を使えば、十軒《けん》ほどの家の土台になっているプラットホームに出られる仕組みだ。テュグデュアルはオクサの手を取って木の皮に押しつけた。

「えっ、これって、呼吸してる！」

オクサは驚いて、幹にほおをくっつけた。木が規則的に息をしている。

「すごいよね！」オクサは目を輝かせながら言った。

テュグデュアルはほほえんで、オクサを家のあるほうに連れて行った。雲が厚いうえ、何十メートルも生い茂る葉や枝のために光がさえぎられ、プラットホームの床《ゆか》は薄暗《うすぐら》い。幹の下のほうには枝はないが、濃厚《のうこう》な緑の陰《かげ》でやはり薄暗かった。だが、たまたまひと筋の日の光が差したとき、想像以上に活気あふれる住民たちの様子が見え、オクサを驚かせた。地上では、車輪つきのかごを押したり、道具を持った男女が生き物たちといっしょに行き来していた。みんな、茶色や緑、グレー、赤褐色《せきかっしょく》といったナチュラルな色の服を身に着けている。びっくりするくらい大きい、ありとあらゆる物を運んでいる。すいかほどの大きさのじゃがいも、メロンくらいのオリーブ、オクサの知らない巨大な根菜類もある。

「勘《かん》ちがいするなよ、ちっちゃなグラシューズさん」テュグデュアルが釘《くぎ》を刺《さ》した。「こんなに大量の食べ物があるなら、食糧《しょくりょう》不足じゃないなんて思うなよ。人の数のほうがずっと多いし、土地はやせてきているんだ。人間といっしょだ。大地も疲《つか》れてるんだよ」

二人が並んでプラットホームを歩いていると、人々が敬意のこもったあいさつをしてくる。二人は家の中の様子を窓から遠慮《えんりょ》なくのぞき、どんな高さでも物を運搬《うんぱん》できるように作られた、ワイヤーや滑車《かっしゃ》を使った複雑なシステムに感心した。雨どいが木の幹や屋根に張りめぐらされ、各家の軒下《のきした》や畑の貯水桶《おけ》に水がたまるようになっている。家の壁には圧縮した土が上塗《うわぬ》りされ、壁が畑になっている。垂直の畑だ。「水の節約に最高の方法」とオクサは思った。オクサは、木製のリフトと、ずっと上まで続いていそうなスチールケーブルにふと気づいた。見上げると、十五メートルほど上には、周囲の木の太い枝を土台としたプラットホームがいくつかあった。それらはたくさんの宙吊《ちゅうづ》りの橋でつながれていて、何層にもかさなる迷路のようになっていた。好奇《こうき》心にかられたオクサは、リフトのほうに向かった。

「おれたちには機械なんかいらないじゃないか。こっちに来いよ」と、テュグデュアルが誘《さそ》った。

彼は幹をよじ登り始めた。

「ちょっと！　あたしにはできないじゃない！」オクサが文句を言った。

「じゃあ、できることをやればいいじゃないか、ちっちゃなグラシューズさん！」

テュグデュアルは爪《つめ》だけで木の皮につかまっているようだ。オクサはアクロバットのような浮《ふ》遊《ゆう》を始めた。

「ほらな！　やればできるじゃないか」テュグデュアルは登り続けた。

こうして二人は家のあるプラットホームを何層も通り過ぎて、木のてっぺんのプラットホームまでやって来た。一人は猿《さる》のようにたくみに、もう一人はムクドリのように軽々と飛んで。オクサは幹の周りを何度もまわり、アクロバットのような回転を何度もしてテュグデュアルをからかった。

二人はいちばん高いプラットホームに座って足をぶらぶらさせ、目の前に広がる〈葉かげの都〉をながめた。オクサがこれまでに見たなかでいちばんすばらしい景色が目の前に広がっていた。緑の地平線に林立している巨木の海をながめながら、うっとりとした。

「きれいだろ？」テュグデュアルがつぶやいた。

「幻想《げんそう》的って言ったほうがいいんじゃない？　枝の間にあるあのたくさんの家や、そこに住んでいる人たちのことを想像してるんだ。まるで植物の高層ビルよね」

「家の大半は空き家なんだぜ」と、テュグデュアルが教えた。

「どうして？」

「エドガーによると、エデフィアの最盛期には〈葉かげの都〉には三万人もの人が住んでいたんだけど、〈大カオス〉以来、人口は減ってるらしい。食糧不足と半透明族のせいでエデフィアが衰退《すいたい》し、人々は子どもを生みたいと思わなくなったんだ。気をつけて見ると、小さい子どもや、ましてや赤ん坊なんかは少ないのがわかるよ。こうやって文明は滅《ほろ》びていくんだ。世代交代せずに人が死んでいって……」

円状に広がる緑の向こうに、それとは対照的な砂漠《さばく》が痛々しい姿を見せている。緑の都はたしかに広大だ。だが、わずかなほころびを見つけて侵入《しんにゅう》し、生命を奪《うば》おうする巨大な死の真ん中で、必死に生にしがみついているかのようだ。町を取り囲んでいる枯《か》れ枝が生き延びた人たちのいる町の中心に向かってのびる様子は、まるで助けを求めているかのようだ。あるいは、衰退へと誘っているのか……。

オクサは思わず身震《みぶる》いした。テュグデュアルが肩に手を回すと、オクサはそっと寄りかかった。なんてステキなひとときだろう。オクサはテュグデュアルの手のなかに自分の手をすべりこませ、指をからませた。

「キスして……」オクサはこんなことを言う自分に驚いた。

「かしこまりました、ちっちゃなグラシューズさん」

こんなに鮮烈《せんれつ》な瞬間がこれまでにあっただろうか？

こんなに完璧《かんぺき》な。

この人はすばらしい。テュグデュアルはオクサの耳元である歌のリフレインを口ずさみ始めた。

ぼくたちは空高く飛んでいる
世界がぼくたちのそばを素通りするのを見ている
絶対に下りていきたくない
絶対に自分の足を地面に下ろしたくない

Never Let Me Down Again/Martin Gore（Depeche Mode）

足の下のほうでは、名前も知らない鳥たちが飛んでいる。すばしこい群れがとつぜん、木の葉の茂《しげ》みにつっこみ、けたたましくピイピイ鳴きながら飛び出してきた。オクサは楽しくてたまらない。けれど、巨大なトンボが一匹近づいてきたときは、気持ち悪そうに身構えた。

「なんにもしやしないよ」テュグデュアルは肩《かた》を抱《だ》く手に力を入れて、オクサを安心させようとした。

「でもさ、あの大きさ、見た？　タカみたいじゃない！」

テュグデュアルは笑いだした。

「タカだって？　せいぜいツグミだろ。ほら、きれいじゃないか！」

テュグデュアルが手を伸ばすと、そのトンボが手にとまった。真珠貝《しんじゅがい》のような光沢《こうたく》をもった青緑の羽は繊細《せんさい》そうなのに、トラクターのような轟音《ごうおん》を立ててすごいスピードで動いていた。オクサは思わず後ろに身を引いた。

「おまえと昆虫の関係はうまくいってないようだな」テュグデュアルが言った。

オクサは顔をしかめた。

「絶対だめ！　こんな悪魔《あくま》のような生き物、絶対我慢《がまん》できない！」

「だけどさ、昆虫も役に立つんだぜ」テュグデュアルはトンボを放しながら、からかうように言った。

「昆虫たちにたのみたいのは、あたしから離《はな》れたところで役に立ってほしいってことよ！」

とつぜん、若者たちが二人のすぐ前を飛んでいった。彼らは、エデフィアにたどり着いたオクサたちを〝出迎えた〟オシウスの親衛隊と同じ空飛ぶ板につかまっていた。まるで空をサーフィンしているように飛び、二本の木のてっぺんをロープでつなごうとしている。

「あれって、なに?」オクサが興味深そうにたずねた。

「推進板さ」テュグデュアルが答えた。「太陽エネルギーを集めてストックできる素材でできてるんだ」

「へえ、よく知ってるんだ!」

「何言ってるんだよ、ちっちゃなグラシューズさん。おまえが〈ケープの間〉で楽しんでる間に、おれは資料を集めて、いろいろとおもしろいことを学んだんだぜ。こう見えても、おれは好奇心が強くて、進んだ考え方をしてるんだ!」

「もちろん、そのとおりよ、インテリさん!」オクサは生き生きとした目で答えた。

二人はしばらく、空中のサーファーたちをながめていた。オクサのため息はしだいに大きくなり、思いつめたようになった。テュグデュアルはオクサを横目で見て、ほほえんだ。

「おまえが考えてることはわかってるさ。でも、推進板は浮遊ができない人だけが使えるんだ」

「ああ、残念……」オクサはがっかりした。「あれでちょっと散歩してみたいのにな」

「まだ、あんまり太陽エネルギーがないんだよ。でも、いつか状況《じょうきょう》がよくなったら……」

テュグデュアルは口をつぐみ、下のほうで行き来している森人《もりびと》たちのほうを見た。

「状況はよくなるって思う?」オクサは小声でたずねた。

テュグデュアルはしばらくしてから答えた。その数秒間がオクサにはひどく長く感じられた。

「うん。もうすでによくなってるさ」

「そう思う？」オクサは割り切れないような顔をした。

「おまえはオシウスやオーソンから逃げられたじゃないか」

「それで十分だと思う？」

「それがいちばん大事なことだ。あとは二の次さ」

オクサはさっとテュグデュアルのほうに向き直った。

「自分の言ってることがわかってんの？」

オクサはかたくなに遠く地平線のほうばかり見ているテュグデュアルに向かって言い放った。

「おまえという人間が体現していることが何か、わかってるのか？」

テュグデュアルはやり返した。

オクサは答えなかった。自分の存在は、他人の目から見たほうがずっと重要に映るようだ。それを指摘《してき》されたのは初めてではない。オクサは急に恥ずかしくなり、テュグデュアルを横目で見ながら爪をかんだ。

「〈断崖山脈《だんがい》〉で何があったの？」だしぬけにオクサがたずねた。

テュグデュアルは息を深く吸いこみ、伸びをして指の関節を鳴らした。

「エドガーが言ったこと以外にたいしたことはないけどな」

オクサは怒り出した。言葉よりも、テュグデュアルの落ち着きはらった態度によけいに腹が立った。

「エドガーはなんにも話してないじゃない！　彼が言ったのはただ……」

「知らないといけないことだけだ」

オクサをさえぎってテュグデュアルはそっけなく言った。

オクサはテュグデュアルから体を離した。ほおが赤くなり、目は怒りで燃えている。

「あなたのことを理解したかっただけなのに……」

「おまえの質問に答える前に、まずはおれ自身が自分のことをわかっていないといけない。そう思わないか？」

オクサは体をこわばらせた。息は怒りで荒《あら》くなった。

「どうしてあたしを信用してくれないの？」やっとそれだけ言った。

テュグデュアルは今度はぴくりともしなかった。まるでオクサの問いかけが聞こえていないかのようだ。それから、とつぜん、堰《せき》を切ったようにしゃべり出した。〈逃げおおせた人〉たちがヘブリディーズ海の島へ向かう船上でのときのように。

「何を言ってほしいんだ？　おまえをオシウスのそばに置いていくのは、親父が出ていったときと同じくらいつらかったってことをか？　すべてを失うかもしれないと思って気が変になりそうだったことか？　やみくもに山のなかをさまよったことか？　ヴィジラントに殺されそうになったことか？　あいつらを焼き殺すことだってできたのに。教えてやるよ、あんまり苦しくて、死ぬことなんてどうでもよかった。あの人たちに助けられるままになったのは、彼らがおれを必要としてくれたからだ。それがどういう意味かわかるか？　だれかがおれを必要としてくれる必要があったんだ!」

テュグデュアルがたたきつけるように言った最後の言葉は、彼の絶望の深さをあらわしていた。オクサははっと体を硬くした。息が止まり、身動きができなかった。窒息《ちっそく》しそうだと体が要注意のサインを出したとき、悪夢から覚めたように我に返った。テュグデュアルがオクサのほおを両手ではさみ、心のうちを暴露《ばくろ》したことでよけいに激しくキスをしてきたが、オクサの動揺は消えなかった。

「あなたといっしょにいるためには、すごく強くないといけない……」オクサがささやいた。

テュグデュアルには答えるひまがなかった。何かを感じ取ったようにさっと身を起こすと、周囲の緑に目を凝《こ》らした。そして、オクサの手をつかんだ。

「ここから離れよう。オシウスの兵士が近くにいる」

二人はプラットホームから跳《と》び下りた。

19　森の中の追跡《ついせき》

オクサはまるで石のように落ちていった。

「飛ぶんだ!」テュグデュアルが叫《さけ》んだ。

「できないの！」オクサはむちゃくちゃに腕《うで》をばたばたさせながらどなった。すぐにテュグデュアルがオクサの背中をかかえこんで、落ちないようにした。

「いや、できるよ！」

テュグデュアルはこうオクサの耳元でささやきながら、レーダーのように周囲に目を光らせた。オクサの恐怖がおさまるにつれて、彼は体をつかんだ手を少しずつゆるめた。少し下のほうでは革の鎧《よろい》を着た兵士の一団が木々の間をパトロールしている。それを見ただけで十分だった。オクサは顔をこわばらせ、パトロールとは反対側の〈葉かげの都〉のはずれまで、三キロメートルほどテュグデュアルを追って飛んだ。緑の茂《しげ》った地帯とは対照的な枯《か》れ木の帯はすぐそこだ。テュグデュアルは空き家が四軒《けん》並ぶ古ぼけたプラットホームにオクサを連れていった。二人ははあはあと肩《かた》で息をした。

「何が起きても、クラッシュ・グラノックは使うなよ、いいな？」と、テュグデュアルが注意した。「ここでそれを持っているのはおれたちしかいないから、すぐにばれる」

そして、一軒の家の壁に這《は》う枯れたぶどうの木の下にオクサをひっぱりこみ、枝の陰《かげ》にオクサを隠《かく》すようにしてじっとしていた。しばらくすると、二十人ばかりの兵士が猛《もう》スピードで近くを飛んでいった。テュグデュアルはオクサの口をおさえた。

「おまえを探しているんだ」

オクサの目が恐怖で大きく見開かれた。

「どうしよう」オクサはおびえた。

テュグデュアルは用心深く周りを見回した。

「名木にもどろう。オシウスの兵士に出くわしたら、ここの住人のふりをして自然にふるまうんだ。あんまり速く飛んじゃだめだ。目をつけられるからな」

「でも、森人《もりびと》は浮遊《ふゆう》できないじゃない！　すぐに目をつけられるよ！」オクサが言い返した。

「森人がほとんどだけど、ここには官人《つかさびと》や匠人《たくみびと》も住んでる。なかには何世代にもわたって住んでる人もいる。浮遊する人もめずらしくないから、そんなに心配しなくてだいじょうぶだ」

テュグデュアルはそう言うと、また周りを見回してからオクサの手を取った。

「だいじょうぶだ、行こう！　おれが先にいくから、ついて来るんだ」

「もし離《はな》れ離《ばな》れになったら？」オクサの声は震《ふる》えている。

「名木はここをまっすぐ行ったところだ。最悪の場合でも、高いところに行けばあの木を見つけられるさ」

テュグデュアルはオクサのほおを両手ではさみ、じっと見つめてから額にキスをした。

「だいじょうぶだよ、ちっちゃなグラシューズさん」

二人は用心深く飛び立ち、木々の間に消えていった。

急に目の前に飛び出してきたパトロール隊と鉢合《はちあ》わせするまでは、すべてうまくいっていた。兵士に取り囲まれると、二人はさっと止まった。オクサの心臓も止まりそうになった。テュグデュアルは落ち着けというふうにオクサにきつい視線を投げかけた。

「名前を言え！」兵士の一人が命令した。

オクサが驚いたことに、テュグデュアルは返事をした。

「わたしは匠人グンナーの息子、ヘニングだ」

兵士は手に持っている水晶板《すいしょうばん》のようなタブレットをチェックした。テュグデュアルの答えは満足のいくものだったようだ。すると、今度はオクサのほうを向いて言った。

「おまえは？」

オクサの額に冷《ひ》や汗《あせ》が伝った。

「いとこのイングリッドだ」テュグデュアルが代わりに答えた。

兵士はまたタブレットをチェックしてから、疑り深そうにオクサを見つめた。新グラシューズを実際に見たことのある兵士はほとんどいない。オシウスの言っていることとはちがって、目の前にいる女の子は何のへんてつもないふつうの子だ。もし、あの印がなければだが……。

「おまえのへそを見せてみろ！」兵士は高飛車に命令した。

テュグデュアルがオクサをちらりと見た。知らず知らずのうちに眉《まゆ》をしかめたので、兵士が気づいたようだ。

「何か困ることでもあるのか？」

兵士たちがとっさに攻撃《こうげき》の構えをした。

「困ることとなんてないわ！」と、オクサが答えた。

テュグデュアルは必死に動揺《どうよう》を隠《かく》そうとした。オクサはチュニックの裾《すそ》をめくり上げた。

「よろしい！」数秒間、オクサのおなかを見てから、兵士は言った。

オクサのへそはまったくふつうだった。オシウスが言ったような星の印はない。

「おまえの父親は？」

動揺をおくびにも出さず、オクサは平然と兵士を見つめた。手首の周りでは、オクサがくじけないようにキュルビッタ・ペトが力の限り体をくねらせている。しかし、空のほうは大きな黒い雲が広がって暗くなってきた。状況が悪化したら、きっと雷雨《らいう》になるだろう。

「わたしの父親って？」オクサはたどたどしくたずねた。

兵士たちがさらに近づいてきた。

「悪く思わないでやってくださいよ」

そう言うと、テュグデュアルはオクサにぴったりとくっついて、彼女の腕を取った。もう少しでオクサはロケットのように空に飛び上がっていくところだった。

「この子はちょっと……なんと言うか……」

「ちょっと何なんだ？」兵士が問いただした。

「もの分かりが悪いんですよ」テュグデュアルが打ち明け話をするように言った。「父親はラースです。食べ物を調達するためにいっしょに〈葉かげの都〉に来たんです」

兵士は二人を冷ややかにじっくりと観察してやっと道をあけた。その数秒間がオクサには一年にも思えた。

「もういい、行け！　二人だけでうろうろするんじゃない」

あなたたちこそ、まずい人に会ったら怖《こわ》くないかと、オクサは兵士にたずねそうになったが、その前にテュグデュアルが腕を引っぱって、こうささやいていた。

「逃げよう」

オクサはおとなしくしたがった。


「危ないところだったな！」

そう言いながら、テュグデュアルはけげんそうな視線を向けた。

「おまえの星の印のこと、知らなかったよ」

「星はあたしが未来のグラシューズに任命された印なんだ。でも、正式に即位《そくい》すると、星はあたしから離れていっちゃった。だから、チュニックをめくってもぜんぜん問題なかったわけ。あなただってうまくやったじゃない」

テュグデュアルの冷静さにオクサは感心していた。

「さすが！」オクサはテュグデュアルと同じ高さに並んで言った。「どうしてあんなこと知ってたの？」

「ああ、やつらの質問を予想するのは簡単さ。だから答えを用意しておいただけ」

「イングリッドっていう人はほんとにいるの？　ヘニングも？」

「もちろんさ！」とテュグデュアルが答えた。「こういうときのために、架空《かくう》の名前をひとつ持っておくと便利だぜ」

「そうだね」オクサはうなずいた。「覚えておくようにする」

「安心するのは早すぎるぜ。おれの言ったことを信じたとは限らない。疑うのを少し先に延ばしただけかもしれない」

二人はならんで飛ぶことに専念した。

「思ったとおりだ……」とつぜん、テュグデュアルが後ろも見ずに言った。「ふり返るんじゃない、追っかけてくる」

「ああ、もう……しつこいなあ！」オクサはうめいた。

二人は木々とプラットホームの間をジグザグに進み、何げないふうを装いながら少しずつスピードを上げた。しかし、兵士たちもばかではないようだ。ほかのパトロール隊も加わって、五十人近い兵士が二人のあとを追いかけてくる。オクサとテュグデュアルは矢のようなスピードで上ったり下がったり、急に右に曲がったり、左に行ったりした。しかし、いくらうまく逃げても、数の上で有利なオシウスの兵士たちをまくことはできなかった。

「止まれ！」という叫び声が聞こえた。

呼びかけを無視して、オクサは必死にテュグデュアルについて行こうとした。その間、〈葉かげの都〉の住人、数十人が加勢し、うまいやり方で兵士の行き先をじゃましようと手を貸してくれた。網《あみ》を投げたり、仲間の鳥を放したり、木の弾《たま》を発射したりといったシンプルな攻撃は効果的でもあった。ワイヤーロープからものすごいスピードで投げられたかごが兵士の顔にまともに当たったのを見たオクサは大喜びした。敵が一人減った！

しかし、兵士たちは四方八方から押し寄せてきた。危険は確実にオクサとテュグデュアルに近づいてきている。テュグデュアルが下のほうのプラットホームを目で示すと、二人は頭からつっこんでいった。森人たちが二人をかばうために壁を作ってくれたので、二人はプラットホームの下にもぐりこんで、クモのように板につかまった。垂れ下がったぶどうのつるがカーテンのように二人の姿を隠してくれた。

「落ちそう……」

オクサは手の指と足に力を入れた。

二人が隠れている周囲での戦いが激しくなっていた。例の推進板につかまった森人たちが猛スピードで飛びまわるものだから――まるで空飛ぶ魔女だ――オシウスの兵士たちは大混乱に陥《おちい》った。

とつぜん、オクサの頭上の揚《あ》げ戸があき、腕が伸びてきて彼女のチュニックをつかんだ。プラットホームに引き上げられながら、オクサは最後の瞬間が来たのだと思った。目をかたく閉じると、胸がぎゅっと締《し》めつけられた。オシウスが勝ったのだ……。

「若いグラシューズ様、こちらへ!」乱暴にオクサを押しこむ人の声がした。

やっと決心して目をあけると、オクサの顔はぱっと輝いた。そこはプラットホームの上に建てられた家の中だった。目の前には尊敬すべきエドガーがいる。オクサは彼に会えたことがあまりにもうれしくて、思わず抱《だ》きつきそうになった。ドアがバタンと開いて、すぐに閉まった。テュグデュアルもやってきた。

「こっちだ、早く！」エドガーがささやいた。

彼はこげ茶色のレンガの壁に向き合うと、指先で一辺が一メートルくらいの正方形の形をたどった。すると、その四角形が本物の穴になった。エドガーはオクサの頭の上を手のひらで押さえ、穴の中に入るよううながした。オクサは言われたとおりにした。それは中をくり抜いた木の幹だった。テュグデュアルとエドガーも続いて穴に入ると、エドガーは穴をあけたのと同じ不思議な方法で穴を閉じた。

幹の壁を通して叫び声や威嚇《いかく》する声、とりわけ家の扉《とびら》がこわされる音がはっきりと聞こえ、三人は恐怖で凍りついた。エドガーとテュグデュアルといっしょにオクサが幹の中を下りていたころ、オシウスの兵はからっぽの家に踏みこみ、顔をゆがめた。

20　傷ついた老獣《ろうじゅう》

オシウスがものすごい怒りを爆発《ばくはつ》させたものだから、そのせいで心臓発作を起こすのではないかと側近たちは心配した。若いグラシューズに逃げられただけでも我慢《がまん》ならないのに、国じゅうが自分の失敗を噂《うわさ》している。そのことが火に油を注いだ。そのうえ、国民がこれまでになく強《きょう》硬《こう》に反抗《はんこう》したことも我慢ならなかった。いままでこれほどの侮辱《ぶじょく》を受けたことはない。その傷は大きく、残酷《ざんこく》だった。老齢《ろうれい》もこれまでになくこたえた。傷つき老いた獣《けもの》のように、オシウスはなんとか威厳《いげん》を保ちショックに耐《た》えた。

〈逃げおおせた人〉たちの帰還《きかん》以来、すべてがうまくいかない。たしかに新グラシューズの存在は、思いがけず未来への展望を開いてくれた。彼女のおかげで二つの世界が救われ、再び雨が降るようになった。エデフィアの門が再び開く可能性も高くなった。ついに究極の夢がかなうのだ。〈外界〉に出て、〈内の人〉のすぐれた力を見せつけてやるのだ。最もすぐれた〈外の人〉ですら自分たちの無限の能力の百分の一も持っていない。しかし、いまのところ、あの「希望の星」はオシウスが生涯《しょうがい》をかけて築いてきた秩序《ちつじょ》を乱そうとしている。

「お父さん、あなたの言うとおりでした」アンドレアスがうつろな声で言った。「若いグラシューズは〈葉かげの都〉にいたようです」

オーソンはアンドレアスをじろりとにらんだ。この憎《にく》い弟は父親の機嫌《きげん》を取るためならなんでもするやつだ。

「二人とも国民の反応にショックを受けているようですね。だが、この反乱は想定内ですし、避《さ》けられないことだった!」オーソンはオシウスを冷たい目で射抜《いぬ》いた。

「お父さんが考えていることはわかっています」オーソンはささやくように言った。「お父さんとわたしは似ている。二人とも力だけが大事で、権力は思いやりでは得られないと知っている。けれど、お父さんは国民に対して優しすぎた。それはまちがいだった。〈葉かげの都〉で起きたことがその証拠《しょうこ》です」

側近中の側近が十人ほどオシウスを取り囲んでいた。この帰還した息子は言いすぎだ、とみんなが気まずそうにしている。だれもが息を詰《つ》めて成り行きを見守るなか、オシウスはさぐりを入れるように目を細めた。

「よくもそんなことが言えるな」と、オシウスは吐《は》き捨てるように言った。

オーソンはまったくあわてず、後ろに流した髪《かみ》をなでつけ、言葉をついだ。

「わたしを批判する前に、ものごとを正面からとらえるべきです。あなたは国民の機嫌をうかがいすぎた。その結果はどうです。あなたの権威を尊重しない国民に仕立ててしまったじゃないですか」

オーソンはここでいったん言葉を切って、こう締《し》めくくった。

「エデフィアの国民は、もうお父さんのことなんて怖《こわ》くないんですよ」

重い沈黙《ちんもく》が続くなか、みんなはとまどってうつむいていた。だがオシウスと二人の息子はそうではない。オーソンとオシウスは真正面からにらみ合い、アンドレアスは憎しみのこもった冷たい目で母親のちがう兄を見つめていた。

「ここで六十年近く、わたしたちがどんなに苦労したか、おまえにはわからないだろう」と、オシウスが怒りをぶちまけた。「治安を保ち、日に日に悪化する環境のなか、なんとか生き延びようとできる限りのことをした。そんな状況《じょうきょう》で規則を守ることがたやすいことだと思うのか？すべてが悪化していくなかで、生き延びることがそんなに簡単だと思うのか？」

そして、くちびるを震《ふる》わせて、こうつけ加えた。

「その恩を忘れた国民と向き合うのが苦痛だと思わないのか？」

オーソンはけたたましく笑い出して、父親の言葉をさえぎった。みんな、ぼう然とした。オーソンは椅子《いす》に深く座り直し、ひじ掛《か》けに腕《うで》をのせ、脚《あし》を組んだ。その正面でオシウスは怒りで真っ青になっている。その目は、ほとんどだれにもわからないぐらいだが動揺《どうよう》していた。オーソンにはそれがわかった。

「お父さん、あなたが国民のために、そして国民とともに行動したとみんなに信じこませることはできるでしょう」と、オーソンはその場にいた人たちを手で指し示した。「だが、わたしにはできない。自分が寛大《かんだい》だったなんて言わないでくださいよ。そんなことはないし、国民はあなたが言うように恩知らずではなかったんだ。この六十年間、あなたが国民を利用して自分の野心を果たそうとしていることに国民は気づいた。それはよくわかっているでしょう！」

「あなたのお父さんは立派な人だ！」オシウスの側近であごひげを生やした男が抗議《こうぎ》した。「お父さんがしたことはすべて、わたしたちエデフィアの国民のためだ！」

オーソンはわざとおおげさにため息をついてから続けた。

「言葉はきつかったが、わたしは父を尊敬している。尊敬しているし、理解している。なぜなら父とわたしはいろんな点で似ているからだ」

「オーソン、それはまちがっている」今度はアンドレアスが口をはさんだ。「お父さんとあなたは正反対だ。あなたがどう思おうと、エデフィアの国民がどう批判しようと、お父さんはつねにある原則を尊重してきた。ところが、あなたには躊躇《ちゅうちょ》も限度もない。野心を持っていることを非難するのか？　だいたい、何に対する野心のことを言ってるんだ？　エデフィアを出ることか？　一生に一度でも〈外界〉に出たいと思わない者なんていない。権力のことを言っているのか？　長年の国土の状態を考えれば、権力の座にあることは栄誉《えいよ》ではなく重荷だ」

オーソンは疑わしげな目でアンドレアスを見つめ、口元に皮肉な笑いを浮かべて手をたたいた。

「涙《なみだ》を誘《さそ》う話だな！」

オシウスは片手を上げて、大きな手のひらを向けた。

「言い争いはそれまでだ！」と、とどろく声で告げ、オーソンのほうに向き合った。

「おまえが批判精神に富んでいることはわかった。それなら、おまえの豊富な経験を役立てて、おまえのやり方がわたしの方法より、より効果的なことを示してもらおうじゃないか。もしわたしのやり方がまちがっているなら、いい方法を教えてくれ。さて、どうする？」

この張りつめたやりとりのあと、オシウスはこれまでまったく信頼していなかった息子の興味深い説に耳を貸そうと決意した。熱心に話を聴《き》こうとする人たちを前に、オーソンは長年〈外界〉でみてきた政治的事件やイデオロギー的事件について、数時間かけて説明した。強大な権力を持つアメリカの情報局ＣＩＡにいたおかげで、民主的な国であれ、独裁主義の国であれ、国家権力というもののメカニズムや目的、戦略を内側から理解することができた。オシウスは話に引きこまれ、口をはさまずに熱心に耳をかたむけた。オーソンが時代をさかのぼって世界じゅうのことをあますところなく語るにつれて、オシウスは考えこんだ。父親が黙《だま》って耳をかたむけていることで、オーソンは点をかせぎ、信頼を勝ち取ったようだ。オシウスはときどき疑わしげに目を細めたり、ため息をついた。〈外界〉で最も嫌《きら》われている権力者と自分が似ていることに驚いたし、いつもたよりなく思っていた息子から、これほどのことを教えてもらっていることにも驚いていた。

オーソンの話が終わると、オシウスは自分の限界を悟《さと》った。そしてオーソンを信頼するという、数日前なら考えられなかった行動を自分がしようとしていることに気づいた。大部分が反対したにもかかわらず、オーソンは父親の信頼を全面的に勝ち取った。六十年近くひたすらオシウスに従ってきた頼りになるミュルムたちといまいましい弟には目もくれなかった。

21 緊急《きんきゅう》会議

「パパ、あたしたち、ほんとに用心したんだから！」

父親を前に、オクサは涙《なみだ》がこぼれないように目をしばたたいた。

「わかってるよ、オクサ」パヴェルはようやく認めた。「それは問題じゃないんだ」

オクサは問いかけるような目をした。

「おまえがここにいることがオシウスにわかってしまった。それがよくないんだよ」

オクサの周りにいる人たちの顔がくもった。

「若いグラシューズ様を救うためなら、命を投げ出す覚悟《かくご》です！」という声があがった。

ほかの人たちも同じように叫《さけ》んだ。オクサはぞっとした。

「そんなこと、言っちゃいけないわ」死人のように青ざめた顔のオクサがつぶやいた。

「オシウスはおまえを奪《うば》うためならなんでもするだろう」アバクムが言った。「わたしたちはそうならないようになんとかしなければいけない。だが、力関係はやつが思っているほどあいつらに有利じゃないかもしれない」

「どういうこと？」オクサがたずねた。

「オシウスのようなやつはいつも敵を甘くみている。いままではそれでよかったかもしれないが、これからはそうもいくまい。〈葉かげの都〉でのわれわれの仲間の抵抗《ていこう》はオシウスを動揺《どうよう》させたはずだ。やつは強権主義者だが、抵抗されることには慣れていない。それが暴君の弱みさ。暴君の権力は暴君がひき起こす恐怖によって成り立っている。国民は服従するよりしかたがないと口をつぐむ。だが、いったん歯車が狂《くる》うと、すべてがうまくいかなくなるんだ」

オクサは疑わしげな顔をした。

「でも、オシウスはみんなを痛めつけることができるよ！　すごいダメージをあたえられる。兵隊だって、武器だって、全国民のクラッシュ・グラノックだって持ってるし。それに対して何ができるの？　力関係はだいぶちがうとあたしは思う。あっちより、こっちのほうが不利だよ」

オクサはまたぶるっと身震《みぶる》いした。

「本物の戦争が始まるような気がして、ちょっと怖《こわ》い」

オクサの視線はきょろきょろとさまよっている。

テュグデュアルがやってきて、オクサの手をそっと取った。パヴェルは目の奥に深い悲しみをたたえている。

「ちょっと怖いどころじゃない……おびえてる」

オクサはそうつぶやくと、くちびるをかんだ。言わなければよかった。これまでもたくさんの試練を乗《の》り越《こ》えてきたし、冒険《ぼうけん》だって大好きだ。でもオクサは自分がグラシューズのような気がしなかった。ここにいる人たちが長い年月待ち望んできたものが、こんな臆病者《おくびょうもの》だったというわけか？　みんながっかりしているにちがいない！

「かわいいオクサ、自分を信じるんだ。われわれみんなを信じるんだ」

とつぜん、アバクムが言った。

それから、みんなのほうを向き直ってこう言った。

「みんな、大変なときがやってきたが、自信を持ってほしい！　絶望的だと思ったとしても、われわれには秘密の味方がいることを覚えておいてほしい」

アバクムはそこにいる全員を見回すと、謎めいた調子で次のように告げた。

「いちばん大変なときにみんなを見捨てると思わないでくれ。わたしが先のことを準備しているということをどうか心に留めておいてもらいたい」

そういうと、アバクムは野ウサギに姿を変えた。オクサは叫び声をあげかけた口を手でおさえ、名木の外に続く階段に野ウサギが消えていくのをぼうぜんと見つめていた。

木の根がぐらぐらと揺《ゆ》れた。オクサは土ぼこりの落ちてきた広間の天井《てんじょう》を心配そうに見上げた。オクサは怒りと自分の無力さを感じながら、父親とテュグデュアルとともに地下数十メートルのところに取り残された。自分のことを無条件に受け入れてくれた人たちを自分のせいで危険にさらそうとしている。そんなことは我慢《がまん》できない。

「オクサ、考えるんじゃない……」パヴェルが釘を刺した。

「でも、パパ。このまま何もせずに、みんなが殺されるのを黙《だま》って見てられないよ！」

この地中深くまで音は聞こえてこない。完全な静けさに押しつぶされそうになって、よけいにじっとしていられなかった。我慢できなくなったパヴェルが急に立ち上がった。

「おまえはここを動くんじゃない！」パヴェルはオクサのほうを指さして命じた。「おまえが安全なのはここだけだ。だれもここまでは来られない」

オクサはすがりつくような目を向けた。

「だめだ、オクサ」

パヴェルはテュグデュアルのほうを向いた。

「テュグデュアル、頼んだぞ」

テュグデュアルが黙ってうなずくと、オクサは怒りで叫び出したくなるのをなんとかこらえた。

「もう、たくさん！」オクサは父親が大急ぎで階段を上っていくのを見ながら吐《は》き出すように言った。「だれもあたしを信用してくれないんだから！」

「そうじゃないことはわかってるだろう、ちっちゃなグラシューズさん」

オクサには何時間にも感じられる数分がたった。オクサがまた文句を言い始めた。

「二人っきりでいるのがうれしくないのは、これが初めて……」

恨《うら》めしそうにテュグデュアルをにらんだ。

テュグデュアルは肩《かた》をすくめただけだったので、オクサはよけいにいらいらした。

「あたしの味方をするより、パパの言いなりになるなんて信じられない！」

「味方をするとかしないとかは、いまの状況《じょうきょう》では関係ないよ、オクサ」テュグデュアルが「オクサ」と呼ぶときはまじめなときだ。それもオクサには気に入らない。

「まったく、いらいらするわ」

「大変なことが起きてるんだ。だから子どもっぽいまねはやめろよ」

オクサははっと息をのんだ。テュグデュアルはじょうだんなんか言っていない。本気だ。オクサはかっかしながらクッションの上にうずくまった。あきらめがしだいに決意に変わっていった。

「エライ監視《かんし》人さん、水を一杯《いっぱい》飲んできていいでしょうか？」オクサは挑《いど》むように言った。

「いいよ」テュグデュアルは「どうぞ」という仕草をした。

オクサは立ち上がって、調理器具や飲み水がのっている調理台のほうに歩いた。テュグデュアルはこちらに背中を向けている。チャンスだ。しかし、ただひとつの出口は反対側だ。テュグデュアルに見られずにそこに行くのは不可能だ。壁を抜ければ？　オクサは土壁に手を当てた。

「おまえはミュルムになって間がないだろ」テュグデュアルの声がした。「うまくいくはずないよ」

　オクサは心のなかで毒づいた。なんでわかったんだろう？　まるで、頭の後ろに目があるみたい……。それとも、あたしの考えていることがわかるのだろうか？　どっちにしてもしゃくにさわる。だが、ほかに考えがある。オクサはキャパピルケースをあけ、頭の回転をよくする頭脳向上キャパピルを一粒《つぶ》飲んだ。それから、融通《ゆうずう》のきかない恋人のところにもどって座った。オクサは表情ひとつ変えずにテュグデュアルの目をのぞきこみ、まばたきもせずに見つめた。

「何だよ？」テュグデュアルは小声でたずねた。「おれに催眠《さいみん》術でもかけようっていうのか？　それとも、その魅惑《みわく》的な目でおれをくどこうとしてるのか？」

　オクサは気持ちを抑《おさ》えてまったく平然としていた。

「そんなことをしてもだめだって。おまえのどんな誘惑《ゆうわく》にも乗らないね」

　この人が好きなのに……、こんな目にあわせたくはないけれど……でも、ほかに方法がないんだ。

22 〈葉かげの都〉の反乱

　オクサの右手と左手から同時に火の玉がテュグデュアルに向かって飛んでいった。彼は地面に伏《ふ》せてよけた。オクサはすぐに階段のところに行き、自分でも信じられないほどのスピードで駆《か》け上がった。テュグデュアルはすぐに反応した。彼も恐るべき速さで追いかけたが、オクサのほうが一歩先をいき、なんとしてもそのリードを守ろうとした。前をしっかり見つめ、頭を低くして根を避《さ》けながら大急ぎでのぼった。それにもかかわらず、テュグデュアルが近づいてくる。獣《けもの》のような能力は大きな武器だ。

「とまれよ、オクサ！」

　オクサは答えずにテュグデュアルとの距離《きょり》を広げようと必死になった。しかし、とつぜん、チュニックの袖《そで》をつかまれた。

「いいかげんにしろ！」テュグデュアルは袖を引っぱりながらどなった。

　オクサはその手を乱暴にふりはらった。袖が破れて、テュグデュアルはころんだ。オクサは走り続けた。

オクサがやっと地上近くまで駆け上がってきたとき、選択《せんたく》を迫《せま》られた。ここからすぐに外に出るか、幹の中をさらにのぼるか。太ももに手をつき、息を整えながら考えた。この木の入り口は隠し扉《とびら》になっていた。もし、オクサがそこから出るのをだれかに見られたら、森人《もりびと》のただひとつの安全な隠れ家が見つかってしまう。オクサは幹の内側のらせん階段を見上げ、駆け上がり始めた。二十メートルおきに踊《おど》り場《ば》がありプラットホームに続いている。オクサは三番目の踊り場で止まった。外からの物音は地下にいたときよりよく聞こえる。アバクムが予言したように、オシウスの攻撃《こうげき》は始まっていた。叫《さけ》び声《ごえ》、爆発《ばくはつ》、ものが焼ける臭《にお》い……。いい兆候ではない。オクサは息を深く吸いこんでからクラッシュ・グラノックを手に持ち、幹にある扉を押した。

オクサは思い切って周りを見回し、思わず手で口をふさいだ。

「ウソ……」

さっきまで、木の下は豊かで落ち着いた様子だったのに、わずか数時間で、オシウスとその手下たちがエデフィアで唯一《ゆいいつ》調和を保っていた場所をめちゃくちゃにした。

夕暮れの名木の周りでは、パラソリエや〈玉葉樹〉の木々が壮絶《そうぜつ》な戦いの場になっていた。非情な破壊者《はかい》となったオシウスの兵士たちと、絶望につき動かされた〈葉かげの都〉の住民たちとの戦いだ。ここ数日のどしゃ降りで炎はほとんど武器にならなかったようだ。だから兵士たちは、オクサの知らない爆発するグラノックを使って何もかも——家もプラットホームも木も橋も、そして人間も——破壊してしまったらしい。

推進板につかまった十人くらいの森人たちが、オクサのいるプラットホームのすぐそばを通った。片手で板につかまり、もう一方の手に長いむちを持った彼らはマジェスティックの木を破壊しようとしている兵士たちに向かって一直線に飛んでいった。そして、むちをふり上げ、力いっぱいに兵士を打ちすえた。落ちる兵士もいれば、クラッシュ・グラノックを取り落とす者——すぐに浮遊《ふゆう》する人たちに拾われた——もいた。左手に新たな爆発音がとどろいた。今度は根が空中にあるバンヤンツリーのような〈根浮き樹〉が兵士に狙《ねら》われた。もしその木がしゃべることができたとしたら、悲鳴をあげているだろうとオクサは思った。

しかし、その木の苦しみを知るのに、叫び声を聞く必要はなかった。空中にある根が苦しそうによじれていたからだ。とつぜん、その根が空に向かってけいれんしたように伸びて動かなくなり、巨大なタコの足のように大きな音を立てて落ちていった。根浮き樹は死んだのだ。オクサは体じゅうの血が逆流するような気がした。プラットホームに腹ばいになって端《はし》まで這《は》って行き、クラッシュ・グラノックを手に、行き来するオシウスの兵士全員を狙った。

グラノックの力で
おまえの殻《から》を破れ
ツタ網弾《あみだん》の力で
体をすべてしばれ

「手を貸してほしい？」

オクサは攻撃に没頭《ぼっとう》していたので、ふり向かなかった。

「やっと来たんだ」グラノックを発射する合間につぶやいた。

「おれを本気で殺そうとする怒り狂《くる》った女の攻撃を受けてたんでね」と、テュグデュアルがぶつくさ言った。

にやりとしたオクサのほおにえくぼができた。

「生き延びられたんなら、役に立ってくれなきゃね！　仕事、仕事！」

テュグデュアルはクラッシュ・グラノックを取り出した。二人はプラットホームで待《ま》ち伏《ぶ》せ、兵士たちにグラノックの雨を降らせて混乱を巻き起こした。兵士の体にはねばねばするツタがからみつき、ソーセージのようになって次々と落ちていった。

〈葉かげの都〉の住人たちは敵の崩壊《ほうかい》をぼうぜんとながめていた。彼らは推進板につかまって木々の周囲をまわり、敵を追って急降下しては、彼らのクラッシュ・グラノックを奪《うば》った。

それからは時が止まったかのようになった。兵士は一人も通らない。家やプラットホームがバリバリと音をたててくずれる音しか聞こえなかった。数人の森人が自分たちを救ってくれた人を探そうと名木の周りをまわった。オクサは浮遊しているルーシーに気づいた。ルーシーもオクサに気づいてやってきた。

「ありがとう、若いグラシューズ様！」

「気をつけろ！　兵士がもどってくる！」後ろで男の声がした。

革の鎧《よろい》に身を固めた五十人ほどの兵士が、残骸《ざんがい》の散らばった下草のほうからとつぜんあらわれた。彼らはクラッシュ・グラノックを口にあて、いくつもの爆発グラノックを名木に浴びせた。リフトやプラットホームが空中で爆発し、森人たちに木や金属の破片を浴びせた。下にいる人たちにダメージをあたえるために、わざと上のほうを狙ったのだ。たくさんの人たちが破片に当たって怪我《けが》をし、死人も出た。

ショックを受けたオクサとテュグデュアルはそれまで以上に必死になって戦い、〈ツタ網弾〉や〈腐敗弾《ふはい》〉を休みなく発射した。一人の兵士が二人のほうを指さして飛んでくるまでは……。オクサはすぐにその正体がわかった。

オクサが何をしようと、どこにいようと、聖プロクシマス中学校からエデフィアのはずれまで、オーソン・マックグローはいつもオクサのじゃまをする。オクサは怒りの声をあげた。テュグデュアルははっとして、この場を離《はな》れようと合図した。二人がトカゲのようなしなやかさとすばやさで幹の反対側に這っていくのを妨害しようと、オーソンは〈ツタ網弾〉を放った。オクサは幹に貼《は》りついたまま、真っ向から戦おうと敵を待った。ところが、テュグデュアルはオクサを幹に押しつけた。驚いたことに、彼女は自分の体が幹に食いこむのを感じた。テュグデュアルといっしょに幹に吸いこまれるまで文句を言う間もなかった。

「なんで、こんなことするの？　あいつなんか、簡単にやっつけられたのに！」

「そんなこと思うなよ」テュグデュアルはオクサを階段に引っぱっていって、名木の上のほうに進んだ。

「あたしはまだ物を通り抜けられるほど慣れたミュルムじゃないと思ってた！　それに、こんなことをしても何の解決にもならないじゃない。オーソンがやってくるよ」

「いいや」

オクサは立ち止まった。階段を上がりながらしゃべるので息が切れたのだ。しかも、テュグデュアルにも、オーソンにも、だれもかれもに対して腹が立っていた。

「『いいや』って、どういうことよ？」

「名木は感受性の強い木なんだ」テュグデュアルは階段を上がりながら答えた。「ある種の人間しか受けつけようとはしない」

「ええっ！　人を選《よ》り分けるっていうこと？」

「そうだ。あらゆる出入口でだれが入ってよくて、だれが入ったらいけないか調べるんだ。オーソンは拒絶《きょぜつ》されるさ」

「どうしてそんなことができるの？」

「できるんだ。それだけさ。ほら、質問ばっかりするのはやめて、こっちに来いよ！」

オクサは口をつぐみ、えんえんと続くらせん階段を上がった。〈葉かげの都〉を破壊する音が続いているようだ。木の中心まで外の騒《さわ》ぎがひびいてくる。踊り場に着くたびにテュグデュアルは幹から顔を出した。そのたびに表情が暗くなっていった。

「ちょっと、何が起きてるの？」オクサはこらえきれずに声をあげた。

「おれたちが木の中にいるのがオーソンにわかったみたいだ。プラットホームやほかの木との連《れん》絡《らく》手段が全部こわされている。おれたちを――オクサ、おまえを封《ふう》じこめようとしてるんだ」

オクサは顔をこすった。

「じゃあ、なんで地下の部屋に行かないで、上に行くの?」

「下のほうの階段はおれが通ったすぐあとにくずれた。もう中から地下には行けないんだ。気をつけろよ。木のてっぺんに着いたぞ」

オクサの神経はぴりぴりとし、息が荒《あら》くなった。テュグデュアルは手を取ろうとしたが、オクサはそれを拒《こば》んで、ななめがけしたポシェットに手を入れ、クラッシュ・グラノックを取り出した。テュグデュアルもうなずいて同じことをした。それから、頭の上の揚《あ》げ戸を押し上げた。すぐに兵士二人のがっしりした腕《うで》が伸びてきてテュグデュアルをとらえ、プラットホームに引きずり出した。何時間か前に、オクサたち二人がロマンチックな時間を過ごした名木のいちばん上のプラットホームだ。オクサはカモフラじゃくしにおおわれて姿を消す前に、自分を待ち構えていた人たちの姿をちらりと見た。

23　グラシューズの反撃《はんげき》

テュグデュアルが乱暴にプラットホームに投げ出された。目の前には、重い鎖《くさり》でしばられた

〈クリスタル宮〉の囚《とら》われ人たち、反逆者《フェロン》たち、革の鎧《よろい》を着た兵士たち、そして、オーソンとアンドレアスをしたがえたオシウスが立っていた。頭上にはパヴェルと闇《やみ》のドラゴンが輪をえがいて飛んでおり、ゾエがドラゴンのわき腹につかまっている。オクサがとっさに揚《あ》げ戸からよじのぼり、プラットホームの上にころがり出たちょうどそのとき、オーソンが姿をあらわした。カモフラじゃくしに守られていなかったら、オーソンはネズミを狙《ねら》うワシのごとくオクサにおそいかかっていただろう。オーソンはらせん階段の上にある揚げ戸をのぞきこみながらどなった。

「あの娘はどこにいる？」

テュグデュアルが口の端《はし》に笑みを浮かべたので、オーソンは彼を乱暴に起こしてあごをつかんだ。

「あの娘はどこにいる？」一語一語をさらにはっきりと発音しながら、同じ問いを繰《く》り返《かえ》した。

テュグデュアルはまばたきひとつせずににらみ返した。

「どこだと思う？」

オーソンは残忍《ざんにん》な表情を浮かべたままだった。

「わたしの裏をかこうっていうのか？　それなら、こうしたらどうだ？」

オーソンはまた揚げ戸のところに行って、中に向かって大きく手のひらを広げた。

「オーソン！」オシウスがどなった。

「なんですか？」

オシウスは咎《とが》めるような目を息子に向けた。

「お父さん、戦時には戦時らしく、ですよ」

オーソンの声は猛獣《もうじゅう》のような残酷《ざんこく》なひびきを持っていた。

そして、名木の内部に火の玉を放った。炎《ほのお》はあっという間に揚げ戸を包んだかと思うと、次の瞬間にはものすごい勢いで幹の中を駆《か》け下りた。〈クリスタル宮〉の囚われ人たちは悲痛な叫《さけ》び声《ごえ》をあげ、ドラゴンは不気味な赤い炎を空に向かって吹き出してうなり声をあげた。オーソンは勝《か》ち誇《ほこ》ったようにテュグデュアルを見つめた。

「さあ、友よ、何も言うことはないかね？　それとも、数週間前のようにうまく逃げ出すかね？」

テュグデュアルは青ざめた。卑怯《ひきょう》で残酷なやり方だ。しかし、オーソンはやめなかった。クヌット一家、ベランジェ夫妻、レミニサンスら〈クリスタル宮〉の囚われ人のほうをふり向いた。

「あてにならない忠誠心しか見せない少年を、おまえたちががんこに仲間として受け入れているのはどうしてだ。この子は自分の気持ちにさからっておまえたちのそばにいるんじゃないかな」

そう言ってオーソンはテュグデュアルに近づいた。

「おまえはどっちの味方だ？　自信がなさそうだな」

テュグデュアルはにらみ返した。

「時間のむだだよ」


カモフラじゃくしにおおわれたオクサは気分が悪くなった。オーソンが傲慢《ごうまん》な態度でゆっくりと揚げ戸に近づき、幹の中に火の玉を降らせるのを見たからだ。プラットホームに取りつけられた通気口のせいで炎はよけいに勢いよく広がった。あらゆる通気口から炎の柱が吹き出し、残っていた構造物をすべて無残に焼きつくした。

オクサは名木の周りを飛びながら、その光景に愕然《がくぜん》とし、自分が地上に上ってきたときまだ地下にいた生き物たちのことが心配になった。あそこまでは炎が届きませんように……。オクサはもう少しでカモフラじゃくしの隠れ蓑《かくれみの》をぬいで、罪もない木を破壊《はかい》する残虐なオーソンに仕返ししてやるところだった。

それから父親と闇のドラゴンのところまで行き、父親に軽く触《ふ》れた。次に囚われ人たちが厳重に見張られているのを確認し、そちらのほうはあきらめた。自分が少しでも行動を起こせば、きっと犠牲者《ぎせい》が出るだろう。兵士たちのクラッシュ・グラノックが〈逃げおおせた人〉たちに向けられているのを見ればわかる。

「よし！」オーソンはいかにも満足そうに言った。「われわれの若い友人が騎士《きし》道精神のために黙《だま》っているようだから、本腰を入れるとするかな」

そう言うと、オーソンはテュグデュアルの母親ヘレナに飛びかかり、ティルをその腕《うで》からもぎとった。ヘレナは狂《くる》ったように叫んだ。

「やめて！　息子に手を出さないで！」

ヘレナは駆け寄ろうとしたが、鎖につながれているせいで床にばったりと倒れた。小さなティルは目を大きく見開いておびえている。

「若い友人よ、おまえに取り引きを提案しよう」オーソンはテュグデュアルに近づいた。

ティルがあばれだしたので、オーソンは腕で強く締《し》めあげて黙らせた。それを見ていたヘレナは悲鳴をあげた。その横にいるナフタリとブルンもひどい苦痛を味わっていた。兵士に見張られ、手足を鎖でしばられているので、オーソンがみんなより――オシウスとアンドレアスもふくめて――優位な立場にいて、自分たちが無力なことを認めるしかないのだ。

「おれはおまえの若い友人じゃない！」

こう吐《は》き出すように言ったテュグデュアルは兵士にがっちりつかまれた手をふりほどこうとしたが、むだだった。

オーソンはテュグデュアルの顔すれすれまで近づいた。

「たしかにそうだな。おまえはそれ以上だ」と、いやな笑いを浮かべた。

それから、冷たいまなざしでテュグデュアルを長い間見つめた。だれも何も言わなかった。ヘレナの泣き声と名木の枝がパチパチと燃える音しか聞こえない。

オクサはというと、その光景を間近で見つめていた。オーソンもテュグデュアルもティルもすぐ手の届くところにいる。なのに、自分が透明《とうめい》人間でいる間は何もできない。オーソンの注意をなんとかそらせられないかと、何度かその体を通り抜けてみたが、無駄《むだ》だった。オーソンがたくらんでいることは卑劣《ひれつ》なことにちがいない。しかし、〈妖精の小島〉を抜け出したときのように、オクサは幽霊《ゆうれい》と同じで肉体がないのだ。オーソンがやっと口を開いた。

「取り引きをしようじゃないか。なに、ごく簡単な話だ」と、ティルの巻き毛をなでた。

この皮肉な言い方に笑ったのはオーソンだけだ。

「このかわいい子の命と交換《こうかん》で、愛すべき若いグラシューズを引きわたすんだ。あいつがここにいることはわかっているんだ。わたしたちの話を聞いているんだろう。そうじゃないかい、オクサ?」オーソンはそう言いながら上を向いた。

ナフタリが悪態をつき、罠《わな》にはまったクマのようにもがいたが、オシウスの手下にさらに強く押さえつけられただけだった。オーソンはテュグデュアルにしか聞こえないように声を落とした。

オクサにも聞こえているとは、さすがに気づいていなかっただろうが……。

「それに、彼女をおれのところに連れてきたのはおまえだと言ってもいいじゃないか。そうしたかったんだろう、テュグデュアル? 彼女をおれにわたしたかったんだろう? 気前のいいやつだ。そうだろうと思っていたんだ。悪いことに、若いグラシューズのほうがおまえより利口だったがね」

オクサはうろたえてテュグデュアルをじっと見つめた。ほんの一瞬、疑念が頭をよぎった。一瞬、現実を見失って、何が真実かわからなくなった。この数時間のことが次々と頭に浮かんできた。テュグデュアルには二度、危険な場所へ連れていかれた。いまの状況《じょうきょう》ではしかたのない偶《ぐう》然《ぜん》だったのか。それとも、意図的な作戦だったのだろうか?

「なに血迷ったことを言ってるんだよ!」テュグデュアルはこぶしをにぎって言い返した。「ひとつ、教えてやるよ。オクサはだれよりも強いんだ。どうしてか、わかるか? それはおまえとちがって、彼女は一人じゃないからだ」

テュグデュアルの目には深い悲しみが浮かび、体は弓の弦《げん》のように張りつめている。オクサには彼が弱腰《よわごし》にならないように必死で闘っているのがわかった。この表情は嘘《うそ》じゃない。どうして自分は一瞬でも疑ったんだろう……。これからはけっして疑心暗鬼《ぎしんあんき》にならないでおこう、と心に誓《ちか》った。オーソンはどんな卑劣なことでもやってのける、と自分は知っていたはずじゃない！

オーソンにクラッシュ・グラノックで脅《おど》されている天使のようにかわいいティルは恐怖のあまり身動きできないでいる。オクサは決心した。降参するって？　とんでもない。オーソンに自分がしていることのつぐないをさせてやる！

グラノックの力で
殻《から》を破れ
おまえの周りの風は、
ハリケーンのようにおまえを吹き飛ばす

オクサはすさまじい怒りにまかせて、プラットホームの上に〈竜巻弾《たつまきだん》〉を雨のように降らせた。その直前に、幹の後ろでカモフラじゃくしのおおいをとっぱらったのだ。オクサはクラッシュ・グラノックを口にあて、まずは囚人《しゅうじん》を見張る兵士を狙った。鎖でつながれている囚人たちには危険がないはずだ。だからこのグラノックを選んだのだ。やがて無数の〈竜巻弾〉によってすさまじい嵐《あらし》が起き、すべてをさらっていった。兵士もオシウスもその仲間も、だれ一人嵐の力に抵《てい》抗《こう》できなかった。〈逃げおおせた人〉たちは体を丸めて必死に鎖につかまった。オクサはみんなが飛ばされないようにと心のなかで祈《いの》った。ゾエとパヴェルと闇のドラゴンは嵐の勢いに抵抗できず、三百メートルくらい吹き飛ばされたが、すぐにもどってきた。

オーソンに〈竜巻弾〉を発するとテュグデュアルとティルを道連れにしてしまう恐れがあったので、オクサは幹のかげからこっそりとオーソンの後ろにまわった。味方が次々と吹き飛ばされ始めたため、オーソンの注意はほんの一瞬だけゆるんだ。

テュグデュアルとティルを助け出せる猶予《ゆうよ》は数秒しかないとオクサは読んでいた。オクサはオーソンの肩越《かたご》しにテュグデュアルと視線を交わし、オーソンがふり返る前の一瞬、ティルと空を指差すことができた。そして、雄叫《おたけ》びをあげながら、勇気をふり絞《しぼ》ってオーソンの背中に〈ノック・パンチ〉を食らわせた。卑怯だけれど効果は抜群《ばつぐん》だった！　不意をつかれたオーソンはティルを放し、ころんで大きな枝にぶつかり、頭をしたたか打った。テュグデュアルは急いでティルを抱《だ》き、ものすごい速さでプラットホームから飛び立った。

オーソンが放った炎のせいで焦《こ》げついたプラットホームには、鎖につながれた〈逃げおおせた人〉たちとオクサ、そしてオーソンだけが残った。〈ノック・パンチ〉を受けたオーソンはやっと立ち上がった。体が痛み、感覚がにぶくなっているようだ。クラッシュ・グラノックは数メートル先にころがっている。ものすごい嵐に巻きこまれる前に、オーソンはやっとのことでクラッシュ・グラノックを拾った。彼が取り逃がした若いグラシューズの叫ぶ声が聞こえてきた。

「あたしは絶対に捕《つか》まらない！　わかった？　絶対にね！」

24　戦いのあと

〈葉かげの都〉はその住人の心と同じように、どんよりと重苦しい雰囲気《ふんいき》に包まれていた。そのうえ、反逆者《フェロン》たちが逃げ去ったあと、激しい雨がたたきつけ、焼け跡《あと》のすがべたべたした泥《どろ》のようになって木や家や道をおおった。すさまじい戦いが終わると、生き残った人たちは焼け焦《こ》げた骸骨《がいこつ》のようになった名木の下に集まった。戦いに倒れた人たちの遺体の前にかがんで声を出さずに泣いている人もいれば、なぐさめ合うことすらできずに放心状態で抱《だ》き合《あ》っている人もいる。オシウスと反逆者《フェロン》たちは取り返しのつかない残虐《ざんぎゃく》な行為《こうい》におよんだのだ。彼らがここまでひどいことをするとは人々には信じられないようだった。

無残に破壊《はかい》された名木の足元に設置されたテントのなかで、オクサはひざをかかえて地面にじかに座り休んでいた。解放された〈逃げおおせた人〉たちと地下の崩壊《ほうかい》からかろうじて助かった生き物たちもいっしょだ。

「若いグラシューズ様は深さに満ちた意気消沈《しょうちん》状態を示していらっしゃいます」青ざめたフォルダンゴがつぶやいた。「その精神は黒く色づけられています」

「疲《つか》れて、よごれて、ぼうっとしてる……そういう状態だよね」

オクサの声には張りがない。

「疲労《ひろう》とよごれは休息と石鹸《せっけん》のおかげで消去されます。放心のほうは一時的な谷間に落ちこんでいます。しかし、勝利の道との再会が近接を約束しています」

オクサはとまどったようなほほえみをフォルダンゴに向けた。フォルダンゴはいつも人をなぐさめるすべを知っている。産毛の生えた大きな頭をオクサに押しつけて、首にしがみついてきた。オクサはそんなフォルダンゴをいとおしそうになでた。

オクサとテュグデュアルの視線がからみ合った。勝ちはしたが、ひどい代償《だいしょう》をはらったことでだれもが感じている心の痛み、そして、彼のまなざしに秘められた、もっと個人的でひそかな苦悩《くのう》を理解しようとせず、自分が無意識に目をそらしてしまっているのに気づいた。

それから、水たまりの中でものうげにはねているジェトリックス、ふだんより取り乱してはいるが、相変わらず落ち着いた様子のヤクタタズのほうに目をむけた。そのそばでは、メルリコケットがナフタリとレミニサンスの足首の鎖《くさり》を苦労して切っている。

せわしなく働いている者も、休んで力を取りもどそうとしている者も、みんながみんな黙《だま》りこんでそれぞれの悲しみにしずんでいた。死者に最後のお別れをするために人が集まってくるのを見ると、オクサも立ち上がった。ハネガエルたちが急いでやってきてパラソリエの大きな葉を傘《かさ》の代わりにオクサの頭上にさしかけた。自分だけが特別あつかいされることに遠慮《えんりょ》して、オクサはやめるように合図したが、ハネガエルは言うことを聞かなかった。オクサはあきらめて、フォルダンゴにつき添われて重い足取りでみんなの輪に加わった。

オクサの曽祖父《そうそふ》の友人であり、尊敬すべき森人《もりびと》であるエドガーの死《し》に装束《しょうぞく》に最初に湿《しめ》った土がかけられた。

「この人たちはあたしのせいで死んだんだ……」

そうつぶやきながら、オクサは髪《かみ》で顔を隠すためにうつむき、涙《なみだ》がこぼれないように何度もまばたきをした。

「この仲間たちの命を奪《うば》い取ったのは若いグラシューズ様ではありません。嫌悪《けんお》される反逆者《フェロン》オーソンとその兵士たちです」フォルダンゴがささやいた。

パヴェルとゾエがオクサのそばに並んだ。〈葉かげの都〉の住人たちは敬意をこめておじぎをしながらオクサたち三人に道をあけた。すると、とつぜん、群衆のなかから声があがった。

「若いグラシューズ様、万歳《ばんざい》！」

人々が顔を上げ、背筋をぴんと伸ばした。すぐにあちこちから同じような歓声があがり、死者を弔《とむら》う場にふさわしくないほど力強くひびきわたった。

いろんな感情に一度におそわれ、オクサはうろたえた。たくさんの死者が足元に横たわっているというのに、どうしてこんな熱狂《ねっきょう》的な声に応えられるだろうか？　オクサは父親の手をさぐって、力いっぱいにぎりしめた。こんな状況《じょうきょう》には耐《た》えられない。

オクサは群衆に背を向けてどこか静かなところに行きたかった。木の上でも、動物が住む穴ぐらでもいい。みんなから見えないところ、だれにも期待されないところ、自分がだれにとっても危険人物でないところだ。オクサは頭のてっぺんからつま先まで震《ふる》えていた。雨でびっしょり濡れ、よごれ、ひどく悲しかった。〈葉かげの都〉の住人たちの歓声はオクサの耳には届いたが、心には届かなかった。

「もしおまえがここで逃げたら、みんなの大事な世界を取りもどすための最後のチャンスをつぶしてしまうことになるんだよ」パヴェルは娘を見ずにつぶやいた。「オクサ、みんなの信頼にこたえてあげておくれよ」

オクサはこの言葉が心にしみこんでいくのをしばらく待った。それから、父親に感謝のまなざしを向けて、死者を弔うためにルーシーが配っている花の苗《なえ》を受け取った。そして、細い茎《くき》の先のかよわい根を見つめ、エドガーの墓となった盛り土の上にその苗を植えた。その小さな苗はぶるっと震えると、みるみるうちに大きくなり、青い花を咲《さ》かせた。その花はかがんで土をなでながら、子守唄《うた》のような心休まるメロディーを歌い始めた。

オクサは驚いて父親に目でたずねた。パヴェルはわかってるよ、というようなほほえみを浮かべ、ゆっくりと茎を揺《ゆ》らす花のほうを向いた。みんなが同じように苗を植えると、すべての墓が香りのいい歌う絨毯《じゅうたん》におおわれた。そのうち、パヴェルに肩《かた》を抱かれたオクサの周りにみんなが無言で集まってきた。言葉はいらない。メッセージは明らかだ。みんなのなかにオクサの居場所がある。

葬儀《そうぎ》が終わろうとしたとき、見張りを担当していたヴェロソたちが警告した。空飛ぶ生き物が近づいてきていると。みんなは緊張《きんちょう》して雨模様の空を見上げた。

「なんだ、若いグラシューズ様のガナリこぼしじゃない！」モヘアのニットにくるまったドヴィナイユが言った。「天気についてのいいニュースを持ってきてくれるんなら歓迎するけれど。この国の湿度《しつど》は悲惨《ひさん》だわね！」

オクサはほっとした。戦いの終わりに頼んだ偵察《ていさつ》からガナリこぼしが帰ってきたのだ。

「早くおいで、ガナリ！　話して！」

ガナリこぼしはオクサの泥だらけの靴《くつ》の上に下りてきた。〈逃げおおせた人〉たちと森人数人が報告を一刻も早く聞きたそうに集まってきた。

「若いグラシューズ様のガナリ、ご報告いたします！」ガナリこぼしが小さな胸を張った。

「話してちょうだい！」

目の飛び出したガナリこぼしは体を震わせて水しぶきを飛ばしてから話し始めた。

「若いグラシューズ様の〈竜巻弾《たつまきだん》〉を受けて〈葉かげの都〉から吹き飛ばされたオシウスとその仲間は〈クリスタル宮〉にもどろうとしたのですが、〈千の目〉に着くと、それを妨害《ぼうがい》されました」

「どういうこと？」オクサがたずねた。

「〈千の目〉はいまや高度な保護を受けています」

みんなはびっくりして顔を見合わせ、息をはずませた。希望に顔を輝かせる者もいれば、暗い顔になる者もいた。

「だれが〈千の目〉を守っているの？」オクサの声は心配のあまり震えた。「オーソン？　父親に反旗をひるがえしたんじゃない？」

「若いグラシューズ様のお言葉にそむくのは心苦しいのですが……」

「あたしの言葉にそむくのは心苦しいって？」オクサは思わず叫《さけ》んだ。「おねがいだから、そむいてよ！　みんな、おまえがあたしの言葉にそむいてほしがってるのよ！」

　ガナリこぼしは長い腕《うで》を体の脇《わき》にたらして、体を左右に揺らした。それから、一気に言った。

「オーソンもほかの反逆者《フェロン》も〈千の目〉にはいません。オシウスとその家族と仲間は逃げざるをえませんでした。彼らの勢力圏《けん》であるエデフィアの西の〈断崖《だんがい》山脈〉の洞窟《どうくつ》に避難《ひなん》しています。〈千の目〉の防衛は、〈クリスタル宮〉の周囲にバリアを張った不老妖精とその不思議な召使《めしつか》いたちによって行われています。出入口はよく警備され、グラシューズ様の住居も保護されています」

　一気に話したガナリこぼしはあやうく息が詰《つ》まりそうになったので、あわてて息を吸いこんだ。目もぐるぐるまわっている。失神しそうだ。

「不老妖精と国民は用意を整え、あなた様を待っています、若いグラシューズ様！」

25　オクサの軍隊

「ウソみたい！　まるで映画みたい！」

パヴェルがほほえんだ。オクサの言うとおりだ。まるでハリウッド映画だ。一定のリズムで見事な翼《つばさ》を羽ばたかせる闇《やみ》のドラゴンの後ろには、何百人という男女や子どもがエデフィアのどんよりとした空を飛んでいた。

〈緑マント〉のはずれから〈断崖山脈《だんがいさんみゃく》〉の奥にいたるまで、あらゆるところから人々が集まってきている。仲間の数は刻々と増えている。鳥たちでさえその勢いにつられてけたたましく鳴きながら、空を飛ぶ人たちの周りにカラフルな群れをなしていた。地上では、森人《もりびと》たちが若い獣《けもの》のようなしなやかさで走ったり、跳《と》びはねたりしている。水びたしの地面を踏《ふ》む騒《さわ》がしい足音をレオミドのジェリノット——あの空飛ぶ巨大な鶏《にわとり》だ——に乗った飛べない生き物たちの励《はげ》ましの声が追いかける。いちばん興奮しているのはむろんジェトリックスで、走る人たちの背中を鞭《むち》でたたくふりをしている。だが、だれもそんな応援《おうえん》は必要なかった。苛酷《かこく》な試練を乗《の》り越《こ》え、犠牲《ぎせい》をはらったが、胸は希望でいっぱいにふくらみ、目には決意がみなぎっている。新グラシューズの指揮のもと、エデフィアの民はゆるぎない決意に興奮し、自分たちの「いま」を手にしている。

〈逃げおおせた人〉たちが推進板を使う人たちとともに先頭を飛んだ。やっと鎖《くさり》から解き放たれた〈逃げおおせた人〉たちは数週間も続いた監禁の欲求不満を解消するかのように生き生きしていた。彼らの多くはエデフィアに着いてから〈クリスタル宮〉の部屋しか知らない。彼らを〈葉かげの都〉に連れて行こうとオーソンが来たときには、自分たちに迫る危険よりも、やっと外に出られるというほっとした気持ちのほうが強かった。ベランジェ夫妻、フォルテンスキー一家、クヌット一家とレミニサンスは、囚人から人質になったわけだ。囚人より危険だけれど、解放への可能性が高まるということだ。危険にはそれなりの価値がある。結果は期待以上だった。「希望の星」とともにみんながそろったのだ。

「テュグ、見てよ！」ティルの澄《す》んだ声が聞こえた。「ぼく、こんなことができるんだよ」

母へレナがうれしそうに見守るなか、ティルは空中でくるりとまわった。ほとんど白に近いブロンドの巻き毛が輝く顔を包んでいる。オクサはティルを優しく見つめた。天使よりかわいい。食べちゃいたいくらいだ。その目をテュグデュアルに移してみると、愛情に満ちた悲しそうなほほえみをかわいい弟に向けている。

「すごいな、ティル！　でも、そんなこと、どこで習ったんだい？」

「ママとおじいちゃんが教えてくれたんだ。ぼく、お兄ちゃんとおんなじくらい強くなったんだからね！」

テュグデュアルは急に押《お》し黙《だま》った。オクサは彼の注意をひこうとしたが、すぐに後悔《こうかい》した。テユグデュアルがあんな顔をしているときはどうしようもない。わかっていたはずだ。オクサはこぶしをにぎり、眉根《まゆね》を寄せた。いったいどうしたんだろう、とオクサは考えた。その間にテュグデュアルは空飛ぶ人たちのなかに姿を消した。

「テュグデュアルっていらいらするなあ。ギュスのほうがややこしくなかったよ」

オクサはこうつぶやいてからはっとした。二人を比べた——自分に固く禁じていたのに——だけでなく、もっとひどいのは、ギュスのことを過去形で言ったことだ。そんなひどいことはない！　鼻がつんとして涙《なみだ》がこみあげてきそうになった。それを察したかのようにピエールとジャンヌが横にやってきた。

「オクサ、だいじょうぶ？」

「ギュスのことを考えていたの」

オクサは思わず答えてしまってから、血の出るほどくちびるをかんだ。

ピエールはかなりやせてしまった。肌《はだ》と髪《かみ》の毛《け》は灰色っぽくなり、以前は生き生きしていた目はしずんだ心を反映して生気がない。「バイキング」と呼ばれていた男の面影《おもかげ》はもうどこにもない。オクサは大きな苦しみの種をはからずも思い出させてしまったのだ。

「わたしたちもギュスのことを思っているわ」ジャンヌがいつものように優しく言った。「ギュスの消息を教えてくれてありがとう。元気でいてくれて、ロンドンで無事にしていることがわかって本当に安心したわ」

「ギュスがいなくてさびしい」オクサの声が詰《つ》まった。「これを見たら喜んだだろうな！」と、周りの風景を目で指した。

ギュスの母親はオクサの手を取ってにぎりしめた。

「きっといつか、会えると思うの」と、だしぬけに言った。

オクサは返事をしそうになったが、思いなおした。

「でも、いまのところは戦いが待ってるわ！」ジャンヌの目に光が宿った。

〈外界〉からの帰還《きかん》がピエールを悲しみで打ちのめしたのに対し、ジャンヌには一種の幸福のようなものをもたらした。華奢《きゃしゃ》でひかえめな彼女は鋼鉄の意志を持った戦士に変わった。オクサはその対照的な変わりようにとまどい、少し悲しかった。

「〈千の目〉が見える！　もうすぐだぞ！」と、だれかが叫《さけ》んだ。

地上でも空中でもざわめきが大きくなった。〈千の目〉に着くのが待ちきれないように、みんなの進むスピードが速くなった。生き物たちもジェトリノットの背中でごそごそしている。

「はいどうどう！」激しく鞭で打つまねをしているジェトリックスたちが叫んだ。「ぐずぐずするな！　もっと速く！」

巨大な鶏のようなジェトリノットは長くしわがれた鳴き声をあげた。羽につかまったフォルダンゴやジェトリックスたちもそろって雄叫《おたけ》びをあげた。ただでさえ変わった一行なのに、熱病にかかったように異様ににぎやかな集団になった。

オクサは目を凝《こ》らした。〈クリスタル宮〉が地平線を断ち切るようにそびえ立っている。その周りの空にはブルーグレーと薄紫《うすむらさき》色の筋がついていた。夕日が雲のはるか向こうにかすかに見える。いく筋かの太陽光線だけが雲をつらぬいて〈クリスタル宮〉の中心に差している。ガナリこぼしが言ったバリアは、〈拡大泡《ほう》〉でやっと輪郭《りんかく》が見えてきた。それは不規則な輪郭をした巨大な透明《とうめい》な雲のように〈千の目〉の上空をおおっていた。なぜかオクサは心が深く慰《なぐさ》められるような気がした。オクサは飛ぶことに専念しようとした。闇のドラゴンと一体になった父親やあとに続くたくさんの人たちにちらりと目をやり、エデフィアの首都めがけてスピードを上げた。

26 心の検問

〈千の目〉にとなり合った断崖《だんがい》のてっぺんにある見張り台から、オーソンは空が黒くなるのをながめていた。雨雲のせいで黒くなっているのではない。いかにも勝《か》ち誇《ほこ》ったような群衆が近づいているせいだ。地上にも騒々《そうぞう》しい大きな黒い塊《かたまり》が見える。オーソンはこぶしをぎゅっとにぎった。あのいまいましいオクサ・ポロックにしてやられた。全国民があいつの味方なのだ。正確には「ほとんど」だが……。オーソンは顔をしかめた。オシウスへの忠誠をつらぬいたのはわずか千人ほどだ。ほかの人間は簡単に新グラシューズのほうに寝返《ねがえ》った。

「薄《うす》ぎたない裏切り者め……」

半透明《とうめい》なのではっきりとではないが、〈千の目〉をおおっている雲のようなものが肉眼でも見えた。防護フィルターとはなかなか見事だ。このやっかいな代物を考えだしたのはアバクムにちがいない。わたしのじゃまをすることにかけては、あのいまいましい妖精人間にかなう者はいない。いつか殺してやる。きっと……。

空を飛んできた人と地上を走ってきた人の最初の集団が〈千の目〉の境界に押し寄せていた。五十人ほどの人が新しいグラシューズに合流しようと頭上にさしかかったとき、口の端《はし》に残忍《ざんにん》な笑みを浮かべながら、オーソンは集団の最後尾に向かって飛び立った。

オクサは腰《こし》に手を当てて〈千の目〉をおおう防護バリアをながめた。ほぼ透明で、ほとんど動きのない薄い水の膜《まく》でできているみたいだ。町の様子が少しゆがんで透《す》けて見える。いっしょにやってきた人たちにはオクサがいちばん最初に入場すべきだという暗黙《あんもく》の了解があるらしく、境界のところで立ち止まっていた。

オクサは大きく息を吸いこんでから息を止めて、おそるおそる手を伸ばしてみた。指先が不思議なバリアの表面に触《ふ》れると、とまどいながら父親を目で探した。何も起こらない。パヴェルは心配そうに眉《まゆ》をひそめた。とつぜん、表面が震《ふる》え、大きな影《かげ》が二つ近づいてきた。後ろにいた人たちがはっとするのがわかった。高齢《こうれい》の人たちのなかにはずっと昔、〈歌う泉〉に導かれたり、あるいは乱暴に拒否《きょひ》された経験があり、その影の正体を知っている者もいるようだった。そのほかの人たちにとって獅身女は、生きていてほしいとだれもが心から願う伝説にすぎなかった。体が獅子で頭が人間の女の形をしたその生き物は、威厳《いげん》に満ちた態度で水晶《すいしょう》のような膜すれすれまで近づき、オクサの前でおじぎをした。

「若いグラシューズ様、あなた様に再会でき、お仕えできることはとても光栄です」二人の獅身女が声をそろえて言った。

その声は増幅《ぞうふく》されたように群衆の頭上にひびきわたった。

「ここで会えるなんてとてもうれしいわ……」オクサはしどろもどろに答えた。「いろいろ助けてくれてありがとう」目で防護膜を指しながらつけ加えた。

獅身女はたてがみをゆらしながら体を起こした。驚異《きょうい》的な大きさだ。

「あなた様をお迎えするために準備をしたのは、わたしたちだけではありません」獅身女たちが答えた。

その後ろには不老妖精の光輪がやわらかく輝いて浮かんでいる。すると、見慣れた人影が薄暗がりからあらわれた。

「アバクムおじさん！」

オクサは思わず声をあげた。獅身女が後ろに下がるのと同時に、膜に細いすき間ができたので、オクサはそのすき間をすり抜けて、本当の祖父のように絶対の信頼をおく人の腕《うで》に飛びこんだ。ドラゴミラの後見人はいまではオクサの後見人だ。

「おじさんのことだから、何かスケールの大きいことを準備してると思った」

オクサは顔を輝かせて言った。

アバクムはオクサの肩《かた》に両手をのせて彼女をじっと見つめた。グリーンの目は再会の喜びに輝いている。

「この防護膜は〈アイギス〉というものだ。しばらくの間、われわれに猶予《ゆうよ》をあたえてくれるだろう」

アバクムは大きく腕を回してバリアを指した。

「これって、ほんとにすごいよね！　見た？」オクサはバリアの向こう側で待っている何百人という人たちを手で示した。「一人で来たんじゃないよ！」

アバクムの顔が少しくもった。

「われわれはとても慎重《しんちょう》に行動しないといけないんだ。おまえの味方は死ぬまで忠実だろう。彼らはそれを証明したし、これからも証明するだろう。まだ何も終わっていないが、それはたしかだ。われわれは大きな勝利を収めた。しかし、オシウスとその仲間はまだ降参したわけじゃない。今日おまえといっしょに来た人たちのなかに、反逆者《フェロン》たちに買収されたやつらが隠れている。危険をおかすことはできない」

「どうやって見分けるの？」

アバクムは謎めいたほほえみを浮かべた。

「確実な方法がある……」

「何のことを言ってるのか、わかった！」オクサは勢いこんで言った。

大伯父《おおおじ》レオミドの言葉がしっかりと頭に焼きついている。「この生き物は真実を明らかにするという貴重な能力を持っている。見かけ以上のものが見えるんだよ。エデフィアでは嘘《うそ》を発見するのに役立った……」

「あれは決してまちがえない」アバクムが自信を持って言った。

オクサはバリアの外に向かって呼びかけた。

「ドヴィナイユたち、どこにいるの？　いらっしゃい！」

群衆のなかから四羽の小さな鶏《にわとり》が姿を見せ、難なくバリアを通り抜けた。けたたましくやってきたドヴィナイユたちを見て、オクサは思わずほほえんだ。アバクムが編んだウールのセーターを着ている。

「若いグラシューズ様」と、一羽が甲高《かんだか》い声で言った。「雨がたくさん降ったから湿度《しつど》はひどいものですが、あなたのことを恨《うら》んではいませんよ。辛抱《しんぼう》したイギリスの気候や、凍《こご》え死にそうになったシベリアの気温よりはずっと我慢《がまん》できますから」

オクサは笑い出した。

「わたしたちを故郷に連れて帰ってくださってありがとうございました、若いグラシューズ様！」四羽は声をそろえて言った。

「わたしたちの忠誠と感謝の気持ちはつきることがありません。なんなりとお申しつけください！」

オクサは真剣《しんけん》な顔でドヴィナイユたちを見つめた。

「反逆者《フェロン》がまぎれこまないように、〈千の目〉に入る人をチェックしないといけないの。あなたたちにできる？」

ドヴィナイユたちは興奮して声を詰《つ》まらせた。

「それがわたしたちの第一の役目なのです、若いグラシューズ様！　人間の心の奥深くに隠された真実も嘘もわたしたちの眼力から逃《のが》れることはできません。さあ、みんな、持ち場について！」

四羽は獅身女がいるただひとつの入り口に行き、とがったくちばしをきっと上げた。獅身女の横にいるとよけいに小さく見える。

「〈アイギス〉を通り抜ける前に、全員をチェックするんだ。反逆者《フェロン》たちはどこにいるかわからない」と、アバクムが宣言した。


エデフィアの住人は一人ずつドヴィナイユにチェックされた。その洞察《どうさつ》力で心の底に少しでも悪意を持っている人を通さないため、最高の防壁になった。名前も何も言う必要はない。何も隠せないのだから。寒がりの鶏たちはすべてを感じ、理解することができた。アバクムが思ったとおり、〈千の目〉に入ろうとした反逆者《フェロン》たちがオクサの支持者に混じっていた。彼らはドヴィナイユをかんかんに怒らせただけでなく、手足をしばられ、ハネガエルの一団に追い出された。

「あなたの心は悪意のある計画を隠しています！　われわれの仲間ではない！」そういう人を見つけると、ドヴィナイユはわめいた。

一人をチェックするのに数秒から、ときには数分かかった。そんなわけで、少しずつしか〈千の目〉のなかに入れなかったが、疲《つか》れた様子をみせたり、いらいらしたりする人はだれもいなかった。人々は細い漏斗《ろうと》に流れこむようにオクサと〈逃げおおせた人〉たちの後ろに列を作った。

だれもが疲れ切っているはずなのに、その顔は喜びに輝いていた。

オクサは入ってくる人たちをあきずにながめた。服装を別にすれば、〈外の人〉と少しも変わったところはない。しかし、彼らが内に秘めた力を感じ取ることはできた。たとえ、小さな子どもでもだ。たとえば、尊敬すべきエドガーのひ孫はどんな優れた〈外の人〉よりすばらしい能力を持っていた。

ドヴィナイユたちの同意を得た人たちはみんなオクサの前を通り、心から感謝をこめてあいさつしていった。オクサは一人一人に優しい言葉をかけるか、うなずくか、ほほえみで応じた。父親とアバクムの感激した視線にオクサは気づいた。

「おまえを誇りに思うよ」パヴェルがつぶやいた。

「パパ、きっとうまくいくよ！」

オクサはいまよりもっと先のことを考えているようだ。


列の終わりのほうの人たちがドヴィナイユの前に来たとき、すでに夜はふけようとしていた。膜を通った人々は〈千の目〉の官人《つかさびと》の家に温かく迎えられ、それぞれ散っていった。しかし、オクサと〈逃げおおせた人〉は検問が終わるまで〈千の目〉の入り口に残ることにした。それに、フォルダンゴとジェトリックスたちが主人や仲間たちに食料など必要な物を手際よく用意してくれたので、快適に過ごせた。

「だいじょうぶかい、ちっちゃなグラシューズさん？」

離《はな》れたところにいたテュグデュアル——オクサはずっと気になっていたのだが——がやっと近づいてきた。テュグデュアルはオクサのそばにある低い椅子《いす》に長い足を広げて座り、太ももにひじをついてオクサを冷たい目つきでじっと見つめた。オクサはテュグデュアルの問いに黙ってうなずいた。

実は、彼の〈千の目〉への入場は、ドヴィナイユのうち一羽が迷ったためにけちがついたのだ。羽を震わせ、くちばしを突き出したそのドヴィナイユは長い時間、自信のない態度でいたので、アバクムやオクサやゾエを不安にさせた。

「どうしたんだろ?」不安になったオクサがつぶやいた。

「ドヴィナイユは疲れてきたのかもしれないな」アバクムはそう言って、テュグデュアルの肩にしっかりと腕を回してバリアを越《こ》えさせようとした。

「湿気と気温の降下で体のふしぶしが痛みます……でも、疲れてはいません!」そのドヴィナイユはきっぱりと言った。

それから、列に並んでいた次の人をチェックし始めたというわけだ。

「とにかく、よくやってるじゃないか」と、テュグデュアルはオクサをねぎらった。

「ありがと。なんとかやってるけど」オクサがつぶやいた。

「うまくいってるよ!　みんな、おまえを慕《した》っている」

オクサはおじぎをした男にあいさつをしてから、テュグデュアルに向かって言った。

「まるで夢みたいだよね？」

テュグデュアルはほほえんだ。オクサはまったく場ちがいなことをしたくなった。テュグデュアルにキスすることだ。こんな場でそんなことを考えている自分にあきれ果て、大きく目を見開いた。

「我慢《がまん》しろよ」テュグデュアルがそっとささやいた。

またテュグデュアルに心のなかを読まれてしまった。

「笑うのやめてよ」オクサはほおを赤くしてささやいた。

「言うことをきかなかったら？」

「言うことをきかなかったらって？　簡単よ。あなたを〈クリスタル宮〉の地下の薄ぎたない部屋にかびが生えるまでしっかり閉じこめるの」

「〈クリスタル宮〉の地下に薄ぎたないところなんかないじゃないか」

テュグデュアルは愉快《ゆかい》そうに言い返した。

「それなら、あなたのために特別にそういうところを作る！　そこはぞっとするようなところだから、きっとおとなしくなるよ」

「ひどい独裁者だと思われてもいいのか？」

「いいわよ。あなたが口の端で冷たく笑うのを我慢しなくてもいいんなら、やる価値はあるよね」

オクサは目を輝かせながら顔をそらした。きれいにできたえくぼは隠せなかったけれど。

チェックを受ける人はあと五十人くらいだ。匠人《たくみびと》の一団が若いグラシューズの陣営《じんえい》に加わろうとしていた。そのとき、事件が起きた。

「おい、あれはどういうことだ?」

とつぜん、入り口から数メートル離れたところにいたパヴェルの声がした。

アバクムが両手をパヴェルの肩においてなだめようとしている。そのそばに、獅身女にはさまれたブロンドの女が両腕を体の脇《わき》にだらりとたらして待っていた。打ちひしがれた顔をしている。その横にとまどった様子の男の子がいた。

「アニッキ……アニッキと息子じゃない……」オクサがつぶやいた。

「たしかです! このひとの心はまっすぐで、まったく悪意は持っていません」ドヴィナイユたちが金切り声でわめいた。

「ちょっと待ってくれよ」怒りで青ざめたパヴェルが反論した。「この女はオシウスとオーソンの仲間だし、アガフォンの孫じゃないか!」

パヴェルは近づいてきた〈逃げおおせた人〉たちとグラシューズ側の人たちに目を向けた。

「わたしたちを信用されないなら、この任務をおります!」頭の毛を逆立てた四羽のドヴィナイユは怒っていた。

「マリーを誘拐《ゆうかい》したとき、この女も共犯だったのを忘れたのか?」パヴェルはかすれた声でなおも反対した。

「パパ、アニッキは看護師だよ」オクサがあわてて言った。「それに、ママが反逆者《フェロン》の島でなんとか容態を保てたのは彼女のおかげだって、パパも知ってるじゃない。二人はすごく仲良くなったんだから」

オクサは父親をじっと見つめた。

「アニッキはあいつらとはちがう」オクサは小声でつけ加えた。「自分の出自《しゅつじ》を能力というより重荷だと思っているんだから。それに、あたしたちといっしょで、ここに来るために大きな犠牲《ぎせい》をはらった。あの人の夫は〈外界〉に残されたんだよ」

その言葉にパヴェルはうめいた。

「バーバが言ってたことを思い出してよ。大事なのは血縁《けつえん》じゃなくて、心の結びつきなんだって」

この言葉にパヴェルはやっと納得した。がっくりと肩を落とし、おずおずとバリアを抜けるアニッキとその息子をつらそうに見つめた。それから、背中を丸め、くるりと向きを変えてその場を離れた。

夜がふけ、疲労感《ひろう》がただよってきた。バリアの外には九人が残っていた。オクサも〈千の目〉のただひとつの出入口が早く閉まらないかと待っていた。しかし、テュグデュアルの体が急にこわばったので、オクサは自分の神経が過敏《かびん》になるのを感じた。テュグデュアルの顔はこれまでにないほど真剣だ。

「どうしたの？」オクサがたずねた。

テュグデュアルは答えなかった。オクサがテュグデュアルの視線をたどると、残りの一団の一人の男に行き着いた。もつれた白髪《しらが》混じりの頭をした、がっしりしたその男は明るい色の目でテュグデュアルを刺《さ》すように見つめている。みんなの視線はこの二人に集中した。アバクムが心配そうな様子で前に進み出た。ドヴィナイユたちは興奮しているようだ。

「おねがいだから、ちゃんとチェックしてくれよ」アバクムの声は震えている。

四羽のドヴィナイユは男に近づいた。男はテュグデュアルをじっと見つめたまま、背中をかがめてこぶしをにぎった。ドヴィナイユたちは男の匂《にお》いをかぎ、小さな目で男の目をのぞきこんでから、顔をひきつらせた。

「正体を偽《いつわ》っているな！　だが、おまえがだれであれ、ここでは歓迎されない！」

すると、まだバリアの外に残っていた人たちはひと塊になった。

「おまえは最悪の人間だ。あっちへ行け！」

いちばん年かさのドヴィナイユがどなりつけた。

すぐにパヴェルとアバクムがオクサの前に飛び出して、彼女を守った。オクサは驚いて叫《さけ》び声《ごえ》をあげた。口に手をあてたオクサは全身から血の気が引いていくような気がした。

「そんなばかな……」オクサはぼうぜんとしてつぶやいた。むだだとは知りながら、正面にいる男をじっと観察した。

大嫌《きら》いな数学の先生だったオーソン・マックグローのロンドンの家の地下室で、祖母ドラゴミラの完璧《かんぺき》な分身《ぶんしん》に会った記憶《きおく》がよみがえってきた。オクサは横につっ立っているテュグデュアルの腕をつかんだ。その腕がこわばっているのにおびえ、オクサは彼の顔をのぞきこんだ。テュグデュアルは放心し、苦しみにじっと耐《た》えているかのようだ。ハネガエルが招かれざる客とわかった男を追い出そうと、騒《さわ》がしい羽音を立ててやってきたとき、男はロケットのように猛《もう》スピードで飛び立ち、黒い空に消えていった。テュグデュアルはぶるっと震え、しきりにまばたきをして、あっけにとられている〈逃げおおせた人〉たちを見つめた。

「だいじょうぶかい?」アバクムがようやく口をひらいた。

テュグデュアルはうなずいた。オクサはダッシュしたあとのように息が荒《あら》くなり、つま先から頭のてっぺんまでがたがた震えていた。そして、ゾエの闇夜《やみよ》のような暗いまなざしに出会った。

「オーソンだったのよね?」ゾエはつぶやいた。

アバクムは暗い声で「うん」と答えた。オクサは怒りの叫びを無理やり抑《おさ》えこみ、わけがわからないというような苦しげな目をテュグデュアルに向けた。そして、自分でも驚くほど冷静な声でこう告げた。

「獅身女、ドヴィナイユ、ハネガエル、手伝ってくれてどうもありがとう。もうこの扉《とびら》を閉めていいわ。ここはあたしたちの家なんだから!」

27 閉じこめられた人たち

〈クリスタル宮〉の地下にはオクサの言ったような薄《うす》ぎたない牢屋《ろうや》はなかったが、囚人《しゅうじん》たちが閉じこめられていたのは本当だ。オシウスは自分のやり方に反対する人はもちろん、異論を唱える人すら許さなかったので、そうした人々に〈監禁《かんきん》の呪《のろ》い〉をかけた。その呪いの方法はグラシューズ古文書でオシウスが見つけたものだ。そのうえ、かなり前からほとんど使われなくなったグラノック、〈口封《くちふう》じ弾《だん》〉を使って彼らの口がきけなくなるようにした。こうして囚人たちは〈クリスタル宮〉の地下の狭《せま》い場所でしゃべることもできず、わずかな食事をあたえられるだけで外の世界から隔離《かくり》されたまま、なんとか生き延びていた。

「この人たちにはあなたの助けが必要です」獅身女がオクサに告げた。「彼らを自由にできるのはあなただけです」

この威厳《いげん》に満ちた生き物は若いグラシューズと並んで力強くしなやかに歩いた。

「わたしたちは彼らの心を調べました。全員があなたの味方です。彼らの忠誠心には疑いはありません。隠れていた反逆者《フェロン》たちはすべて〈千の目〉から追い出されています」

「そのとおりよ。行きましょう！　その人たちをこれ以上つらい目にあわせるわけにはいかないわ」と、オクサは答えた。

夜はすっかりふけていた。身にしみる疲《つか》れと空腹も忘れ、オクサは〈クリスタル宮〉に向かった。厚い雲が宮殿《きゅうでん》の上にたれこめていた。「あとは明日にしよう」とオクサは考えたので、オクサの味方の人々も〈逃げおおせた人〉たちも休息をとるようすすめられた。彼女のそばに残った父親とアバクム、テュグデュアル、ゾエだけが不老妖精たちといっしょにオクサに続いた。

通りに沿って並んでいる家々からところどころ明かりがもれている。その明かりが低い木や塀《へい》や茂《しげ》みの長い影《かげ》を変形させていた。ふつうだったら、息が詰《つ》まるような不穏《ふおん》な感じがしただろう。しかし、いまはそうではない。オクサたちは泥《どろ》に薄くおおわれた道を安心して歩いていた。泥道は、不思議なまどろみに誘《さそ》うような甘《あま》ったるい匂《にお》いを発していた。まるで土に癒《いや》されているかのようだ。

「若いグラシューーズ様!」とつぜん、声がした。

アバクムがすぐに発光ダコを向けると、女の子が暗がりから出てきた。

「ああ、ルーシー!」オクサが叫《さけ》んだ。

ルーシーの顔が大きな期待で輝いた。

「お父さんがあそこにいるの」ルーシーは〈クリスタル宮〉のほうを指さして言った。

オクサはルーシーの顔を真剣《しんけん》なまなざしで見つめた。大事な人と離《はな》れ離《ばな》れになることのつらさはよくわかっている。

「急ごう!　いくらなんでも、そろそろお父さんに会わなくちゃね」

両側がクリスタルの壁になっている地下の廊下には、地下七階の〈ケープの間〉に続く道のほかに通路も扉《とびら》もなかった。しかし、二人の獅身女はどこに行けばいいのか知っているようだ。狭い廊下を通るには大きすぎる体にもかかわらず、獅身女はたくみに廊下を通り抜けてオクサを驚かせた。オクサはそのたてがみから目を離さないようにして仲間といっしょに地下五階まで下りた。獅身女は何もない壁の前で立ち止まった。

「着きました」獅身女二人が声をそろえて告げた。

オクサは疑り深そうに乳白色の壁に手を当てた。人々がなですぎてすり減ったのか、表面はつるつるしていた。

「なんにも見えないけど……」オクサは壁を点検しながら眉《まゆ》をひそめた。

「若いグラシューズ様もみなさんも、耳をふさいでください。扉をあけます」獅身女が注意した。

みんなは言われたとおりに手で耳をふさぎ、獅身女が壁に向かってあげたすさまじい吠え声《ほごえ》の不思議な威力《いりょく》を目のあたりにした。その声は魂《たましい》の奥深くからほとばしり出るかのように、しだいに大きくなってハリケーンのように吹き荒《あ》れた。オクサはバランスを失ってふらついた。テュグデュアルがオクサをすんでのところで支え、嵐《あらし》に巻きこまれないように座らせた。オクサは痛みに顔をゆがめながら、テュグデュアルにおびえた目を向けた。吠え声が大きすぎて鼓膜《こまく》が破れそうなのだ。オクサが止める間もなく、テュグデュアルは自分の手を耳から離してオクサの耳に当てた。それから、オクサをしっかりと抱《だ》きしめて彼女の顔を自分の肩《かた》に押しつけた。すさまじい衝撃波《しょうげきは》でテュグデュアルの体はこわばっていた。

しだいに嵐が弱くなり、静かになった。みんなは乱れた髪《かみ》のままあっけに取られていた。テュグデュアルに助けられて起き上がったオクサは奇跡《きせき》が起こったのを目にした。壁に人が何人も並んで通れそうなくらいのアーチ形の穴があいていたのだ。獅身女が両脇に立ち、オクサたちに入るように足で合図した。アバクムがクラッシュ・グラノックを手に持ってオクサの前に立ち、みんながそれに続いた。

クリスタルの壁が乳白色であるためか、その場所はあまり薄よごれてはみえなかった。アバクムの発光ダコの明かりのもと、入り口ホールのような場所を直角にさえぎっている細長い部屋の輪郭《りんかく》が見えた。人がいるような気配はない。

「もっと周りを明るくするんだ」アバクムが提案した。

オクサたちはそれぞれ発光ダコを出し、ルーシーはごく自然にゾエの腕《うで》につかまった。全員が前に進んだ。アバクムの言ったとおりだった。壁の向こう側にいる人たちの姿を見きわめるためにはかなり強い光が必要だった。クリスタルの壁が厚いためにシルエットはぼんやりとしか見えなかった。

「人がいる!」オクサははっとして叫んだ。「閉じこめられてる!」

「パパ! どこにいるの?」ルーシーが大きな声で言った。

すると、いくつかの影が壁に近づき、黒っぽい幽霊《ゆうれい》のように動いた。熱い涙《なみだ》のたまった目をしたオクサはアバクムのほうに向き直った。

「どうしたらいいの?」

「昔から〈監禁の呪い〉はグラシューズだけができると考えられていた」と、アバクムが説明を始めた。「しかし、〈監禁の呪い〉も〈絵画内幽閉〉も難しいとはいえ、ほかの人にもできないことはない。それはオーソンやオシウスが証明して見せた。ところが、できるのはそこまでだ。その呪いを解けるのは、やっぱりグラシューズだけなんだ」

「究極の安全策か……」オクサがつぶやいた。「あのオシウスのやつがこの人たちに〈監禁の呪い〉をかける前に、そのことを考えたと思う?」

「オーソンと同じでオシウスも、自分の能力を過大評価して力におぼれるタイプだからな」アバクムは憎々《にくにく》しげに言った。「なんでもできると勘《かん》ちがいしてやってしまってから、自分の能力の限界に直面し、この罪もない人たちをこんな状態にしておいてもかまわないと思ったんだろう」

人影がクリスタルの壁に体を押しつけるのが見えた。オクサがふと壁に手を当てると、壁がやわらかくなって指がすっと入った。オクサはふり返って、問いかけるようにアバクムを見た。

「これって、あたしがミュルムだから?」

アバクムは答える代わりにテュグデュアルとゾエを呼んで同じようにするよう言った。ミュルムの血が流れている二人は言われたとおりにしたが、オクサのようにはできなかった。

「ミュルムの能力はここでは関係ないんだ」アバクムはほほえみながら答えた。「グラシューズの能力はその限りではないがね」

オクサは胸がいっぱいになり、目がくらみ足がふらついた。それから、息を深く吸いこんで両手をクリスタルの壁に当てると、すぐにやわらかくなった。そして、絹のカーテンをあけるようにやすやすと壁を両手で押し広げた。牢屋の内部があらわれ、あちこちからうめき声が聞こえてきた。オクサは目の前に広がるひどい光景にショックを受けてあとずさった。目が飛び出し、生気のない男女百人ほどがオクサのほうに向かってやってくる。青光りのする平たい昆虫の六本の足がくちびるの周りに食いこんで、すき間なく口をふさいでいる。

「なんて、ひどい……」オクサは吐《は》きそうになりながら、やっとそれだけ言った。「これが〈口封じ弾〉?」

青ざめたアバクムがうなずいた。

「サイテーのグラノックじゃない! この人たちを自由にしてあげないと!」

オクサは顔をしかめた。

「わたしの言うことをよく聞いて、繰り返すんだ」アバクムはオクサたちに向かって言った。

グラノックの力で
殻《から》を破れ
おまえの爪《つめ》で口輪をかけ
おまえの翼《つばさ》で口輪をはずせ

クラッシュ・グラノックを持っている四人が声をそろえて呪文《じゅもん》を唱えた。すると、口封じ虫が吸いつくような音を立てて口から離れた。オクサはいつか自分の昆虫嫌《ぎら》いが治るかもしれないという最後の希望を失った。昆虫はぶんぶん羽音をさせながらみんなの頭上を飛び、吐きそうな臭《にお》いをふりまいている。そして、いくつかのグループに分かれ、〈逃げおおせた人〉たちのクラッシュ・グラノックめがけて飛んできてその中に消えた。オクサは気持ちが悪くなってクラッシュ・グラノックを投げ出し、神経質そうに手をふいた。テュグデュアルはかがんでオクサのクラッシュ・グラノックを拾った。そして吹き口をよく確かめてから、にやりと笑ってオクサに手わたした。

「ばかにしないでよ！」オクサはテュグデュアルを押しやるようなまねをした。

テュグデュアルは優しくオクサの手をとり、指をからませて言った。

「見ろよ！」

二人の前でルーシーが父アシルに抱きついている。その周りでは、オシウスの専制に反抗《はんこう》した人たちが喜びをあらわにし、オクサたちに感謝のまなざしを向けていた。なかでも高齢《こうれい》の人たちはアバクムに気づいて涙を流し始めた。長い髪を三つ編みにし、するどい顔つきの男が近づいてくると、アバクムは気持ちが高ぶるのを隠せなかった。

「スヴェンかい？」アバクムはくちびるを震わせた。

「わが友、アバクムよ……」男が答えた。「きみは生きていると信じていたよ」

二人はしっかりと抱き合った。

「帰ってきてくれただけでなく、きみはすばらしい贈《おく》り物《もの》を持ってきてくれた」

スヴェンはオクサのほうを向いた。

閉じこめられていた人たちはうれしそうに、そして尊敬のまなざしで若いグラシューズをじっと見つめていたが、あえてそばに近づこうとする者はいなかった。オクサはテュグデュアルの手をさらに強くにぎって肩と肩が触《ふ》れるほど寄《よ》り添《そ》った。みんなの注目が一身に集まっていることに気づくと、一目散に駆《か》け出《だ》して〈クリスタル宮〉のてっぺんまで上がり、ずっと隠れていたい気がしたが、思い直して、ルーシーの熱にうかされたようなまなざしや人々の視線を受け止めた。彼らのやせてよごれた体にさりげなく目をやると、彼らの本当の姿が見えてくる。疲れきってはいるが、結束した忠実な国民の姿だった。オクサは背筋を伸ばして息を深く吸いこみ、みんなに堂々としたほほえみを向けた。

「若いグラシューズ様、万歳！」

いっせいにあがった歓声が苦しみの年月の終わりを告げるかのように〈クリスタル宮〉の地下にひびきわたった。ついに、再生の時が来たのだ。

第二部　再生と幻滅《げんめつ》

28　グラシューズの初仕事

グラシューズ・オクサの治世は、興奮と厳重な監視《かんし》のもとでスタートした。〈千の目〉を保護する透明《とうめい》なバリア〈アイギス〉はとても役立つことがわかった。反逆者《フェロン》たちが空や地下、あるいはただひとつの出入口から侵入《しんにゅう》しようとしたとき、その効力を発揮した。国民の協力のもと、獅身女を両脇に従えた四羽のドヴィナイユが敵の策略を見事に見抜いた。〈変身術〉もミュルムの能力も、〈精神混乱弾《だん》〉も〈幻覚催眠弾《げんかくさいみん》〉も無駄《むだ》だった。ドヴィナイユが過ちをおかすことはないのだ。

官人《つかさびと》の一団が浮遊《ふゆう》しながら、バリアに穴があいていないかつぶさに調べるのを、オクサは〈クリスタル宮〉の最上階からながめていた。もう少ししたら、会議場に下りていってグラシューズの政府〈ポンピニャック〉のメンバーを任命しなければならない。ため息が出た。

「何か問題でもあるのか?」

オクサはふり向いたが、質問には答えずにテュグデュアルを見つめた。彼は頭の後ろで手を組み、脚《あし》を交差させてベッドに寝《ね》そべっていた。

「どうぞお楽に！」オクサは腰《こし》に手を当てて皮肉った。

「おまえのところは居心地がいいんだよ」テュグデュアルはほほえんだ。

「ご自分のお部屋がお気に召《め》さないのかしら？」

「いや、すごく満足してる。でも、やっぱりおまえの部屋がいちばん豪華《ごうか》だからな」

「当たり前じゃない！」オクサは肩《かた》をすくめてみせた。

オクサはテュグデュアルをベッドから落とそうとしたが、反対にそばに引き寄せられた。絹のようになめらかなキルティングのブランケットにひじをついて腹ばいになり、縁《へり》のほつれをほぐしながら、周りをぼんやりとながめた。

オシウスと反逆者《フェロン》たちを追いやってから、〈逃げおおせた人〉たちは代々グラシューズ家のものだった最上階とその下の数階を取り返した。最上階のひと続きの居室と〈覚書館《おぼえがき》〉は、〈大カオス〉のときに一部が破壊《はかい》されたものの、オシウスの時代に修復されていた。それなりに色あせてはいるが、流れた年月の重みが加わり、昔の栄光にさらにみがきがかかっている。

オクサは自分の部屋をとくに気に入っていた。その大きな部屋は高さのちがう、いくつかのすばらしいスペースからなっていた。クリスタルの柱や壁一面のガラスのモザイクも好きだった。モザイクは色あせ、ところどころ欠けていたが、美しさはそのままだ。部屋のほとんどが鉱石でできていて植物の緑が少ないのは残念だが、それはこれからオクサが変えていけばいい。

それより、いまは別の深刻な心配事があった。もちろん、テュグデュアルはそれに気づいている。

「それで？　何か問題なんじゃなかったのか？」

オクサはためらいつつ返事をした。

「どうしたらいいのか、わからないの」

テュグデュアルがいたわるような目を向けた。

「きっとうまくいくよ。それにおまえは一人じゃないんだぜ。おまえの周りにいるのは、みんな信用できる人ばかりじゃないか。おまえのこととエデフィアのことしか頭にない。疑う権利なんかないよ」

その言葉にオクサはむくりと起き上がった。

「疑う権利なんかないって、どういうことよ?」

「ここで疑う権利があるのはおれだけだよ」テュグデュアルは小声で言った。

オクサが見つめると、テュグデュアルは目をそらした。

「あなたが疑うの? あたしを?」

オクサの声が詰《つ》まった。テュグデュアルに見捨てられたら、すべておしまいだ。

「おまえのことなんか疑っちゃいないよ、一度も」

オクサは口をあけたが、言葉が出てこなかった。

「こっちに来いよ」テュグデュアルがささやいた。

それ以上何も言ってくれないことはわかっていた。テュグデュアルに抱《だ》き寄《よ》せられ、そっとくっついた。彼の体に触《ふ》れていたい欲望が日増しに強くなる。十四歳《さい》のころの淡《あわ》い感情はとうに過去のものになっていた。十六歳を過ぎたいま、その変化がオクサを苦しめていた。オクサは胸がかっと熱くなるのをおさえ、黒いTシャツの上からテュグデュアルをなでた。

「あたしって、ふつうじゃないんだ」オクサはため息をついた。

テュグデュアルがくちびるの端《はし》にキスした。

「おまえは若いグラシューズなんだぜ。だからほかの人とはちがうけど、アブノーマルじゃないよ」

オクサはぴったりとテュグデュアルに寄《よ》り添《そ》い、彼のTシャツの中に手を入れたいという欲望に負けた。彼の肌《はだ》はなめらかだった。このうえなく。

「死ぬまでこうしていたい」

「そのうちあきるさ」

「あなたといっしょにいるのが好きなの」

「おれはいつも近くにいるよ」

テュグデュアルは安心させるように言ってから、オクサにキスをした。

オクサはいろんな感情に一気に襲《おそ》われて、めまいがした。頭のなかがごちゃごちゃだ。胸を熱くさせるテュグデュアルの氷のようなまなざし。グラシューズの象徴《しょうちょう》がぎっしり詰まったケープ。自由になったエデフィアの国民が空を飛ぶ光景。ビッグトウ広場の家の湿気《しっけ》の多いサロンの真ん中で車椅子《くるまいす》に座った母親の顔。ギュスの匂《にお》いとくちびるの味。次々と浮かんでくる思いに頭が混乱し、そっとテュグデュアルから体を離《はな》した。

「ホントだよ、あたしって、ふつうじゃないんだ」

オクサはそうつぶやいてからテュグデュアルの肩に顔をうずめた。

光の井戸《いど》を思わせる円柱状の明かり取りから、会議場に乳白色の光が降り注いでいる。そこでオクサを待っていたのは、二百人もの人だった。オクサはジーンズと洗いたての白いブラウスに、ラッキーアイテムのネクタイをゆるく締《し》め、階段席の上にやってきた。すると、ゆったりしたズボンと前あわせの上着というエデフィアの伝統的な服装をした男女が、熱にうかされたようにさっと立ち上がった。

オクサは半円形の席についた人々をざっと見回した。前回ここにつれて来られたときの記憶《きおく》がまだ生々しい。いまとはちがって危険な状況《じょうきょう》だった。あのときオクサを迎えたのは、残忍《ざんにん》な息子や仲間たちに囲まれたオシウスだ。あの日と同じく立派でいかめしい場所ではあるが、今日のオクサには何も恐れるものはない。オクサのほうに向けられた尊敬と信頼に満ちた顔がそのことを物語っていた。

静まり返るなか、オクサはほおをやや上気させ、顔をまっすぐに上げて階段を下りていった。彼女が通ると人々はおじぎをした。オクサはだれとも目を合わさずに正面の演壇《えんだん》に上がった。ふり返ると、〈逃げおおせた人〉たちが最前列に着席していた。父親、アバクム、ゾエ、テュグデュアル、生き物たち……みんながいた。その目に浮かんでいる晴れがましさ、感激、そして誇《ほこ》りが何ともいえないエネルギーをオクサにあたえてくれた。

おごそかな雰囲気《ふんいき》のなか、宮殿《きゅうでん》の十階も上から続く円柱状の明かり取りから、とつぜん十人ほどの不老妖精の黄金の輪があらわれた。不老妖精たちはオクサのところまでゆらゆらとやってきた。オクサはむだだとわかっていながら、無意識に目をこらした。目の前で揺《ゆ》れるシルエットのなかに、オクサが探す人の姿はなかった。大好きなバーバ、ドラゴミラはいなかった。バーバがいなくてさみしくてたまらないのに……。この特別な日にそばにいてくれたら、どんなに励《はげ》みになったことだろう。

「落ち着くのよ」マロラーヌの声がした。「ドラゴミラは永遠にわたしたちのそばにいるわ」

オクサは声のした方向にきっと目を向けた。マロラーヌの言うことが正しいとしても、ほとんど慰《なぐさ》めにはならない。だが、そんなことを言ってもしかたがない。オクサは前を向かなくてはならないのだから。

マロラーヌは手のひらを大きく広げ、オクサに小さなカラフルな球を見せた。広げてみると、すばらしい刺繍《ししゅう》がほどこされたグラシューズのケープだった。オクサはそれを着せてもらった。ケープに包まれると、地下七階の〈ケープの間〉でもそうだったように、グラシューズの伝説の力がみなぎるような気がする。賞賛の声が階段席に静かに広がった。そして、だれかの拍手をきっかけに、あっという間に会議場が拍手の渦《うず》に包まれた。オクサははじめ居心地悪そうに下くちびるをかんでいたが、やがて会場を満たす喜びに身をゆだねた。はじけるような笑顔を浮かべ、父親とアバクムのほうに腕《うで》を伸ばした。二人が演壇に上がると、拍手はいっそう大きくなった。オクサは、階段席の最前列からキラキラと光の点が散らばる天井《てんじょう》まで、人でいっぱいの会場を見回した。一張羅《いっちょうら》のサロペットを着たフォルダンゴもいる。ヤクタタズのひどくぼんやりとした様子は、これまでいちばんおかしい。

不老妖精の声が会議場にひびいた。

「われわれのグラシューズ様、〈ポンピニャック〉のメンバーを任命するときが来ました。あなたの選択《せんたく》が明らかにされ、あなたの決定がみんなに尊重されますように」

すると、不老妖精の光の輪が光の井戸へ向かい、ひとつ、またひとつと金色に輝いて消えた。

「みんながおまえのスピーチを待っているよ」パヴェルがオクサの耳元でささやいた。

オクサはおびえたように父親を見つめた。

「ええーっ、かんべんして……」

「ひと言、ふた言でいいんだよ」

そう言うと、パヴェルはオクサから離れ、演壇から階段席に下りた。オクサは咳《せき》ばらいをし、息を深く吸いこみ、水に飛びこむ覚悟《かくご》で話し始めた。真冬の凍った湖にダイブするイメージだ。

「ほら、オクサさん、深く考えないで心のままにしゃべってごらん。きっとうまくいくよ!」心のなかで自分を励ました。

「あのう、あなたがたの新たなグラシューズに選ばれたことを光栄に思っています。わたしの出自とあなたがたの存在によってわたしの生活は大きく変わり、わくわくさせられると同時に複雑で危険なものになりました。でも、そのおかげで、わたしは驚くべき世界に導かれました。不思議な力に満ちた世界です。それはだれにでも起こることではありません。ともかく、ここに来ることは、想像することも、ましてや実現させることも容易ではありませんでした。わたしに近しい人やわたし自身、ここに来るために大きな犠牲《ぎせい》をはらいましたが、それがなぜ必要だったのか、わたしたちにとってどんな意味をもつのかもわかっています。そして、わたしの運命がわたしのものであるのと同様、あなたたちのものであることもわかっています。この不思議な世界をつくっているのは……わたしたちです。ですから、わたしはあなたがたのグラシューズであるという役割を果たすつもりですし、それができると思っています。でも、ひとりでは前へ進めません。わたしには……あなたがたが必要です」

息が切れたオクサは熱っぽい目をして口をつぐんだ。会議場は歓声と拍手の嵐《あらし》に包まれた。オクサは拍手が静まるのを待ったが、やむ気配はない。ふたたび耳を傾《かたむ》けてもらうためにはフォルダンゴの手助けが必要だった。

「われわれのグラシューズ様とエデフィアの国民は心と目と口にあふれる喜びに出会いました。しかし、新たな〈ポンピニャック〉の任命をする必要性を無視してはなりません！」フォルダンゴは演壇の長いテーブルによじ登りながら叫《さけ》んだ。「声は沈黙《ちんもく》に満ちた集中力の受け入れを行わなければなりません！」

少なからず権威《けんい》を持つ生き物たち――ドヴィナイユ、ジェトリックス、プチシュキーヌを筆頭に――の訴えで、なんとか会場は静かになった。フォルダンゴは満足そうにテーブルから下り、尊敬のまなざしを向けてオクサの横に並んだ。オクサは型押しのあるメタルの長テーブルの後ろに回り、中央のひじかけ椅子に座った。真鍮《しんちゅう》の鋲《びょう》で打ちつけたこげ茶色の革張りだ。

「さっそく仕事にとりかからなければなりません」オクサははっきりとした声で宣言した。「本人が同意してくれれば、わたしはアバクムに新〈ポンピニャック〉の第一公僕《こうぼく》になってもらいたいと思います」

この文句なしの決定に全員が温かい拍手で賛成すると、アバクムは立ち上がってオクサのいる演壇に上がった。アバクムは片手を胸に当てて深いおじぎをした。昔も今も変わらぬ英知をたたえたグリーンの目を輝かせて。

「オクサ、愛しいわたしのグラシューズよ、わたしはおまえの選択に死ぬまで敬意を表するよ」

オクサはこらえきれなかった。この場の厳粛《げんしゅく》さも忘れ、これまで以上に〈逃げおおせた人〉とグラシューズ家にとって頼《たよ》りになる存在となったアバクムの胸に飛びこんだ。

29　七つの任務

オクサは軽い気持ちで会議場にやってきたわけではない。エデフィアの将来にとって重大な会議にのぞむ前に、さまざまな情報を集めていた。高齢《こうれい》の人たちや、もう少し若い世代の人たちと会うことに時間をさき、物事を進めるために適切な方法を話し合った。

それから、フォルダンゴに助けられて〈覚書館《おぼえがき》〉のほこりっぽい棚《たな》から棚を何時間もかけて見て回り、歴代の〈ポンピニャック〉について記された興味深い文書を読みあさった。

「グラシューズ様は正確さのなかに広がっていらっしゃいます」フォルダンゴは自信ありげに鼻声で言った。「〈ポンピニャック〉の構成と各公僕《こうぼく》の役割の配布は変化に出会うとともに、そのときの必要性への執着に出会っています」

「見てよ！」クリスタル製の分厚い記録帳の一ページをのぞきこんでいたオクサが声を上げた。「〈富の分配公僕〉っていうのが設置された時代もあったんだって！」

「グラシューズ様、肯定《こうてい》があなた様の召使《めしつか》いの口を満たしています。その任務は、わが愛するいまは亡き古いグラシューズ様のひいおばあ様であるグラシューズ・エディットの治世に、不公平の拡散を防ぐために創設の必要があったのです。というのは、グラシューズ様も知識をお持ちのように、人間の性質というものは富を隣人《りんじん》よりは自分のほうへ推進するからです」


会議場に集まった人々を前に、オクサはこのことを思い出してほほえみ、フォルダンゴにウインクした。フォルダンゴはとまどって紫《むらさき》色になってしまった。テーブルの上には新しいクリスタルの記録帳がおかれている。これはこののち、〈覚書館〉に保管されているほかの何十冊という記録帳に加わることになるのだろう。それは〈統治録〉というもので、オクサが自分の治世に起きた主な出来事を書きとめていくものだ。〈統治録〉には「グラシューズ・オクサ」という文字をかたどった細い鎖《くさり》でペンがつなげてある。

オクサは古びてつやのあるメタルのテーブルに両手を押しつけ、ふいにキュルビッタ・ペトに気づいた。その生きたブレスレットは主人の心がまったく乱れていないのを察知し、手首に巻きついたままおとなしくしている。オクサはテーブルの表面が思いのほかなめらかなことに驚きながら、階段席で静かに待つ人々を見回した。目が合った父親がうなずいてくれたので、オクサは心の準備ができた。

「エデフィアはつらい時代を生きてきました」オクサは静かに話し始めた。「ですが、その苦しみは過ぎ去ったにがい思い出となるはずです。みなさんの意欲と決意があれば必ず復興できるでしょう。けれども、ご存知のように、この特殊《とくしゅ》な状況《じょうきょう》下で、すぐに調和を取りもどすことは容易ではありません。なんとしても邪魔《じゃま》しようとする人たちもいます。そのため、経験豊富な人たちと過去の教訓に従い、〈ポンピニャック〉を七つの任務に分けることがとても重要だと思っています」

オクサはここでいったん言葉を切った。自分がびっくりするくらい真面目に話していることと、みんなが熱心に耳を傾《かたむ》けてくれていることに混乱したのだ。短気でかっとなりやすい中学生の女の子だった時代がはるか昔のようだ……。自分を感心して見つめているゾエとテュグデュアルも同じことを考えているのだろう。一人は熱意のこもった感心、もう一人は氷のように冷静な感心だが……。

「残念ながらわたしはみなさん全員のことをよく知りません。でも、信頼や連帯感のないところでは何もできません。そこで、わたしは各任務に二人の公僕を任命することにしました。二つの世界それぞれからいいアイデアを持ち寄るために、一人は〈逃げおおせた人〉、もう一人は〈内の人〉です。さらに効率よく仕事を進めるため、公僕のみなさんは必要に応じて補佐役を自由においてください」

　聴衆《ちょうしゅう》はみな力強くうなずいた。

「では、いまからその七つの任務とそれぞれの公僕を、任命した理由とともに発表します」と、オクサが続けた。「まずは〈再建〉。公僕はオロフとエミカです。オロフはナフタリとブルン・クヌット夫妻の息子です。わたしたちの世界で彼は建築家だったので、彼の経験が街を再建するのにとても役立つでしょう。そして、エデフィア最高の大工の一人といわれているエミカが彼を助けてくれるでしょう」

　この発表がされると、プチシュキーヌ二羽がうれしそうにピイピイ鳴き、任命された二人の肩《かた》にとまった。父親と同様にエレガントで力強いスカンジナビア人のオロフが立ち上がり、ショートカットで、天使のようなやさしい顔をした女性エミカがそばにくるのを待った。二人はそろって演壇《えんだん》に上がり、オクサにおじぎをした。「あーあ、これをされるのがイヤなんだよね……」オクサは心のなかでため息をついた。

「〈水の保護〉の任務はブルンとアシルです。水の問題は、とくにみなさん関心の高いテーマだと思います」オクサは軽くほほえんだ。

　忠実に役割をこなすプチシュキーヌにともなわれて、二人の新公僕はいかにもうれしそうにうなずいた。

「〈基本物資〉はアバクムの友人ティンとジャンヌが担当します。〈基本物資〉の任務は、われわれが生きのびるために必要な物資を合理的に管理することです」

オクサはこう説明すると、少しのあいだ迷って、震《ふる》える声で言葉を続けた。

「わたしの両親は〈外界〉で、ジャンヌとピエールといっしょにレストランを経営していたのですが、ジャンヌはつねに準備万端《ばんたん》でした。彼女のおかげで何かが足りなくなることはまったくありませんでした」

ギュスの母親ジャンヌの聖母のようにやさしい顔が感謝の気持ちで輝いた。

「四つめの任務は〈グラノック学・薬局方《やっきょくほう》（薬剤の調合や投与《とうよ》量などを公式に規定したもの）・防衛〉です。スヴェンとナフタリが担当公僕です。ナフタリは敵に対してつねに用心深いため、スヴェンは植物と鉱物の博識のために選ばれました。あなたはアバクムと同じでミランドールの弟子だったのですよね？」オクサは長い白髪《しらが》を三つ編みにした老人に向かってたずねた。

「アバクムはわれわれのなかで最も優秀でしたし、これからもそうでしょう」と、老人は答えた。

「彼の思慮《しりょ》深い助言と、〈外界〉での長い経験を参考にさせてもらうことになるでしょう」

オクサはスヴェンに向かってほほえんだ。妖精人間アバクムがみんなから完璧《かんぺき》な信頼を得ているのはたしかだ。

「サーシャとボドキンには〈公正〉の任務にあたってもらいます。ボドキンは非常に英知のある〈逃げおおせた人〉ですし、サーシャは自分の自由を犠牲にして、不正と生涯《しょうがい》闘《たたか》ってきたことをわたしは知っています」

英国紳士《しんし》の雰囲気《ふんいき》を持ったボドキンは、驚くほど澄《す》んだ瞳をした四十歳《さい》くらいの女性に興味深そうに手を差しのべた。サーシャはきりりとシニョンにまとめた髪形《かみがた》のためによけいシャープに見える。彼女は二日前に解放された、〈口封《ふう》じ弾《だん》〉の犠牲《ぎせい》者の一人だ。断固とした信念を持ち、正義と公正を何よりも重んじる人だといわれている。彼女からにじみ出る決意にオクサは深い感銘を受けた。決して屈服《くっぷく》することのない、岩のように固い意志を感じたのだ。

「ありがとう、グラシューズ・オクサ様」サーシャは長い監禁《かんきん》のため、まだかすれたままの声で言った。「期待していてください」

「わかっています」オクサはやさしく言ってから先を続けた。「六つめの任務は〈富と財の分配〉です。わたしの祖先のグラシューズ・エディットが設置していたことからアイデアを得ました。この分野でもバランスを保つことが大事だと思っています。みなさん、ご存知のように、コックレルは〈大カオス〉の前にグラシューズ家の会計係でした。彼は公平な人ですから、すばらしい配分者になってくれるでしょう」

オクサはそう言うと、豊かな赤い巻き毛を持ち、肌《はだ》にそばかすのある女性のほうを向いた。

「ミスティア、あなたもすばらしい配分者になれるという人が何人もいましたよ。コックレルといっしょに働くのを引き受けてくれるとありがたいんですが……」

その女性はにっこりとほほえみ、演壇に上がって〈ポンピニャック〉の席についた。

「最後の任務は〈指導〉で、ピエールとオレンカが率います。オレンカは〈内界〉で何世代もの人に薬局方を教えてきましたから、とてもよい教育者です。ピエールも同じで、わたしに自転車の乗り方を教えてくれたのが彼だったこと――ごめんなさい、パパ！――はけっして忘れません」

〈逃げおおせた人〉たちは吹き出さずにはいられなかった。生き物たちもそれぞれのやり方で「笑った」。フォルダンゴたちはひきつったようなくすくす笑い、ドヴィナイユたちはかん高いクワックワッという鳴き声、ジェトリックスたちはヒステリックな大笑い、といった具合だ。ヤクタタズたちだけが、意味がわからないためにぼんやりしていた。

〈内の人〉はというと、ほとんどが「自転車」というものを知らなかった。マロラーヌのカメラ目で見て覚えていた人が、「自転車に乗る」というのがどういうことか簡単に説明したので、〈逃げおおせた人〉が笑っている意味がやっとわかったようだ。

「クラッシュ・グラノックについては、みなさんが自分のものを取りもどすことが大事だと思います」と、オクサは続けた。「クラッシュ・グラノックを持たない〈内の人〉なんて本物の〈内の人〉じゃないですよね？」

この発言に人々は驚いた。最初はパラパラと拍手が起きただけだが、レオミドのフォルダンゴたちが背を丸めて重い箱を持ってくると、会場は喜びにどよめいた。オクサが立ち上がると、すぐに静まった。オクサはみんなの喜びをさえぎるのを心苦しく思いながらもこう言った。

「それと同じような箱が二百ケース、〈クリスタル宮〉地下六階の秘密の部屋にあります。箱の中には、オシウスが命じた大没収《ぼっしゅう》のときにみなさんから取り上げた何千というクラッシュ・グラノック、それにグラノックの膨大《ぼうだい》なストックが入っています。〈富と財の分配〉の公僕に、みなさんにそれらをお返しする仕事を任せます。それが終わったら、みんな仕事にとりかかりましょう。エデフィアがわたしたちを必要としています！」

すると、二人のジェトリックスが土の入った鉢《はち》をひとつずつ持ってあらわれた。二人ははしゃいで小悪魔のように動き回ったので、何度も鉢をひっくり返しそうになった。鉢は奇跡《きせき》的に目的地である若いグラシューズの前に無事届いた。オクサは驚いてその様子を見ていた。オクサが問いかけるように父親に目を向けると、パヴェルはほほえみながらある動作をしたので、オクサは了解した。

彼女は父親から目を離さずに、片手ずつを二つの鉢につっこんだ。すると、鉢が震えだし、メタルのテーブルに当たってがんがん音を立てはじめた。小さなやわらかい芽が二つ生えてくるのをオクサはあっけにとられて見つめた。すぐに茎《くき》がぐんぐん伸び、見覚えのある花が咲《さ》いた。燃える花びらを持つファイヤーフラワーだ。茎はさらに伸び、オクサの手首や腕《うで》をさも愛しそうになでた。そして、花の芯《しん》からこまかい火花が飛び出したので、オクサの肌がちりちりした。それから茎が急にまっすぐに立ち、しきりに動きだしたものだから、鉢はこなごなになった。茎はとつぜん、天井《てんじょう》に向かって信じられない速さでぐんぐん伸びた。三メートルほどの高さまで伸びると、喜びが頂点に達したかのように見事な花火を放った。突然の花火の勢いは、オクサがこの会議場でみんなにそそぎこんだ情熱に匹敵するものだった。

30　つかの間の秘密

さまざまな種類のグラノックの詰《つ》まったクラッシュ・グラノックが元の持ち主に返される様子を、オクサはバルコニーから一時間以上もながめていた。みんな心からうれしそうに、思いやりにあふれる新グラシューズのいる〈クリスタル宮〉の最上階を見上げていった。とつぜんオクサはどっと疲《つか》れを感じ、胸がいっぱいになってバルコニーから引っこんだ。

オクサは静かな自分の部屋でくつろいだ。ぼんやりとフォルダンゴをなでながら、今日あったことを思い出していた。長くて強烈《きょうれつ》な一日だった。そして特別で複雑な一日だった。

少し前、ほぼ壁一面をおおう、ところどころ染みのついた鏡に映し出されている自分の姿に気づいた。長いこと自分の姿をよく見ていなかったので、おそるおそる近づいた。青白い顔をしていた。これまでにないほど青白い。髪《かみ》を後ろにはらい、前髪《まえがみ》を指でかき上げた。こわばっているというほどではないが、ここ数日間の緊張《きんちょう》が顔にあらわれていた。額にしわが一本でき、グレーの目はくもり、隈《くま》もできている。だが、昨日の自分と今日の自分がそんなに変わっているわけではない。

「何を考えてるの？　重大な決断を下したからといって、そんなに急に自分が変わるわけないよ！」

オクサはぶつぶつひとり言を言って、くちびるをかんだ。これはギュスの言葉だ。ギュスがここにいたらきっとそう言ったはずだ。

「ストップ、オクサ……自分を苦しめるだけだよ」

オクサはふんぎりをつけるように言った。

それから、体の向きをいろいろ変えてスタイルを点検した。自分の外見にはあまりこだわらないほうだが、十六歳《さい》の体にはまだ慣れていなかった。ただ、日に日になじんできているし、テュグデュアルの視線がそれを助けているのは明らかだった。


オクサはお気に入りになったソファに、もう一時間以上も丸まっていた。使いこんだ革張りの一人がけソファだ。すばらしくふかふかしている。そばにはマジェスティックの木でできたすてきな机があり、発光ダコが放つやわらかい明かりに〈統治録〉が輝いている。もうすぐ、グラシューズとしての最初の歩みを書き記さないといけない。だが、全部書くべきなのだろうか？

「若いグラシューズ様は心のくぼみに大きな動揺《どうよう》を見せていらっしゃいます」大きなブルーの目でじっとオクサを見つめていたフォルダンゴが言った。

「秘密のことなんだけど……」

フォルダンゴはため息をついた。

「その秘密は前のものと同じ成分に出会っておりません。以前の〈語られない秘密〉に似た制約や結果の所有はしておりません。その名前を所有していらっしゃいますか？　名前には意味が詰まっています」

「ううん、不老妖精たちは何も言わなかった。でも、おまえが新しい秘密の名前を知ってるのなら、教えてよ！」

「〈つかの間の秘密〉です。それが名称《めいしょう》です」

オクサはしばらくの間もの思いにふけった。ヤナギの枝で編んだドレス掛《か》けにていねいにかけてあるケープ、揺《ゆ》らめく小さな明かりを散りばめて眠《ねむ》る〈千の目〉をながめることのできる大きなガラス窓……オクサの視線が移っていった。

「〈つかの間の秘密〉か……。つかの間かもしれないけど、秘密にはちがいないんだよね」

急にもの音がしてオクサはわれに返った。だれかがドアをたたいているのだ。フォルダンゴがはっと姿勢を正した。だが、すでにジェトリックスが髪を振《ふ》り乱しながら、きびきびとドアに近づいていた。

「だれだ？」ジェトリックスはドアに向かってどなった。「だれがグラシューズ様をじゃましようとしているんだ？　答えろ！」

オクサはほほえんだ。ジェトリックスのやることはまったく徹底《てってい》している。

「アバクムだ」ドアがぶ厚いために声がくぐもって聞こえた。

「すぐにあけて！」オクサがジェトリックスに命じた。

アバクムは部屋に入ってくるなり、オクサを抱《だ》きしめた。オクサはアバクムの胸に顔を押しつけた。

「妖精人間とグラシューズ様は癒《いや》しに満ちた飲み物を舌を鳴らしてなめることに魅力を感じられますか？」

オクサはくすっと笑い、アバクムはフォルダンゴの頭をぽんぽんとたたいた。

「喜んで！」

フォルダンゴが姿を消すと、すぐに隣の部屋から食器のかちゃかちゃいう音が聞こえてきた。

「元気かい？」黒っぽい毛皮のかかったソファに座ったオクサの隣《となり》に腰《こし》をおろすと、アバクムはすぐにたずねた。

「こんな……変わった一日を過ごしたことはないよね」と、オクサは答えた。「まるでシミュレーションゲームをしてるみたい。ほら、町をつくったり、行政機構をつくったり、ルールを決めたりとかさ……。もちろん、これが本当のことだっていうのはわかってるんだけど！」

「おまえが経験したことは、あんまりふつうじゃないからね」アバクムは優しく言った。「でも、おまえはすばらしかったよ。本当にうまくやり遂《と》げたとほめてあげよう。会議のあと、おまえはすぐに出て行ってしまったから、いま、いくつか感想を言わせてもらうよ」

オクサはあわてて手で顔をこすった。

「おまえは〈内の人〉の心をつかんだ。〈逃げおおせた人〉たちはみんな、おまえとともにいることを誇《ほこ》りに思っている。みんな、おまえの自信に満ちた態度に感心しているんだ。『びっくりした、まるでボスみたいにうまくふるまった』と伝えておいてくれと、テュグデュアルに頼《たの》まれたよ」

オクサがしかめっ面をしたので、アバクムはそこで言葉をいったん切ってたずねた。

「何か気になることでもあるのかい？」

オクサはトレイを持ってもどってきたフォルダンゴのほうに視線を移すふりをした。フォルダンゴは心配そうな目を主人に向けながら、飲み物を置いた。

「パパのことよ」オクサはついに本音をもらした。

アバクムは深く息を吸いこんだ。

「おまえが彼に任務を託《たく》さなかったのはちゃんとした理由があるからにちがいない、とみんな思っているよ」

「そうかもしれないけど、ひどいことにはちがいないよ。パパはあたしを恨《うら》むよね」

アバクムは紅茶をひと口すすり、思慮《しりょ》深くオクサを見つめた。

「パヴェルはそんなことは思わないはずだ」

「みんな、あたしを親不孝な娘だと思ってるよ」

「だれもそんなことは思ってない」と、アバクムがさえぎった。「おまえが父親を愛していて、彼がいつもおまえのそばにいることはみんな知っている。おまえが決めたことにはみんなが賛成しているんだ。おまえの選択《せんたく》は道理にかなっているし、みんなに尊重されている」

「ありがとう」と、オクサはつぶやいた。「いっぱい助けてくれて。おじさんがいなかったら、ぜったいできなかったよ」

「おまえのおばあちゃんの後見人だったけれど、いまはおまえの後見人だということを忘れるんじゃないよ」

「わかってる、アバクムおじさん」

「ひとつだけ聞きたいことがあるんだ。それに答えるかどうかはおまえの自由だ」

フォルダンゴが思わずうめき声を上げた。顔色をほとんど失い、目がくるくるまわっている。

「グラシューズ様……」

フォルダンゴは失神しそうだ。オクサは産毛の生えたフォルダンゴの腕《うで》に手をのせ、眉《まゆ》を寄せているアバクムの視線を避《さ》けた。

「お父さんを公僕に任命しなかったのは、不老妖精に授けられた新たな秘密と関係があるのかい？」と、アバクムがたずねた。

この問いはフォルダンゴには刺激が強すぎたようだ。かわいそうに、フォルダンゴはふらふらしていたが、やがて床《ゆか》に置いたクッションの上にへなへなと倒れこんでしまった。ジェトリックスが急いでやってきて、手であおいでやった。

「おい、ぽっちゃり召使《めしつか》い！　しっかりするんだ！」ジェトリックスがわめいた。

すこし離《はな》れたところで、おとなしくソファに座っていたオクサのヤクタタズは片目をあけ、いつものようにとまどってその光景を見ていた。それから、あくびをして満足そうに眠りにもどった。

アバクムとオクサは、すぐに意識を取りもどしたフォルダンゴのそばにひざまずいた。その頭をオクサは少し起こし、熱い紅茶を二、三口飲ませてやった。

「おいしい紅茶は世界じゅうのどんな良薬にも負けないって、いつもバーバが言ってた」

「わが愛する、いまは亡き古いグラシューズ様は口に膨大《ぼうだい》な真実を持っていらっしゃいました」

フォルダンゴがもごもご言った。

アバクムは特別にあつらえられた小さなベッドにフォルダンゴを抱いていき、横に寝《ね》かして、手首のあたりをマッサージした。そして、心配そうに黙《だま》ったままオクサのところにもどってきて座った。

「わたしの質問に答える必要はないよ」長い沈黙《ちんもく》のあとでやっとアバクムが口を開いた。「いま起きたことでじゅうぶんにわかったからね」


数時間後、真夜中だというのに、オクサの目はさえていた。フォルダンゴの規則的ないびきが眠りをさまたげたわけではない。だいたい、いびきなど聞こえていなかった。大きなガラス戸のほうをじっと見つめながら、オクサは考えていた。防護バリア〈アイギス〉に〈千の目〉の夜の明かりが反射して、乳白色のクラゲのように見える。ちがう状況なら、その魅惑《みわく》的な光景に心が休まったろう。しかし、その夜はどんなものもなぐさめにはならなかった。

オクサが寝返りを打つと、適当に丸めておいた服が床に落ちた。いらいらしながら、腕を伸ばしてそれを拾おうとした。ジーンズとTシャツとネクタイだ。ツートンカラーのネクタイに触れたとき、電気ショックを受けたようにビリッとし、同時に意識が体を離れていった。

31　ひっかき傷

ギュスは壁によりかかってひざにひじをつき、床に敷《し》いた板の上に座っていた。泥臭《どろくさ》いびしょびしょのじゅうたんを指先でさわった。数日前にロンドンを襲《おそ》った洪水《こうずい》で、寝室《しんしつ》も被害《ひがい》を受けたのだ。〈締《し》め出《だ》された人〉たちがロンドンにもどってきてから初めて水が二階まで上がり、床上三十センチまでつかった。おかげでみんなの気力はぺちゃんこになってしまった。やってきたのと同じくらいとつぜんに水が引き、太陽さえ顔を出した。しかし、一連の災害のショックは大きく、世界じゅうの〈外の人〉と同じようにビッグトウ広場の家の住人の心に、消せない傷跡《きずあと》を残した。

オクサの部屋もひどい状態だったが、ギュスはそこにいることが多かった。新グラシューズになったばかりのオクサが、〈もう一人の自分〉に導かれて物思いにふけるギュスを見つけたのもその部屋だった。オクサが最初に思いついたのは、ギュスのところに駆《か》け寄《よ》り、あごを上げて真正面から見つめ『あたしはここにいるよ、ギュス！　ここにいるよ！』と大声でどなることだった。言葉は聞こえないだろうが、自分がそこにいることはきっとわかってくれるだろう。けれども、オクサの思いとは逆に、〈もう一人の自分〉はギュスと距離《きょり》をおいた。状況《じょうきょう》を見て把握《はあく》し、理解しなければならない。オクサは部屋の上に浮かんで観察した。

顔を隠していた前髪《まえがみ》をギュスがさっとはらうと、これまでの厳しい日々のあとが見てとれた。厚ぼったいアランセーターで体の線は隠れているが、ギュスはかなりやせてしまったようだ。ほおがこけているために、あごがとがって険しく見える。嵐と洪水で壊れた部分を修理するために、釘を打ったり、板をはいだり、打ちつけたりする作業で、両手は節くれだっている。目は澄《す》んだマリンブルーのトーンを失い、悲しみの深さを隠すかのように黒っぽくよどんでいる。オクサはそんなギュスを見るのがつらかった。ギュスは両手で頭を抱《かか》え、かすかにうめいている。すると、〈もう一人の自分〉がオクサの気持ちをくんでくれたのか、ギュスに近づくことができた。

オクサがギュスの手に軽く触《ふ》れようとしたとき、部屋のドアが開き、クッカが入ってきた。だれもオクサの存在に気づくはずはないのに、オクサはさっと後ずさった。

「だいじょうぶ、ギュス?」クッカが小声でたずねた。

「悪魔の機械が、脳に穴をあけてるような気がするだけさ」

クッカが同情するようにギュスを見つめ、横に座るのを見てオクサは苛立《いらだ》った。クッカが長い髪《かみ》を後ろにはらったので、バニラのいい匂《にお》いがオクサのところまでした。やせて疲《つか》れきっていても、クッカはまちがいなく美人だ。

「あのいやなコウモリがぼくの命を狙《ねら》おうと必死なんだろう」

クッカはギュスの腕《うで》に手を置き、肩《かた》に頭をのせた。二メートル離《はな》れたところで、オクサは身動きできないでいた。ギュスは彼女の手をはらいのけようともしない！　どうしてこんなふうになっちゃったんだろう？　オクサの〈もう一人の自分〉は固まったままだ。というより、動けずにいた。オクサがその先を知りたがったからだ。

「家の修理が片づいたら、アンドリューがいいお医者さんに連れて行ってくれるわよ」と、クッカがつぶやいた。

ギュスは無言だ。彼は顔を上げて、壁によりかかった。顔のひきつりがほぐれてきたギュスにクッカはいっそう寄り添った。

「この世界の医者にはどうにもできないってわかってるじゃないか」やっとギュスが口を開いた。

「あの骸骨《がいこつ》コウモリってやつにかまれてから、カウントダウンが始まっているんだ。ミュルムになる輸血を受けたからって、不治は宣告されたままなんだ。ぼくを救ってくれるのは、あの神経過敏な植物からとった液と、どこにもない石と、人間の恋愛感情中毒にかかってる生き物の鼻汁を混ぜたものだ。きみに怒られるから悲観的にはなりたくないけど、悪い状況だよね。まあ、長生きの記録は狙《ねら》えないだろうな……」

オクサは体をこわばらせた。別の状況だったら、〈もう一人の自分〉は本当にすばらしい能力だが、この状況ではひどい苦しみの元でしかない。無力なことを思い知らされるだけだ。

「うまくいくわよ」と、クッカが言った。「うまくいかないなんて考えられない。そうじゃないと、勝負のつかないチェスをだれとやったらいいのよ？」

〈もう一人の自分〉はまだ動かない。クッカやギュスの言葉を毒矢のように受けたオクサの意識が、そうさせたからではない。遠く離れた別の世界のベッドにいながら、ビッグトウ広場のこの部屋でギュスとクッカのそばにいることが、拷問《ごうもん》のように感じられたからだ。クッカがユーモア——オクサは最悪のユーモアだと思った——でなぐさめようとしたことはまだしも、いつかはやってくると予期していたものの、まさか遭遇《そうぐう》するとは思ってもいなかったものを見てしまったのだ。つまり、ライバルだ。オクサは胸がどきどきした。どうして〈もう一人の自分〉は何もしないんだろう？　どうして、この完璧な女の完璧な髪を引っぱって、完璧な〈ノック・パンチ〉を浴びせて地球の反対側にふっ飛ばしてやらないんだろう？　いつからギュスはチェスをするようになったんだろう？　きっと、うまいこと言って教えたのは彼女だろう……。

「明日はきみのバースデーだからさ、心の広いきみはぼくに勝たせてくれるかもしれないよな」と、ギュスが言った。

「それは正当な権利がある場合だけよ」と、クッカが言い返した。

オクサはギュスがほほえむのを見て、こぶしをにぎった。

「あのね、今日はオロフとレアの養女になって、クヌット家にもらわれてきてからちょうど十二年なのよ。四歳《さい》の誕生日の前の日だったから」

オクサはベッドのなかで叫び声《さけごえ》をあげた——〈もう一人の自分〉のほうはビッグトウ広場のオクサの部屋のすみに身をひそめたままだった。クッカは養女だったんだ！　ギュスといっしょだ！　だから、二人は妙《みょう》に仲良くなってしまったんだ。しかし、この新発見のおかげでオクサの心に残酷《ざんこく》な事実が浮かび上がった。〈内の人〉の娘であるはずのクッカがどうしてエデフィアに入れなかったのか、これまで一度も考えたことがなかった。そんな自分の思慮《しりょ》のなさと思いやりのなさに気づいたため、叫び声をあげたのだ。興味があったのは、彼女とテュグデュアル、そしてギュスとの関係だけだった。クッカの生い立ちについて知ろうともしなかった。その代償《だいしょう》として、これまでたずねようともしなかった疑問の答えを鋭《するど》いひっかき傷のように、いま突きつけられている。

「その前の記憶《きおく》とかある？」ギュスがたずねた。

「ぼんやりとした記憶はある。でも、オロフとレアが完璧な親だったから、過去のことを忘れるのは簡単だったのよ」

「きみは大変だったよな」

「うん……」

クッカはそう短く答えてから、ぼんやりした目をしていったん口をつぐんだ。

「あなたは？　記憶がある？」

「ううん。中国の孤児《こじ》院にうちの親が来たとき、ぼくはまだ赤ん坊だったんだ。いまの親しか知らない」

二人は長いこと黙《だま》っていた。

「また会えると思う？」

「いいや」ギュスはため息をつくように言った。

オクサはぞっとした。ギュスは気力をなくしてしまったんだろうか？　そこまで絶望しているのか？　なんとかしなくっちゃ。オクサのほおを涙《なみだ》がつたったが、オクサはあきらめて、〈もう一人の自分〉にまかせた。

ギュスはぶるっと大きく震《ふる》え、目を見開いた。クッカはギュスから少し離れ、驚いて彼を見つめた。

「どうしたの？」

「オクサだ」ギュスがあえぐように言った。

クッカははっと背筋を伸ばした。

「ギュス！」クッカはなじるように叫んだ。「やめてよ！　オクサがいるわけないじゃない！」

〈もう一人の自分〉がギュスをこの上ない優しさでつつんでいた。実際に触れているくらいの確かさで。

「オクサだ」

ギュスの顔が輝いた。

クッカはうんざりしたようにギュスを見つめた。そして立ち上がり、暗い顔をして部屋を出て行った。

「オクサ、聞こえてるんなら、何か合図してくれよ！」

オクサは神経を集中させて、自分の動きや息づかいをギュスが感じ取れないかとやってみた。ギュスに自分の存在を感じさせることができたのだから——それだけでもすごいことだが——今度はそれ以上のことをしなくては！　オクサと同じでギュスも手放せないでいるらしいネクタイをねらってみた。その端《はし》をつかんで引っぱってみた。数グラムしかない布がコンクリートの塊《かたまり》のように思えた。体は汗《あせ》びっしょり、心はこなごなだ。あんまり歯がゆくて、オクサはベッドのなかで泣いていた。ひょっとしたら、このままあきらめたほうがいいのだろうか？

かなえられない希望を抱《いだ》くことは、失望よりたちが悪いのではないだろうか？

〈もう一人の自分〉の意志にしぶしぶしたがって、オクサは〈もう一人の自分〉にもう一度ギュスを抱きしめさせた。切ない喜びに包まれた。しばらくしてギュスが「ありがとう」と言うのを聞いたとき、自分のした努力がむだではなかったんだとわかった。

興奮がしずまり、気持ちが落ち着いたので、ギュスはオクサの部屋を出ることにした。オクサの〈もう一人の自分〉がギュスとともに上の階までついてきているとは知らずに……。

ドラゴミラの秘密の工房《こうぼう》は薄暗《うすぐら》かった。壁にしつらえられたくぼみのひとつにオイルランプがついていて、いまでは共同寝室になっている部屋を黄色っぽい明かりで照らしていた。

オクサはギュスが苦しそうなため息をつきながら横になるのを見た。〈もう一人の自分〉のおかげで、最後にもう一度ギュスに軽く触れ、じきにもどってくると約束した。

それから、七つのベッドのうちどれが母親のものか探した。車椅子《くるまいす》が置いてあったのですぐにベッドは見つかった。だれにも聞こえない叫び声を上げ、以前はドラゴミラのものだったベッドに急いで近づいた。マリー・ポロックは横向きになって眠《ねむ》っていた。オクサは母親の顔のそばに自分の顔を近づけて、母親を見つめた。眠っていても疲れているように見える。明かりが弱いせいで青白く見えるが、日の光のもとならもっと顔色が悪いはずだ。オクサは手を伸ばして母親の髪をなでた。記憶のなかより、バサバサして薄いような気がした。とつぜん、マリーが眠ったまま動いた。ひび割れたくちびるが少し開き、うめくようなつぶやきがもれた。

「オクサ……」

「ママ、あたし、ここにいるよ」オクサはささやいた。

ため息をもらしたマリーの表情がおだやかになった。深く眠ったままだ。オクサは大好きな母親の顔から目を離さずに並んで横になった。夜がオクサを包みこみ、つかの間のいやされる休息にオクサを導いた。

32　ガイドつきの視察

ビッグトウ広場の家を訪れたことがよかったかどうかは、前回以上にわからなかった。目覚めたとき、オクサは自分がエデフィアの〈クリスタル宮〉の自室にいるんだと理解するのに数分かかった。この見えない国、近くて遠い国。オクサの心と魂《たましい》はロンドンのドラゴミラの秘密の工《こう》房《ぼう》に、眠《ねむ》っている母親とともにベッドにいた。ここにもどってくるのは容易ではなかった。

「目覚めの苦しみがグラシューズ様のお顔に印を施《ほどこ》しています」

オクサは横になったまま頭を回し、フォルダンゴに疑わしそうな目を向けた。

「グラシューズ様はご自身全体の引揚《あ》げを行わなければなりません」フォルダンゴが鼻声で言った。「そのお心は破壊《はかい》でいっぱいの力に幻滅《げんめつ》が屈《くっ》するのを放っておくことはできません。あなた様のお心は将来そこに住まうべき希望を糧《かて》とするべきです。なぜなら、解決は〈つかの間の秘密〉の存在を知っているからです」

オクサはだまってうなずいた。

「グラシューズ様ののどの締《し》め付《つ》けは朝の軽食を披露《ひろう》することによって消滅するでしょう。その試みを実行なさりたいですか？」

オクサが反応しないので、フォルダンゴは行動に移した。ふだんの慎《つつし》み深さをすてて、フォルダンゴは女主人の片手をふうふう言いながら力いっぱい引っぱった。

「水平の姿勢で憂《ゆう》うつに停滞《ていたい》することは無益に出会います。グラシューズ様のお仕事のリストは豊富さを知っており、お母様とご友人の回復もそのリストに内包されることを忘れてはなりません。それに、そのリストはグラシューズ様の気力の回復を要求しています」

ジェトリックスがベッドの上で両脚《あし》をそろえて跳《と》び回り、宙返りしようとしたので、オクサは思わずくすっと笑った。フォルダンゴがオクサの腕《うで》をまだ引っぱっている。

「その女の子はとても重そうですね」椅子《いす》におとなしく座っているヤクタタズが言った。

オクサはそのコメントに我慢《がまん》ができなくなった。ヒステリックに笑い出したものだから、涙《なみだ》がこぼれてきた。

「おい、液化した脳みそ！」ジェトリックスがベッドの上を跳び回りながら叫《さけ》んだ。「この女の子はグラシューズ様だぞ。わかってんのか！」

こんがらがった疑念がヤクタタズをとらえたようだ。

「でも、それがあまりうれしそうじゃないですね」と、ヤクタタズは言った。

オクサははっとして笑うのをやめた。ジェトリックスはヤクタタズのところに跳んでいって、しわしわの腹に怒りのげんこつを食らわせようとしたが、頭の弱いヤクタタズの言葉は意外にも核心を突いていた。痛いところを突かれて、オクサはようやくベッドから起き上がり、手で髪《かみ》をさっととかしてヤクタタズのところに行った。そしてジェトリックスの背中をつかんでヤクタタズから遠ざけ、ぼんやりしている生き物が十分に受ける価値のあるキスをした。

「ありがとう！　心からお礼を言うわ！　ぴったり命中よ！」

ヤクタタズはわけがわからないという顔をしてオクサをじっと見てから、夢想にもどった。オクサは暴れまわっているジェトリックスを放してやると、フォルダンゴのほうに向き直った。

「朝の軽食って言ってなかったっけ？」

フォルダンゴは顔いっぱいにほほえみを浮かべてうなずいた。

「力をつけなくっちゃ」オクサはフォルダンゴをじっと見つめた。「だって、仕事がいっぱいあるもんね」

日の光が射すのはまだまれだったが、それでもエデフィアの気温は数度上がった。気温だけでなく明るさがずっと改善されたのはたしかだ。ロンドンの空のようにうっとうしい灰色の雲がいつも低くたれこめていたのが、太陽の光が雲を突き抜けて差すようになった。エデフィアは明るさを取りもどし、あちらこちらに陽だまりを作って人々の心をなごませていた。

オクサは〈再建〉担当の公僕《こうぼく》エミカとオロフに案内され、アバクム、パヴェル、テュグデュアル、ゾエ、フォルダンゴからなる〝親衛隊〟とともに、〈千の目〉の弓形をした大通りを歩いていた。オシウスによって〈クリスタル宮〉に監禁《かんきん》されていたときにオクサが見た光景と、いまはまったくちがっていた。

石畳《いしだたみ》や枯《か》れ木、壊《こわ》れた家をおおっていた厚い土ぼこりは、二つの世界の均衡《きんこう》の回復でひき起こされた大雨によって、洗い流されていた。しかし、エデフィア全土と同様、〈千の目〉にも傷《きず》跡《あと》は残っていた。〈クリスタル宮〉の周りに円形に作られた街は長い年月のあいだに少しずつ砂《さ》漠《ばく》化していた。町の中心部が比較《ひかく》的難をのがれたのは幸運だった。とはいえ、充分《じゅうぶん》に手入れがされてこなかったこととオシウスの時代に繰《く》り返された弾圧《だんあつ》で、建物の損害はひどかった。ただ、壁を削《けず》られ、ひびが入り、ときには破壊されていても、建物はある種の威厳《いげん》と誇《ほこ》りを失っていなかった。一日の太陽の動きに合わせて回る土台の上に建てられた建物は、大きさがまちまちの立方体をピラミッド状に積み上げてできているものがほとんどだ。くもりガラスのブロックや木の立方体でできた壁を、金属や石の骨組みが支えるという構造だ。壁はあらゆる種類の植物におおわれている。オクサが〈葉かげの都〉で見たような、垂直の壁面栽培《さいばい》が普及《ふきゅう》している。建物は資材不足にもけなげに耐《た》えたが、植物のほうは最近雨が降ったにもかかわらず死にかけていた。完全に枯れてはいなかったけれど。

「かわいそうに」オクサは建物の入り口に這《は》う、枯れて節くれだったブドウのつるを手でもみながら言った。

「というより、まったくめちゃくちゃですよ！」

建材の石を腕にかかえてそばを通ったジェトリックスたちが大声で言った。

「だから、水の確保が重要なんですよ」オクサを見つめながらエミカが言葉を引き取った。「そのための任務を作られたのは正解でした。〈大カオス〉の前は、水は合理的に管理されていましたが、その後に起きることを予想していなかったんです。水不足に慣れていなかったんです。水不足というものを知らなかったんです」

エミカは目を大きく見開いた。

「要するに、われわれの想像を上回ることだったわけです」

「それは当たり前よ」オクサが言った。「ずっとうまくいっていたら、そうじゃない状況《じょうきょう》なんて考えられないわよ。でも、あなたたちはとてもうまく状況に適応したと思うけどな。あなたたちは……」

オクサはそこで言葉を切って、目を宙に泳がせた。

「生き延びた?」エミカがその先を推測した。

オクサはエミカをじっと見つめた。

「そう、あなたたちは生き延びるすべを知っていた」オクサはうなずいた。

「もし生き延びることが再生を可能にしたのなら、生きのびることには大きな意味があったことになる」アバクムが短いあごひげをなでながら言った。「わたしのグラシューズさん、こっちにおいで」

アバクムはオクサを枯れたブドウの木の根元に導いた。二十匹ほどの生き物——しま模様の足をしたヴェロソ、いろいろな形に姿を変えられるメルリコケットやジェトリックスたち——が興味深く見守るなか、オクサはいそいそと言われたとおりにした。何が起きるかを知っていたからだ。オクサが両手を土のなかに入れるとすぐに、指の周りに熱っぽい振動《しんどう》が起きた。それが土中に伝わり、土のひと粒《つぶ》ひと粒にエネルギーが広がっていくのを感じた。地上ではブドウの木の幹が震え出した。最初はわからないほどだったのが、しだいに激しくなった。幹はまるで大きく息を吸ったり吐《は》いたりしているかのように、膨《ふく》らんだりしぼんだりした。そして、つるから次々と小さな芽が顔を出し、緑と紫《むらさき》の葉がいっせいに出てきてブドウの木をおおった。見る見るうちに立派なぶどうの実がなり始めた。

オクサは立ち上がって腰《こし》に手を当て、後ろに下がりながら、「わあっ」と声を上げた。ヴェロソは元気になった枝の上でうれしそうに脚を屈伸《くっしん》している。

「グラシューズ様は〈緑の手〉の能力の保持をされています」フォルダンゴが言った。

「そうみたいだね」

オクサはそう優しく答えると、懐《なつ》かしいね、というように父親を見つめた。ポロック家とベランジェ家がいっしょにロンドンにつくったレストラン「フレンチ・ガーデン」のことを思い出していた。オクサと同じこの能力を使って、パヴェルはサンザシの木やつるバラ、ヒナギクが咲《さ》く芝生《しばふ》、ダイニングルームの真ん中に樫の木まである屋内庭園を造ったのだ。パヴェルは娘にウインクした。

〈緑の手〉が気に入ったらしいのは、オクサの様子を見れば一目瞭然《いちもくりょうぜん》だ。乾燥《かんそう》した植え込《こ》みや枯れ枝をつけた低木の間を忙《いそが》しく動き回って、オクサは春を連れてきた。テラスや庭で忙しそうにしている住人や家事を手伝うさまざまな生き物たちが、仕事の手を休めて新しいグラシューズを応援《おうえん》し、目の前で起きている奇跡《きせき》に拍手を送った。

するとオクサは急に立ち止まった。興奮でほおを赤らめ、手を泥《どろ》だらけにしたままとつぜんたずねた。

「なんかヘン……どうして森人《もりびと》はこの能力をもっと早く使わなかったの？　みんながこの能力を持ってるのかと思った」

「それは正確に言うとちがうんだよ」パヴェルが答えた。「森人であるだけじゃ十分じゃないんだ。グラシューズの血が入っていないと〈緑の手〉は使えないんだ。だから、エデフィアの再生を助けるために参加できる人は少ないいんだよ」

オクサがしかめっ面をしたので、えくぼができた。

「パパとあたしと……」オクサは考えこんだ。

「フォルテンスキー一家だ」パヴェルが助け船を出した。「つまり、いとこのキャメロン、ガリナとその子どもたちだ。あと、特異な生まれのアバクムと」

オクサは少しの間考えた。

「それだけ？」

パヴェルは苦笑いをした。

「それだけでもけっこういるじゃないか。そう思わないかい？」

オクサはまだ考えている。

「オーソンといやな息子たちはおいとくとして、レミニサンスとゾエは？　二人にもこの能力があるんじゃないの？」

「マロラーヌは森人じゃなかった」と、パヴェルが答えた。「官人《つかさびと》だったんだ。〈緑の手〉は森人とグラシューズの直系でないといけないからな」

「そうか、知らなかった」オクサはため息をついた。「残念。二人がいたら、もっと速くできるのに！」

オクサはまた考えた。

「でも、ゾエはできるよ！」

「レオミドの血が流れているからな」

「やった！」オクサはうれしそうに叫んだ。

「グラシューズ・オクサ様。先に進まれますか？」エミカがたずねた。

「もちろん！　行きましょう！」

一行は〈クリスタル宮〉や四角い家々からかなり離《はな》れたアーチ形の道に入っていった。ここにある建物は中心街より丸みをおびていて、ゆるやかなカーブを描《えが》いている。ゲル〈モンゴルの遊牧民が住むテントの家〉のようなもの、半円形で直線部分がガラスでおおわれているものもある。壁に光が反射して輝いている。だが、空き家なのが痛ましい。

「〈千の目〉のこの地区は〈大カオス〉の約二十年後につくられました」エミカが説明した。「それまでになかった規模の大嵐《あらし》がエデフィアを襲《おそ》い、大きな被害《ひがい》が出ました。とくに、中心街にあるタイプの家の被害がひどかったのです」

「そうね、立方体って風圧に弱そうだものね……」オクサが納得顔で言った。

「そうした家は自然災害で破壊されました」エミカが続けた。「当時は、エデフィアの衰退《すいたい》の危機をだれもよくわかっていなかったのです。すべてが変わり、以前のようにはいかないとわかっていましたが、こんなに急激に衰退してしまうとは思ってもみませんでした。それに、まだ人口は多かったので、家が足りなくなりました。わたしたちはいつものように状況に適した方法を考えて、壊れた家を建て直したのです。こうして建てられた丸みをおびた家々があるこの地区は〈泡《あわ》ゾーン〉と名づけられました」

「ぴったりの名前！」と、オクサが言った。

「四角い家と同じで、この家々も太陽光を最大限にキャッチできるよう土台が回るようになっているんです」

「それって、ホントにうまいやり方よね。でも、このへんの家はひどい状態……」オクサは地面に散らばる残骸《ざんがい》や荒れ果てた様子を見て言った。

「人口が急激に減ったために人々は町の中心に移ってしまい、このように見捨てられた地区があるのです」エミカが答えた。「このへんの家には十年以上、だれも住んでいませんでした。数日前から、あなたのお仲間の方たちが手を入れるまでは。〈千の目〉にやってきた人の数が多くて、住民の家に全員を泊《と》めることができなかったのです。そこで、あぶれた人たちはここにやって来て、ほら、もう仕事にとりかかっているでしょ!」

オクサはよく見ようと目を細めた。ドーム形の家の中がちらりと見えた。作務衣《さむえ》のような青やカーキ色のズボンをはいた男や女たちが工具を手にうれしそうにせっせと働いている。そばでは、大きなハリネズミと青いマーモットのような生き物がガラスの壁をよじ登っている。オクサは不思議に思って近づいていった。

「この生き物たち、〈葉かげの都〉で見たことある。でも紹介《しょうかい》してもらってないよね?」

こう言ったオクサの手をアバクムが引いて、一番近くのドーム形の大きな家に連れて行った。アバクムはハリネズミとマーモットを一匹ずつそっとつかんだ。二匹は、最初はあばれていたが、オクサに気づくと彫像《ちょうぞう》のように固まった。

「オクサ、アカオトシとリュグズリアントを紹介するよ!」アバクムはそう言って、二匹をオクサの足元におろした。

33　安全地帯

「あのう、初めまして！」オクサはそうっとしゃがんで、あいさつした。

二匹の生き物の目が大きく見開かれ、小さな歯の生えた小さな口から甲高《かんだか》い叫《さけ》び声《ごえ》がもれた。

オクサはとっさに立ち上がって、後ずさりした。二匹はぶるぶる震《ふる》えている。

「なんだ、怖《こわ》がり野郎め！」ジェトリックスがはやした。

アバクムがにらんだが、ジェトリックスは怖がっている二匹の周りを飛び跳《は》ねるのをやめなかった。

「怖がらなくてもいいんだ」アバクムがかがんで言った。「わたしたちの新しいグラシューズ様だよ」

この言葉はすぐに効果をあらわし、二匹の震えはとまった。アバクムはにっこりとオクサのほうを向いた。

「オクサ、この生き物たちはおまえに会って恐縮しているけれど、実は家事にとっても役立つんだよ」

オクサが思わず笑ったので、緊張《きんちょう》している二匹はよけいにとまどったようだ。

「この生き物はアカオトシという名前のとおり、よごれを飲みこむのが主な特徴《とくちょう》だ」アバクムが説明を続けた。「長くてやわらかい針のようなものがあるだろう？　それでよごれを集めて飲みこみ、消化するんだ。トウモロコシやブドウも食べたりするけれど、よごれが主食なんだよ」

「すごい！」と、オクサは叫んだ。「ひとりでリサイクルできちゃうんだ！　マーモットのほうは？」

「リュグズリアントかい？　アカオトシといっしょに働くんだ。リュグズリアントの仕事はつや出しをしたり、磨《みが》いたりすることさ。掃除《そうじ》に有効な物質をふくむ豊かな青い毛のおかげでね」

オクサはリュグズリアントのすばらしい鮮《あざ》やかなブルーの毛に触《ふ》れてみたくてうずうずした。思い切ってそっと手を伸ばすと、マーモットは光沢《こうたく》のある背中を丸めてじっとした。

「わあ、すごーい！」オクサは毛をなでながらうっとりとため息をついた。「こんなにやわらかいものにさわったのは、小さいときに持っていたタコのぬいぐるみ以来初めて！　それに、こんなに油っぽいものにさわったのも、キッチンでこわした油の瓶《びん》を洗わなきゃいけなかったとき以来よ」そう言って、油で光る手を引っこめた。

リュグズリアントがうれしそうにしわがれた鳴き声をあげたところをみると、オクサの言葉に満足したようだ。うながされてテュグデュアルとゾエもさわってみた。リュグズリアントが掃除したばかりの石畳《いしだたみ》に腹ばいになったので、三人は好きなだけなでまわすことができた。急にアバクムの顔がくもるのに気づいたとき、オクサはまだ楽しそうに笑っていた。

とつぜん、空が暗くなった。みんなははっと起き上がり、アカオトシとリュグズリアントは急いで家の中にもどった。建物のなかで働いていた人たちはみんな異変に気づき、外に出てきて空を見上げた。

みんなはクラッシュ・グラノックを手に持った。パヴェル、アバクム、エミカがオクサを取り囲み、テュグデュアルとゾエとオロフはオクサの頭上、地上三メートルのところに浮かびあがった。オクサは全神経を集中させて空を見つめた。

〈泡《あわ》ゾーン〉は〈千の目〉のいちばん外側の地区と隣《とな》り合っていた。その地区はどん欲な砂漠《さばく》にむしばまれて不毛地帯となっていた。最近の雨で黒い土ぼこりが、ねばねばした泥《どろ》になっている。〈千の目〉との境界には乳白色でほとんど目に見えない保護バリアがあった。風が吹いたり、太陽の光が射したりするとかすかにバリアが見えるくらいだ。そのため、〈千の目〉のなかで起きていることはその外側にいる反逆者《フェロン》たちにすべて見えるのだ。その逆も同様だが……。空が急に不気味に暗くなった理由がわかって、みんなはぞっとした。オクサの前方で何万という骸骨《がいこつ》コウモリとヴィジラントが〈アイギス〉の表面をおおったからだ。その羽や毛で膜《まく》をたたいたために膜が振動《しんどう》している。

「うわっ、ひどい！」オクサは思わず手で口を押さえた。

グラシューズの軍隊が〈千の目〉のあちこちからやってきて、クラッシュ・グラノックで威嚇《いかく》しながら骸骨コウモリとヴィジラントにおおわれたバリアの前に集結した。バリアの向こう側には、革の鎧《よろい》を着けた反逆者《フェロン》たちが姿を見せ始めた。二つの陣営《じんえい》を半透明《とうめい》のバリアがへだてているので戦うことはできない。しかし、バリアがどんなにすぐれているからといっても、相手の威嚇まで妨《ふせ》ぐことはできない。反逆者《フェロン》の数はオクサの味方の五分の一ほどにすぎないが、戦いに慣れた戦士ばかりだ。それに、どんなに勇敢《ゆうかん》な人でもぞっとするような恐ろしい虫を操っている。実際、バリアのおかげでやや弱まって聞こえてくるものの、骸骨コウモリの甲高い鳴き声は、そこにいた人たち全員の耳をつんざき、神経にさわった。

オクサはアバクムを目で探して叫んだ。

「これに対抗《たいこう》する手段があるはずだよね？」

アバクムは、対抗策は十分考えていたといった様子でうなずいた。オクサは大きく目を見開き、その説明を待った。しかし、アバクムはすでに黒っぽい群れのほうを向いていた。目の赤い骸骨コウモリとヴィジラントの大群は膜を押したり引っぱったりして穴をあけようとしている。反逆者《フェロン》たちのほうは、うごめく群れを押しわけて膜に向かってきて、雄叫《おたけ》びを上げながらオクサとその味方にグラノックや火の玉を発射してきた。その攻撃《こうげき》はバリアにははね返されはしたが、威嚇の効果としては十分だった。

「バリアがしっかりしているといいんだけど……」オクサは心配そうに言った。

「〈アイギス〉は絶対こわせないわけじゃない」アバクムが答えた。「だが、これくらいの攻撃には耐《た》えられるだろう。心配しなくていい。反逆者《フェロン》は自分たちが実際より強いんだと見せつけたいだけなんだ。ただ、いまのところ、こんなデモンストレーション以上のことをする準備はできていない」

オクサははっと息をのんだ。

「いつかはやれるっていうこと？　あたしたちより強くなれるっていうこと？」

「そのとおりだ……」

アバクムの声はほとんど聞き取れないぐらい低かった。


テュグデュアルとゾエが気持ちの悪い虫たちのすぐそばまで浮遊《ふゆう》していって、バリアごしにげんこつを食らわすのをオクサは見ていた。二人といっしょになって欲求不満を解消し、不安を吹き飛ばしたくてたまらなかった。骸骨コウモリの群れのなかからよく知った人影があらわれたとき、ついに我慢できず飛び立った。オーソンはオクサのほんの数メートル先に浮かんでいる。いやな笑いを浮かべた冷ややかな顔だ。とつぜん、叫び声が響《ひび》いた。ゾエの目の前で、テュグデュアルの体がオーソンに向かって飛んでいった。オーソンは邪《よこしま》な決意を目にたたえ、テュグデュアルは心ならずも屈《くっ》したような苦しげなまなざしを向けている。ふたりはにらみ合った。そして、跳びかかったときと同じ勢いで後ろに引き下がったため、テュグデュアルはバランスをくずして地面にどさりと落ちた。

オクサはすぐに駆け寄《よ》った。テュグデュアルのそばにひざまずき、体と同じように固く冷たい手を取った。怪我《けが》はしていないようだが、眼は黒っぽくくもり、ひどく動揺《どうよう》した様子で、オーソンがいたところをじっと見つめている。オクサはふり返った。再び空が見え、〈断崖《だんがい》山脈〉がくっきりと浮かび上がっていた。オーソンも骸骨コウモリもヴィジラントもいなくなっていた。

「だいじょうぶ？」オクサは声を詰まらせた。「どこも怪我してない？」

テュグデュアルは起き上がって、ひざにひじをついて座った。

「ああ、だいじょうぶだ」

ショックから抜け出せないでいるテュグデュアルの言葉はうつろだった。

フォルダンゴがテュグデュアルの前にやってきて、その青白い顔に近づいた。

「グラシューズの血を引く人たちの対決は、非常に重大さの詰《つ》まった結果を精神の均衡《きんこう》にもたらします」

オクサは首をかしげ、眉《まゆ》を寄せて疑わしそうにフォルダンゴを見つめた。

「骨の破壊や手足の軽いねんざはいかなるなげきをも意味しません」フォルダンゴは急いでつけ加えた。「グラシューズ様の愛するお方の体は無傷の構成の保存をしております」

フォルダンゴはいつも真実しか言わないけれども、テュグデュアルのことを「グラシューズ様の愛するお方」と言ったことに、オクサはひどくあわてた。オクサはわざと髪《かみ》を前にたらして赤くなった顔を隠し、ぎくしゃくした足取りでバリアに近づいた。膜は樹脂《じゅし》かシリコンのようなものだろうと思っていたが、意外にも、水の膜のような密度の高い物質だった。生き物の体のように、防水性と吸収性と生命維持《いじ》のための自衛本能を持っているかのようだ。だから風や雨は通し、好ましくない害になりそうなものは受け入れないのだ。

「巨大なナサンティアみたい……」

バリアの観察は騒々《そうぞう》しい動きで中断された。獅身女二人がドヴィナイユを十羽ほど――そのうちオクサの二羽はカラフルなモヘアのセーターを着ている――引き連れてオクサのほうに走ってきた。半身がライオンで半身が女の姿をした獅身女は、黒い泥を跳ね上げてオクサの前でぴたりと止まった。

「グラシューズ様、ご機嫌《きげん》うるわしゅう！」獅身女のうちひとりが大声であいさつした。「〈千の目〉南側の出入口から敵が侵入《しんにゅう》しようとしたことをご報告します」

オクサは青ざめた。

「入ってきたの？」オクサの声は震えている。

獅身女たちは答える代わりに頭を上に向け、血がべったりついたするどい爪《つめ》で宙をかきながらほえた。オクサは、なんてばかな質問しちゃったんだろう、と後悔《こうかい》してくちびるをかんだ。

「どうやってやつらは入りこもうとしたんだい？」アバクムがたずねた。

「初めは〈火の玉術〉をしかけてきました。もちろん、効果はありませんでした」ドヴィナイユのうち一羽が答えた。「〈アイギス〉は気温の変化に非常に敏感《びんかん》なわたしたちとはちがって、熱さも寒さもこたえません。でも、だれがわたしたちの心配をするでしょう？　だれも気づかないうちに、わたしたちは低体温症《しょう》で死ぬかもしれないんですから……」

「いや、気づくさ！　静かになるだろうからな！」ジェトリックスが笑い声をあげた。

ドヴィナイユはぶるっと震えて、うんざりしたように上を向き、報告を続けた。

「それから、やつらはわたしたちの知らない酸のようなグラノックを浴びせてきました。扉《とびら》は少しやられましたが、補強のための鋼鉄板は無事でした。獅身女がおろかな反逆者《フェロン》どもにそれ以上続けるのはやめろとさとしました。あの説得といったら、長い間忘れられないやつもいるでしょうね！　それから、〈グラノック学・薬局方《やっきょくほう》・防衛〉の公僕《こうぼく》の助けで扉の蝶番《ちょうつがい》を直しました」

「すばらしいわ！」オクサが叫んだ。

ドヴィナイユはまん丸い独特の小さな目でオクサをじっと見つめた。

「グラシューズ様は、いまは亡きレオミドのご子息キャメロンが、ロンドンという恐ろしく湿度《しつど》の高い寒冷の街で最高の錠前師《じょうまえ》だったことをご存知でしたか？」

「そういえば、そんなことを聞いたことがあるかも」と、オクサは答えた。

「彼はいま〈防衛〉の任務のために働いていますが、彼の才能はグラノック学担当のスヴェンと連携《れんけい》して扉を補強するためにすばらしい仕事をしました。扉は前よりずっとがんじょうです！　わたしたち、不幸なドヴィナイユはそうではありませんけれど。夜の警備に当たるときは、冷蔵庫のような大気に直面しなければなりません」ドヴィナイユはこうつけ加えるのを忘れなかった。

オクサは吹き出しそうになった。ドヴィナイユたちはお気に入りの話題を出すチャンスを決して逃さない。

「おまえたちに火鉢《ひばち》を届けるよ」アバクムがかすかに笑いながら言った。

「永遠の感謝をささげますことをお忘れなきように！」ドヴィナイユたちがいっせいに大きな声で言った。

「忘れないよ」アバクムが愉快《ゆかい》そうに答えた。

オクサはこのつかの間の楽しい会話をテュグデュアルと分かち合いたくて彼を目で探したが、

深刻そうなゾエの視線にぶつかっただけだった。〈泡ゾーン〉のずっと向こうのアーチ形の道にテュグデュアルの背中が見えた。彼の名を呼ぼうとしたが、オクサはなんともいえない悲しみにおそわれ、こぶしを強くにぎってあきらめることにした。

34 避《さ》けられないこと

ひじを太ももについてベッドの端《はし》に座ったオクサはハアハアと肩《かた》で息をしていた。見たばかりの悪夢にひどくショックを受けたのだ。しばらくじっとしていたが、起き上がって薄暗《うすぐら》いバスルームに向かった。フォルダンゴが起きてきた。

「ベッドにもどりなさい。だいじょうぶだから」オクサはフォルダンゴが口を開くひまをあたえなかった。

フォルダンゴは心配そうな顔をしていたが、黙《だま》って言われたとおりにした。

地熱で暖められた湯が、青みがかったクリスタル製の卵形をしたバスタブにたまっていく。オクサは小さなろうそくに火をつけ、汗《あせ》でぐっしょりになったパジャマをぬいで湯の中につかった。そしてノビリスのエッセンスを二、三滴《てき》たらした。カルダモンに似たこのエッセンスの香りは、

〈緑マント〉地方の名木の地下でテュグデュアルと過ごした甘酸っぱいひとときを思い出させた。テュグデュアル……彼がこのひどい悪夢の登場人物だった。オーソンの冷酷《れいこく》な手に導かれ、オクサがテュグデュアルを殺すという夢だ。オクサはクラッシュ・グラノックを手に、取り返しのつかない行為《こうい》をしてしまった、と自分が命を奪《うば》った人のそばに泣きくずれ、オーソンのほうは勝ち誇《ほこ》ったようでいて、どこか悲しそうに二人をぼうぜんとながめていた。

心地よい湯船のなかに全身を伸ばし、このわけのわからない夢のひどいシーンを消し去ろうと頭をふった。目を閉じて、夜の安らぎに身をまかせようと湯のなかにもぐった。だが、気持ちは落ち着かない。オクサは荒々《あらあら》しくお湯から上がり、根浮き樹でできた板の間に水しぶきを散らした。バスローブを乱暴につかんで体にはおり、ガラス戸のそばのソファにどさりと腰《こし》をおろした。

明日は今日とはちがう日だ。

明日になればだいじょうぶだ。

しま模様の長い脚《あし》を障害物競走の選手のように躍動《やくどう》させ、ヴェロソたちは〈クリスタル宮〉の廊下と〈千の目〉の通りを走り回った。新しいグラシューズに任務――初めての！――をあたえられたのだ。一匹一匹が名誉《めいよ》をかけて取り組み、それを見事に果たした。

俊足《しゅんそく》のヴェロソの訪問を最初に受けたのはアバクムだ。

「グラシューズ様からのメッセージです！」ヴェロソが告げた。

アバクムはヴェロソを部屋に入れ、ドアを閉めた。

「言ってごらん」

「われらが愛するグラシューズ様は〈ポンピニャック〉のメンバーを招集されたいそうです。〈外界〉の時間の単位でいえば一時間後、エデフィアの基準では砂時計の砂二十粒《つぶ》分のちに〈クリスタル宮〉の最上階〈円形サロン〉にいらしてください」

アバクムはにっこりした。理由はメッセージの伝達形式でも内容でもない。満足してほほえんだのだ。

「では、わたしは必ず出席しますと、グラシューズ様に伝えてくれ」

数分のうちに、〈ポンピニャック〉の公僕《こうぼく》全員が同じようにヴェロソの訪問を受け、グラシューズのメッセージを受けとった。〈ポンピニャック〉のメンバーではないけれど、パヴェルもグラシューズの顧問《こもん》ということで招かれた。パヴェルは急いで熱い飲み物を飲み干そうとして、顔をしかめた。飲みたいもの――濃《こ》いコーヒーだ――を頭のなかで考えるのを忘れてしまったからだ。パピヤックスそのままの味はひどくまずい。

きっかり一時間後、オクサがこうした集まりに向いていると考えたサロンに全員が集合した。その球形の水槽《すいそう》にそっくりな部屋は最上階の真ん中にあり、その階の外側に沿うようにあるグラシューズの部屋と〈覚書館《おぼえがき》〉とにはさまれている。黄金色のガラス天井《てんじょう》で外光はやわらげられていたが、〈大カオス〉のときの破壊《はかい》のあとがいまだに残っていた。〈クリスタル宮〉のほかの部屋とはちがい、ここはほぼ当時のままだ。オシウスが自分にはふさわしくない質素なサロンだと思ったからだろう。オクサはその大きすぎない広さと隠れ家のような雰囲気《ふんいき》がすぐに気に入った。アカオトシとリュグズリアントが壁を磨《みが》き、フォルダンゴたちが使われていない家具をあちこちから持ってきて配置し、〈円形サロン〉を味気ない会議室というより快適なサロン風にしつらえたのだ。

「いくつか気になることがあるの……」

バラ色のヘビ革の椅子《いす》に腰かけ、腕をひじ掛けにのせ、オクサは静かな声で言った。父親とアバクムだけはその平然とした様子にだまされなかった。だが、最初は心配そうだった二人の目つきはしだいに励《はげ》ますようなものになり、最後には感心したようになった。心配することはない、オクサには勇気がある。小さなテーブルを囲んだ〈ポンピニャック〉の公僕たちをぐるりと見わたし、緊張《きんちょう》した面持《おもも》ちでストレートにたずねた。

「どうしたらいいかな？　どうすべきだと思う？」

その率直な問いかけにほとんどの公僕たちはとまどった。もぞもぞする人もいれば、重苦しい沈黙《ちんもく》に緊張する人もいた。

「つまり……あたしたちの目的って何なの？　何を求めているんだろう？」

オクサは目を光らせて重ねて言った。

アバクムは咳《せき》ばらいをしてから、おもむろに口を開いた。

「わたしのかわいいグラシューズさん、われわれにできることは、〈ケープの間〉でおまえに託《たく》された秘密に一部関わってくるんだよ」

「どういうこと？」オクサはわからない、というように顔をしかめた。

「もしエデフィアが閉じたままだったら、われわれの……動機は同じではありえない」アバクムは慎重《しんちょう》に言葉を選んで答えた。「もちろん敵の動機もね」

オクサがアバクムをじっと見つめていることにみんなが気づいた。

「われわれの未来は全面的にそのことにかかっているんだ」

「わかるわ……」オクサはつぶやいた。

アバクムが秘密の中身に気づいていることはオクサにもわかっていた。彼の気遣《づか》い、そして自分に選択《せんたく》の余地を残してくれていることがオクサにはありがたかった。グラシューズの後見人は影《かげ》の存在で、オクサが表に立っているのだ。オクサは息を吸いこみ、やや前かがみになって口を開いた。

「不老妖精たちは〈語られない秘密〉と同じ秘密をつくることはできなかったの。というのは、それはもう秘密ではなくなってしまったから。だから、新たな〈つかの間の秘密〉をあたしに託したの」

ひとこともらさないようにオクサの言葉を聞き、主人の求めにすぐ応じようとそばでひかえていたフォルダンゴがびくっとした。〈つかの間の秘密〉という言葉が出たことにうろたえているのだ。

「前の秘密と同じように、どんな秘密にも課されるルールに則っている。つまり、明かしてはいけないということ」オクサは眉間《みけん》にしわを寄せた。「だけど、前の秘密とはかなりちがう。その名前からみんなもわかるでしょうけど、いまのあたしたちの状況《じょうきょう》では、秘密も一時的なものでしかないの」

みんなは真剣《しんけん》な面持ちでうなずいた。

「全部は言えないけど……」

「自分を危険にさらすんじゃない！」パヴェルがあわててさえぎった。

オクサは父親に、安心して、という目を向けた。

「その秘密のためにあたしの命が危険にさらされることはないわ」

パヴェルがほっとため息をつき、ついでほかの人たちの顔も明るくなった。

「門はまた開くのか？」パヴェルは我慢《がまん》できずにたずねた。

秘密の話題を出すと、〈エデフィアの門〉のことに話が行かないわけにはいかない。オクサはどきりとし、フォルダンゴに助けを求めた。フォルダンゴは色を失って、不安におびえている。アバクムはというと、目を閉じている。自分の言葉をじっと待ちわびて緊張している人たちを前に、オクサは自分でも意外にしっかりした声で答えた。

「うん」

一気に緊張が解けた。みんなは涙《なみだ》を浮かべて顔を見合わせた。オクサは自分が門の開閉について明かしてしまったことに、いまさらながら打ちのめされていた。嘎順諾爾《ガシュン・ノール》のほとりに置き去りにされた〈締《し》め出《だ》された人〉たちの悲惨《ひさん》な様子が一気によみがえってきて、胸が締めつけられた。

それを打ち消そうと頭をふったが、だめだった。いろいろな場面が順序もめちゃくちゃに頭に浮かんでくる。どれも悲しい記憶《きおく》ばかりだ。興奮した乗客であふれたロシアの空港、レモンの香りがするギュスの髪《かみ》、ビッグトウ広場の家のかびくさい臭《にお》い。母親の絶望した目、苦しみの痕跡《こんせき》。

その横では、疑問が解けたことで抵抗《ていこう》力をすべて失ってしまったかのようにパヴェルがぐったりと背もたれに寄りかかっている。あふれた涙が、狼狽《ろうばい》した顔をつたっていった。家族を〈外界〉に残してきた〈逃げおおせた人〉たち――ベランジェ家、クヌット家とコックレル――もショックでぼうぜんとしていた。オクサは彼らを見ていられなかった。自分の「うん」というひと言がひき起こした期待に満ちた反応を正視することができない。

たった二文字の言葉。それがみんなの将来を左右する。

〈つかの間の秘密〉の重みに押しつぶされ、オクサは我慢できずに目をそらした。パニックにおそわれそうだ。オクサは秘密をすべてしゃべることはできない。だが、あやまった期待を抱《いだ》かせるわけにもいかない。

「門は開くけれど、あたしは死にはしない」オクサははっきりと言ったが、本当は泣きくずれないようにするのがせいいっぱいだった。「でも、ことは簡単じゃないの。制約があるのよ……」

「大事なことはわかった」アバクムがさえぎった。

〈ポンピニャック〉の第一公僕アバクムの言葉はおだやかだったが、違和《いわ》感を残した。アバクムが言わせたくない「制約」とは何だったのだろう?

「オクサ、おまえがわたしたちに打ち明けてくれたことは大事なことだ」アバクムが言葉を続けた。「門が開くとわかったことで、われわれは準備ができるし、おまえのさっきの質問にも答えることができる。どうしたらいいのか？　われわれの目的は何か？」

オクサは感謝するようにアバクムをちらりと見た。

「いまのところは〈アイギス〉に守られて、われわれはエデフィアのほんの一部にしかすぎないとはいえ、〈千の目〉を再建している」アバクムが続けた。「だが、新たな秘密と同じように、この状況《じょうきょう》は一時的なものでしかない」

「この状態で〈千の目〉にみんなが住むには人数が多すぎる」三つ編みを長くたらしたスヴェンが口を開いた。「場所も十分ではないし、とくに食糧《しょくりょう》がすぐに足りなくなるだろう。〈千の目〉は都市だから耕作できる土地も資源も少ない。いくら合理的に管理したとしても、長くはもたないだろう」

「すぐに〈緑マント〉地方やそのほかの土地が必要になるでしょうね」エミカがつけ加えた。

「それに、わたしたちを守る手段も要るわね。まだ反逆者《フェロン》たちと闘《たたか》う準備はできていないわ」

「どうして？」

思わずオクサがたずねた。ナーバスになっているオクサは、痛いくらい爪《つめ》をかんでいた。

「できる限りの武器を用意しなければならない」

アバクムは短いあごひげをなでながら言った。

「どれぐらい時間がかかるの？」オクサがたずねた。

問いかける視線、疑わしい視線、自信のある視線、さまざまな視線が飛びかった。

「反逆者《フェロン》たちが攻《せ》めてくるまでに用意する」ナフタリがようやく言った。

「ええっ？」オクサは急に背筋を伸ばした。「反逆者《フェロン》が攻撃《こうげき》してくるのを待つっていうの？」

「そのとおりだ」ナフタリが答えた。

「でも、あたしたちのほうがあいつらより人数が多いじゃない！」オクサが激しく抗議《こうぎ》した。「いますぐにだって、虫けらみたいにたたきつぶしてやれる！」

ミスティアや何人かの公僕ははっとした。エデフィアではだれも何もたたきつぶしたりはしない。虫ですらも。だが、オクサは夢中になっていたので、そのことに気づかなかった。彼女は椅子に深く座りなおして足を組み、不満そうな顔をした。だが、しばらくして、目を輝かせてみんなを見回した。

「場所と人数で優位に立っておいて、敵に攻めさせる」オクサは考えながら小声で言った。「そして、あたしたちが持っているすべてを動員して、やつらをこてんぱんにやっつける！　あっ、こんな言い方してごめんなさい……」

「そのとおりだよ！」アバクムがほほえんだ。

「たしかに……門が開く条件が何であろうと、反逆者《フェロン》との対決は避けられない」と、ナフタリが言った。

賛成する声があちこちで上がった。みんな、長年自分たちを服従させてきた敵と戦う意欲にあふれているようだ。

「アバクムのガナリこぼしのおかげで、敵は緊張状態にあって分裂《ぶんれつ》が起きていることもわかっている」スヴェンが言った。

「スパイを送りこんでたなんて知らなかった！」オクサが驚いて言った。

スヴェンと〈逃げおおせた人〉でない公僕は恥ずかしそうにうつむいた。

「でも、いい考えよね！」オクサはあわててつけ加えた。「それで、何がわかったの？」

「アンドレアスとオーソンはおたがいが兄弟であることが我慢ならないようなんだ」アバクムが説明した。「二人とも自分だけがオシウスに気に入られたいものだから、協力するより殺し合いをしかねない」

「そういう態度って、サイテーじゃない！」オクサは叫んだ。「でも、あたしたちにとっては好都合よね？」

アバクムは疑わしげな顔をした。

「どっちとも言えるね。彼らの分裂はわれわれには有利だ。だが、やつらがわれわれのじゃまをする限り、調和は取りもどせないし、何も本格的に進めることはできないだろう。われわれがここを出ていくことになるか残るかとは関係なく」

オクサはうなずいた。そうした考えは適切だと思うし、門が開くことについてもそつなく話し合われたことにオクサはほっとした。門のことは非常に大事だが、いますぐやるべきことは別にある。

オクサは武者震いした。不安と待ちきれない思いとの両方が心のなかで葛藤《かっとう》していた。血が騒《さわ》ぐのを感じた。こめかみがぴくぴくしている。熱くなっているオクサはこうたずねた。

「あたしたち、どういうふうに進めるかわかってるのかな？　作戦はあるの？」

〈ポンピニャック〉の公僕たちの燃えるようなまなざしがすべてを物語っていた。長い説明は必要ない。

「あたしたち、戦う準備はできてる？」オクサがまたもや質問した。

「準備は着々と進んでいる」アバクムが答えた。

オクサは顔をキッと上げてどきどきしながら立ち上がった。反逆者《フェロン》たちはどんな者たちを敵に回しているか、いまにわかるだろう……。

35　宙ぶらりん

オクサは労を惜《お》しまず黙々《もくもく》と土に手をつっこみ、植物を再生させていた。その日の朝は、復興が急ピッチですすむ商店街で作業することにしたのだ。商品はまだあまりないが、将来の繁栄《はんえい》を約束するかのようにたくさんの商店がアーチ形の大通りに並んでいた。

けれども、みんなが望むようなふつうの生活はまだ遠い夢でしかなかった。バリアが黒く動く影《かげ》にたびたびおおわれるため、住民にはそのことがよくわかっていた。昼間に急に空が暗くなると神経質にはなるが、夜の攻撃《こうげき》のほうが不安は大きかった。

〈火の玉術〉や酸のグラノックは、昼間なら火花の束くらいにしか見えないが、夜の闇《やみ》のなかだと何百ものバーナーがおそってくるように感じる。〈蛾《が》部隊〉と名づけられた夜警のみまわりと昼間の警備をする〈昼部隊〉がすぐに設置された。推進板を使う人や浮遊《ふゆう》術のできるあらゆる年《ねん》齢《れい》の男女が〈アイギス〉をすみからすみまで巡回《じゅんかい》し、穴があいていないか調べるのだ。膜《まく》が弱くなっているところが見つかると、〈グラノック学・薬局方《やっきょくほう》・防衛〉の公僕《こうぼく》に報告され、すぐに修理される。再建されつつある社会のあらゆる層で、だれもが能力に応じて一生懸命《けんめい》働いていた。

オクサは思慮《しりょ》深い獅身女や落ち着きのないドヴィナイユたちをしばしば訪ね、〈千の目〉の唯《ゆい》一《いつ》の出入口を監視《かんし》するという重要な任務に就く彼らを激励《げきれい》した。グラシューズの陣営《じんえい》に加わりたいという人がまだ時々やって来るので、まちがいのない検問はとても重要だった。ただ、若いグラシューズは自分が〈泡《あわ》ゾーン〉の境界までいく個人的な理由をだれにも告げなかった。それは、自分を安心させるためだった。〈千の目〉に侵入《しんにゅう》しようとする反逆者《フェロン》のひんぱんな試みはオクサを恐怖に陥《おとしい》れる。だが、それはだれにも言えないし、言いたくないのだ。

グラシューズなのだから、みんなの手本になるように何ごとにも気丈《きじょう》に振舞《ふるま》わねばならない。日に何度か、オクサは出入口が安全なことを確かめた。しかも、優れた錠前《じょうまえ》師であるキャメロンが扉《とびら》のすぐそばにテントを張って詰《つ》め、反逆者《フェロン》が攻撃を仕かけてくるたびに、扉の状態を調べた。ほかの〈逃げおおせた人〉たちと同様、キャメロンは〈締《し》め出《だ》された人〉たちのことをなるべく考えないですむように、自分の任務に全身全霊《ぜんしんぜんれい》をかたむけていた。エデフィアの門が開いたとき、三人の息子はいっしょに門のなかに吸い込まれたが、妻のヴァージニアはゴビ砂漠《さばく》の嘎順諾爾《ガシュン・ノール》のほとりに残された。この別離《べつり》の悲しみに、彼は日に日に耐《た》えられなくなっていた。

二日前、キャメロンのつらそうな顔を見たオクサは、〈もう一人の自分〉のおかげで見たことを彼に伝えることにした。ヴァージニアがほかの〈締め出された人〉たちといっしょにロンドンにいたこと。元気で勇気のあるところを見せていること。キャメロンは目を輝かせ、そして涙《なみだ》ぐんだ。そのとき、彼は〈アイギス〉の扉の近くにテントを張って、いまの状況《じょうきょう》でベストをつくせること——自分の仕事——に集中しようと決めたのだ。ドヴィナイユは、気候について絶えず不満をぶちまける相手ができたことに大喜びし、ほっそりとしたエレガントな体つきと親切心をレオミドから受《う》け継《つ》いだキャメロンに、四六時中べったりするようになった。こうしてドヴィナイユたちは、テントにしょっちゅう出入りし、おしゃべりがすぎることもあったけれど、キャメロンにとってもいい気晴らしの相手になった。

備えがいいエデフィアの国民は常に膨大《ぼうだい》な量の穀物を貯蔵していたが、それも国が衰《おとろ》えていくにつれて少なくなっていった。「穀物は最も保存のきく自然の恵《めぐ》みだ」とアバクムは言って、〈千の目〉の四つの大型サイロのうちのひとつをあけた。

オクサは貴重な種がいっぱい詰まった袋《ふくろ》を下げて、エデフィアの風景を少しずつ元にもどそうとした。土から生えてくる植物や木の一本一本は、オクサがあたえる膨大なエネルギーを必要としていた。それはまるで終わりのないサイクルのようで、オクサがあたえればあたえるほど、それだけ多く植物からもエネルギーを受け取れた。

〈緑の手〉の能力がある人は十一人いたが、いちばん力のあるのはオクサだった。ゾエとフォルテンスキー一家は花や野菜の大量生産以上のことはできなかったが――それだけでもすごいことだ！――オクサの指はエデフィアのいちばん大きな植物や木を生やし育てることができた。オクサがいちばん好きな木はパラソリエだったが、残念なことに、アバクムと森人《もりびと》たちからは種をまきすぎないようにと注意された。五百メートル以上もある巨木のため、からみ合った根が数ブロックもの家を押し上げてしまう恐れがあるからだ。パラソリエは街路樹には向かない。オクサはもっとおとなしい木を選ばなければならなかった。〈玉葉樹〉をこっちに数本、小型マジェスティックの木をあっちに数本という具合に。

袋からファイヤーフラワーの種を取り出す誘惑《ゆうわく》に負けてしまうときもあった。オクサが大好きな花のひとつだ。種を土に埋《う》めて数秒もすると花がつき、真っ赤に燃えた小さな溶岩《ようがん》を吐き出して再生の喜びをいっぱいに表現するのだ。そして、溶岩が土に触《ふ》れるとすぐさま新しい芽が出てくる。

「楽しんでるみたいだな！」

テュグデュアルが声をかけてきた。高い壁にクモのようにはりついている。

「うん、すごく楽しい！」オクサはにっこりしながら答えた。「ちょっと見て！」

オクサはバラの種の一粒《つぶ》をふりかざし、手品のようにテュグデュアルにあらゆる角度から種を見せてやわらかい土に埋めた。

「ふうん……」テュグデュアルは不満そうな顔をしてため息をついた。「おれを驚かせたいんなら、もっとすごいことをしないとな！」

「あっ、そう。そんなこと言うんなら、これを見なさいよ」

別の植物が土から出てきた。茎《くき》から小さな軸《じく》がたくさん出てきて、たちまち葉が豊かに茂《しげ》った。まるで映像を早送りしたような不思議な光景だ。

「地上にようこそ、ピュルサティヤ！」オクサがつぶやいた。「おねがいを聞いてくれる？」

四十センチくらいになったその植物は、濡《ぬ》れた犬のようにぶるっと震《ふる》えて水滴《すいてき》をはらった。側軸が一本、驚くほど優しくオクサの手首に巻きついた。それから、急に気が変わったように軸を引っこめ、今度はテュグデュアルの足首に巻きついて下に引っぱった。

「おい！　共犯者がいるなんてずるいよ！」

テュグデュアルは叫《さけ》びながら、指を爪《つめ》のように立てて必死に壁にしがみついた。だが、ピュルサティヤは〈ロッククライム〉より強いから、テュグデュアルはもたないだろう。いたずら好きの植物は意外な優しさでテュグデュアルを空中に浮かせ、オクサの横に下ろした。オクサは愉快《ゆかい》でたまらない。ピュルサティヤは側軸を引っこめて主軸に巻きつけると、たくさんの小さな輪を作った。

「すごい！」オクサは拍手した。「これからは巻きピュルサティヤって呼んであげるね！」

ピュルサティヤはうれしそうに笑っているようだ。オクサと目が合ったテュグデュアルがほほえんだので、オクサの顔がさらに輝いた。

「わかったよ」テュグデュアルはオクサのほおを指先でなでながら言った。「今度はホントに驚いたよ」

テュグデュアルは少し首をかしげてオクサをじっと見つめた。この仕草にオクサはいつもうっとりする。

「おまえの〈緑の手〉の能力は悪くないな」テュグデュアルはわざとそっけなく言った。

「あなたの〈ロッククライム〉も悪くないよ」オクサも同じように言い返した。

「ちょっと休憩《きゅうけい》するか?」

オクサはうなずいた。二人は植えたばかりの芝生《しばふ》の上に腰《こし》をおろした。

「すごい工事だよね」オクサは周りを見わたしながら言った。

「あらゆる面でな!」テュグデュアルはくすりと笑った。

とりあえず、あるものを使って再建することが原則だが、不思議な能力は大きな助けになった。〈外界〉よりもずっと物事はスピーディーに進み、簡単にできる。エデフィアの人たちは物質を変化させ、自分の能力を賢《かしこ》く使うことができるだけでなく、彼らが心から望む共通の目的のために力を合わせることができる。彼らが古びた建物をよみがえらせるために働くとき、資材は手から手へと飛び、人々はあちこちに浮遊して移動したり、難なく壁を登ったりする。もうオクサにもおなじみの光景だが、やはり見とれてしまう。

その周りでは、アカオトシやリュグズリアントがよごれを取ってまわり、ジェトリックスたちは髪《かみ》が漆喰《しっくい》のほこりや木くずにまみれるのも気にせず、左官のこてを使う。三匹のヤクタタズもじっとしてはいない。必要な道具をわたすために生き物たちになんとかついてまわり、疲れを知らない運搬《うんぱん》係兼《けん》「足の生えた作業台」として働いた。とはいえ、にわかに石工、木工師、配管工、屋根ふき職人になっている生き物たちの求めにいつも的確に応じることは——ほとんどできなかった。金づちがほしいのにのこぎりをわたしたり、ドライバーの代わりにドリルをわたしたり。しかし、ヤクタタズたちが心から役に立ちたいと思っていることはたしかだった。

「みんな、一生懸命にやってるわ!」

オクサはこう言いながら、「ボルト」という言葉の意味を考えているヤクタタズを助けてやった。いらいらしているメルリコケットに離《はな》れたところからボルトを届けてやったのだ。

「これが好きなんだ!」オクサが言った。

「おまえはけっこううまくやってるよ。ほかのたくさんのことと同じでさ」テュグデュアルはさらりと言った。

「完璧《かんぺき》からはほど遠いけどね」

そのとき、〈アイギス〉の向こう側、地上四十メートルのところに反逆者《フェロン》の一団があらわれた。灰色の空を彼らの黒っぽいシルエットがこちらに向かってくる。大きな火の柱が膜にあたって大きな音を立てたかと思うと、彼らの姿は消えていた。すると、すぐに〈昼部隊〉がやってきて膜をつぶさに調べた。

「ほらね!」オクサは眉《まゆ》を寄せた。「いつまでたっても安心できないって気がするよ」

オクサのヤクタタズがやってきてそばに座った。オクサはしわくちゃの頭をいらいらとなでながら続けた。

「ここって大好き。すごくすてきだし、やることも山ほどあるしさ。でも、きれいで大きな刑務《けいむ》所《しょ》って感じがするでしょ？　もうすぐ頭が変になるよ、きっと。〈葉かげの都〉か〈近づけない土地〉に行けたらなあ……〈断崖山脈《だんがい》〉でもいいわ！　宝石の洞窟《どうくつ》に行ったり、ケタハズレ山からエデフィアを一望したりできたらなあ……。このバリアのなかでなんて死ぬまで暮らせないよ！」

「それはおまえもわかってるんだろ」テュグデュアルが答えた。

オクサは下を向いて、髪で顔を隠した。

「門が開くことを言ってるんじゃない。おまえが秘密を守らないといけないことはわかってるさ」テュグデュアルが言った。

「いつ開くか知らないのよ！　明日かもしれないし、十年後かもしれない……」

テュグデュアルは驚いてオクサを見た。

「おれは反逆者《フェロン》との対決のことを言ってるんだ、オクサ。おまえもわかってるように、避《さ》けられないだろ。あと何日かっていう段階じゃないか」

オクサは息を深く吸いこんで、やわらかい芝生の上に長々と横になった。ヤクタタズが信じられないといった様子でオクサをながめている。

「一日で全部こわされるかもしれないのに、どうしてみんな、あれだけのエネルギーを注げるんだろうと思っちゃうよ」

「ひどい年月を過ごしてきたから、何かにすがる必要があるんだよ。そうじゃなきゃ、彼らにどうしろっていうんだ？　クラッシュ・グラノックを持ってじっと待っとけって？　それとも、がむしゃらに訓練しろって？　彼らは戦うすべを知ってる。少し前にそれを証明したじゃないか」

「だけど、みんなは最悪の事態が起きるってことは知ってるよ！」

「最悪の事態？」テュグデュアルは驚いて言った。

「そうだよ。みんなばかじゃないもの。そう思わない？　ひどいことになるだろうってわかってるよ」

「怖《こわ》い？」と、テュグデュアルがたずねた。

「まさか！」オクサが叫んだ。

テュグデュアルはオクサの隣《となり》に横になって、空をじっと見つめた。

「本物の戦士になったな」と、からかうように言った。

「気がついた？」

二人はかすかに笑った。

「すごい戦士だよ。勇気があって、決断力のある」と、テュグデュアルがつけ加えた。

「それに、手ごわいし！」オクサが言い足した。

テュグデュアルは横目でオクサを見た。

「手ごわいっていうのは本当だ」

二人は雲の流れと工事の音に身をまかせてしばらくの間黙《だま》っていた。〈アイギス〉があっても、暖かくて気持ちのいいそよ風が吹いてくる。

「これまで起こったことって、全部すごいことだよね?」オクサがつぶやいた。

「おれがその形容詞を選ぶかどうかはわからないけど、とにかくけっこう驚くことばっかりだったよな」

オクサはテュグデュアルの腕《うで》をぱちんとたたいた。テュグデュアルはすばやくオクサの手を取って離さなかった。

「おまえ、ロンドンに帰ったのか?」

だしぬけにテュグデュアルがささやいた。

「あたしじゃないよ」オクサはほとんど聞こえないくらいの声で答えた。「あたしの〈もう一人の自分〉だよ」

「おまえ自身だろうと、おまえの〈もう一人の自分〉だろうと同じだよ、ちっちゃなグラシューズさん」

「ちがうよ!」

テュグデュアルはオクサの手をいっそう強くにぎりしめた。

「いや、同じだよ。おまえの〈もう一人の自分〉はおまえが行きたいところに行くんだから」

「何が言いたいの?」

「あいつのこと、よく考えるのか?」

オクサはむっとしてテュグデュアルを見た。起き上がろうとしたが、あきらめた。ほおがかっかして、息が荒《あら》くなった。

「あたしがよく彼のことを考えるか、本当に知りたいんだったら、答えはイエス。すごく心配だからよ！　彼のことだけじゃない。母親やあそこに残ってるみんなのことが心配だからよ。ギュスは……」

声が震え、体が怒りでこわばった。テュグデュアルの手から自分の手を離したかったが、彼はそうさせてはくれなかった。

「ギュスとママには死の危険が迫《せま》ってるのよ！」オクサはどなった。「だから、あんまり不安になると、あっちがどうなってるか見に行くの。そうよ、あんたの美人のいとこのクッカがなんとかしてギュスを自分のものにしようとしてて、ギュスがそれに抵抗《ていこう》しないのを見るとすごく腹が立つの！」

オクサは息がきれて、そこで言葉を切った。それから、押し殺した声で言った。

「でも、もっと心配なのはギュスとママの体のことよ」

オクサはテュグデュアルを怒ったように見た。

「これでいい？　聞きたいことがわかった？　満足？」

二人の頭上に巨大な黒い雲が恐ろしい速さで近づいてきた。テュグデュアルがオクサの手を離すと、オクサは体を起こして座り、ひざの間に顔を伏せた。

「答えてもいいかい？」テュグデュアルがつぶやいた。

オクサはかろうじて「うん」と聞こえるような声を絞《しぼ》りだした。

「第一に、あんまりよくない」テュグデュアルは苦しそうに言った。「第二に、聞きたいことは十分すぎるほどわかった。第三に、とくに満足していない。ほかに質問はある？」

オクサは首を横に振《ふ》った。テュグデュアルはオクサの髪をひと房《ふさ》そっと手に取り、人差し指に巻きつけた。オクサはテュグデュアルを押し返そうとしたが、肩を強く抱《だ》かれていたのでできなかった。怒ってはいたが、拒《こば》めなかった。

「自分がどんなふうになってるか見てみろよ」テュグデュアルはオクサの耳元にささやいた。「落ち着けよ。でないと、また大雨になるぜ」

「もう遅《おそ》いよ」オクサは額に落ちてきた雨のしずくをぬぐった。それといっしょに、ほおを伝う涙もふいた。

オクサはテュグデュアルに寄りかかって、両手を彼の上半身に回した。それから、肩に顔をうずめ、力いっぱい抱きしめた。まるで、テュグデュアルのなかに自分をうずめたいかのように。

36　いろいろな準備

その激しい雨には二つの効果があった。ひとつは〈千の目〉の石畳《いしだたみ》の泥《どろ》を洗い流したこと、もうひとつはオクサの心を押しつぶしていた怒りの一部を解き放ったことだ。何が解決したわけではない。道のりはまだまだ長くつらいが、怒りを爆発《ばくはつ》させたことで絶えがたいプレッシャーの一部が解消された。

「いいものを見せてやろうか?」テュグデュアルが聞いてきた。

オクサはうれしそうにテュグデュアルを見た。

「ひょっとして、あたしよりまた先を行ってるんじゃない? あたしよりエデフィアのことをよく知ってるなんて、あんまりじゃない? グラシューズの名において、あなたを閉じこめないといけなくなるかもね。そのときは、前もって注意されなかったなんて言わないでよ!」

テュグデュアルの挑《いど》むようなほほえみが、オクサにも伝染した。

「今度は何を見つけたのよ?」

オクサはわざとうんざりした調子でたずねた。でも目は輝いている。

「こいよ」

テュグデュアルは迷路のような弓なりの通りを抜け、〈千の目〉の北部に位置する丘までオクサを連れて行った。二人はいくつもの荒《あ》れた建物の前を通り過ぎた。いまは失われたその豪華《ごうか》さがオクサの興味をひいた。そして、丘《おか》のてっぺんにたどり着いた。

そこからは〈千の目〉の全景を見わたすことができた。この街は〈クリスタル宮〉を中心に大小の括弧《かっこ》で囲んだ迷路のようになっている。街の反対側にはきれいな卵形をした湖があり、まだエデフィアではめずらしい日の光があたり、きらきら輝いている。白い砂にふちどられた湖畔《こはん》は水面のなめらかな黒色と絶妙《ぜつみょう》なコントラストをなしていた。

「オクサ、〈褐色の湖《かっしょくのみずうみ》〉を紹介《しょうかい》しよう」テュグデュアルがうやうやしく言った。

「エデフィアの湖はぜんぶ枯《か》れたのかと思ってた！」と、オクサが言った。

「でもさ、おまえがあんなに雨を降らせたじゃないか」

「そんなに？」

「そうみたいだな」

〈緑の手〉の能力を生かしてせっせと働く父親が遠くに見えた。その周りにはいくつかのパラソリエが土から芽を出し、数分で数メートルの高さになった。

「パパ！」オクサは思わず叫《さけ》んだ。

パヴェルは立ち上がってオクサに手をふり、また仕事にもどった。

「ここって、すてき。すごく静かだし」

とつぜん、その言葉に反するように、男女の一団があらわれ、湖の上を猛《もう》スピードで飛んだ。そのあとに推進板で飛ぶ人たちが続いた。

「あの人たち、何してるんだろ？」

オクサはくるくる回ったりアクロバットをしている人たちを不思議そうにながめた。

テュグデュアルはオクサの腕《うで》を取り、もどるよううながした。

「ちょっと！　何か隠してるでしょ？」

「サプライズなんだ」テュグデュアルが答えた。「ほら、行こう」

オクサは笑いながら、さっと腕をふりほどいた。

「サプライズ？　なんのサプライズよ。教えて！」

テュグデュアルは口にチャックをするふりをした。

「頭にくるなあ！」

テュグデュアルはあきれたというように、目をくるりと上にむけた。

「なんの準備をしているのか、だれか教えてくれる？」

オクサは両手でメガホンを作って叫んだ。

浮遊術《ふゆう》と推進板で飛んでいた人たちはすぐに空中に孤をえがくのをやめ、大急ぎでオクサの頭上にきてていねいなあいさつをした。けれど、だれも何も言わない。

「サイコー……」オクサは頭をかきながらぶつくさ言った。「あたしには威厳《いげん》なんてないんだ」

「かわいそうなちっちゃなグラシューズさん」テュグデュアルは皮肉を言った。

「あなたは親切なんだから、ヒントくらいくれてもいいじゃない？　それとも、足元にひれふしておねがいしないとだめ？」

テュグデュアルは手を伸ばしてオクサの髪《かみ》をくしゃくしゃにした。オクサはされるままになっていた。

「誘惑《ゆうわく》しないでくれよ！　ひとつだけ教えてやってもいい。きっと、気に入るっていうこと！」

オクサは肩《かた》をすくめた。

「そう言うんならしかたないか……」

オクサはそれだけ言うと、勢いよく飛び立った。

オクサが〈クリスタル宮〉にもどると、プチシュキーヌを両肩に一羽ずつのせたヤクタタズが待っていた。

「ここでだれかを待ってどこかに案内するように言われてたんですが、それがだれか、どこに案内するか忘れました」ヤクタタズが無邪気《むじゃき》に告げた。

オクサは吹き出した。プチシュキーヌがそそっかしいヤクタタズの周りをピイピイ鳴きながら飛び回った。

「地下三階でお待ちかねです、グラシューズ様！」

「じゃあ、行こうか！」と、オクサが答えた。

金色の小さな鳥たちはバラのとげのような極小のくちばしでヤクタタズを押した。

「頭のなかがからっぽなんだから」一羽が言った。

オクサはヤクタタズの手をそっと取った。ヤクタタズは自信たっぷりな様子でオクサを見つめてから言った。

「ちょっとよくわからなくなったのですが、わたしを待っていて、どこかに連れて行ってくれるというのはあなたですか？」

オクサはヤクタタズを抱《だ》きしめた。

「たしかにそうかもね！」

「そうだと思いました」

ヤクタタズは陽気にさえずっている鳥のほうにうるさそうな目を向けた。

オクサは透明《とうめい》なエレベーターに乗り、地下一階で下りた。そこからは、床が少し傾《かたむ》いた、自然石でおおわれた長い通路を歩いた。ヤクタタズは背中の金色のとさかとぶくぶく太った体を左右に揺《ゆ》らして、ひょこひょこ歩いた。プチシュキーヌたちはしだいに狭《せま》くなる通路の壁を軽くかすめながら、飛び回った。


地下三階に着くと、いちばん奥の部屋から光が数十メートル手前までもれていた。声も聞こえる。オクサたちが部屋に近づくと、ジェトリックスがだれに言うともなくどなった。

「グラシューズ様がおいでになりました！」

アバクムの顔がドアからのぞいた。

「やっと来たね！」

アバクムは部屋に入るよう手招きした。それは丸天井《まるてんじょう》の大きな部屋で、壁は、昔はさぞかしすばらしかっただろうと思わせる色あせたモザイクでおおわれている。柱の頭に足を一本巻きつけた発光ダコが強い光を投げかけており、オクサはこの場所で行われている不思議な作業の正体を知った。

「なんて言ったらいいのかな？　ゴラノフの飼育？　栽培《さいばい》？」と、オクサがアバクムにたずねた。

アバクムがくすりと笑ったので、いっしょに働いているほかの三人と、十四の〈心くばりのしもべ〉も笑った。長いテーブルの上にゴラノフが五十株ほどあり、奥の壁に備えつけられた直径三メートルはありそうな巨大な扇風機《せんぷうき》の風に合わせて揺れている。小さな鋤《すき》を持ったジェトリックスたちが鉢《はち》から鉢へとめぐり、土を掘《ほ》り返して空気を入れ、表面にできたこけを取り除いている。しかし、この超繊細《ちょうせんさい》な植物の要求は十分に満たされてはいないようだ。

「だれが汁絞《しるしぼ》りをしてくれるの？」一株のゴラノフがこわばった側軸《じく》を天井に向けながら叫んだ。「わたしたちが破裂《はれつ》するのを待っているの？　本当にそうしてほしいの？」

ゴラノフ全株に動揺《どうよう》が広がった。〈心くばりのしもべ〉が駆《か》けつけ、膨《ふく》れた芽をひずめでそっとつまんで汁を絞り始めた。

「わぁ！」オクサは不思議な植物とその世話人――同じくらい変わっている――に見入った。

オクサはアバクムたちをふり返った。みんなエプロンと手袋を身につけている。三つ編みの老人スヴェンと、地下五階に監禁《かんきん》されていた彼より若い二人の女性がいた。

「これが奇跡《きせき》だとわかっているかい？」アバクムがオクサにたずねた。「もう少しでわれわれは二つの世界で唯一《ゆいいつ》最後のゴラノフを失うところだったんだからね」

オクサはアバクムに問いかけるような目をした。ほかのより大きいゴラノフがすべての葉をぶるぶる震《ふる》わせている。

「オシウスがずさんな管理をしたものだから、エデフィアにはゴラノフが一株しか残っていなかったんだ。もう何年も前からだよ」アバクムが説明を始めた。「〈外界〉では、ドラゴミラとレオミドとわたしがエデフィアからミニチュアボックスに入れて持ってきた三株を分けて持っていた。シベリアの厳しい気候にも、ゴラノフはうまく順応したんだ」

「ドヴィナイユとちがってね！」オクサがいたずらっぽいほほえみを浮かべた。

「かわいそうな鶏《にわとり》たち!」ジェトリックスが混ぜ返した。

「たしかに」アバクムが先を続けた。「わたしたちがフランスやイギリスに移住したときも、用心深く世話を続けてゴラノフたちは生き残った。レオミドとわたしが持っていたゴラノフは子どもをつくることにも成功した」

「わたしの子どもたち!」いちばん大きいゴラノフが急に悲しそうなうめき声を上げた。

すぐにジェトリックスが二匹駆《か》けつけ、つやのある大きな葉っぱを優しくマッサージした。しかし、子どもの話題が出たことで、ゴラノフは悲しみのあまり気絶した。

「おまえも知っているとおり、ドラゴミラのゴラノフはわれわれが絵のなかに入っている間にオーソンの長男グレゴールとメルセディカに奪《うば》われた。反逆者《フェロン》の島に閉じこめられた恐怖がゴラノフを打ちのめし、生きのびることはできなかった。そして、ゴビ砂漠《さばく》への大旅行のとちゅうで、わたしが長年世話してきたゴラノフはわたしたちと同じストレスに耐《た》えられなかった。内側が布張りのミニチュアボックスに入ってはいたが、船や飛行機、列車、バスと続いた旅は、植物のなかでもとくに一ヵ所にとどまることを好むゴラノフにはつらすぎたんだ。かわいそうに、エデフィアに着いたとき、ミニチュアボックスの底に亡骸《なきがら》を見つけたよ。レオミドのゴラノフの子ども二株もだめだった」

「ひどかったですよ!」オクサのジェトリックスが叫んだ。「灰色の葉っぱが全部閉じて、硬くなって横たわってた。ショックで、大きいゴラノフと三株の子どもたちも死にそうになったんだ!」

「幸いにも、そのゴラノフたちが一時的なこん睡《すい》状態に陥《おちい》っている間に、離《はな》れたところに移すのがいいとほかの生き物たちが機転をきかせてくれた。しかし、子どもたちにはトラウマになってしまった。反逆者《フェロン》によるいいかげんな栽培や軸液を大量に抽出《ちゅうしゅつ》される恐怖が、子どもたちを打ちのめし、命を奪った。レオミドの大きいゴラノフだけがその大きなプレッシャーに打ち勝ったわけだ」

ゴラノフたちは話を聞こうと葉をぴんと伸ばしていたので、アバクムは最後のほうは小声で言った。だが、いちばん近くにいたものには話の断片が聞こえたらしく、強すぎる好奇《こうき》心の代償《だいしょう》をはらうことになった。恐ろしい話に耐えられず、叫び声を上げてぐったりと倒れた。

「警報！　警報！」ジェトリックスがどなった。「前側に集団不調発生！　ヤクタタズのとさかの塗《ぬ》り薬が緊急《きんきゅう》に必要！」

繰《く》り返《かえ》す、ヤクタタズのとさかの塗り薬が緊急に必要！」

モザイクの床にひづめの音がひびいた。〈心くばりのしもべ〉が節の多いテーブルの足の間をすり抜けながら、病人の世話に走り回った。

「心臓マッサージをしたほうがいいかもしれません」

ヤクタタズがめずらしく気の利いたことを言った。

オクサのジェトリックスがあきれたようにヤクタタズを見た。

「すばらしい医学的アドバイスをありがとうよ、おとぼけ野郎！　でも、心臓のない植物にどうやって心臓マッサージをしたらいいのかわからないね！」

「わたしたちにも心はあるわ！」いまのところは正気をたもっているゴラノフが言い返した。

大変な状況《じょうきょう》にもかかわらず、オクサは涙《なみだ》を流して笑った。

「ごめんなさい」オクサはそのゴラノフに手で風を送りながらあやまった。

オクサはなんとかまじめな顔にもどって、アバクムのほうを向いた。

「〈クリスタル宮〉を脱出したときに、おじさんはミニチュアボックスを取りもどすことができたのよね」

「そのとおりさ」アバクムはうなずいた。「テュグデュアルのおかげだ。大混乱のなかで、ミニチュアボックスを持ち出すことを考えたのは彼なんだ。そうでなかったら、生き物たちや最後のゴラノフは反逆者《フェロン》の手にわたっていたよ」

オクサは少しずつ意識を取りもどしつつあるゴラノフたちをじっと見つめながら、しばらく考えていた。

「それがあたしたちに有利に働く？」

「ゴラノフに関してはかなり有利だね！」アバクムが答えた。「軸液はクラッシュ・グラノック、とくにグラノックを製造するのに常に不可欠の材料だからね」

「すごいじゃない！　つまり、反逆者《フェロン》たちはグラノックを作れないんだよね！」

「たしかに。だが、喜んでばかりはいられない。たしかな筋から聞いたところでは、オシウスは用心のために、長い年月の間に膨大《ぼうだい》なグラノックを分けてストックしていたそうだ。国民から没収したものもある。その一部は没収《ぼっしゅう》されたクラッシュ・グラノックといっしょにこの地下にあったが、一部は〈断崖《だんがい》山脈〉の敵の隠れ家にある。それに、やつらは新しい武器を完成させたらしい。われわれのバリアの攻撃《こうげき》に使った酸のグラノックがその一例だ」

オクサのグレーの瞳がくもったが、〈心くばりのしもべ〉は自信ありげな好奇心の強い目つきでオクサをじっと見つめた。

「わたしたちは最大限の危機に対応できるよう休みなく働いています」リンゴのようにほおの丸々とした女が口をはさんだ。「どうぞ、こちらにいらしてください」

37 恐ろしいグラノック

オクサは部屋の奥の扇風機《せんぷうき》のところまでついていった。羽根がかすかに音を立ててゆっくりと回っている。オクサが驚いたことに、女は石の壁に腕《うで》をつっこみ、余裕《よゆう》の笑みを浮かべて姿を消した。

「ええっ……」オクサはあっけにとられた。

「やってごらん!」アバクムが励《はげ》ました。

「まだできたためしがないんだ」オクサは悔《くや》しそうに白状した。

女の腕がまた壁から出てきた。オクサは女の手に自分の手をあずけた。だが、壁を通り抜けることができず石に張りついたようになった。

「だめだ！　ミュルムなのに、薄《うす》い仕切り壁すら通り抜けられないなんて！」オクサはぶつぶつ文句を言った。

「すぐにできるようになることもあれば、努力が必要なこともあるんだよ」アバクムがさとした。

「壁抜けは少し訓練が必要なようだな」

「できるようになるから安心して！　壁抜けはすごくやりたいの！」

「テュグデュアルならうまく教えてくれるだろう」アバクムはウインクした。

オクサがふり返ったとき、壁の一部が少し開いた。隠し扉《とびら》だ。うれしい反面、なさけなくもあった。

「あたしのように能力のない人を助ける救援策ってわけか！」オクサはそう言って、扉のすきまから中にすべりこんだ。「さすが！」

ほおの丸々とした女が扉の向こうで待っていた。天井《てんじょう》はアーチ形で高く、先がどこまであるか見えないほど奥行きのある部屋だ。優しいほほえみを浮かべた女は、みんなが危機に備えているという自分の言葉に嘘《うそ》がないことをオクサに知ってもらいたいようだ。

「なるほど！」オクサは目の前の光景にあっけにとられた。

その秘密の部屋の壁はすべて棚《たな》でおおわれていた。グラノックやキャパピルの入った大きな広口瓶《びん》が棚いっぱいに並び、もっと大きい瓶は床にじかに置いてある。役目に忠実な〈心くばりのしもべ〉がていねいにラベルを貼《は》っていた。

「こんにちは、オクサ！」と言う声が聞こえた。

「レミニサンス！」

両肩《かた》に一匹ずつ発光ダコをのせた華奢な女性が薄暗がりからあらわれた。顔にはまだ苦悩のあとが残っている。つらい囚人《しゅうじん》の日々と双子《ふたご》の兄オーソンにやられた傷のせいだ。しかし、いままでになく幸せそうだ。レミニサンスが歩いてくると、濃《こ》い紫《むらさき》色のシルクのチュニックがかすかに音を立てた。薄いブルーの目が快活に輝いている。

「お元気ですか？」オクサは礼儀《れいぎ》正しくたずねた。

絵のなかの〈海の丘《おか》〉で知り合ってからというもの、レミニサンスの印象はいつも強烈《きょうれつ》だった。オシウスとマロラーヌの娘、オーソンの双子の妹、ゾエの祖母であり、なにより戦う女性である。レミニサンスには重い過去がある。自分の父親から〈最愛の人への無関心〉という苦難を強いられ、レオミドーーそのときは異父弟だとは知らなかったーーの子を宿したまま一人で〈外界〉に放出されたうえに、オーソンの策略で息子を殺された。そして〈絵画内幽閉《ゆうへい》〉。つらい体験ばかりだ。

「本当のことを言うと、いまほど元気だと感じたことはないわ」レミニサンスはうれしそうに答えた。

オクサはレミニサンスのほほえみが、アバクムに向けられたものだと確信した。オクサはアバクムをちらっと見た。だてに十六歳《さい》なわけじゃない。アバクムがずっと昔からレミニサンスを愛していることは気づいている。だが、その愛は決して表に出ない運命なのだ。いまは亡きレオミドの存在、そして〈最愛の人への無関心〉のために、レミニサンスはアバクムに優しい心遣《こころづか》いをすることぐらいしかできない。オクサにはそのことがすごく悲しいことに思えたが、アバクム自身はこの上なく幸せそうだ。

パチパチとはじける音がオクサの思いをさえぎった。巨大な部屋の少し奥に、ドラゴミラの秘密の工房《こうぼう》にあったものより十倍くらい大きい蒸留器があり、絶え間なく振動《しんどう》している。その管は複雑な回路のように入り組んでいるので、オクサにはどうなっているのかまったく見当もつかなかった。てっぺんのほうからかすかに煙《けむり》が出ていて、下のほうで吐《は》き出《だ》された何百というグラノックを〈心くばりのしもべ〉が注意深く容器に受けている。よく観察していると、一見不器用そうにみえる生き物がこれほどたくみに作業をすることに驚かされる。シカのひづめで物をあつかうのはとても難しいはずだ！　それなのに、〈心くばりのしもべ〉たちは完璧に仕事をこなしていた。

オクサは自分の腰《こし》まである広口瓶に近づいた。〈竜巻弾《たつまきだん》〉、〈皮膚炎《ひふえん》弾〉、〈睡眠《すいみん》弾〉、〈記憶《きおく》混乱弾〉、〈ガラス化弾〉、〈ツタ網《あみ》弾〉、〈腐敗《ふはい》弾〉、〈幻覚催眠《げんかくさいみん》弾〉などでいっぱいだ。ひとつの瓶に一万粒《つぶ》以上のグラノックが入っているだろう！　棚の上のほうに、ほかの瓶よりずっと小さい黒いガラス瓶がひとつ見えた。その鉛《なまり》の封印《ふういん》とラベルに目が吸い寄せられた。

「〈まっ消弾〉……」オクサはシルバーの文字で書かれている名前をつぶやいた。「究極の黒血球グラノック」

オクサはこの特別なグラノックの働きについて、知っていることをコメントするのはやめておいた。グラノックのなかでも最も危険な部類に入る〈まっ消弾〉は暗黒の穴をつくり、あらゆる生物を吸いこんで消滅《しょうめつ》させるのだ。

アバクムがオクサの後ろにやってきて、両手を肩にのせた。

「おまえはもうグラシューズなのだから、このグラノックを使えるんだよ。おまえだけが使えるんだ」

「おじさんといっしょにね！」オクサは必死に言った。

オーソンのロンドンの家の地下室でドラゴミラが危機に陥《おちい》ったとき、この恐ろしいグラノックをオーソンに向けて放ったアバクムの勇気をオクサは決して忘れない。最強で最初のミュルムであるテミストックルの子孫オーソンは、特異な代謝機能を持っていたために死なかった。しかし、オーソンはかなりの間、力を失った。

「このグラノックの使用はきわめて例外的だということはわかっているだろうね。しかも、わたしがその効果を強めただけに……」アバクムはオクサがさっき思い出した事件を暗に匂《にお》わせた。

オクサは黒っぽい瓶を見つめながら重々しくうなずいた。

「〈まっ消弾〉は特殊《とくしゅ》な性質と強い力があるから、おまえのクラッシュ・グラノックには一度に一粒しか入れられない。そうでないと、ほかのグラノックの効果がなくなるし、クラッシュ・グラノックもすぐに使えなくなる。それに、使用するには間隔《かんかく》をあける必要がある」

「どれぐらい？」

「百日だ」

オクサはヒューと口笛を鳴らし、アバクムのほうに向き直った。

「〈まっ消弾〉は人を殺す」アバクムは震《ふる》える声でささやいた。「それを持っているということは、生命を尊重するというわれわれのルールに反するんだから、重大な責任なんだよ」

アバクムはひきつった顔をして口をつぐんだ。

「オーソンたちはわたしたちに選択《せんたく》の余地をあたえなかった。それは、このグラノックを使う理由としては最悪だとわかっている。だが、危険は非常に大きかった……。わたしたちは自分たちを守らなければならなかったんだ。この究極の手段を使ってでも」

「わかった」オクサは短く答えた。

アバクムはオクサの前に来て、悲しみと苦しみの混じった目でじっと見つめた。

「わたしがいまから言うことは自分でもぞっとすることだ。できたらそうしたくはないんだが、この致命《ちめい》的な武器をひとつおまえにわたさなければならない。われわれが克服《こくふく》した危機よりも、もっと大きな危険をもたらそうとする男を止める唯一《ゆいいつ》の手段だからだ」

「どういうこと?」オクサはしどろもどろになった。「あたしがオーソンを殺さないといけないの?」

オクサは血が凍るような気がした。これまでに何度もオーソンが死ねばいいと思った。しかし、たとえオーソンが〈逃げおおせた人〉の宿敵であり、彼がいなければ二つの世界がずっとよくなるとしても、彼を殺すという考えは恐ろしく、想像もできなかった。

「オーソンはわれわれの最大の敵だ。彼は殺さなければ止めることができない人間なんだ。わたしはそのことをだれよりも残念に思う。そのうえ、彼は一人じゃない。悪の種はすでにまかれていることを忘れてはいけないよ」

オクサは目を大きく見開いたまま固まった。

「だから、そうしなければいけなくなったら、するんだ……」

「アバクムおじさん、あたしには何でも言ってよ！」

「わたしはずっとおまえのそばにいるよ。でも、最後は運命が教えてくれるだろう。わたしじゃない」

アバクムは棚のほうを向き、腕を何十センチか伸ばして黒い瓶をつかんだ。〈心くばりのしもべ〉がすぐにやってきて、台として使うよう背中を差し出した。その褐色《かっしょく》でビロードのような目がオクサを賛美するように見つめている間に、アバクムは貴重な瓶をあけた。レミニサンスがやってきて、クロームめっきのピンセットをわたした。二人は真剣《しんけん》なまなざしを交わした。

「オクサ、おまえのクラッシュ・グラノックを出してくれるかい？」

オクサはいつも肌身離《はだみはな》さず身につけているポシェットの中をあわてて探した。

「はい……」オクサは震えながらクラッシュ・グラノックを差し出した。

アバクムは瓶から炭のように黒いグラノックを一粒出した。それはあまりに大きくて、クラッシュ・グラノックの中に入らないのではないかと思ったくらいだ。しかし、吹《ふ》き口のところで粒が縮んで平べったくなり、筒《つつ》に吸い込まれていった。その瞬間、海泡《かいほう》石でできた表面が熱くなり、オクサはクラッシュ・グラノックを取り落としそうになったが、〈心くばりのしもべ〉が息を吹きかけてやると、ふつうの温度にもどった。

「アバクムおじさんも一粒持っていて、おねがい」オクサがつぶやいた。

アバクムはオクサをつらそうに見つめてから、そのとおりにした。

「よく聞くんだよ」

アバクムは青ざめた顔で言うと、〈まっ消弾〉を使うために必要な呪文《じゅもん》をオクサの耳にささやいた。それを使うときが永久に来ないことをオクサは心のなかで祈《いの》らずにはいられなかった。

38 謎めいたサプライズ

オクサは〈クリスタル宮〉の最上階の自室のバルコニーに立ち〈千の目〉を不思議そうにながめていた。いつもなら活気のある街に今日は動きがない。まるで住民が消えてしまったかのように静かだ。

「フォルダンゴ、ホントにあたしに何も言うことはないの?」

ぽっちゃりしたフォルダンゴは首をぶんぶん横にふった。

「グラシューズ様の召使《めしつか》いの意思は情報的貢献《こうけん》をもたらすことへの支障には出会ってはおりません」

「じゃあ、なに?」オクサはフォルダンゴの前にしゃがんで言った。「おまえの意思がいいんなら、何がたくらまれているかあたしに言ってもいいじゃない？」

「グラシューズ様の召使いは沈黙《ちんもく》した口を保持することを妖精人間とグラシューズ様のお父様にお約束しました」

　オクサは頭をかいた。

「なるほど……あたしの周りに陰謀《いんぼう》があるわけだ」

　オクサはわざとフォルダンゴをきつくにらんでから、きっぱりと言った。

「きたないわ」

　フォルダンゴは驚いてしゃっくりをした。大きなブルーの瞳がぐるぐる回り、かぼちゃのように丸々とした顔がパニックで青ざめた。

「おおぅ、グラシューズ様はまちがいのなかへの沈没《ちんぼつ》に出会われました。陰謀ときたなさは妖精人間とグラシューズ様のお父様の心には存在しません」

　オクサはジーンズのポケットに両手をつっこんで、フォルダンゴをじっと見つめてから笑い出した。それからかがんで、ショックを受けているフォルダンゴを抱《だ》きしめた。すると、フォルダンゴの顔色がぱっと明るくなった。

「ごめんなさい、フォルダンゴ！　ジョーダンだよ！」

　待ってましたとばかりにジェトリックスがからかい始めた。

「おい、召使い！　ユーモアっていうものを知ってるか？　ユー、モ、ア」ジェトリックスはフォルダンゴの周りを跳《と》びまわりながら、音節を区切ってはやし立てた。

「悪い子！」オクサが注意した。「人のこと、からかわないの、いい？　それに、見てごらん。フォルダンゴ、今日はかっこいいよ」

ジェトリックスはフォルダンゴのパリッとしたサロペットを観察し、いいかげんなおじぎをしたあと、オクサが持ちこんだピュルサティヤの葉っぱのほこりをはらう仕事にもどった。びっくりするほど甘えん坊なこの植物は、オクサがその誕生と成長にかかわったものだから、もうオクサのいない生活は考えられないのだ。その向こうの大きなガラス戸の角にある椅子《いす》に座ったヤクタタズが指を折って懸命《けんめい》に数えていた。

「ユー、モ、ア……」と繰《く》り返《かえ》しながら、どうにも自信がない様子だ。

ジェトリックスはあきれたように目をくるりと上に回し、ヒューと口笛をふいた。オクサは声を出して笑わないように口に手を当てた。

「三音節ですね」ヤクタタズは自分の発見に満足気に言った。

「えらい！」オクサは目を輝かせて叫《さけ》んだ。

「グラシューズ様、おねがいですから、ほめないでください！」

ジェトリックスがぶつぶつ言った。

「グラシューズ様の召使いは重要性の詰《つ》まった情報の授与《じゅよ》をしなければなりません」

フォルダンゴがとつぜん言った。

「なに？」オクサはわざと驚いたようにたずねた。「ユーモアは三音節じゃないの？」

ジェトリックスがまちがっていることを証明したいかのように、フォルダンゴは口が耳まで届きそうなくらいにっこりとほほえんだ。

「切迫《せっぱく》した好ましい訪問の伝達がされるべきです」と、告げた。

それを聞くと、オクサはすぐに入り口に行って勢いよくドアをあけた。古ぼけた柱の並んだ廊下の数メートル先に父親がいた。

「パパ！」

オクサはこう叫んで父親の胸に飛びこんだ。

オクサの喜びようにうれしくなったパヴェルは両腕《うで》をまわして娘を優しく抱きしめた。

「こんなに歓迎してくれるのはなんでかね？」パヴェルは笑いながらたずねた。

「そんな大げさな！　いつもパパにはこうするじゃない！　おいでよ。フォルダンゴがクルミみたいなのが入ったビスケットを作ってくれたの。おいしくて気が変になるよ」

「ああ、そうか。ぼくがもう十分に気が変だと思ってないわけだな」

パヴェルはオクサについてメインの部屋に入りながら言い返した。

オクサはにっこりして父親を見つめた。

「パパに会えてすごくうれしい！」オクサはそう言って、ソファにどさりと腰《こし》を下した。

ピュルサティヤがいちばん長い側軸《じく》を伸ばして大好きなオクサの腕をなでた。

「パパ、エレガントじゃない！」オクサは父親が身につけているグレーのエデフィアの伝統衣装をじっと観察した。「似合うよ！」

タックの入った幅《はば》広のズボンに、脇《わき》を革ひもでとめる前あわせになったチュニックという出で立ちはサムライのようだ。白髪《しらが》混じりのブロンドの髪《かみ》は短く刈《か》られていて、ブルーグレーのもの悲しげな目を引き立たせている。パヴェルはオクサが自慢《じまん》したビスケットをうれしそうにひとつつまんだ。オクサはその瞬間を利用して口を開いた。

「アバクムおじさんとパパがいっしょになって、あたしに対する陰謀をめぐらせてるんだって?」

この言葉を聞いたピュルサティヤはびくっとし、たったひとつ咲いているバラ色の花をパヴェルに突きつけた。花には顔もまなざしもないが、敵意のようなものがそうさせているのは明らかだった。

「じょうだんよ、ピュルサティヤ」オクサは鉢《はち》をぐっと後ろに押しやった。

それから、父親のほうを向き直って言った。

「あたしを守ろうとしてるの」

「そうみたいだな!」パヴェルは愉快《ゆかい》そうに言った。「おまえは信頼できる生き物の手に守られているよ」

「ただ、教えてくれないこともたくさんあるけどね」と、オクサは言い返した。「たとえば、〈千の目〉があちこち騒々《そうぞう》しいこととか、あたしが近寄ると内緒《ないしょ》話をやめることとか、こっそりほほえむとか……もう少しで気が変になりそう!」

パヴェルは顔を輝かせて口を開いた。

「おまえはぼくがいつにも増してエレガントなのに気づいた。だから、おまえもめかしこまないといけないよ。今日は大事な日なんだからね、ぼくの大事なグラシューズさん!」

フォルダンゴがヤナギの枝で編まれたドレス掛《か》けにていねいにかけられていたケープに近づいた。ケープを取ろうとすると、ケープは縮んで鋼鉄の球のようにぎゅっと丸くなった。

「見た？　あたしのケープには安全装置があるんだよ。あたしじゃない人がさわると、身を守るわけ」

「すごく賢《かしこ》いな」パヴェルが感心した。

フォルダンゴはケープの玉をそっと持って主人にわたした。オクサが玉をふってケープをもとの形にもどすと、すばらしい布と刺繍《ししゅう》が目の前にあらわれた。オクサは白いブラウスのしわを伸ばし、いつも身につけているネクタイを直し、ジーンズのほこりをはらった。それから、腕を伸ばしてケープをはおった。織り糸のパワーは少しも衰《おとろ》えていなかった。グラシューズに触《ふ》れると、その心を力と温かさで満たし、驚くべきエネルギーをもたらすのだ。ケープをはおるたびに、いつもオクサは驚きと感動に満たされる。父親を目で探すと、もういなくなっていた。

「バルコニーのほうに目を移されるようにという助言がグラシューズ様にあたえられます」フォルダンゴがうやうやしく言った。

外に目を向けると、自分が予想していたとおりだった。いっぱいに翼《つばさ》を広げた闇《やみ》のドラゴンと一体になった父親が晴れやかな顔をしてオクサを待っていた。

ドラゴンの背に乗り、ケープを風にはためかせながら、オクサは〈千の目〉の上空を飛んだ。〈クリスタル宮〉の最上階からオクサが見て思ったことは正しかった。街は住民が一人もいないかのようにしんとしていた。勢いよく茂《しげ》る植物に部分的にふちどられたアーチ形の通りや屋上テラスの上をドラゴンはすれすれに飛んだ。ときどき翼が、ビロードのカーテンをふってしわを伸ばすときのような重いこもった音を立てた。

「みんな、どこに行ったんだろ?」オクサが不思議そうに言った。

いっしょにドラゴンの背中に乗っているオクサの生き物たちは黙って主人を見つめた。「陰謀をもった者」にしっかりと言いわたされた沈黙の命令を生き物たちはちゃんと守っていた。とつぜん、闇のドラゴンが北の丘《おか》のほうへ方向を変えた。テュグデュアルが三日前に連れて行ってくれたところだ。ドラゴンは廃墟《はいきょ》になった建物や石畳《いしだたみ》がほとんどなくなってしまった道の上をあいかわらず、すれすれに飛び、はげた丘の頂上に着いた。

オクサはみんなが準備していることに気づいてはいたけれども、これほどとは思わなかった。闇のドラゴンが丘に着き、準備されたサプライズの内容を知ったとき、オクサはドラゴンの背中からすべり落ちそうになった。

杭に支えられた十ほどの階段席が黒っぽい水の湖をぐるりと囲っており、新たなグラシューズに味方した五千人ほどの男女、子ども、生き物たちが座っていた。オクサの姿が見えると、全員がいっせいに立ち上がり、ものすごい歓声がわきあがった。はるか上をおおう〈アイギス〉の膜《まく》がその震動《しんどう》で震《ふる》えている。闇のドラゴンはいったん湖の水面すれすれに高度を下げてから湖上を横切り、くるりと向きを変えて人でぎっしりと埋《う》まった湖岸に沿ってゆっくりと飛んだ。ドラゴンが通ると歓声が大きくなり、オクサを歓喜で包みこんだ。オクサは目に涙《なみだ》を浮かべ、自分に向けられる国民の視線やほほえみをすべて受け止めた。それは、国民の新グラシューズへの支持をあらわしているだけではない。一人一人の心を無限の光で照らすオクサを、自分たちのグラシューズとしてほめたたえる喜びの表現だった。

39 お祭りの始まりだ！

群衆の熱狂《ねっきょう》的な歓声のなか、闇《やみ》のドラゴンはいちばん小さな階段席の前にあるこじんまりとした砂浜に下り立った。その階段席にはゆったりとした天幕が張ってあり、横断幕や旗――オクサのネクタイと同じマリンブルーとボルドー色のストライプだ！――といっしょにそよ風に揺《ゆ》れていた。この心遣《こころづか》いはオクサをなんともいえない感動に包んだ。オクサはドラゴンのわき腹をすべり降りて白い砂の上に立った。オクサのフォルダンゴ、ヤクタタズ、ジェトリックスもあとに続いた。そして、ドラゴンが主人の背中の刺青《いれずみ》にもどるのを見ると、観衆は驚き、湖面にひびきわたるような歓声をあげた。

「グラシューズ様はこの階段への登頂を実行されたいでしょうか？」フォルダンゴがたずねた。

「〈逃げおおせた人〉であるご友人方とグラシューズ様に近しい方たちが地理的な接近を希望して

いらっしゃいます」

階段席を見上げると、オクサの大切な人たちがみんないた。クヌット一族、フォルテンスキー家、ベランジェ夫妻、ゾエ、レミニサンス、〈ポンピニャック〉の公僕《こうぼく》たち、そしてもちろん、いままででいちばん輝いてみえる後見人アバクムだ。

「おいで」

パヴェルがそばに来てそうささやくと、肩《かた》を抱《だ》くという父親らしい仕草をしようとして思いとどまった。それに気づいたオクサは父親の手に軽く触《ふ》れた。ケープがパヴェルの肌《はだ》をなでると、パヴェルは袖を飾《かざ》る植物と鳥の刺繍《ししゅう》が放つエネルギーに触れてはっとした。それから、オクサは髪《かみ》をさっと後ろにはらって向きを変え、アバクムが両腕《うで》を広げて待っているグラシューズの観覧席にあがった。アバクムの後ろには、凍りつくような、それでいて燃え上がるようなまなざしのテュグデュアル、そしてよく彼のそばにいる謎《なぞ》めいた表情のゾエ。二人ともほかの人たちにならってエデフィア特有の衣装を身につけている。

オクサは大切なふたりをしばらく見つめた。テュグデュアルは前合わせのチュニックと作務衣《さむえ》風のズボン、やわらかい革のショートブーツを身につけている。彼の髪のように黒ずくめだ。

ゾエのほうは、スタンドカラーのキルティングのシルクドレスに、ゆったりとしたパンツ、それに平たいサンダルをはいていた。赤みがかったブロンドの髪を二つのおだんごにしたヘアスタイルは、そばかすの散った顔を引き立てていた。ピュアで陰《かげ》りのあるその美しさはだれにも否定できないだろう。オクサが愛する人と親友に晴れやかな視線を向けると、二人はそれぞれのやり方で応えてきた。一人は共犯者的なウインクで、もう一人はひかえめなほほえみで。

ヤクタタズに背中に乗られ、フォルダンゴとジェトリックスに両手をとられて、パヴェルも階段席についた。まもなく、大きな声がとどろいた。

「みなさん、生き物や植物たちも、ご静粛《せいしゅく》に！」

オクサはその声がどこから聞こえてくるのか目で探した。まさか、あそこにいるレモン色の小さな鳥からじゃないよね？　でも……。

「わたしたちの新たな君主になった方、グラシューズ・オクサをたたえるために今日はみなさんにお集まりいただきました！」拡声器のような鳥が叫《さけ》んだ。

当然ながら、あらゆる視線がオクサに集まり、彼女のほおも額も首まで真っ赤になった。ジェトリックスはパラソリエの葉で献身《けんしん》的にオクサをあおいだ。

「あたし、なにか言わないといけないよね……」

オクサはそうつぶやきながら、グレーの目の間に縦じわを寄せて、「絶対にしないといけないんだよね？」と父親に目で問いかけた。パヴェルは楽しんでいるようにうなずいた。

「オーケー、わかった」オクサはしぶしぶ言った。

それから、オクサの目は人であふれた観客席に向いた。オクサが行動を起こす素ぶりを見せるのを今か今かと待っているようだ。オクサは前に進み出て、手すりにしっかりつかまり、はっきりした声で話し出した。

「今日、みなさんとごいっしょできて、とてもうれしいです」

ナフタリがオクサのほうに手を伸ばして、いったんストップするよう合図した。手のひらに虹《にじ》色に輝く白っぽい錠剤《じょうざい》があった。

「拡声キャパピルを使えば、みんなに聞こえるよ」

「ホント?」オクサは勢いこんでたずねた。

「もちろんさ!」と、ナフタリが答えた。チャコールグレーのフランネルの服がとてもよく似合っている。

オクサはキャパピルを受け取って口のなかに入れた。あっという間に溶《と》けて、のどの奥が変な感じがした。

「おほん……」

そのひと言は湖の反対側まで響いた。驚いたオクサは思わず笑った。すると、笑い声がまた増《ぞう》幅《ふく》されてひびきわたった。その笑い声につられて人々の顔が明るくなり、目が輝いた。しまいには笑いがみんなに伝染した。笑い声がどっと起きて、雷《かみなり》のようにひびいた。オクサが笑えば笑うほど、人々の笑い声も大きくなった。

「あのう、今日みなさんとごいっしょできるのがうれしいと言ったところでした」オクサはどうにかこうにかまじめな顔をつくって話を続けた。「エデフィアの失われた調和が取りもどせるよう、わたしはベストをつくします。でも、わたしにはみなさんが必要ですし、わたしたちはみんな、おたがいが必要です。みんなでいっしょにやりとげましょう……」

オクサは〈ポンピニャック〉のメンバーを任命したときに、ごくひとにぎりの人たちの前で宣言したことを全国民がいる前で繰り返した。ものすごい歓声がオクサのスピーチを中断した。すると、手が肩におかれたのを感じた。

「ちっちゃなグラシューズさん、おまえは立派な政治家になれるな！」

テュグデュアルが耳元でささやいた。

オクサはいたずらっぽく大きく目を見開き、スピーチを続けた。

「わたしたちの周りに忍《しの》び寄《よ》る危険を感じながら、一人一人が〈千の目〉の再建に取り組んできました。まだまだその仕事は終わっていません。でも、今日は特別な日だとわかりました。今日はお休みですから、サプライズでいっぱいのこの日を楽しみたいと思います！」

小さな拡声器のような鳥がオクサの横に来て手すりにとまり、宣言した。

「では、お祭りを始めましょぉーう！」

歓声がいっそう大きくなった。階段席では期待に満ちた叫び声があがり、マリンブルーとボルドー色の小旗が何千と振《ふ》られた。

「これから始まるショーはエデフィアの古い伝統のひとつです！」進行役の鳥が宣言した。「みなさんのなかでも年配の方だけが覚えていらっしゃるでしょう。最後に開催《かいさい》されたのはグラシューズ・マロラーヌの時代の一九五二年ですから。みなさん、そして生き物と植物たち！　この特別な〈ウェーブボール〉の試合で対戦する二チームを、ふさわしい拍手でお迎えください！」

オクサは口をあんぐりとあけてアバクムを見た。

「信じられない！」オクサは拡声キャパピルの効果を考えて、アバクムにひそひそ声で言った。

「このスポーツのことはグラシューズ古文書で何度も読んだけど、すごくおもしろそうだよね！」

アバクムはうなずいてから、推進板をつかんであらわれた八人のほうを見るようオクサをつついた。

「青いユニフォームは〈速攻《そっこう》ウナギ〉、対する緑のユニフォームは〈猛烈《もうれつ》コガネ〉です。盛大な拍手で迎えましょう！」

二チームはグラシューズ観覧席の前で、猛スピードで交差していった。それから、再びオクサの目の前にもどってきて宙に浮かんだままおじぎをし、左右に分かれて湖岸に沿ってアクロバットを繰《く》り返《かえ》しながら飛んでいった。大喜びの観客は大きな拍手と歓声をさかんに送った。

「説明してくれる？」オクサはアバクムにたのんだ。

オクサはぶつかるすれすれでクロスしながら飛ぶ選手たちを見つめ、ほかの若い〈逃げおおせた人〉たちとともに耳をかたむけた。

「シンプルなゲームだよ」アバクムが説明を始めた。「ハンドボールみたいなものだけれど、いくつかルールがある。おまえたちの気に入りそうな変則ルールもあるんだ」

「気に入るのはまちがいなさそう！」と、オクサが叫んだ。

「二チームが対戦するんだが、〈ピキューズ〉というボールを相手のゴールに入れればいい。チーム内で三回以上パスしてからでないとゴールは狙《ねら》えない。それに、〈ピキューズ〉は一人が十秒以上持ってもいけないんだ。変則ルールはおまえたちに自分で見つけてもらおうかな」

オクサたちが抗議《こうぎ》の声をあげるなか、アバクムは自分の席にゆったりと座りなおし、湖のほうを指さした。観客席はすでに熱気に包まれていたが、さらに興奮の度合いが高まった。黒い湖面の真ん中にあらわれた生き物を見ると、若い〈逃げおおせた人〉たちはびっくりしてしんと静まり返った。

40 ウェーブボール

「あれって、なに?」階段席の手すりにもたれたオクサは震《ふる》える声でつぶやいた。

だれも答えなかった。みんな、湖の水面にどっしりと立った、体長四メートルはある恐竜《きょうりゅう》のような巨大な生き物に目を奪《うば》われていたからだ。腹の出た明るい灰色の体はクジラのようにつややかで日の光に輝いていた。とてつもなく長い首をしたその生き物は、革の兜《かぶと》をかぶった小さな頭をかしげて、優しい目でぐるりと観客を見回した。オクサは恐竜が自分に頭を下げるのをはっきりと見た。

「エラスモサウルス(首長竜)みたい」ゾエがつぶやいた。

「それか、ネッシーか……」オクサもみとれていた。

観客と同じように司会者の鳥もぼうぜんとしている。

「すばらしく美しい、超《ちょう》巨大なネストーです!」

「これがネストー！」オクサが小声で叫《さけ》んだ。

この生き物のことは〈覚書館《おぼえがき》〉で読んだことがある。だが、実際に目にすると、やはり驚かずにはいられなかった。

「オシウスのおかげだな」アバクムが言った。「水不足にもかかわらず、彼は〈断崖山脈《だんがい》〉の水のわきでる洞窟《どうくつ》の奥にネストーのつがいを生き延びさせたんだ。仲間がわたしたちをそこへ連れて行ってくれたとき、洞窟にはほとんど水がなくなっていて、かわいそうなネストーたちは苦しんでいた。だが、幸いなことに均衡《きんこう》を取りもどしたおかげで雨が降り、みんな無事だったがね」

オクサはこのすばらしい生き物が何もない洞窟の奥で、ひからびてゆっくりと死んでいくところを想像してぞっとした。すると、ネストーの背中にベルトでくくりつけられている金色の箱がオクサの目にとまった。ネストーの周りに直径十メートルくらいの炎《ほのお》のように輝く円があらわれた。オクサは褐色《かっしょく》の湖が〈外界〉のサッカー場が四つは入りそうなほど巨大な競技場になったことに気づいた。

同時に、ジェトリックスとメルリコケットたちがツタで編んだゴールを湖の両端《りょうたん》にすえた。二つのゴールにはそれぞれのチームカラーの兜をかぶった発光ダコが陣取《じんど》った。敵を威嚇《いかく》するようにしきりに足を動かしている。

「おもしろそう！」オクサはわくわくした。

「では、各チームの射手《しゃしゅ》にそれぞれのチームに加わってもらいましょう」拡声器の役目をする鳥がアナウンスした。

オクサは愉快《ゆかい》そうな目を鳥に向けた。どうやったらこんな小さな鳥がこんなに大きな声を出せるんだろう？

「この鳥って、ホントすごいよね！」オクサがつぶやいた。

「赤ちゃんのとき、拡声キャパピルを作る鍋《なべ》のなかに落ちたんだと思うな」

ゾエがまじめな顔でじょうだんを言った。

「そうかもね！」と、オクサ。

「だれが選ばれたんでしょうか？　すぐにわかりますよ」拡声器の鳥が言った。

ジェリノットが二羽、空にあらわれた。それぞれ、背中に弓と矢筒《やづつ》を持った選手を一人ずつ乗せている。一羽の鞍《くら》には羽の生えたウナギ、もうひとつの鞍には盾《たて》を持ったコガネムシの紋章《もんしょう》がついていた。

「〈速攻《そっこう》ウナギ〉の射手はグンナー、対する〈猛烈《もうれつ》コガネ〉はシーグルドです！」司会者の鳥が発表した。

二人の射手は耳をつんざくような歓声のなか、誇《ほこ》らしげにジェリノットに乗って、チームのメンバーといっしょに湖のほとりを一周した。

「ご声援《せいえん》をおねがいします！　試合開始です！」鳥が絶叫《ぜっきょう》した。

二羽のジェリノットは水をかきながら白鳥のように優雅《ゆうが》に湖の真ん中に進み、水面から数十センチの高さに浮かんだ。

「射手は位置についてください。巧《たく》みな者が勝利しますように！」

湖畔に散らばった男女がクラッシュ・グラノックから無数の〈振動弾《しんどうだん》〉をいっせいに空に向かって発射した。すると、その振動が気流にはね返って風を起こし、ジェリノットたちが空中にとどまろうとするのをはばんだ。グラノックがいっせいに発射されるたびに、射手とジェリノットはバランスをとるのに苦労した。湖面にも大きな波や渦巻《うずま》きが立っている。

射手の一人が光る円に近づくことに成功し、先の丸い矢を射ようと構えたとき、その体が急にかたむいた。乗っていたジェリノットが高さ四メートルはある波をまともに受けてバランスをくずしたのだ。観客ははっと息をのんだ。

「グンナーが危険です！　ここで落ちると、〈速攻ウナギ〉は〈エデフィア最高射手〉のタイトルを獲得《かくとく》するチャンスを失ってしまいます！　しかし、グンナーはジェリノットの羽をつかんで体勢を持ち直しました。なんて勇敢《ゆうかん》なんでしょう！　観客のみなさん、これは勇気ある行為《こうい》です！」

ジェリノットが羽をつかまれるのを嫌《きら》うのはよく知られている。その評判どおり、グンナーが乗っているジェリノットはやかましく鳴き声をあげ、めちゃくちゃに動き回った。そのすきに、相手チームの射手シーグルドが矢を構え、ネストーの背中についている小さな箱を狙《ねら》った。ネストーは水面を跳《は》ね回ったので、無数の〈振動弾〉によって荒《あ》れていた湖水がいっそうひどくなり、シーグルドの矢ははずれた。グンナーは再び光の円に近づいて最初の矢を放った。矢はネストーのぶ厚い皮膚《ひふ》に当たってはね返った。二本目の矢は湖水のなかに落ちた。すると、シーグルドが新たな矢を構えた。

「だれが最初にピキューズを手に入れるのでしょう？　まだまだわかりませんよ、グラシューズ様、国民のみなさん、生き物や植物のみなさん」

しかし、次の矢でみんなが待ちかまえていたことがやっと起こった。ネストーの背中の箱からきらめく花火のような光の輪が飛び出した。観客は大きな歓声を上げて総立ちになった。

「やりました、観客のみなさん！　ついにピキューズが放たれます！　グンナーがわずか三本の矢で成功したので、〈速攻ウナギ〉に最初の一点があたえられます！　グンナー、万歳《ばんざい》！」

大きな拍手が階段席を飲みこんだ。ネストーは首を回し、鼻先を使って背中につけた箱から大きなボールを器用に取り出した。ボールは日の光に当たってダイヤモンドのように輝いている。いちばん遠く離れた席からもそのボールは見えた。ネストーは歯の間にそっとボールをはさんで長い首をぐっと伸ばし、巨大な生き物とは思えないほどデリケートな仕草でグンナーの手にわたした。これで役目は終わったのか、ネストーはくるりと一回転し、黒っぽい湖水の中に派手な水しぶきをあげてもぐってしまった。ところが、数秒すると連れといっしょに再び姿をあらわした。

「ボールライダーとボールゴーラー、位置についてください！　グラシューズ様が試合開始の合図をされます！」司会者の鳥が宣言した。

「えっ？　いったい何をしたらいいの？」オクサはあわてた。

「二匹のネストーのところまで浮遊《ふゆう》して行くんだ」すぐにアバクムが説明してくれた。「グンナーがピキューズをおまえにわたす。そうしたら、おまえはそれをできるだけ高く放り投げればいいんだよ」

「それだけ？　それならできそう。すぐにね！」オクサは顔を輝かせて言った。

その間、それぞれのチームカラーのユニフォームと兜を身につけたプレーヤー八人は待ちきれないでうずうずしていた。推進板を前に持ち、いつでも発進できる姿勢に構えている。ゴールでは発光ダコが足をしきりに動かしている。

「愛すべきグラシューズ様、あなたの出番です！」司会の鳥が言った。

オクサは湖の中央まで浮遊して行った。そこでグンナーはオクサにおじぎをして輝くボールをわたした。すると、巨大な砂時計が水から出てきて、〈アイギス〉すれすれまで高くあがった。

オクサは勢いをつけて腕《うで》をふり、力いっぱいピキューズを放った。すると、銀色の砂が入った砂時計がゆっくりと上下の向きを変え始めた。

観衆が興奮して叫ぶなか、オクサはグラシューズ観覧席にもどった。砂時計がほとんど垂直になりかけている。もうすぐ試合が始まるのだ。


二チームのプレーヤーたちは推進板につかまって湖の中央に向かってまっしぐらに飛んだ。水面の数メートル上まで落ちてきたピキューズはネストーのしっぽのひとふりで再び宙に舞《ま》い上がった。プレーヤーたちはそれを追いかけた。最初につかんだのはグリーンのユニフォームだ。

「おおっ、〈猛烈コガネ〉チームのルーシーです！」司会の鳥が叫んだ。

「うまいわ、ルーシー！」オクサが応援した。

「観客のみなさん、シュートするまでに少なくとも三回はチーム内でパスしなければいけません！」黄色い鳥が注意した。「二回目のパスがホルガーに行った！　ああっ、スピアーズが波を正面から浴びて落ちました！　ハネガエルたち、急いで！」

　不運なスピアーズは頭から湖に向かって落ちていった。すぐにトンボのような羽のついたカエルたちが落下していくスピアーズに向かって飛んでいき、体をつかんで荒《あ》れ狂《くる》う湖水から引き上げた。

　湖の岸では、〈振動弾〉を発射する人たちがむきになって恐ろしい嵐《あらし》を起こしているうえに、ネストーがしっぽで水面をたたくものだから、湖面の波は荒れ狂っていた。突風《とっぷう》や大波にひっくり返されないように用心しながら、プレーヤーの手から手にボールがわたった。推進板の上に立ってサーフィンのように高波に乗る人もいれば、推進板を手に、異常に興奮した二匹のネストーの間を縫《ぬ》って飛ぶ者、湖面に打ちつける波頭を猛スピードで押し分けて進む者……動き方はいろいろだ。とつぜん、観衆が甲高い叫び声を上げた。ピキューズが〈猛烈コガネ〉チームのルーシーの両手の間でふくらみ出したのだ。

「四……三……二……」拡声器の鳥が興奮した調子でカウントダウンした。ルーシーは必死になって周りに味方のプレーヤーがいないか探している。

　だれもが息を詰《つ》めた。やっとピキューズがルーシーのチームメイトの手にわたった。

「おおっ！　ほぼ一秒の差でルーシーはピキューズの容赦《ようしゃ》ない針を逃《のが》れました」

　オクサは眉《まゆ》をひそめた。

「どういうこと？」

「同じ人の手のなかに十秒以上とどまると、ピキューズは針だらけのウニみたいになるんだよ。その結果どうなるか、簡単に想像がつくだろう?」アバクムが説明した。

オクサは顔をしかめてから、再びスリリングな試合のほうに注意を向けた。ちょうど、グリーンのユニフォームのプレーヤーが相手ゴールにピキューズをシュートしようとしていた。ブルーの兜をかぶった発光ダコは、そうはさせまいと長い足をさかんに動かしている。しかし、努力はむなしく、ボールは発光ダコの頭を超《こ》えてゴールに入った。

「〈猛烈コガネ〉チーム、一点! 完全な同点、みなさん、完全な同点です!」司会者は興奮して叫んだ。

二チームは前にもまして闘志《とうし》まんまんでゲームを再開した。とつぜん、〈速攻ウナギ〉のプレーヤーが〈猛烈コガネ〉のプレーヤーに向かって突進した。あちこちに行くボールのゆくえに夢中になるあまり、〈猛烈コガネ〉のプレーヤーは相手チームのプレーヤーが自分に向かってくるのが目に入らなかった。〈速攻ウナギ〉のプレーヤーにまともにぶつかられ、ふらふらになって味方のプレーヤーにものすごい音を立てて衝突《しょうとつ》した。二人の推進板はこなごなに砕《くだ》け、湖に落ちていった。観客は総立ちになって、〈速攻ウナギ〉のプレーヤーをやじった。

「ファウル!」司会者の鳥がどなった。「〈速攻ウナギ〉にファウルです! この行為は完全に禁止されています! ユニウスは銀の砂、十五粒《つぶ》の間、退場になります。〈猛烈コガネ〉のプレーヤーに新しい推進板を持ってきてください!」

こうしてゲームはさらに四十五分くらい続いた。急降下したり、危険をおかしてパスしたり、推進板に乗ったまま回転したりと、あらゆる技が披露《ひろう》された。ときには、ユニウスが一時退場を命じられたようなルール違反《いはん》もあった。砂時計の最後の銀色の砂粒が落ちたとき、熱狂《ねっきょう》的な歓声のなか、拡声器の鳥がゲーム終了の口笛を吹いた。

「〈速攻ウナギ〉は三点と、〈エデフィア最高射手〉のタイトルを獲得しました！　おめでとう。拍手をどうぞ！　では、対戦チームはどうでしょう。〈猛烈コガネ〉は四点で、今日の試合に勝利しました！　万歳！」

41　だれもじゃまできない祝宴《しゅくえん》

「ふうっ、すごい試合だったよね！」

大声で声援《せいえん》したので、オクサの声はかれている。このウェーブボールの試合はいつまでも記憶《きおく》に残るだろう。試合終了の合図があるやいなや、ファンたちはそれぞれ、お気に入りのプレーヤーのところに駆《か》け寄《よ》ってねぎらった。オクサはというと、どちらのチームのほうが好きか決めかねていた。

〈速攻《そっこう》ウナギ〉チームの波に乗る名人芸に驚かされたが、〈猛烈《もうれつ》コガネ〉チームは空中をサーフする技術に特徴《とくちょう》があって、こちらも捨てがたい。オクサはプレーヤーが集まっているところまで浮遊《ふゆう》して行った。すぐにグラシューズ関係者と〈ポンピニャック〉のメンバーも続いた。しかし、オクサがあこがれのまなざしでプレーヤーたちに近づいたとき、湖畔《こはん》が不吉《ふきつ》な影《かげ》でおおわれた。みんなは空を見上げた。まもなく話し声がとだえ、不安な叫《さけ》び声《ごえ》がひびいた。

火の玉で攻撃《こうげき》されているバリアに向かって〈昼部隊〉がすぐに飛び立った。伸び縮みするバリアの表面に火花が音を立てて散っている。膜《まく》は透明《とうめい》なので、反逆者《フェロン》の攻撃の様子が丸見えだ。湖岸では、パヴェルが怒りのあまり、すぐに闇のドラゴンとなって飛び立った。しかし、反逆者《フェロン》たちの黒い群れと火の玉はすでに消えており、その痕跡《こんせき》が残っているだけだった。いがらっぽい煙と〈アイギス〉についた黒い大きな丸い跡《あと》だ。〈昼部隊〉が〈防衛〉の公僕《こうぼく》と最高のグラノック学者に助けられて膜を補強している間、人々は重く口を閉ざしていた。

この新たな攻撃はみんながすでにわかっていたこと——反逆者《フェロン》たちはどんな挑発《ちょうはつ》でもやってのける——を証明したにすぎないが、湖畔はみんなのなげきの声に包まれていた。とつぜん、何百人という男女が決然と飛び立った。彼らはひとかたまりになってオクサの頭上を飛びながら大声で叫んだ。

「生のために強くあれ、死ぬまで団結しよう！」

若いグラシューズを囲んだ群衆もまもなくそれに加わり、顔を上げてこぶしをにぎり、その勇ましいスローガンを叫んだ。生き物たちも跳《は》ねたり、甲高《かんだか》い声を上げたり、飛んだりしながら、これに加わった。

「あの卑怯《ひきょう》な反逆者《フェロン》たちがあたしたちをびびらせたと思ったら大まちがいよ！」と、オクサはくちびるを震《ふる》わせながらののしった。「いまにあたしたちの本当の姿を見せてやるわ。そしたら、自分たちがどんなに苦しむことになるかわかるでしょう！」

オクサはみんなに呼びかけたかったが、声は遠くまで届かなかった。

「ナフタリはどこ？」気のはやるオクサがたずねた。

「グラシューズ様のスカンジナビアのご友人は〈千の目〉の安全の保護をするカバーの補強を行っていらっしゃいます」フォルダンゴが答えた。「グラシューズ様の召使《めしつか》いは助けをもたらす能力を持っているでしょうか？」

「拡声キャパピルがほしいの」オクサはため息をついた。

近くにいてこの会話を聞いたレミニサンスが、薄手《うすで》のシルクのクレープ地の長いチュニックのポケットから自分のキャパピルケースを出した。そして、虹《にじ》色の錠剤を一粒《つぶ》出して、ほほえみながらオクサにわたした。オクサはすぐに飲みこんだ。

「みなさん、今日は私たちのお祭りです！」

オクサの声が湖の周りにひびくと、みんなはすぐに耳をかたむけた。

「たったあれだけの攻撃に白けて、お祭りを台無しにすることはありません！」オクサは興奮したまま言い放った。

オクサのこの言葉と声のトーンは期待通りの効果をもたらした。オクサに賛同する歓声が群衆からわきあがった。司会の鳥がいそがしく羽ばたいてやってきて、オクサの肩《かた》にとまった。

「グラシューズ様、お祭りの続きをアナウンスしてもいいですか?」と、耳元にささやいた。

オクサはにっこりとうなずいた。鳥はぶるっと体を震わせ、羽をふくらませて息を深く吸いこんでから数メートルの高さまで飛びあがった。

「グラシューズ様、国民のみなさん、生き物たち、植物たち、このすばらしい日のお祝いを続行いたしましょう!」

〈昼部隊〉や空中にいた人たちみんなが湖の岸にもどってきた。しかし、バリアをすみずみまで監視《かんし》するため、目立たないようにあちこちに飛び立つ者がいることにもオクサは気づいた。用心するにこしたことはない。

司会の鳥がオクサのところまで下りてきて顔に触《ふ》れ、それからまたロケットのようにびゅんと舞《ま》い上がって、あっと驚く指示を出した。

「大工さん、大工さん、階段席の切り替えをしてください!」

エミカが率いる数人の森人《もりびと》が、推進板を使っていちばん大きい階段席に向かって飛んでいき、それぞれ作業の持ち場についた。ぎしぎしする音が聞こえ、精巧《せいこう》な装置が動き始めた。階段席を構成する桁《けた》が回転して立ち上がり、おたがいに組み合わさってまったくちがう構造になった。わずか数分で、階段席がいくつかの巨大な柱に変わった。

「奇跡《きせき》だわ!」見事な変わりようにオクサはうっとりした。

「まだ、驚くのは早いぜ」テュグデュアルが釘《くぎ》を刺《さ》した。

鳥の群れがどこからかやってきて、新しいグラシューズのシンボルカラーになったマリンブルーとボルドー色の巨大な布を運んできた。鳥たちは巨大な柱の上に布を器用にかけた。そして、このすばらしい大テントが完成した印として、発光ダコたちが地面までとどく布の端《はし》を持ち上げて入り口を作った。

オクサは近しい人たちをはじめ、何百人もの人々を引き連れて、その立派なテントまで浮遊していった。下を見ると、大勢の人が同じ場所に行こうと湖岸に沿って急いでいる。まるで力強く気高い猛獣《もうじゅう》の群れのようだ。

オクサはやっとテントに着いた。あまりに大きくて、てっぺんは空にとどきそうだ。あらゆる種類の生き物やたくさんの人々が、二人組か三人組になって食べ物が盛られたプレートを運んでいた。ロバのようにたくさん荷物を積んだジェリノットが一羽、熱心なジェトリックスに引っぱられてきた。

「ほらほら、コッコさんよ、おれらのグラシューズ様に餓死《がし》してほしくないんだったら、さっさと動くんだよ!」

ジェリノットはいつもとちがって文句も言わず、テントの中にすべりこんだ。

「こんなに慕《した》われるのってさ、どんな気分?」

オクサのそばにくっついて、テュグデュアルがたずねた。

オクサはいつものように体がかっと熱くなるのを感じた。

「あなたのくだらない質問にはうんざりする」

「あんまりしゃれた受け答えじゃないよな、ちっちゃなグラシューズさん」

「あたしを挑発《ちょうはつ》しようとしてるんだ！」オクサはできるだけまじめな顔をして、怒っているふりをした。「〈クリスタル宮〉の地下のおぞましい独房《どくぼう》のことは話したよね？」

「やめろよ、震えてくるじゃないか！」

「またまた……」

「偉大《いだい》な陛下《へいか》に敬意を表するための贅沢《ぜいたく》なお祝いのこの日に、楽しむ許可をあたえてくださってありがとうございます、敬愛する陛下」

オクサはわざとうなり声をあげた。

「ほら、行こうよ。中を見てみよう！」

オクサはテュグデュアルの腕《うで》を引っぱってテントの中に入った。


最初にオクサが目にしたのは、テントの真ん中に吊《つ》り下がったクリスタル製の大きなシャンデリアだった。無数のクリスタルのオーナメントが、波模様の暖かい紫《むらさき》色の重厚なサテン——ドラゴミラの部屋とそのバロック調の内装を思い出させた——のテントに光の模様を映し出していた。地面にはターコイズ色の豪華《ごうか》な絨毯《じゅうたん》が敷《し》かれており、王宮のような快適さだ。テントの布地とのコントラストも美しい。

「わあっ、ウソみたい」オクサはため息をついた。「知らないうちに、これだけのものをそろえるなんて、どうやったのかな？」

「魔法使いの国民を治めてるってことを忘れてるよ」と、テュグデュアルが答えた。

「ううん、忘れてないよ！　それでも、びっくりするのよね」

　オクサはそこにいる何百人という人々の間を進んだ。みんなは明るいほほえみを浮かべ、目を輝かせて、オクサのために道をあけた。テュグデュアルと〈逃げおおせた人〉たちと〈ポンピニャック〉の公僕《こうぼく》たちは、オクサに敬意を表して少し距離《きょり》をとって続いた。テント内は人がひしめいていたが、大勢の足音や話し声は絨毯やテントの布の厚みに吸い取られているかのようだ。ジェトリックスたちの遠慮《えんりょ》のない大声ですら気にならない。その興奮ぶりを考えると、布の吸音効果は奇跡的といってもよかった。大きくておとなしいジェリノットはカーニバルの山車《だし》にのる張りぼて人形のように、テントの奥でじっとみんなを見守っている。テントの端から端までぶら下げられた千個はありそうな鉢《はち》植えの植物と同じように。

「グラシューズ様、栄養を取ることを開始する希望に出会われましたか？」

　とつぜん、喜びに上気したフォルダンゴがたずねた。

「そうね、それ以上の望みはないわ！」と、オクサは答えた。

42　ごちそうがいっぱい

フォルダンゴが弓形のテーブルがいくつも置かれたところを指さした。ラズベリー色の麻《あさ》のテーブルクロスの上には、ドーム型のプレートカバーでおおわれた料理――それでもおいしそうな匂《にお》いがもれていた――がいくつも並んでいた。

興奮したジェトリックスとヴェロソたちがやってきた。そのあとにけげんそうな顔をしたヤクタタズ三匹が続いた。彼らは大げさな身ぶりでプレートカバーをつかんで、周りにおかまいなしに宙でくるくると回し始めた。オクサと〈逃げおおせた人〉たちはとっさに防御《ぼうぎょ》の構えをとった。プレートカバーが自分たちに向かってくるようなら磁気術を使うしかない。しかし、メルリコケットたちが用心していて、形を変えることのできる手足を無数の腕《うで》に変え、器用に全部のプレートカバーを回収したので、だれもが胸をなでおろした。

エデフィアの住人たちは、その見事なパフォーマンスをほめたたえてさかんに拍手し、口笛を吹いた。オクサも楽しそうにその仲間に加わった。そのかたわらでファイヤーフラワーが花火を飛ばし、人懐《ひとなつ》っこいピュルサティヤはそばにいる人たちの手首に巻きついた。

「オクサや、彼らは言いたがらないけれど、このすばらしい宴会《えんかい》の準備を取り仕切ったのはおまえとレオミドのフォルダンゴたちだよ」アバクムが説明した。

オクサはうれしそうにアバクムを見つめてから、急いで四人のフォルダンゴのところに行った。オクサはかがんで一人一人にキスし、心からの感謝の言葉を耳元でささやいたので、彼らはとまどっていた。長年、オクサの大伯父《おおおじ》レオミドに仕えていたフォルダンゴットは真っ赤になって、かぼそい脚《あし》に支えられた体をよろめかせた。

「まあ、グラシューズ様！」フォルダンゴットは頭のてっぺんのひと房《ふさ》のレモン色の髪《かみ》を揺《ゆ》らした。「あなた様の召使《めしつか》いは自らの頭脳とエデフィアの祖先の料理に関する記憶《きおく》を集中的に使用し、任務の遂行《すいこう》を果たしましただけです」

「でも、これってすごい量じゃない？」オクサはあふれるほどの皿がのるテーブルを指さした。「これだけの用意ができたなんて、ホント、奇跡《きせき》よね！　昔みたいに物が豊かじゃないから、いろいろ足りないものもあったろうし……どうやって準備したの？」

そばにいたゴラノフと同じように――理由はちがうけれども――フォルダンゴットは気分が悪くなったらしい。予想通りのことが起きた……。この「耐《た》えられない」光景にショックを受けたゴラノフたちをジェトリックスがあおいでいる間に、二人のフォルダンゴは感情の高ぶったフォルダンゴットを支え、子どものフォルダンゴはそのそばであえいでいる。静かな感動が周りに漂った。感情がいっぱいになると必ず失神するというフォルダンゴやゴラノフのデリケートさを知っている人たちは驚かなかったが、実際に見たことがなかった若い世代は、伝説が本当だったことがわかって驚いているのだ。

居心地が悪くなったオクサは子どものフォルダンゴを腕に抱《だ》いた。あまり成長していなくて、相変わらずかわいい。

「いい子ね、心配しなくていいよ。なんでもないから……」オクサは耳元でささやいた。

体じゅうに生えている半透明《とうめい》な産毛がオクサの鼻をくすぐった。このかわいくてたまらない大きな赤ちゃんを抱いているとすごく気持ちがいい。

「ああ……フォルダンゴットは後悔《こうかい》の詰《つ》まった失神に陥《おちい》りました！」やっと気がついたフォルダンゴットがなげいた。「お祭りを台無しにすることをひき起こしましたので、この場から消え去る行為《こうい》を開始することをグラシューズ様に提案いたします」

フォルダンゴットはフォルダンゴ二人に助けられてまっすぐに立ち、体に巻きついた大きなエプロンのしわを伸ばした。

「とんでもない！」オクサは明るくきっぱりと言った。「おまえはここにいるのよ、あたしたちといっしょに。みんな感動してるんだよ……みんな、このごちそうを楽しみたいんだから！」

オクサは肩《かた》にのっていびきをかいている子どものフォルダンゴをそのままそっとしておいて、テーブルのひとつに向かった。

「もしグラシューズ様が美食上の疑問に出会われましたら、この召使いが料理の説明を供給する能力を保持しております」シェフのフォルダンゴが言った。

「うん、わかった」と、オクサが答えた。

さっきから気になっていた小さなサンドイッチをひとつ取った。

「グリーントマトとジェリノットの卵のひと口サンドイッチです」

フォルダンゴがうやうやしく説明した。

オクサはすぐ近くで得意そうに羽をふくらませている大きな鶏《にわとり》をじっと見つめ、卵の大きさを想像して少しの間迷っていたが、サンドイッチをほおばった。

「う〜ん、おいしい！」オクサはうっとりと大きな声をあげた。

すると、拡声器の役目をする鳥がやってきてクリスタルのシャンデリアにとまり、驚くほど大きな声で告げた。

「グラシューーズ様は『う〜ん、おいしい！』とおっしゃいました」

このアナウンスにオクサは赤くなった。

「わかってたら、もっと気の利いたこと言ったのに……」オクサはぶつぶつ言った。

「おまえはまさに言うべきことを言ったんだ」パヴェルがなぐさめた。「ほら、見てごらん。おまえは宴会の始まりの合図をしたわけさ」

何千人という人たちがテーブルの周りに集まってきて、フォルダンゴたちが用意したすばらしい料理を味わい始めた。〈緑マント〉地方のハーブを使ったお菓子《かし》、青い実の砂糖漬《づ》け入りブリオッシュ、巨大人参と〈玉葉樹〉の木の実のスフレ、「ネストーののど」と呼ばれるウリのサラダ、リュグズリアントの乳のチーズ。リュグズリアントは掃除《そうじ》がとてもうまいだけでなく、ミルクをたくさん出す動物だと知ってオクサは驚いた。

フォルダンゴたちはひとつひとつの料理を説明するためにオクサについて回った。頭をひねるような料理もあったが、しだいにエデフィアの伝統的なレシピの思いがけない風味とユニークさに魅了《みりょう》されていった。血のように赤いキノコ入りのドウィナイユの卵――これも驚きだった！――のオムレツにもうっとりしたが、パピヤックスのゼリーキューブはそれ以上だった。心のなかで思っただけで、お好みの味になるのだ！　オクサはごちそうを心から楽しんだ。

とつぜん、和音が最初はかすかに、しだいに力強く聞こえてきた。オクサと〈逃げおおせた人〉たちは音がどこから聞こえてくるのかと耳をすませた。エデフィアに来てからというもの、音楽をまったく聴《き》いていなかった。音楽がなくていちばん寂《さび》しかったのはきっとオクサだろう。以前の〈外界〉の生活では音楽を聴かずに一日が過ぎることはなかった。だから、楽器の音合わせをしているのに気づくと、音楽に飢《う》えていたことをはっきりと感じた。

テーブルの上にステージが浮き上がり、十人くらいの演奏者と楽器が見えた。そのなかにテュグデュアルがいるのを見つけて、オクサは目を丸くした。黒っぽい木でできたギターのようなものを肩にかけている。テントの中にざわめきが起き、プチシュキーヌと藍《あい》色の小さな鳥たちの群れがみんなに静かにするように言った。みんなすぐに静かになり、コンサートが始まるのを今か今かと待った。

音楽が始まると、人々は胸がいっぱいになり、目に涙《なみだ》を浮かべた。その楽しくて濃密《のうみつ》なメロディーに、みんな感動せずにはいられなかった。リュートやマンドリンやヴァイオリンのような形をした、木目のある光る木でできた弦楽器《げんがっき》が中心だ。だが、打楽器も負けてはいない。四人の少女たちが背の高い樽《たる》に布を張った楽器の前に立ち、器用にたたいていた。やがて、人々は二人ずつになり、テントじゅうでダンスが始まった。パヴェルはオクサの腕をつかんだ。

「パパ、あたし、ダンスなんか踊《おど》れないよ!」オクサは抵抗《ていこう》した。

「リードしてあげるよ」パヴェルが優しく言い返した。

オクサの視線はどうしてもテュグデュアルのほうにいってしまう。彼はウインクで応じた。オクサは父親にまかせることにした。

「いつからエデフィアのダンスを知ってたの?」

オクサは信じられないほどうまく踊る父親に驚いた。

「おまえのおばあちゃんが教えてくれたんだ。ずいぶん前になるな……」パヴェルはくるりと回転しながら答えた。「子どものころにいたシベリアの村にいい音楽家たちがいたんだ。おばあちゃんがメロディーを口ずさむだけで、すぐにその曲を演奏してくれたよ。それがいま聴いている音楽だ。楽器は少しちがうけれど、びっくりするくらい似てるんだよな」パヴェルの声は少しだけ震えていた。

調和のとれたリズムに身をまかせて、オクサはしばらくの間、父親と踊り、それから驚くほどしなやかな動きをするアバクム、生まれつき優雅《ゆうが》な身のこなしのブルンと踊った。ステージでは演奏者が交代している。テュグデュアルが五、六メートルの高さから跳《と》び下りるのを見て、オクサはほほえんだ。ブルンは快くオクサを孫息子にゆずってどこかに消えた。

「ギターが弾《ひ》けるなんて知らなかった……」オクサはテュグデュアルの耳元でささやいた。

レオミドの屋敷《やしき》から反逆者《フェロン》の島に向けて出発する少し前に、テュグデュアルがグランドピアノで弾いた曲をオクサは覚えていた。その暗くてメランコリックなメロディーの一部はずっと頭にきざみこまれたままだ。オクサは頭をテュグデュアルの肩にもたせかけ、そっとため息をついた。

「おれのことでおまえの知らないことはいっぱいあるさ、ちっちゃなグラシューズさん」と、テュグデュアルがつぶやいた。

オクサはそっと体を離《はな》して、テュグデュアルを見つめた。顔色はいつものように青白く、額に二本の縦じわができていた。ほとんど無表情のように見える。しかし、その目はうわべの冷たさの裏に何か別のものをやどしている。焼けるように熱い、何か深いもの。オクサにはうまく説明できない。不思議なまなざしの深淵《しんえん》を探ろうとしてオクサの息が乱れた。

「全部を知ろうとはしないでくれ」テュグデュアルがささやいた。「おねがいだから」

それから、オクサのまぶたに手をのせると、指先でそれを下ろした。二人の周りでは何百組というカップルが踊っていた。その真ん中で踊るオクサの心のなかは、満ち足りた気分に悲しみのベールがかかっていた。

43　密会

打楽器奏者は一心不乱に太鼓《たいこ》をたたいた。宴会は最高潮に達していた。熱気がこもってきたので、新鮮《しんせん》な空気を入れるためにテントの布が上げられた。そして空気をきれいにして温度を調整するために、アバクムの巨木サントレがテントの真ん中にすえられた。

生き物も人間もみんな、ひと休みした。動けない植物でさえめいっぱい楽しんでいた。彼らは動かせる部分をすべて使った。ノビリスは茎《くき》を左右に激しく揺《ゆ》らすことで移動することもできたのだ！　根を土から持ち上げ、魅惑《みわく》的な音楽のリズムに合わせてさかんに茎や葉を動かしたので、当然ながらゴラノフたちをおびえさせてしまった。幸いにも、すべてうまくおさまった。興奮しすぎたノビリスはすぐにどこかにやられ、ゴラノフにはマッサージがほどこされてストレスがやわらげられた。

少し前からオクサはテュグデュアルを探していた。最後に見たときはゾエと踊《おど》っていた。オクサはこっそりと二人を観察した。〈ささやきセンサー〉の能力を利用して耳をすませ、二人の会話を聴《き》こうとしたのだ。だが、だめだった。周りが騒《さわ》がしいのでまったく聞こえなかった。

オクサはいつもゾエにとまどってしまう。テュグデュアルでさえ、ゾエほどには謎《なぞ》に満ちてはいない。踊る人たちの真ん中で深刻そうにひそひそ話をしている二人を見ていると、ゾエが何を考えているのかわからなくなった。何度も聞き出そうとしたが、ゾエは本当のことは言わない。だれのために〈最愛の人への無関心〉という恐ろしい犠牲《ぎせい》を受け入れたのか？　もちろん、オクサを救うためだろうし、そのことにはまったく疑いの余地はない。だが、二人の男の子のうちの一人がそうとは知らずにゾエを絶望に追いやり、愛することを永久にあきらめさせたことはわかっていた。ギュスか？　テュグデュアルか？　考えれば考えるほど、どちらの可能性もある。オクサにはわけがわからなかった。オクサが〈外界〉を見に行ったことをゾエに話したときも、いつも隈《くま》のある褐色《かっしょく》の目の中でかすかに感情が動いただけで、はっきりしなかった。オクサは用心してクッカのことは持ち出さなかった。あの美人のスカンジナビア人にはオクサもいらついていたから、ゾエまで苦しめることはないと思ったのだ。

「もう踊らないの？」

オクサははっとした。ゾエがすぐそばにきてオクサをみていた。これまでのつらい経験のせいで疲《つか》れきった顔をしているが、とてもきれいだった。

「あんたがそんなふうに髪《かみ》を結ってるの、すごく好き。スターウォーズのレイア姫《ひめ》みたい！」と、オクサがほめた。

「ありがと！」ゾエはうれしそうに答えた。

二人はしばらくの間、踊る人たちをいっしょにながめて、彼らの服装についておしゃべりした。するとと、オクサの探している人がやっと見つかった。黒っぽい姿のテュグデュアルが人ごみを縫《ぬ》って歩いていた。

「ちょっとごめんね、ゾエ。すぐもどってくるから」

ゾエが気づかないはずはない。彼女のまなざしと動作がほとんどわからない程度だが緊張《きんちょう》した。オクサはそれに気づいたけれど、ゾエはすぐに視線をそらして、魚のように手からすりぬけ、踊る人たちの間に消えていた。むっとしたオクサはつま先立ちになってテュグデュアルを見つけようとした。それから、もう少し高いところから全体を見わたすために二十センチばかり浮き上がった。その選択《せんたく》は正しかった。テュグデュアルは出口に向かっていた。オクサは地面に下りて彼のあとを追った。


外はたそがれ時の空になっており、〈褐色の湖〉も遠くの〈断崖《だんがい》山脈〉も墨《すみ》のように真っ黒に見えた。沈《しず》む夕日のとりわけ強いひと筋の光が、紫《むらさき》がかった分厚い雲に金の剣《つるぎ》のように突き刺《さ》さっていた。その向こうにはパラソリエの木々が巨大な漆黒《しっこく》の日傘《ひがさ》のようにそびえ立っている。オクサはふと〈アイギス〉に目をやった。〈昼部隊〉は発光ダコにともなわれた〈蛾《が》部隊〉と入れ替《か》わっていた。暗くなってはいたが、バリアの向こう側を反逆者《フェロン》の小集団がいくつか、不気味なロケットのように飛んでいるのが見えた。オクサは身震《みぶる》いした。

湖岸の白い砂がぼうっと光って見える薄暗《うすくら》がりのなか、オクサは目を凝《こ》らしてやっとテュグデュアルを見つけた。彼はマジェスティックの木がかたまって生えているほうへ一匹のヴェロソといっしょに向かっていた。暗闇《くらやみ》はテュグデュアルにとっては何の障害でもない。昼と同じようにやすやすと歩けるのだ。不思議に思ったオクサはあとをつけた。

じっと目を凝らしたが、ぼんやりとしか見えない。マジェスティックの木々の大きな影《かげ》にじゃまされてしまう。必死に目を凝らすと、人影が二つちらりと見えた。ひとつはテュグデュアル、もうひとつは男のようだ。

オクサは木の枝を踏んだり、石につまずいたりしないよう用心して、忍《しの》び足《あし》で近づいていった。「ああ、匠人《たくみびと》だったらもう少しはっきり見えるのに」と、心のなかでつぶやいた。夜の訪れとともに空気もひんやりしてきた。オクサはケープを体に巻きつけるようにして、神経を集中させた。テュグデュアルは低い声でだれかと話している。二人のささやき声は湖のぴちゃぴちゃいう水音とそよ風に揺れる葉音のせいで聞こえない。しかし、会話がなごやかでないことだけはたしかだ。テュグデュアルと相手の恨《うら》みがましげな動作がそれを物語っている。

とつぜん、〈蛾部隊〉がマジェスティックの木々のそばを通った。部隊の発光ダコのおかげで、謎の人物の意外で恐ろしい姿が見えた。

ショックを受けたオクサは木の幹にもたれた。彼女はその人物の名前を声に出さずにつぶやいた。

モーティマー。

モーティマー・マックグロー。

憎《にく》らしい宿敵の息子。

彼がテュグデュアルと話している。オクサはなんとかわれに返った。頭がくらくらするのをこらえて考えなくては……。疑問が次々とわいてきた。まずは、モーティマーがどうやって〈千の目〉に入ってこられたかだ。検問をごまかせないのは証明済みだ。それに、彼はここで何をしているのだろう？　どうしてテュグデュアルと接触《せっしょく》しているんだろう？　どうしてあんなに親密だったゾエじゃないんだろう？　それに、何が目的なんだろう？　疑問は山ほどあるのに、答えは出ない……。わけがわからないのと憤《いきどお》りでオクサはいまにも爆発《ばくはつ》しそうだった。キュルビッタ・ペトがオクサの手首でしきりに波打ち始めたので、胸の動悸《どうき》が少しおさまった。

何時間にも思えた二十分ほどが過ぎ、再び〈蛾部隊〉が通ってそのあたりが明るくなった。オクサにわかったのは状況《じょうきょう》が変化していることだけだった。二人の間にはまったく敵意はなかった。しかしオクサが見たものは安心できるようなことではない。テュグデュアルは木にもたれかかり、ひざにひじをついて頭をかかえていた。モーティマーはその前にしゃがんでいた。いったいどういうことなんだろう？

空には月が出てきた。爆発音がにぶくひびいた。冷ややかな月光が木々の葉を通して差しこみ、テュグデュアルとモーティマーがいるあたりを照らした。二人の不気味で長い影が地面に浮き上がった。オクサは薄暗い場所に隠れてはいたが、低木の後ろに移動して体を地面に伏《ふ》せた。あごに湿《しめ》った土が当たった。

すぐにそれが最悪のアイデアだったとわかった。まばらな葉陰の間から思い切って顔を上げると、獲物《えもの》の動きを少しでも逃《のが》すまいとする野獣《やじゅう》のように、二人が自分の方向を見つめているのに気づいた。しかも、思ったより彼らはずっと近くにいる。せいぜい二十メートルくらい先だ！　モーティマーが立ち上がってこちらにやって来ようとしたとき、オクサは悪態をつくひますらなかった。すぐに行動を起こさなければ！　オクサはすばやく飛び上がってパラソリエの枝にのった。フクロウのように枝にとまったオクサは、自分がついさっきまでいた低木のあたりをモーティマーがじっと見ているのに気づいた。「ふうっ、危なかった……」オクサは心のなかでつぶやいた。テュグデュアルもやってきた。モーティマーは頭上を見ることはせず、探すのをやめた。枝になんとかとまっているオクサがほっとしたのは言うまでもない。

「まかせておけよ」モーティマーがテュグデュアルに向かって言った。「おまえには大変だろうけど、なんだって助けてやるよ」

テュグデュアルはうなずいた。

「約束したものをおれにわたすのを忘れるなよ」

テュグデュアルが押し殺した低い声で言った。

モーティマーはポケットから小さな袋《ふくろ》を出してテュグデュアルに差し出した。

「おまえはいまからどうするんだ?」テュグデュアルはズボンの後ろポケットにその袋を押しこみながらたずねた。

「あっちにもどるよ」

「ここにいればいいのに……」

「すぐに正体がばれるよ！」モーティマーが言い返した。

この会話を聞いて、オクサの血が凍りついた。テュグデュアルは催眠術《さいみん》でもかけられているんだ。そうでなければありえない！　オクサは目をみはり、息を詰《つ》め、反逆者《フェロン》の息子にグラノックの雨を降らせないようになんとか自分を抑《おさ》えた。「テュグデュアル、あなたはいったい何をしてるの?」と、オクサは心のなかで叫《さけ》んだ。モーティマーはふり返って周りをぐるりと見回してからこう言った。

「もう行かないと。連絡し合おうぜ、いいかい?」

テュグデュアルはポケットに両手をつっこんでうなずいた。モーティマーは少しのあいだテュグデュアルをじっと見つめてから、チーターのようにすばやく下草のなかに消えた。

しばらくすると、大きなうなり声が闇をきりさいた。オクサは枝から落ちそうになった。息を詰め、爪《つめ》を木の皮に食いこませて体を前にかたむけてみると、オクサがさっきいた場所にテュグデュアルが手足を大の字に伸ばして横たわっている。月の光が死人のように青ざめたテュグデュアルの顔と体を照らしていた。とりわけ、燃えるような狂気《きょうき》に輝く目を。

44　内緒話《ないしょ》

「ありえません！」リーダー格のドゥヴィナイユがわめいた。「わたしたちはけっしてまちがえたりしません！」

「われわれの非常に惜《お》しまれるグラシューズ・ドラゴミラ様が、ロンドンはパリより気候的に好ましいとわれわれにおっしゃったときに、それを信用したことを除いてですが」と、別のドヴィナイユが同じくらい興奮して叫《さけ》んだ。

「信じるよ、信じるったら」

オクサはいかにも気まずそうに弁解した。

それからソファにどさりと腰《こし》を下ろし、頭をのけぞらせて、キャメロンの快適なテントの布の縫《ぬ》い目《め》をじっと見つめた。明け方に血相を変えてやってきたオクサを見たキャメロンは、彼女の動揺《どうよう》は前日のお祭りとは関係のないことだろうと察知した。キャメロンはオクサに、何か手伝うことはないかとひかえめに申し入れた。けれどオクサはその心遣《こころづか》いに感謝しつつも断った。重大な問題だから、目だたないようにしたほうがいい。

「繰《く》り返《かえ》しますが、もしその男の子が〈千の目〉に入ったのなら、わたしたちはだれも悪意を検知しなかったということです」ドヴィナイユのリーダーが興奮して羽をふくらませながらきっぱり言った。「そして、わたしたちのうちでだれも悪意を検知しなかったということは、その男の子は悪意をまったく持っていないということです！」

「オーソンの息子なんだよ！」

そのオクサの言葉を反論として、あるいは明らかに信頼を欠いた態度としてとったドヴィナイユたちは、いつものように大げさにクワックワッと騒《さわ》ぎ始めた。テントのなかはたちまち鶏《にわとり》小屋のようになってしまった。

「静かにしてよ！」オクサは耳をふさぎながらどなった。「モーティマーはあたしたちの宿敵の息子だって言っただけじゃない。だから、彼が反逆者《フェロン》である可能性は……」

オクサは慎重《しんちょう》に言葉を探した。

「……無視できないの」

ドヴィナイユたちは燃えるような小さな目でオクサをにらみつけた。リーダーが最高に苛立《いらだ》った様子で吐《は》き出《だ》すように言った。

「訂正《ていせい》させていただきますが、その可能性は無視できないのではなく、ゼロなのです！　その男の子は良心的な意図をもって〈千の目〉に入ったのです。わたしたちはそう断定しますし、この話はこれで終わりにしてもらいたいものです。もうご用がないなら、ただちに仕事にもどりたいのですが」

「あなたがたは横柄《おうへい》な言葉の宣言をしました！」フォルダンゴが憤慨《ふんがい》した。「お相手はグラシューズ様ですよ。そのことの忘却《ぼうきゃく》を遂行《すいこう》することは許されません！」

オクサはため息をつき、この話をもらさないように約束させてから、ドヴィナイユたちに向かってうなずいた。それから、長い間黙《だま》って考えこんだ。ドヴィナイユには真実を検知する能力がある。これまでの実績も信頼できるし、あんなに自信ありげに言い張っている。それでもオクサはなかなか信じる気持ちになれないでいた。

オクサはぱっと体を起こし、横に立っているぽっちゃりした召使《めしつか》いのほうを向いた。

「フォルダンゴ、おまえはどう思う？　好むと好まざるとにかかわらず、モーティマーはグラシューズの血を引く人なんだよね……」

オクサは機械的に髪《かみ》に手をつっこみ、後ろにはらった。

「それに、グラシューズの血を引く人はおまえには何も隠せないんだったよね？」

フォルダンゴは大きな音を立てて鼻を鳴らし、コーヒーカップのソーサーのように大きく目を見開いてうなずいた。

「グラシューズ様は正確さに満ちたデータの伝達をされました。その召使いはその能力を有しており、グラシューズの血を引く人の心の読み取りは何らの障害にもぶつかりません」

フォルダンゴはそこで言葉を切り、一ミリも動かずに待っていた。オクサも黙って考えていたので、リアクションを起こすのに数秒かかった。フォルダンゴは質問したことに対して正確に答えたばかりだ。それ以上でもそれ以下でもない。

「モーティマーは〈千の目〉で何をしていたのかな？　フォルダンゴ、おねがいだから教えて！」

フォルダンゴは左右の足に交互《こうご》に体重を移しながら、からだをもぞもぞさせていた。オクサはじりじりした。

「グラシューズ様はドヴィナイユがくちばしに正しい言葉を有しているという安心を受け取られる必要に出会われました。邪《よこしま》な反逆者《フェロン》の息子は心に醜《みにく》い意図を隠してはいません。グラシューズ様は忌《い》み嫌《きら》うべき反逆者《フェロン》たちの島の記憶と、〈逃げおおせた人〉たちのエデフィア到着の直後の嫌悪《けんお》すべきオシウスの会議の記憶《きおく》を保存していらっしゃいますか？」

「もちろん、覚えてるわ！」

「邪な反逆者《フェロン》の息子については、そのときの印象を保存していらっしゃいますか？」

オクサは記憶をまさぐるように遠い目つきをし、指先でひじかけを軽くたたいた。

「最初の会議のとき、モーティマーはあんまり居心地がよさそうじゃなかったな。お父さんやおじいさんの言動にも賛成じゃないような感じがした。それに、苦しんでいるみたいだったし。あのときは、きっと母親がいなくてすごく寂《さび》しいんだろうって思ったんだ。あたしとおんなじように」と、オクサは震《ふる》える声で答えた。

「真実がグラシューズ様の言葉を満たしています」フォルダンゴは重々しくうなずいた。「レミニサンスがヘブリディーズ海の島で彼に対する攻撃《こうげき》を実行して以来、邪な反逆者《フェロン》の息子は自分に対する父親の感情についての知識の保有に苦しんでいます」

「モーティマーとあたしの関係が友好的だったことはないよ。少なくともそれだけは言えるけど、オーソンがモーティマーに対してひどかったのはたしかよね。息子を救うことより、レミニサンスと張り合うほうを選んだんだもの。妹に勝つことしか考えてなかったんだよ！　息子に何が起こっても平気だった」

「グラシューズ様の判断は肥大症《しょう》に出会っています……」

オクサが不思議そうな、それでいておもしろがっているようなしかめっ面をしたので、かわいいえくぼができた。

「あたしの判断が肥大症だって？　あたしがちょっと大げさすぎるって言いたいの？」

「それがあなた様の召使いの言葉の意味です」

オクサがフォルダンゴの頭を優しくなでたので、その皮膚《ひふ》の色が驚くほど真っ赤になった。

「大げさに言うって？　それって、あたしらしくないよね？」と、オクサがおどけて言った。

「妹のレミニサンスが脅迫《きょうはく》を口にしたときの邪な反逆者《フェロン》の感情をグラシューズ様は記憶に保存していらっしゃるはずです。オーソンのせいで亡くなった、レミニサンスとレオミドの息子ヤンの死亡をモーティマーの死亡で相殺しようとした復讐の言及《げんきゅう》は、邪な反逆者《フェロン》を膨大《ぼうだい》な感情に誘いました」

「膨大な感情って、それならよっぽどうまく隠してたってわけだよね！」オクサが文句を言った。「だって、モーティマーを救うためにやるだけのことはやったなんて言えないよ。意地でも譲らないっていうふうに見えたけどな」

フォルダンゴはとまどっているようだ。

「だけど、おまえのほうがあたしよりよくわかってるんだよね」と、オクサは認めた。「どっちにしても、モーティマーがあのとき、ちょっと……途方《とほう》にくれたっていうのはあたしにもわかる。父親が家族を犠牲《ぎせい》にして自分の野心のほうを優先したなんて、心にどんな傷を受けるか想像できる？」

オクサは心からモーティマーに同情してため息をついた。

「モーティマーは、あたしたちのほうにつきたいんだと思う？」

「それが彼の心の最も無限な希望です」フォルダンゴが答えた。

オクサはソファに体を沈《しず》めた。状況《じょうきょう》は複雑だし、まったく予想外だ。だが、いろいろ考え合わせると、そういう結論になるのは明らかだ。それでもオクサは心の底では慎重《しんちょう》にならざるをえなかった。

「じゃあ、彼はなんでこっそりやって来たの？」オクサは急に声をあげた。「テュグデュアルに打ち明ける代わりに、あたしたちに直接言えばいいじゃない！」

フォルダンゴはサロペットの吊《つ》りひもを手でこね回した。

「彼の心のなかでは勇気が不足に出会っています。そのアイデンティティーと血縁《けつえん》関係が邪な反逆者《フェロン》の息子を重圧で押しつぶし、自分の訪問を公けにすることの障害をもたらしています。グラシューズ様の愛するお方だけが告白を受け取る能力を持っていらっしゃいます」

「いまどこにいるんだろう？」

「邪な反逆者《フェロン》の息子は、〈断崖山脈《だんがいさんみゃく》〉の宝石の詰《つ》まった洞窟《どうくつ》にいる先祖と反逆者《フェロン》軍のもとに帰還《きかん》を行っています。彼の不在は短さを知りましたので、疑いを知覚されることは存在を知らないでしょう」

「よかった……」と、オクサはつぶやいた。

オクサの周りでは、朝のそよ風を受けたテントの分厚い布が、静かに力強く呼吸するようにふくらんだ。色ガラスのはまったランプがかすかに揺《ゆ》れて両側に光の輪を投げかけるのをオクサのグレーの目がじっと見つめていた。オクサはいつもの癖《くせ》で爪《つめ》をかんでいた。フォルダンゴがオクサの腕《うで》に触《ふ》れるぐらい近づいてきた。

「グラシューズ様は頭蓋骨《ずがいこつ》のなかに策略を所有していらっしゃいます」フォルダンゴは自信ありげに言った。

その甲高い声にオクサははっとわれに返った。

「そうよ、フォルダンゴ！」

そう言うと、オクサはさっと立ち上がった。

そして、出入口をふさいでいる重いテントの布をさっとかき分けると、何か決意した様子で出て行った。

45　疑い

「あれっ、ヤクタタズ、こんなところで何してるの？」

ぼんやりしたヤクタタズが〈クリスタル宮〉の一階ホールをぶらぶらと歩いていた。手に持っているバラ色の実の詰《つ》まった小さなブリオッシュに見とれながら。

「ちょっと迷子になったんだと思います……」

そう答えながら、とほうもなく貴重な宝石を見るように、ブリオッシュをうっとりとながめている。

「おまえはあたしの部屋を出ちゃいけないことになってるでしょ！」

そうしかったオクサの声と顔には心配そうな調子がにじんでいる。ようやくブリオッシュをかじろうと決めたヤクタタズの前に、フォルダンゴが立ちはだかった。

「あなたがここにいることへの弁明が要求されます！」フォルダンゴは厳しく追及した。

「魅力《みりょく》的な若い男性が四十八階にこのブリオッシュを取りに行くように提案してくれたんです」と、ヤクタタズは説明した。「とても親切ですよね？」

あわてたオクサはヤクタタズの目の高さまでかがんだ。そして、ヤクタタズのなで肩《がた》に手をおき、ゆさぶりたいのを我慢《がまん》して質問攻《ぜ》めにした。

「若い男性って？　だれよ？　どんな人？　知ってる人？　だれなの？」

オクサは必死に考えた。その結果、ひとつの名前が浮かび上がった。モーティマーだ。そして、間接的にオーソンの名前も。しかし、残念なことにオクサのような頭の回転が、脳にぽっかりと穴があいたように、ただ目を大きく見開くだけのヤクタタズにはないのだ。それでも、あいまいで自信のない答えをなんとか引き出したようだ。

「前に会ったことがあると思います。はい。髪《かみ》は黒くて、服もそうでした……ひょっとしたら灰色だったかもしれません……あるいはブルーか……」

ヤクタタズはその言葉で「決定的な」貢献《こうけん》をしたと満足し、オクサにうれしそうなほほえみを向けた。オクサの頭はかっかしていた。

「それで？　それからどうなったの？」

「行きました」

「どこへ行ったの？」

「もちろん、四十八階です！　理解されにくいようですね」

こんな状況《じょうきょう》でなかったら、オクサは吹き出していただろう。

「エレベーターを出ると、床に置かれたきれいな皿にブリオッシュがひとつのっているのが見えました。それで、わたしはとても幸運だと思いました。そんなふうにたまたまいいものにめぐり合うなんてことは、しょっちゅうはありませんからね！」

フォルダンゴはあきれ返ったように天井《てんじょう》を見上げた。

「でも、そのブリオッシュを取りにいくように言ったのは、その若い男なんでしょ？」

オクサが驚いてたずねた。

ヤクタタズはブリオッシュをほおばるのをやめて、しばらく間をおいてから、しごくのんびりと答えた。

「そうでした。そのとおりです。それから、どこからそこに来たのか忘れてしまい、帰り道がわからなくなったのです」

「それで、黒い服を着た若い男はどうしたの？」

「その人はあなたの部屋に残っていました」

オクサはうめき声をもらした。

「あたしの部屋に残ったって、どういうことよ？　だれも許可なしにあの部屋に入ることはできないのに！　ドアをあけたのはおまえじゃないでしょうね？」

「ノックされたので、もちろんドアをあけました」

「ウソでしょ……」

「いいえ、そのとおりです！」

「で、おまえが出て行ったとき、ドアを閉めなかったんだ……」

ヤクタタズはあいまいな記憶《きおく》をたぐったが、答えは見つからなかった。

「かなり前からここにいるの？」オクサはまた質問した。

「はい、たぶん……」

「サイコー！」オクサは顔をしかめた。

「そう思われますか？　それはよかったです」ヤクタタズが無邪気《むじゃき》に答えた。

オクサはヤクタタズのあいたほうの前足を取り、ガラスのエレベーターに連れて行った。フォルダンゴもひょこひょこついてきた。


エレベーターが〈クリスタル宮〉の五十六階に着くと、オクサは手にクラッシュ・グラノックを持ってものすごい勢いで廊下に飛び出した。しかし、すぐに立ち止まり、ぼうぜんとした。

「テュグデュアル？」

テュグデュアルはふり向いた。そのまなざしは氷のように冷たく、そして苦しそうだった。だが、すぐに謎めいた魅惑《みわく》的なほほえみを浮かべた。

「おれを捕まえようとしてるのかい、ちっちゃなグラシューズさん？」テュグデュアルはそう言いながら、オクサのクラッシュ・グラノックに目をやった。

オクサはあわててポシェットにその魔法の筒《つつ》をしまった。

「ここで何してるの？」と、オクサがたずねた。

「そうです、あなたはここで何をしているのですか？」ヤクタタズも同じようにたずねた。

オクサが気の毒そうな視線をヤクタタズに向けると、フォルダンゴがヤクタタズの前足を引っぱってグラシューズの部屋へ連れて行こうとした。

「おまえを待ってたんだ」テュグデュアルはオクサに近づいた。「会えなくて寂《さび》しかったよ……」

オクサのとまどいがテュグデュアルに伝わった。

「部屋に入れてくれる？」

オクサは自分の指紋《しもん》を読み取らせるために手のひらをドアに当てた。これをすると、ドラゴミラの秘密の工房《こうぼう》へ続くコントラバスケースの前で驚いたことをいつも思い出す。

「このへんで、だれか見なかった？」オクサは部屋に入りながらたずねた。

「このへんで？　この最上階でっていうことか？」

のどが詰まって、テュグデュアルを部屋に招きいれながら頭で「うん」とうなずく。

「いいや、おれも来たばっかりなんだ」

テュグデュアルはオクサを抱《だ》きしめた。オクサはとまどいながらも身をゆだねたが、目はレーダーのように部屋のすみからすみまで観察した。目覚めたばかりのプチシュキーヌたちがモザイクの壁のくぼみにしつらえた小さな巣のなかでぶるっと体を震《ふる》わせていた。その向こうでは、ふさふさした髪をふり乱したジェトリックスがはあいいながら日課の腕《うで》立て伏せをしている。変わったことはない……。テュグデュアルの肩越《かたご》しにオクサの視線がデスクの上にとまった。きらきら光る〈統治録〉のそばでピュルサティヤが静かないびきをかいて眠《ねむ》っているのを見ると、オクサは心臓が止まりそうになった。「なんてばかなんだろう！〈覚書《おぼえがき》館〉にしまうのを忘れたんだ！ ばか、ばか、ばか、なんてばかなの！」と、オクサは心のなかで叫んだ。

「どうかしたのか、ちっちゃなグラシューズさん？」

テュグデュアルがオクサの髪をなでながら聞いてきた。

オクサはテュグデュアルから体を離《はな》して〈千の目〉が見わたせるガラス戸のほうに歩いていった。そのとちゅうでデスクとグラシューズの〈統治録〉にちらりと目をやった。椅子《いす》は自分が部屋を出たときのままになっているし、ペンも〈統治録〉の上にななめに置いてある。ピスタチオが半分入ったお皿もそのままだ……すべて変わりない。それでも、オクサは完全に安心してはいなかった。

オクサは外のほうを向いたまま、無言で立っていた。テュグデュアルも何も言わずにソファに腰《こし》をおろした。オクサはふり返ってテュグデュアルに向き直った。その目は強い光を放っていた。

「モーティマーはあなたに何をしてほしかったの？」

オクサの声は自分でも驚くほど冷静だった。

テュグデュアルの顔色が変わった。そして、オクサのするどい視線をかわすように頭を後ろにのけぞらせた。

「どうして知ってるんだ？」

「あたしがグラシューズだってことを忘れないで」オクサはすぐに言い返した。「だから、問題はあたしがどうやって知ったかじゃなくて、どうしてあたしが前もって知らなかったかよね」

心の動揺の大きさに比べれば、オクサの手やくちびるが少しくらい震えていることは大したことでない。テュグデュアルは頭を起こし、ひじをひざについてオクサの目をじっとのぞきこんだ。深く傷つけられた恨《うら》みと疑いのおかげで、彼女はテュグデュアルの強い視線を受け止めることができた。

「モーティマーはおれたちのほうに加わりたがっているんだ」

テュグデュアルは落ち着いた声で言った。

「彼が誠実な気持ちで言ってるって、どうしてわかるの？」オクサはすぐに聞き返した。

「〈千の目〉に入れたんなら、誠実だってことだろう？」

オクサは息を深く吸いこんだ。ドヴィナイユやフォルダンゴが言ったのと同じように、またこの問題だ。ふり出しにもどったのか……。しかし、頭のすみにしつこく残る疑いがまだ消えたわけではない。

「それなら、どうして彼はここに残らなかったの？」

「仲間として受け入れる心の準備がおれたちにはあるか？」

テュグデュアルがすぐに言い返した。

オクサは彼をじろりとにらんだ。いったいいつになったら質問に質問で答えるのをやめてくれるんだろう？

「あたしたちはレミニサンスやゾエを受け入れたじゃない！　それに最近ではアニッキも」

「それとこれとは、ぜんぜんおんなじじゃないだろ？　モーティマーがあっちにいるほうがおれたちの役に立つんだ。信じろよ」

「いいの？」オクサはそうたずねずにはいられなかった。

テュグデュアルの顔ははっきりとこわばった。

「何がいいんだ？」

「あなたを信じても……」

その言葉をきっかけに二人はにらみ合った。どちらが先に目をそらすか？　かなり長い時間、テュグデュアルのほうが優勢のようだった。しかし、オクサもふんばった。これを逃《のが》すともう知ることはできないかもしれない。

テュグデュアルは目をそらさないまま立ち上がった。オクサははっとした。

「証拠《しょうこ》がほしいのか？」テュグデュアルが問いかけた。

オクサはうなずいた。

「待ってろよ。すぐもどってくるから」

二分後、ドアがノックされた。オクサはじれったい気持ちでドアをあけた。

「これを見れば、疑いはぜんぶ消えてなくなるよ」

テュグデュアルはひざまずいて低いテーブルの上にワインボトルほどの大きさの木の筒を置き、両端《りょうはし》をふさいでいるコルクのひとつを抜いた。

「それは何？」テュグデュアルのそばにひざまずいたオクサがたずねた。

テュグデュアルはこわれやすいものをあつかうようにそっとテーブルの上に中身を出した。草だった。濃《こ》い緑のつやつやした、肉厚なチャイブに似た草だ。

「あたし……どういう意味か、わからない」オクサは口ごもった。

テュグデュアルは扇《おうぎ》のように広がった草のひとつをつかんで差し出した。オクサはけげんそうにそれを見た。

「モーティマーは誠実な気持ちのあかしとしてこれを提供するというんだ」

驚いたのとわけがわからないのとでしゃっくりが出てきた。

「草を？　誠実のあかしに？　じょうだんで……」

「トシャリーヌだよ、オクサ！」テュグデュアルはオクサの言葉をさえぎった。「おまえのおふくろが死ななくてすむための草だよ！」

オクサはテュグデュアルが差し出した草をあわててつかんだ。

目がくらむように暗い穴に吸《す》いこまれるにはそれだけで十分だった。

46

見捨てられて

最初にオクサが感じたのは、いれたてのコーヒーと湿気《しっけ》の混じった匂《にお》いだった。聞こえてきたのはなじみのあるメランコリーな歌だった。それは〈もう一人の自分〉がビッグトウ広場の家の二階の踊《おど》り場《ば》に着くとすぐに、オクサの頭と心を満たした。

きみは年をとりすぎる前に型を破ろうとしている
きみは死ぬ前に型を破ろうとしている

自分の泣き方にくじかれ、見捨てられた自分の顔をよく見てみろ
さよならを言おうとしている、見捨てられた自分の顔をよく見てみろ

Summer's Gone, Placebo（Placebo）

磁石に吸い寄せられる鉄のように、オクサは自分のものだった部屋——いまでもそうだ！——に引きつけられた。肉体がないために壁を抜けることができるオクサはすぐにギュスのそばに来

た。ギュスが自分の部屋にいることにもうそんなに驚かない。

前回来たときよりも居心地はよくなっているようだ。電気も復旧しているし、キッチュな壁紙ははがされて白い壁になっている。何度も浸水《しんすい》して泥《どろ》だらけだった床もきれいになっている。

反対にギュスのほうは前より元気がないように見える。Tシャツの上からでもやせこけているのがわかる。オクサが前に見たときよりもっとひどい。顔がやせ、ほおはこけている。強い痛みだけがもたらすもの――逃《のが》れられない死の恐怖――のせいで目つきまでかわっていた。

「ギュス……ひどい……どうしちゃったの？」

ギュスが横になっているベッドのそばに立ってオクサはつぶやいた。

前と変わらない真っ黒な髪《かみ》は肩《かた》まで届いている。そのことがオクサを混乱させた。どれだけ時間がたったんだろう？　何ヵ月？　ふと窓の外に目をやると、オクサは気が遠くなりそうになった。広場の木は葉が茂《しげ》っており、太陽が輝いている。気温も高く暑いくらいだ……。真夏なんだ。

門を通ってから少なくとも八ヵ月はたっていそうだ。

オクサは頭を振《ふ》った。エデフィアの週は〈外界〉では月に値するんだろうか？　時間がたつのはギュスにはよくないことだ……。オクサはベッドに跳《と》び乗って正座した。そして実際にギュスのそばにいたときには決してしなかったほど顔を近づけた。

「しっかりしなきゃだめよ！」その言葉がギュスに届くことを必死にねがいながら、オクサは叫《さけ》んだ。

二人の周りではギターが悲しいメロディーを奏でている。

きみは年をとりすぎる前に型を破ろうとしている
きみは死ぬ前に型を破ろうとしている

自分の泣き方にくじかれ、見捨てられた自分の顔をよく見てみろ
さよならを言おうとしている、見捨てられた自分の顔をよく見てみろ

オクサはこの歌を知っていた。すべてが……ふつうだったころ、よく聴《き》いていたものだ。苦い懐《なつ》かしさがオクサを包んだ。ギュスは目を閉じた。いま、現実と偶然《ぐうぜん》にも一致《いっち》するこの歌詞を聴くのはつらかった。

オクサはさらに顔を近づけて、ギュスをじっと見つめた。首筋とこめかみの血管がひどくふくれてぴくぴくと脈打っている。まるで、抑《おさ》えることのできない荒々《あらあら》しい血を血管が押し流しているかのようだ。ときどき電光のように走る痛みで体がぴくりと動き、顔がひきつる。オクサは泣き出したくなった。

「ギュス、絶対に死んだりしないで。近いうちに会えるから、きっと助けてあげるから。約束するよ」

ドアがぎしぎしと音を立てて少し開き、クッカの姿が見えた。「やっぱり……あたしがギュス

と二人きりでいると必ずじゃまするんだ!」オクサはいらいらして叫んだけれど、どうにもならない。自分は空気でしかないのだ。幽霊《ゆうれい》のほうがまだましだろう。何も知らないクッカがオクサの実体のない体を通り抜けてベッドにどさりと倒れこんだものだから、オクサの怒りは頂点に達した。相変わらずすばらしくきれいなクッカに、ギュスはほほえみかけた。彼女の輝くような肌《はだ》とつやのある髪はオクサの目には挑発《ちょうはつ》としか映らなかった。クッカは横向きに体を伸ばし、自分の手をまくらにしてギュスにほほえみ返した。

「なに読んでるの?」クッカはギュスのそばにある本を指さした。

オクサも思わずそちらに目を向けた。それは本ではなく、学校で使う中綴《と》じのノートのようなものだ。あんまり使い古されていて、いまにもページがぼろぼろとはがれおちそうだ。オクサはドラゴミラのゆったりした筆跡《ひっせき》を認めて驚き、感動した。このノートはバーバが思い出を書きとめたものだろうか? ハーブ薬剤師としての秘密、あるいはグラシューズの秘密が書いてあるのだろうか?

「ドラゴミラの工房《こうぼう》の箱にあったのをアンドリューが見つけたんだ」

ギュスは用心しながらページをめくった。

「彼女がこれを全部書いたのかしら?」クッカがたずねた。

「うん。エデフィアの生き物たちについての短いお話で、子ども時代のパヴェルのために書いたものみたいだ。これを読むと、こんなことを考え出すなんて、ドラゴミラにはすごい想像力があるとだれだって思うだろうね。でも、この生き物たちが実際に存在することを知れば、ちょっと見方がかわってくるけどな！」

「ほんのちょっとだけね！」クッカが笑いながら言った。

「みんな出てくるよ。フォルダンゴたち、ジェトリックス、あのいかれたドヴィナイユとか……あと、ぼくが知らないのもいるけど。たとえば、ネストーとかリュグズリアントとか」

「おもしろいね！」

「うん、そうなんだ……ただ、ぼくは見ることはないだろうけどさ。もし奇跡《きせき》的にほんの少しの可能性があるとしても、ぼくはその前に死んでるよ」

「ギュス！」クッカは腹を立てた。「なんでそんなこと言うの？」

ギュスの目がくもって濃《こ》いブルーになり、顔が悲しみでゆがんだ。オクサにはギュスの苦しみがわかった。自分が何もできないことが情けなかった。オクサがこぶしをぎゅっとにぎったためにトシャリーヌの一株がつぶれた。〈もう一人の自分〉がオクサの意識を部屋から連れ出した。

家じゅうを探したが、母親はどこにもいなかった。胸がはりさけそうになり、母親がどこからかひょいと姿をあらわすことを期待しながら、階段の下から声をかぎりに叫んだ。だが、いくら必死になっても、望みはかなえられなかった。オクサは階段の一段目に座って、おびえた動物のようにあらゆる感覚を研ぎ澄ませて待った。

玄関《げんかん》のドアが開き、帰ってきたヴァージニアはたちまちみんなに取り囲まれた。全員がそこにいた。アンドリュー、アキナ、バーバラ……。マリーを除く全員が。キャメロンのひかえめな妻が麦わら帽子《ぼうし》をぬぎ終わらないうちに、みんなが質問を浴びせた。

「発作は激しかったけど、医者たちは楽観的だわ。具合はそんなに悪くないって言ってたわ」ヴァージニアが告げた。

階段にしゃがんでいるオクサはびくっとした。ヴァージニアはマリーのことを言っているにちがいない。

「わたしたちのほうが怖《こわ》いほどやせているから、ちゃんと食べなさいって彼女から伝言をたのまれたくらいよ。家に帰ってくるころには、わたしたちが少しは太っていたらいいって！」ヴァージニアは笑いながらつけ加えた。

〈締《し》め出《だ》された人〉たちはほっとため息をついた。

「まったくマリーらしいな！」アンドリューが陽気に言った。

「それなら、顔面は麻痺《まひ》していないのね！」バーバラもうれしそうに言った。

「ええ、幸いにもね」ヴァージニアがうなずいた。「まだしびれは残っているけれど、しゃべれるし、まばたきもできるようになったわ。だけど、右腕《うで》のほうは動かせるようになるまでに時間がかかるようよ」

「いつもどってくるの？」ギュスがたずねた。

「週の終わり」

みんながしんとしたところに、ヴァージニアがつけ加えた。

「順調にいけばね……」

ギュスは悪態をつき、どんどんと音を立てて階段を上がっていった。

「どうせ、次回までっていうことだろ！　今年になってから、まだたったの二回目だもんな！」

ギュスがどなった。

「ギュス！」アンドリューが厳しい声で呼びとめた。

ギュスは寝室《しんしつ》のある階の踊り場からさっとふり返って叫んだ。

「マリーは発作が起きるたびに少しずつ悪くなってるじゃないか。マリーとぼくはどうせ死ぬんだ。だれにもどうすることもできやしない。とりつくろって、ぼくたちがよくなると信じこませようとするのはやめてください！」

ギュスは姿を消した。乱暴にドアが閉められ、その衝撃《しょうげき》で壁が揺《ゆ》れた。〈締め出された人〉たちは悲しげにうなだれた。

47　禁じられた冒険《ぼうけん》

つねに忠実であることを定められているフォルダンゴに選択《せんたく》の余地はなかった。若い女主人が行くと決めたところなら、それがどこであれ、ついていかなければならない。オクサの意図がとんでもないことを知り、賛成できないことははっきりと言った。しかし、オクサの決意は固かった。それになによりも彼女はグラシューズなのだ。

〈外界〉への心の痛む旅をしたあと、オクサは気が抜けたようになっていた。テュグデュアルがなんとか聞き出そうとしたけれど、怒りのこもったまなざしとかたくなな沈黙《ちんもく》しかオクサからは返ってこなかった。その日は一日じゅう熱にうかされたように考えこんでいた。一度、フォルダンゴだけに思いをさらけ出した。とんでもない計画をオクサが打ち明けたのは、そのときだ。

「あたしが秘薬の瓶《びん》をオシウスに返したとき、まだ半分残っていたのよ！　あいつがふたを閉めて、部屋の奥にあるすごく大きなメタルのキャビネットにしまったのを見たもの。きっと簡単に見つかるって！」

「グラシューズ様は約束の排除《はいじょ》をされようとしています」フォルダンゴが注意した。

「なんの約束？」

「危険をかわすという、親族と妖精人間にあたえられた約束です」フォルダンゴはオクサをさとそうとした。「グラシューズ様は失望による盲目《もうもく》に出会っていらっしゃいます。計画されていることは膨大《ぼうだい》な危険を帯びています」

「何もしないことのほうがよっぽど危険よ！」オクサがほおを赤くして言い返した。「門の開放が近いのはおまえも知ってるよね。反逆者《フェロン》たちとの対決も迫《せま》ってる。大変なときを迎えようとしているんだよ、すごく大変なときを……。秘薬の瓶《びん》がこわれたり、半透明《とうめい》族が死んだらどうなるか考えてみてよ。あの半透明族は最後の生き残りなんだから。そうなったらギュスを救うことはできなくなる。ギュスが死んでもいいなんて思わないでしょ？」

ギュスの最後の言葉――「マリーとぼくはどうせ死ぬんだ。だれにもどうすることもできやしない」――を思い出して、オクサの声は震《ふる》えた。だが、ギュスはまちがっている。自分にはできることがある。いまそれをしようとしているのだ！

「どっちにしても、そうするしかないんだよ！」オクサはそう締《し》めくくって、ポシェットからガナリこぼしを出した。「ほら、行くよ！」

シーツのように顔が真っ白になったフォルダンゴはバルコニーへ引っぱり出され、女主人の背中に乗り、首に腕《うで》を巻きつけた。虫の類いがいっさい嫌《きら》い――無害ですばらしいものですら――であることはこの際わすれて、オクサは呪文《じゅもん》を唱えた。

クラッシュ・グラノック
殻《から》を破れ
わたしの存在を無にする
カモフラじゃくしを解放せよ

皮肉なことに、オクサが最初に直面した難題は、たよりになる味方のほうにあった。しかも、最もやり手の仲間だと認めないわけにはいかない。オクサは〈アイギス〉の唯一《ゆいいつ》の出入口に立って、やる気まんまんのドヴィナイユたちが判断を下すのを待たなければならなかった。味方にグラノックを使うような無理はすまいと心に決めていた。しかし、検問を担当しているドヴィナイユたちがなかなか判断を下さないので、その決心がぐらつきかけた。いくらカモフラじゃくしのぶ厚いおおいの下であっても、ほかの人と同じようにオクサの心臓はどきどきしている。その心が吟味《ぎんみ》されてしまうのだから。

「ドヴィナイユったら、ホントにいらいらする！」オクサは文句を言った。「〈千の目〉を出るんだから、あたしに悪意があるかどうかなんて関係ないじゃない！」

「グラシューズ様は指令を無視する誘惑《ゆうわく》に出会われてはなりません」

フォルダンゴは言い聞かせようとした。

「おまえの言うとおりよ、いつものように……」オクサはため息をついた。「入る人も出る人もみんな検問されないといけないんだよね。それがルール。ドヴィナイユたちがパパやアバクムに告げ口しないでいてくれたらいいんだけど。そんなことになったら、十五分はお説教されちゃうからね」

「そのような危惧《きぐ》は精神から遠ざけてください、グラシューズ様。ドヴィナイユは心の検査の役目を果たすのであって、身元を調べるのではありません。そのうえ、専門家の沈黙《ちんもく》の服従を知っています」

「守秘義務に従うっていうこと？」

「正確さがグラシューズ様のお言葉を満たしています」フォルダンゴはそう言ってうなずいた。

「ドヴィナイユは突飛さを発展させていますが、規則の尊重はその頭脳のなかでいささかの亀裂《きれつ》にも出会っておりません。グラシューズ様はドヴィナイユの口の堅《かた》さの確信を吸収されるべきです。いかなる情報も暴露《ばくろ》を受けません。専門家の沈黙を破る能力を持っているのはグラシューズ様だけだからです」

「わかった」オクサはうなずいた。

ドヴィナイユはやっとオクサたちの通行を許可した。おしゃべりだけはやめないで、扉《とびら》をあけた。やっと外に出られるという解放感にわくわくしながら、オクサは飛び立った。

オクサが初めて〈断崖山脈《だんがいさんみゃく》〉をおとずれたときは、オシウスとそのいまいましい息子に引率され、父親の闇《やみ》のドラゴンの背中に乗っていた。数週間前のことだ。あのときは身も心もつらかった。ゾエは自分自身が犠牲《ぎせい》になることを決め、テュグデュアルは姿を消した。オクサの頭は疑問でいっぱいだった。いまでは疑いはかなり弱まっている。ただし、疑いの種はいつもどこかにあるけれど。

最初のとがった峰《みね》が見えたとき、オクサは激しく身震いし、体じゅうの神経がしびれるような気がした。巨大な岩肌《いわはだ》の峰々が威圧《いあつ》するようにそびえたつ様子は、獲物《えもの》に跳《と》びかかろうとする凶暴《きょうぼう》な牙《きば》のようだ。雨に洗われた岩は斜陽《しゃよう》を浴びて、目もくらむような美しさだ。夕日のきらめきがあまりに強く、オクサはほとばしるような光に目を傷めないようサングラスをかけなければならなかった。とはいえ、岩の割れ目――匠人《たくみびと》の居住地への入り口だ――の両脇《わき》をびっしりと埋《う》めている骸骨《がいこつ》コウモリの不吉《ふきつ》な群れはよく見えた。オクサの体が緊張《きんちょう》でこわばった。

「そんな！」オクサは気持ちの悪さに思わず叫《さけ》んだ。「あの気味の悪い生き物の間を通るなんてまっぴら！」

「グラシューズ様、あれを避《さ》けることはできますよ」オクサの肩《かた》にしっかりとつかまっているガナリこぼしが教えてくれた。「そのためには、現在の軌道《きどう》から三十度向きを変えてください。すると、岩のくぼみを通って、使われていない峡谷《きょうこく》に入ることができます」

「使われていない峡谷？　まあいいや、あいつらに対面するよりはましだよね！」と言って、オクサはうごめく骸骨コウモリの群れをちらりと見やった。

それから、急にとまどったようにスピードを落とした。

「それより、『現在の軌道から三十度向きを変える』っていう意味がぜんぜんわからないんだけど。幾何《きか》学にはそんなに情熱がなかったから」

ガナリこぼしはミツバチのような羽を動かしてカモフラじゃくしを自分の体に塗《ぬ》りつけ、オクサの前に出た。

「わたしについてきてください」

ガナリこぼしの指示どおりにするため、オクサは一生懸命《けんめい》神経を集中させなければならなかった。オクサたち見えない一行は二つのとがった峰に向かってまっしぐらに飛んだ。

「この方向でまちがってない？」ぴったりとくっついている二つの峰を見ながら、オクサはこうたずねずにはいられなかった。

ガナリこぼしは急に進むのをやめて、羽をばたばた動かしながらふり返った。何か言おうとしたのを、オクサがあわててさえぎった。

「ごめん、ごめん……もちろん、おまえはまちがってないよね！　先に進もうか」

その二つの峰の前に来たとき、オクサはガナリこぼしの正しい判断にうなった。峰の間に幅《はば》六十センチにも満たない、ほとんど気づかないくらいの割れ目があった。しかし、目立たないのはその大きさのせいではなく、割れ目の前にある滝《たき》のせいだ。もちろん、どんなことでも見逃さないガナリこぼしは例外だ。自分の使命を見事に果たせたことに気をよくして、オクサとフォルダンゴを滝のところまで案内した。水の落ちる大きな音があたりにひびいている。滝を通り抜けると、ガナリこぼしの「使われていない峡谷」と言った意味がわかった。狭い峡谷に入って何百メートルもある頭上と眼下の岩にちらりと目をやると、自分のいる場所が底なしの井戸《いど》か奈落《ならく》の底のように思えてきて、なんともいえない不安にかられた。


そこは真っ暗だった。夕陽はまだ高い位置にあったが、オレンジ色に染まった空は遠くてほとんど見えない。オクサは宙に浮いたまま、サングラスをはずして発光ダコをとり出した。すると、周りの岩が、びっくりするほど濃《こ》い黒色をした透明の岩だということがわかった。

「ここに閉じこめられるってことはないよね？」

オクサの声は異常に震えている。

「峡谷の幅は五十六センチメートルで、グラシューズ様の体の幅は肩のところで五十三センチメートルを超えません。ですから十分な幅があります」と、ガナリこぼしが答えた。

「十分な幅」という意見には納得できなかったが、オクサは反論しなかった。

「グラシューズ様は大変やせていらっしゃいます」ガナリこぼしはさらに安心させるようにつけ加えた。「中くらいの体格の人なら、通行不能になる危険もあるでしょう。しかし、そのような不愉快《ふゆかい》なことはグラシューズ様には起こりません」

「わかった……」オクサはうなずいた。

「このまま二百七十五メートル進まないといけません。そのあと、峡谷の幅は広がります」

「そうなったらいいけどね」オクサは周りの岩を見回した。「でないと、生き埋めになったみたいな気がしてくるよ」

オクサは用心しながら狭《せま》い峡谷の通路を進んだ。カモフラじゃくしは人の目とグラノックからオクサを守るけれども、岩にすれてかすり傷を負うことはあるかもしれない。岩が黒っぽくて透明なこともよくなかった。オクサは無数の反射光に目がチカチカしてきた。黒い宝石のなかを動き回っているような気分だ。しかし、あちこちぶつかっているうちにうまい方法を見つけた。カモフラじゃくしをもっと体に接近させ、両手を前に伸ばして頭をまっすぐに起こし、ゆっくりと前進した。


ガナリが言ったとおり、やっと峡谷は広くなった。広くなるにつれ、底なしの崖《がけ》にふちどられた谷になっていった。谷自体も無限に続いているようにみえる。見上げると、空高く満月が見えた。あまりに月が高いところにあるので、まるで知らないうちに地の底に押しこめられたような気分になってきた。月の光と発光ダコによって谷が乳白色に照らされている。この谷の岩は黒一色ではなく、ブルーや赤、緑、あるいは金色のガラスを思わせる琥珀《こはく》色の部分がところどころにあった。ずっと下のほうには、シルバーのキラキラしたモールのような細く曲がりくねった川が流れていた。飛び魚の群れがいっせいに飛び上がり、うろこが無数の小さな火花のように輝いている。その光景にうっとりとしたオクサは、自分がここにきた目的と、それがどんなに危険かということを忘れそうになった。

しかし、とつぜん別の谷から巡回《じゅんかい》してきた反逆者《フェロン》のパトロール部隊があらわれると、たちまち現実に引きもどされた。

48 敵地のまっただ中

ガナリこぼしが急に止まった。オクサもすぐに止まったが、一瞬遅《おそ》かった。フォルダンゴを背負いながらかなりのスピードで飛んでいたオクサはガナリこぼしにぶつかり、そのまま反逆者《フェロン》の一団につっこんでしまった。思わず悪態をついたが、反逆者《フェロン》たちのほうは、風が少し吹いたくらいの軽い振動《しんどう》を感じただけだ。幸いなことに、この衝突《しょうとつ》でもの音がすることもなく、侵入《しんにゅう》者三人組に大事はなかった。ひやっとしただけで済んだ。

「あいつらについて行けばいいよ！」オクサは額の汗《あせ》をぬぐいながら言った。

「グラシューズ様のおっしゃる通りです」ガナリこぼしが賛成した。「彼らは〈断崖山脈《だんがいさんみゃく》〉の中心に向かっています」

「オシウスと手下の洞窟《どうくつ》があるところよね」オクサは急に緊張《きんちょう》した。「あのミュルムの秘薬が、絶対に必要なんだから」

フォルダンゴは黙《だま》ったまま、オクサにつかまる手に力を入れた。オクサはそのふっくらした手を取って優しくにぎった。オクサが少しだけ首を回すと、愛すべき召使《めしつか》いの腕《うで》をおおう産毛にほおが触《ふ》れた。

「きっとうまくいくよ」オクサはフォルダンゴにささやいた。

「グラシューズ様のお言葉は肯定性《こうていせい》に満ちています」

フォルダンゴの言葉が風に飛ばされた。オクサは髪《かみ》を風になびかせながら、まさかつけられているとは思ってもいない反逆者《フェロン》のあとを、どきどきしながら追いかけた。彼らの飛び方の見事さに、オクサは思わずみとれた。鍛《きた》えられた人だけが身につけることができる無敵の強さと勢いがある。「いちばん強い人たちだけがオシウスたちのもとに残ったんだ。いちばん戦闘《せんとう》的で決意の固い人たちだけが……」と、オクサは思った。オクサはこの考えにほんの少しの間うろたえたが、すぐに仲間の顔が浮かんできて、新たな決意がわいてきた。父親、アバクム、ほかの〈逃げおおせた人〉たち、無限の勇気と意志を持った仲間たち。そして無限の忠誠心を持った人たち……。

それはひょっとしたら、オシウスにはないものかもしれない。

とつぜん、巨大な洞窟が目の前にあらわれたとき、オクサの血は凍りついた。洞窟の内部から光がケタハズレ山の岩肌《いわはだ》にもれ出し、洞窟の入り口は燃えるアーチのように暗闇《くらやみ》に浮かび上がっている。まるで地獄《じごく》への入り口だ。周囲の山腹にはそれより小さい十個ほどの洞窟が散らばっている。それぞれの洞窟は奥まで炎が燃えているかのように見え、入り口に立つ見張りのシルエットを周りの岩肌に映し出していた。その影《かげ》は変形したり、長くなったり、曲がったりして、男たちをまるで巨人のように見せている。近づく人を木《こ》っ端《ぱ》みじんにしてしまいそうな恐怖をかきたてられる。彼らの周りでぱたんぱたんという、しわをとって洗濯《せんたく》物を干すときのような音がした。骸骨《がいこつ》コウモリがけだるそうに飛び回る音だ。

この見張りと骸骨コウモリを見ただけで、いま来た道を引き返してできるだけ遠くに逃げたい気分にさせられる。

実際、フォルダンゴはそうしたくてたまらなそうだった。

しかし、オクサが選んだことはまったく反対のことだった。

高さ四メートルはありそうな洞窟の丸天井《まるてんじょう》を前にすると、オクサは自分がひどく小さく思えてきた。入り口の両端《りょうはし》に男が一人ずつ立っている。片手を背中の後ろにやり、もう一方の手にはクラッシュ・グラノックを持ち、見かけ倒しでないことを示すためか、厳しい表情で身構えている。彼らの鼻と口を青い虫がおおっているのに気づくと、オクサはぎょっとした。

「〈口封《ふう》じ虫〉じゃない！　どうして？　ひどいじゃない！」

同時に、オクサは奇妙《きみょう》なけだるさにおそわれ、それが体じゅうに広がるのを感じた。ぐったりして、パチパチ音をたてながら燃えているたいまつを見つめた。白檀《びゃくだん》の強い香りがする。頭がしびれてくらくらしてきた。

「グラシューズ様はまどろみへの落下を行ってはいけません」フォルダンゴはそう言って、オクサの髪に鼻をつっこんだ。「〈眠《ねむ》りイヌホオズキ〉のオイルの燃焼がふつうでない状態への連鎖《れんさ》をもたらしています」

「はやく先に進んでください、グラシューズ様！」指が三本しかない手を顔の下のほうに当てたガナリこぼしが急き立てた。「そうしないと、〈眠りイヌホオズキ〉、あるいはベラドンナと呼ぶほうを好まれるならそれでもいいですが、そのガスで眠らされてしまいますよ」

「どっちも好まないよ」オクサの舌はもつれた。

「さあ、はやく！」

オクサは力をふり絞ってガナリこぼしのあとから洞窟に入ると、青みがかったモザイクの壁にぐったりともたれかかった。フォルダンゴは急いで背中から下りてオクサの前にまわった。

「ふうっ、効いたわ！」正気をとりもどしたオクサは息をついた。「さすがに反逆者《フェロン》たちは悪魔みたいな武器を見つけたもんだね」

オクサはポシェットをあけてキャパピルケースを取り出した。気つけ薬が必要だ。オクサは湿《しめ》った土の味がする頭脳向上キャパピルを、顔をしかめて飲みこんだ。効果的なキャパピルのおかげで頭にかかっていたもやがはれていった。再び頭がしっかりしてきたので、オクサは体を起こした。

「こういう罠《わな》がいっぱいあるはずよ。ちゃんと気をつけないとね」オクサはこう言いながら、フォルダンゴが背中に乗るのを助けた。

「目は開放の保存を行うでしょう」フォルダンゴはうなずいてから言った。

「そうね、しっかり目をあけていないとね！」オクサも自分を励《はげ》ますようにうなずいた。

オクサは以前、ここに来たときの恐怖を覚えていたけれど、この場所の独特な構造や信じがたいほどの美しさも忘れてはいなかった。ダイヤモンドを敷《し》きつめた通路の記憶《きおく》はまだ生々しい。そこを通らなければならないことは覚えていた。エメラルドやトパーズやほかのとんでもなく価値のある宝石でおおわれた迷路のような通路が無数にあるなかで、ダイヤモンドの通路が自分を導いてくれる糸なのだ。

「〈外界〉だったら、こういう場所を自分のものにするために殺し合いになるよね」

そう言いながら、オクサは真っ赤なルビーにおおわれた壁を指先でなでた。

オクサはたいまつの光のためにいっそう華《はな》やかに見える通路にうっとりしながら先に進んだ。炎《ほのお》が宝石の無数の面に反射し、輝きが強すぎて目が痛いくらいだ。

すれちがう人はあまりいなかった。熱心に話しこむ男女が一組と、アボミナリ二匹を連れた若い男が一人。オクサは叫《さけ》び声《ごえ》をあげた。幸い、カモフラじゃくしのおかげで声が聞こえないので助かった。

「あいつらの存在なんて忘れてた」オクサは壁にぴたりと貼《は》りついた。「相変わらず、醜《みにく》い体！」

汗《あせ》とかびの臭《にお》いを発するねばねばしたアボミナリの体がオクサに軽く触《ふ》れた。しかも、オクサたちがいやがるとも知らずに、アボミナリのうちの一匹が宝石におおわれた壁を固い爪《つめ》でキイキイこすった。フォルダンゴが体じゅうの産毛を逆立て、オクサの首にしがみついてきたので、息が詰《つ》まりそうになった。

「次の分かれ道にヴィジラントが五匹います、グラシューズ様」とつぜん、ガナリこぼしが注意した。「正確に言うと、あなた様が床につけた右足から二十四メートル五十九センチの地点です」

すぐにオクサは立ち止まった。汗が吹き出てきて体が思うように動かない。オクサはこれまでにもアボミナリ、レオザール、それに失墜《しっつい》した不老妖精のなれの果てである宙に浮かぶ人魚など、ぞっとするような生き物と対決してきた。しかし、ヴィジラントはそれ以上に厄介だった。彼らがオクサの旅の道連れになったことはないし、これからもそうなることは決してない。それだけはたしかだ。

「あたしは見えないんだ。見えないんだから、あのきたならしい虫に気づかれることはないんだ」と、オクサは必死に自分に言い聞かせた。

カモフラじゃくしが隠してくれているのに、オクサは忍《しの》び足《あし》で進んだ。ルビーの通路はもうすぐ終わる。すばらしいダイヤモンドでおおわれた次の通路が見えた。ケタハズレ山の中心――オシウスの根城――に続く通路だ。ヴィジラントはそこにいた。分かれ道のところを見張っている。耳をすますと、ぶんぶんうなる声が聞こえた。オクサは息を深く吸いこんだ。

「がんばれ、オクサ！」オクサは歯をくいしばった。「ほら、進むのよ！」

右も左も見ずに、思ったよりしっかりした足取りで分岐点《ぶんき》を通過した。感覚のするどい二匹が醜い頭の触覚《しょっかく》を立てて近づいてきた。しばらくは宙を探していたが、やがて仲間のところにもどった。オクサはしめしめと思った。

「うまくいった！」

うれしそうに言って、ダイヤモンドの通路に入った。


奥に入れば入るほど光が強くなった。これならあの半透明族《とうめい》もまだ生きているはずだ。不老妖精が数世紀前にかけた〈幽閉《ゆうへい》の呪《のろ》い〉によって、第五の種族、半透明族は強い光に依存《いぞん》するようになり、強い光なしでは生きられなくなった。ところが、〈大カオス〉以後、ここ数十年の気候の大変動で光の強さが弱まったことが半透明族を打ちのめし、彼らは次々と死んでいった。最後の生き残りは、先祖代々、第五の種族に強い執着心を持つオシウスによって救われたのだ。

その生き残りがオクサの数歩先にいる。

オクサは胸がむかついた。命の次に最悪な喪失《そうしつ》――だれにも決して恋情を抱《いだ》けなくなる〈最愛の人への無関心〉――をゾエが受け入れた大広間に入った。オクサはゾエのことを思い、腹がたった。どこからやってくるのかわからない幻想《げんそう》的な光がまぶしい。オクサは目をしばたたきながらサングラスをかけ、フォルダンゴが背中から下りるのを手伝った。フォルダンゴは恐ろしさのあまりオクサにぴったりとくっついている。

「あたしのジーンズのベルト通しをしっかり持って。何があっても離したらダメだよ。いい？」

オクサがささやいた。

フォルダンゴはうなずいて、言われた通りにした。カモフラじゃくしの膜《まく》は絶対に二つに分かれてはならない。もしもそうなったらと想像しただけで、フォルダンゴは手足をぶるぶる震《ふる》えわせた。

「グラシューズ様の召使《めしつか》いは冒険《ぼうけん》者の体質を所有しておりません」

「それを聞いて安心したよ！」


〈クリスタル宮〉の地下七階の広間と同じように、その部屋も驚くほど広かった。周りの岩がぶ厚いため、わずかな音でも吸収してしまう防音効果があるようだ。オクサは見事な瑠璃《るり》色のモザイクでおおわれた壁を見回した。銀色の小さなタイルを使って、動物のシルエットや太陽系をあらわす巨大な絵がえがかれている。オクサが入ってきたところ以外に出入口はない。

「行き止まりか……」オクサは不安そうにつぶやいた。

広間は広いわりにガランとしていた。巨大な四本の柱と、オクサが見たこともないほど大きな円形のソファが真ん中にひとつ。少なくとも四十人は座れそうだ。

オクサは大きなメタル製のキャビネットを探した。もうここにはない……！　パニックになったオクサの目に涙《なみだ》がわいてきた。ここまで来たのがむだだなんてことがあるはずがない！　キャビネットはどこか別の場所に移されたにちがいない。でも、どこに？　洞窟にはいくらでも隠しておける場所がある。

モザイクにカモフラージュされていたドアがバタンと開き、十人ほどの人が入ってきたときに、オクサは自分の疑問の答えの一部を知ることができた。

「支配者はわたしだ！」オシウスがぴしゃりと言った。「決めるのはおまえじゃない。いまもそうだし、これからもそうだ！」

オクサから数メートルしか離《はな》れていないところで、オーソンは父親をじろりとにらんだ。それから、数歩歩いて広間の真ん中で止まった。息子のグレゴールとモーティマーがその後ろに立っている。アンドレアスを引き連れたオシウスはわざとゆっくりとソファに腰《こし》を下ろし、足を組み背もたれにもたれた。そして、これまでずっと無視してきた息子を挑《いど》むようにじっと見つめた。

49　辛辣《しんらつ》なやり取り

オクサはとっさにフォルダンゴを連れて柱のかげに隠れた。カモフラじゃくしに守られていることはわかっていたが、宿敵が目の前に集まっているのを見るのはストレスが大きすぎる。二人の反逆者《フェロン》が、オクサがいるとも知らず、オクサに触《ふ》れて通った。こげ茶色の髪《かみ》の多い横柄《おうへい》そうな女と、オクサも知っている〈覚書館《おぼえがき》〉の元司書アガフォンだ。オクサは柱の冷たい石にぐっと体を押しつけた。巨大な洞窟《どうくつ》にいるという特異な状況《じょうきょう》と、反逆者《フェロン》たちのすぐそばにいることで、オクサの呼吸と鼓動《こどう》は速くなったが、気持ちはぐらつかなかった。ギュスの命がかかっている！

フォルダンゴはうろたえた大きな目をオクサに向けた。

「グラシューズ様は、その召使《めしつか》いが恐怖に満ちた状況の実験を体験しているという情報を受け取られなければなりません」フォルダンゴはひどく震《ふる》える声でささやいた。「召使いは即座《そくざ》の逃亡のささげ物を提示します」

オクサはフォルダンゴの産毛の生えた頭をなで、ガナリこぼしは見張り番のようにフォルダンゴの肩《かた》にとまった。

「いまはダメ。ここにいれば、いろんなことがきっとわかるし」

オクサは柱に両手をぴたりとつけて頭を突き出し、数メートル先で繰《く》り広《ひろ》げられている光景をじっと観察した。

オシウスは顔をあげてオーソンをにらみ、自分のほうが偉《えら》いのだという態度をくずさなかった。この数週間、ひどい目にあったことで顔に疲《つか》れが出ていた——眉間《みけん》に深いしわが二本きざまれている——が、老練なライオンのように力と誇《ほこ》りは失っていなかった。父親の横柄な態度にもかかわらず、オーソンはオクサにもおなじみの傲慢《ごうまん》な冷たい態度を保っていた。「あいつを動揺《どうよう》させるものなんて何もない……まったく何も」と、オクサは心のなかで思った。

オーソンの髪は例のアルミニウムのような奇妙《きみょう》な輝きを保っていたが、瞳のほうは輝きを失い、墨《すみ》のように真っ黒だった。独特な魅力《みりょく》を持っていることは認めざるをえない。以前と同じ冷ややかで完璧に優雅《ゆうが》な身のこなしは、どんな状況にあっても決して失われないようだ。戦闘《せんとう》の真っ最中でもそのスタイルがくずれることはないだろう。ふとテュグデュアルのことが頭に浮かんだ。そういう点が二人は似通っているが、似ているのはそこまでだ。オクサはそんな比較《ひかく》をした自分を恥じた。

「お父さんの言うとおりだ！」

すぐにだれの声かわかった。思わずうっとりさせる、危険なアンドレアスの声だ。オシウスの二人の息子はいつも意見が対立し仲も悪いが、そんなにちがうわけではない。エレガントで、やせており、冷酷《れいこく》な態度は二人に共通している。こうして向かい合っている二人を観察すると、オーソンはワシのようなするどさ、アンドレアスにはヘビのような陰険《いんけん》さがあることが、はっきりとわかった。

「いや、お父さんがいつも正しいとは限らない！」オーソンは我慢《がまん》ならないというように苛立ったまなざしを向けて、憎《にく》い異母弟に言い返した。「〈千の目〉をいま攻撃《こうげき》するなどとはあまりにも無茶だ！」

「おまえの説教はかんべんしてくれ！」オシウスがさえぎった。「この広間にいる人間のなかで、命令できるのはおまえじゃない！」

オクサが身震いすると、おおわれたカモフラじゃくしがかすかに揺《ゆ》れた。しばらく沈黙《ちんもく》が続いたので、オクサはその間にこの異様な会合の参加者を一人一人観察した。

少しだけ離《はな》れて立っているアガフォンと頑固《がんこ》そうな顔をした女はとくに表情はなく、受け身の姿勢でじっと前を見ている。それはとても用心深いからだとオクサは思った。広間の奥にはまったく同じ顔をした別の女二人が、有名な鉱物学者ルーカスといっしょにいた。髪《かみ》はグレーのボブで、長く細い鼻をした双子《ふたご》の姉妹が舌打ちした。その不賛成をあらわす仕草がだれに向けられたものなのか、理解するのは難しい……。

オーソンは両手を後ろに回して身動きもせず、まっすぐに立っていた。その横には、彼のもうひとりの息子のグレゴールが、無条件に父親に味方するといった様子でどっしりと立ちはだかっていた。体は細いけれども、いやな笑いを浮かべたくちびるといい、いつでもすばやく攻撃に転じる用意があるような手つきといい、体全体から残忍《ざんにん》な感じがにじみ出ていた。

モーティマーのほうは、同じ攻撃性を持っているとはとても思えない。父親とグレゴールから少し離れたところにいようというもくろみは失敗したようだ。オーソンが有無をいわさず自分のそばに引き寄せたからだ。モーティマーの顔は死人のように青白かった。彼の視線は一ヵ所にとどまっていることができず、あちこちに移った。その視線がそうとは知らずにオクサの視線と合ったとき、彼が必死に隠そうとしている大きな動揺《どうよう》と悲しみにオクサは気づいた。「モーティマーはおれたちのほうに加わりたいんだ」と、テュグデュアルは言っていた。その願望の証しは納得できるものだった。だが、たったいまオクサが受け止めた悲しそうなまなざしほど雄弁《ゆうべん》なものはない。モーティマーは不幸だ。身内のそばに彼の居場所はない。

それに、オクサは決して忘れないだろう。モーティマーが人を寄せつけない〈近づけない土地〉に危険を冒して入り、トシャリーヌを持ってきてくれたことを。

それが陰謀《いんぼう》であるはずはない。

それが罠《わな》であるはずはない。

「おまえを信用してやったじゃないか」オシウスが再び口を開いた。「おまえがやりたいようにさせ、おまえのやり方がわたしのやり方を超《こ》えることをわたしに――いや、われわれみんなに――証明するチャンスをあたえた」

オーソンは驚くほど平然としていた。まばたきもせず、震えてもいなかった。目にはまったく表情がない。

「みんな、あなたを信頼していたんだ」アンドレアスが追い打ちをかけた。

「おまえのミスで、これまでにない痛烈《つうれつ》な敗北を味わった」オシウスは高飛車に言った。「最悪の敗北だ」

オーソンは息を深く吸った。

「すみません、お父さん……」オーソンはそれだけしか言わなかった。

みんなが驚いたようにオーソンを見た。オーソンはだれに対してもあやまったりしない人間だからだ。

「すみません」オーソンは繰り返した。「しかし、敗北や失敗を知るのに、わたしを待つこともなかったと思いますけどね」

　この無礼な――とはいえ、予想された――言葉には、今度はだれも驚かなかった。それでも、みんなは緊張《きんちょう》した。二人の力比べは始まったばかりだ。

「〈緑マント〉地方の制圧はおまえによると、簡単だったはずだな」

　オシウスが言い返した。

「ところが、大失敗に終わった」と、アンドレアスがつけ加えた。

　オーソンは弟の言葉をふりはらうように指先を少しだけ動かした。

「おまえの戦略はよくなかった」オシウスが追い討ちをかけた。

「わたしの戦略は非の打ち所がなかった」オーソンは反論した。「しかし、戦闘も国の統治も無能な人たちが指揮していては、どんなに簡単な戦いでも、弟が言うような〝大失敗〟に終わるのは驚くことではないでしょう」

　アンドレアスが怒りのうめきをもらしたのがみんなにわかった。

「その戦闘を指揮したのはおまえじゃないか！」オシウスはどなった。

「たしかに……」オーソンは認めた。「だが、わたしの決定をことごとくじゃまする部下が足手まといになったんです」と言いながら、オーソンはばかにしたようなするどい視線をアンドレアスに向けた。

　オシウスはため息をついた。眉間のしわがいっそう深くなった。あごをそらしたが、年老いた指導者の顔にも体にも疲れがにじんでいた。

「いずれにしても、いま、おたがいにその失敗の代償《だいしょう》をはらっていることは確かだ。それを清算して、はやく支配力を取りもどさなければならない」

「われわれは支配力を失ってはいません」オーソンが訂正《ていせい》した。

アンドレアスはあきれたように目をぐるりと上にむけた。

「それなら、なぜ攻撃の日を遅《おく》らせようとするのかわからないな」と、オシウスが続けた。「〈アイギス〉を破る方法はある。そうじゃないのか、ルーカス？」

年とった鉱物学者はうなずいた。

「酸の爆弾《ばくだん》の成分は安定しました」と、ルーカスがひかえめに答えた。

カモフラじゃくしの下でオクサはぎくりとした。自分の味方は反逆者《フェロン》たちと徹底《てってい》的に戦う用意がある。だが、彼らの武器の威力《いりょく》に対抗《たいこう》できるだろうか？

「その爆弾はあのいまいましいバリアを破壊《はかい》して、われわれを〈千の目〉の中に導いてくれるだろうか？」と、オシウスがたずねた。

「テストしてみました。結果は上々です。酸の威力で裂《さ》け目《め》ができ、われわれのうち一人は〈千の目〉の中に入ることができました」

オクサは心臓が飛び出そうになった。目がモーティマーのほうにいった。入ったのが彼だったとしたら？　それが父親の差し金だったら？　モーティマーは相変わらず目を伏せ、裏切りの重みに耐《た》えるかのように背中を丸め、つらそうにしていた。裏切りの相手は自分の家族なのか、あるいは仲間に迎えようとしてくれている人たちなのだろうか？

「われわれは気づかれないようにすぐ裂け目をふさぎました。そのほうが、奇襲《きしゅう》が効果的ですから」と、ルーカスは説明した。「しかし、酸に威力があること、そして、われわれが〈アイギス〉全体を溶《と》かすのに十分な量の爆弾を保持していることははっきり言えます」

オクサはうめき声をもらし、フォルダンゴはふらついた。

「それなら、用意は万端《ばんたん》だな！　明日にでも攻撃だ！」と、オシウスは叫んだ。

その得意げな様子に、オクサは野蛮《やばん》な肉食獣《じゅう》を見ているような気がした。

「早すぎるんです」と、オーソンが口をはさんだ。

すると、オシウスはソファから跳《と》び起き、再度自分の決定に文句をつけた人物の前に稲妻《いなずま》のようなすばやさで立ちはだかった。

「信じてください、お父さん」オーソンは執拗《しつよう》に繰り返した。

大きく目を見開いた顔はいつにもまして無表情だった。

「どうして早すぎるんだ？」オシウスはどなった。「今度はどんなすばらしい戦略がその優れた頭脳から出てくるのだろうな？」

アンドレアスが冷笑をもらした。父親から目を離さず、オーソンはそれを無視した。

「門の開放が近いんです。せいぜい数日でしょう。〈千の目〉に早く行きすぎると、無意味なリスクをおうことになります」

オシウスはうろたえて、つるりとした頭を手でこすった。

「門を通過したいなら、門が開いたときの騒《さわ》ぎに乗じるべきなんです。お父さんが言うように早くに攻撃をしかけると、すべて失敗する恐れがあります」

「どうしてそんなことを知っているんだ?」アンドレアスがあわてててたずねた。

「〈外界〉の偉大《いだい》な戦略家にこんな言葉があります。『スパイのいない軍隊は目や耳のない体と同じだ』」

反逆者《フェロン》たちは黙って顔を見合わせた。オクサの頭には疑惑《ぎわく》が次々と押し寄せてきた。毒矢のように恐ろしい疑問だ。オーソンのスパイはだれなんだろう?　門の開放が間近なことを知っているほど近しい人物……〈ポンピニャック〉のメンバーだろうか?　全員がドヴィナイユのふるいにかけられ、だれも邪悪《じゃあく》な意図は持っていなかったはずだ。彼らのうちのだれかが情報をもらしたのだろうか?　そんなことはないはずだが、けっしてないとは言いきれない。

そうした疑いにさいなまれたオクサの考えはしだいにモーティマーのほうに向かった。それはない。彼は〈アイギス〉の入り口から入ったのであって、反逆者《フェロン》のあけた裂け目からではない。彼が〈千の目〉に入ることができたのは、反逆の心を持っていなかったからだ。そうでなかったら、ドヴィナイユにわかったはずだ。

アガフォンの娘のアニッキだろうか?　パパはいまでも彼女を信用していない。ドヴィナイユの判断よりも、パパのほうが正しいのだろうか?

テュグデュアルだろうか?　〈クリスタル宮〉の最上階の廊下にいた彼の姿が浮かんできた。オクサは頭をふった。自分がふっと感じたあの視線、思いがけない彼の視線を思い出すのを拒《こば》むかのように。ほんの一瞬だったが、あの視線のなかに計り知れない苦悩がにじんでいたことをオクサはよく覚えている。あの瞬間、あの場所にいることをテュグデュアル自身が苦しんでいたかのようだった。「ばかなことを考えるのはやめてよ、オクサ。カンペキに妄想狂《もうそうきょう》じゃない！」オクサは頭をふりながら自分をしかった。

「じゃあ、おまえにはスパイがいるのか？　だれなんだ？」オシウスは半分愉快そうに、半分怒ったようにたずねた。

オーソンは皮肉な笑いを浮かべた。

「だれにもちょっとした秘密はありますよ……。大事なのは、われわれの忠実な友人——そう呼んでおきましょう——によると、門が開く最初の兆しがたしかにあるそうです。そうなったら、行動に移すだけでいいんです」

わずか数歩先にいるオシウスはこの重大な情報にとくに感心したそぶりは見せなかった。

「〈千の目〉への攻撃を率いるのはアンドレアスだ。わたしが決めたときにだ！　それはつまり、明日の夜明けだ！」

オシウスは背中を丸めながらも、あごをそらして宣言した。

「それは大きなミスです」

オーソンは顔をしかめたかと思うと、急に真剣《しんけん》な顔になってこうささやいた。

「お父さん、信じてください。あなたを門に連れていってあげます。わたしにだけそれができるんです」

オシウスは興味深そうにオーソンを見つめた。やがて、顔つきが険しくなり、疑り深そうに目を細めた。陰険な笑いが口元に浮かんだと思うと、はっきりとこう言った。

「わたしの信頼に値するようなことを、おまえは何かしたかね？」

50　決定的な告白

とつぜん広間の気温がいっきに下がったように全員が感じた。

「今日、わたしがここにいることがいちばんの証拠《しょうこ》ですよ」と、オーソンは答えた。

いままでの緊張《きんちょう》したやり取りで、初めてオーソンは本当に動揺《どうよう》したように見えた。自分の家族をあれほど苦しめた元凶《げんきょう》にオクサはほとんど同情心を抱《いだ》いたほどだ。押し殺した怒りのためにあごはこわばり、こめかみはひくひくとし、呼吸も乱れていた。二人の男の周りは完全な静けさに支配されている。ルーカスはオシウスの態度にむっとしたようにくちびるをきつく結び、頭を左右に動かしている。その向こうでは、アガフォンが悲しいというよりは絶望したように両手で口をおおった。

「あなたはおれの祖父だし、偉大《いだい》な男だ」グレゴールがこぶしをにぎりながらうめくように言った。「でも、親父をこんなふうにあつかう権利はない！」

「おまえの父親をどうあつかおうが、わたしの勝手だ」オシウスは見下したように言い返した。

「わたしは希望を全部、子孫に託《たく》した。われわれの祖先テミストックルとグラシューズ・マロラーヌの血を受けたわたしの子は優秀な人間であるはずだった。運命が味方し、双子《ふたご》をさずかった。わたしは二倍にうれしかった。だが、わたしがあたえた途方《とほう》もないチャンスを二人はどう使ったか？　娘はありきたりの恋のためにすべてを失ったし、息子は……」

オシウスは視線をオーソンにちらりと向け、それからグレゴールにもどした。

「大事な息子オーソンは音楽や詩、夢想したり、楽しみに時間を費やすことを好んだ。そんなことは将来つくべき地位にふさわしくないと必死に言い聞かせたものだ。オーソンは膨大《ぼうだい》な可能性を持っていたのに、それをむだにすることに一生をささげた……」

「親父は力のある人間だ！」グレゴールがさえぎった。

「力があるだと？　力のある人間なら、〈外の人〉との間に子どもをつくり、われわれの家系をそこなうことはしないだろうよ！」

グレゴールは怒りの声をあげた。陰湿《いんしつ》な祖父に跳《と》びかかりそうになったのを、オーソンが腕《うで》をつかんで止めた。オーソンの平然とした表情が一瞬消え、激しい怒りをふくんだ光が目の奥で揺《ゆ》れた。だが、すぐに冷たく厳《きび》しい仮面にもどった。

「オーソンはふさわしくない。いままでもそうだったし、将来もそうだろう」と、オシウスは言い切った。

その言葉は最も固い岩でも――あるいは、最も固い心も――砕《くだ》く刃物《はもの》のようだった。

「わたしがだれにふさわしくないというんですか？」オーソンは見事に抑制《よくせい》した調子でたずねた。

「一生を台無しにした男にならふさわしいということですか？　あなたはエデフィアから出ることもできなかった。だが、あなたのみじめな息子であるわたしはエデフィアから出ることができたし、また出ようとしている。ひょっとしたら、わたしへの軽視はあなたの根深い嫉妬《しっと》や傷つけられた誇《ほこ》りの裏返しじゃないんですかね。どうですか、お父さん？」

オーソンは挑《いど》むように父親を見つめた。

「われわれの大事なオクサ・ポロックがいてくれなかったら、エデフィアも〈外界〉と同様に消滅していたことをお忘れなんじゃないでしょうね。だれがひき起こした破壊でしたっけ？　お父さんでしたよね。お父さんが一人でひき起こしたんですよね」

オーソンの落ち着きはらった話しぶりはかえって不気味だった。こうして表面上では冷静さを保っていても、やがて爆発《ばくはつ》するかもしれない。オクサは何度かそういう経験をしているのでよく知っている。静かな水には用心しなければならない。

冷静さならオシウスも負けてはいなかった。言い返す代わりに、彼は身動きもせず、まったく感情を顔に出さずに息子を観察した。わずかに口元が醜《みにく》くゆがんだだけだった。

「わかっているんですか？」オーソンはあざ笑うように言ってのけた。「あなたの失敗をとり返したのは息子のわたしなんですよ！　それなのに、わたしがふさわしくないと、みんなに思いこませようとするんですか？」

オーソンは笑った。その陰湿な笑いに、苦悩《くのう》に満ちた恨《うら》みがにじみ出ていることにだれもが気づいていた。

「お父さん、あなたは失敗したんです。最初から失敗の連続だったんだ」

「わたしの最大の失敗はおまえだ」オシウスが言い返した。

その言葉は心を打ちのめす残忍《ざんにん》な炎《ほのお》のようにオーソンに襲《おそ》いかかった。しかし、当人をたたきのめす代わりに、その言葉は究極のタブー――オーソンがかろうじて人間であることを保っていた最後の部分――を崩壊《ほうかい》させた。


オーソンの手から太い稲妻《いなずま》が飛び出し、オシウスの胸にまともに当たった。

だれも動けなかった。

その衝撃《しょうげき》でオシウスは大砲《たいほう》の弾《たま》で吹きとばされたかのように部屋の反対側にたたきつけられた。モザイクの壁にぶち当たって、何世紀もの間そこにはりついていたブルーやシルバーの小さな破片が飛び散った。オシウスのチュニックがめくれて大きな丸い焼け焦げたあとが見えた。頭からはひと筋の血が流れていて、その血は青白い顔とのコントラストでよけいに真っ赤に見える。目を大きく見開き、わけがわからないという顔をして、離れたところで宙に浮くオーソンを見つめていた。蔑《さげす》まれてきた息子の深い怒りに満ちた黒い瞳が、異常に大きくなった。オーソンは木の幹のような固く骨ばった腕を伸ばし、長年積もりに積もった恨みを吐《は》き出《だ》したのだ。破壊以外の形をとれない、ものすごいエネルギーを発したのだ。

苦しそうなあえぎ声がオシウスの青みがかったくちびるからもれた。オーソンが父親の首を離れたところから絞《し》めあげているのだ。全員がおびえた目で、ワシの爪《つめ》のようにこわばったオーソンの指を見つめた。年老いたオシウスにあたえる効果を想像するのはたやすく、苦しくもあった。目の前で起こったことを理解したアンドレアスは、怒りの声をあげながらオーソンに跳《と》びかかった。しかし、復讐《ふくしゅう》へのあくなき渇きでさらに強力になったオーソンには何ものもかなわなかった。空いている手で憎《にく》い弟に〈ノック・パンチ〉を食らわせた。アンドレアスはふき飛ばされ、オクサが隠れていた柱にぶち当たった。オクサはうめき声をもらし、はっと口をふさいだ。涙《なみだ》がにじんできた。

「あいつは、皆殺しにするつもりなんだ……」オクサは震《ふる》えながらつぶやいた。

「全員ではありません、グラシューーズ様」気絶しそうなフォルダンゴがささやいた。「おぞましい父親だけです」

オクサの息が荒くなった。心臓がどきどきしすぎて気分も悪くなってきた。自分の姿がみえないとはいえ、目撃したすさまじい光景に体全体が反応していた。すぐ目の前には意識を失ったアンドレアスが横たわっている。ふだんならきれいに整えられている髪《かみ》が乱れて青白い顔の一部をおおっていた。目を半分閉じ、左腕が不自然な角度に曲がっている。痛みがあるはずだが、失神しているようだ。

だれも動けないでいた。グレゴールとモーティマーは父親をじっと見つめている。一人はあがめるように、もう一人はおびえたように。それより年上の者たち——双子、ルーカス、アガフォン、厳しい顔つきの女——は哀れみのかけらもないするどい目つきでオシウスを見つめていた。壁にもたれたまま窒息《ちっそく》しそうになっているオシウスは哀願のまなざしを向けた。しだいに流れる血が多くなった。死が近づいている。

オシウスに近づいていくオーソン以外にはだれも動かない。みんなは道を空けた。

「お父さん、あなたは自分が自らの失墜《しっつい》の原因だとわかっているんですか？」

オーソンはかがんで父親の目をのぞきこんだ。そして、指を広げて父親の首を絞《し》めている力を抜いた。体はぐったりしているが、意識はまだある。オシウスの体はぐらりと横に倒れ、モザイクの破片が飛び散った。

「わたしの顔をよく見ろ」

オーソンはしゃがんで、瀕死《ひんし》の父親の顔に自分の顔をすれすれまで近づけた。

オクサは二人のいちばん近くにいたので、その会話がよく聞こえてきた。ほかの人たちは話の内容が聞きとれず、ひたすら傍観者《ぼうかんしゃ》になっているしかなかった。

「どうして……おまえはもどってきたんだ？」オシウスはあえぎながらたずねた。「おまえなら……〈外界〉の……君主に……なれただろうに」

オーソンはその言葉にうろたえた。

「だからわたしのことを怒っていたんですか？」オーソンがたずねた。

答える力がなくて、オシウスは目を閉じた。それから、弱々しげにまた目をあけた。

「おまえの帰還《きかん》が……わたしの最悪の失敗だった……」

オシウスは非常な努力をしてやっとそれだけ言った。

二人にしか声が聞こえないため、オーソンは苦悩も怒りも隠そうとしなかった。

「お父さんにわたしを誇りに思ってほしかっただけなんです！　あなたが思っていたような弱々しくて臆病《おくびょう》な子どもじゃないことを知ってもらいたかった！　なのに、わたしが何をしようと、どんな選択《せんたく》をしようと、いつでも文句をつけるばかり、いつも……」

オーソンの顔がゆがみ、手が震え出した。

「どうしてお父さんはいつもわたしを邪険《じゃけん》にするんです？」オーソンの声は消え入りそうだった。

「どうして、わたしを嫌《きら》うんですか？」

「おまえを愛さないほうが……よかったからだ……」オシウスが答えた。

「どうして！」

オーソンの言葉は広間じゅうにひびき、その場の重い沈黙《ちんもく》を破った。だれもがぎくっとした。

「わたしに……感謝しろ……」

「感謝？」オーソンは歯ぎしりをしながら繰《く》り返《かえ》した。「子どものころから無視され、けなされ、侮辱《ぶじょく》され続けたことに感謝しろと言うのですか？」

「おまえは……繊細《せんさい》な子だった……。もし、わたしが愛情を……示したら……おまえは……決して……」

「決して……何なんです？」オーソンは父親の肩《かた》をつかんでゆさぶった。

オシウスはまったく抵抗《ていこう》しなかった。そして、再び目をあけてオーソンをじっと見つめ、あきらめたようにこう言った。

「決して最強の人間にはなれなかっただろう……」

頭が横にかたむいた。オシウスの体は闘《たたか》いをやめたのだ。

年老いた首領《しゅりょう》は死んだ。

51　危険な企《くわだ》て

オクサはとっさにあとずさった。だれもが、六十年近くエデフィアを支配してきた男の血にまみれた遺体を前に、身動きできずにいた。心の底では避《さ》けられないとわかっていたこの悲劇にどう反応できるだろう？

オーソンは父親の目を閉じた。自分を今日のような人間にした父親に最後の一瞥《いちべつ》を投げかけてから、ぼうぜんとしている反逆者《フェロン》たちに向き直った。オーソンはあごをそらし、乱れた服を直した。ふだんの厳《きび》しく横柄《おうへい》な顔つきにもどっていた。まるで、たったいま起きたことがもう関係ないといわんばかりの態度だ。

「今後、わたしが反逆者《フェロン》の軍を指揮するということは、もうわかっているだろうと思う」オーソンは有無を言わせない調子で告げた。「このことに、だれか異議を唱える者はいるかね？」

みんなはうつむいた。だれもひとことも言わない。忠誠心からなのか？　恐怖心からなのか？この人たちの心の奥にはどんな思いがあるんだろう、とオクサは思った。

オーソンの視線は意識を取りもどしたアンドレアスに向いた。

「弟よ、おまえに任務をさずけよう」

そう言ったオーソンの目は満足げに輝いていた。

アンドレアスは、骨折した左腕《うで》をわき腹に沿ってたらし、やっとのことで立ち上がった。顔をしかめ、異母兄のとげのある視線を避《さ》けた。

「あの人の始末をしろ！」オーソンは父親の死体を指さして命令した。

アンドレアスは憔悴《しょうすい》し切った顔をして黙《だま》って歩いた。オシウスの額にキスをし、使えるほうの腕で遺体を背負った。髪《かみ》の多い女が手を貸そうとした。

「やめろ！」オーソンが有無を言わさぬ調子でさえぎった。「彼が一人でやるべきことだ」

アンドレアスはその言葉に何の反応も示さず、オクサの前を通りすぎた。オクサはアンドレアスの信じられない力にぼうぜんとしていた。怪我をし、侮辱《ぶじょく》され、苦しんでいるのに……この人たちはホントに並はずれた力がある……。

「さあ、出て行ってくれ！」オーソンの声がとどろいた。「みんな出て行ってくれ！」

息子たちと反逆者《フェロン》たちはすぐに言われた通りにした。みんなは黙りこくったまま隠し扉《とびら》のほうに進み、姿を消した。オクサはふらふらしているフォルダンゴとガナリこぼしを連れて、扉が閉まる前にそうっとついて行った。すると、四つの柱がある広間から叫《さけ》び声《ごえ》が聞こえてきた。その声はケタハズレ山の洞窟《どうくつ》の反対側にまで、強大な負の衝撃《しょうげき》波のように広がっていった。明かりが揺《ゆ》れてひどく弱くなり、無数の通路の壁から宝石のかけらが雨のように落ちた。

その叫び声の意味がだれにわかるだろうか？　解放か苦悩か？　勝利か敗北か？

オーソンの息子と反逆者《フェロン》たちは無言で散っていった。通路に消える者もいれば、気絶しそうになっているアンドレアスに手を貸す者もいた。オクサはといえば、父親殺しの現場を目撃《もくげき》したショックと恐怖におそわれたあと、大量のアドレナリンが体じゅうを駆《か》けめぐるのを感じた。いま見たばかりの光景を頭からふりはらって、いちばん大事なこと——探しに来たものを早く見つけること——だけに無理やり集中しようとした。

「ガナリ、助けてちょうだい！」と、オクサはつぶやいた。

ガナリこぼしはオクサの前にやってきた。

「ご用をおいいつけください、グラシューズ様！」

「最後のミュルムの秘薬がしまってある、大きな黒いメタルのキャビネットを探さないといけないの。あたしの記憶《きおく》が正しければ、ふつうのキャビネットじゃなかったわ。高さが二メートル以上あって、三十個以上に仕切られていたはず」

「ふ〜む……そんなキャビネットなら気づかないわけありませんね」と、ガナリこぼしが答えた。

「そうだよね！」オクサは期待に胸をふくらませた。

ガナリこぼしは頭をそらせ、左右にゆっくりと動かしてよどんだ空気の臭《にお》いをかいだ。

「北東三十五度の方向にメタルの強い臭いがします！」

しばらくしてそう言うと、ガナリこぼしは紫《むらさき》色の宝石の通路にさっさと入っていった。小刻みにちょこちょこ歩くフォルダンゴを連れているので、オクサは速くは進めない。しまいにはフォルダンゴを背負ってガナリこぼしのあとを追った。その通路には前の通路より反逆者《フェロン》がたくさんいて、オクサはオシウスの死について話す男女に何人も出くわした。噂《うわさ》はすぐに広まり、意見は分かれているようだ。

「オクサさん、そんなこと気にするんじゃない！　先に進もう！」オクサは自分に言い聞かせた。たくさんの分かれ道を過ぎ、紫色の通路の終わりに、オクサたちは黒いクリスタルのような面を持つ巨大な岩の壁にぶちあたった。

「キャビネットがここにあるのは確か？」

オクサは宙に浮かんで羽ばたいているガナリこぼしにたずねた。

「確かです、グラシューズ様！　左に二十七度、二メートル四十センチのところにあります」

「壁を入れて？　それとも入れないで？」

オクサは皮肉っぽく言った。目にかぶさるカモフラじゃくしのベールの不快さがオクサを苛立たせていた。ガナリこぼしはまじめな姿勢をくずさずに測量し、その結果を告げた。

「メタルのキャビネットまでの二メートル四十センチの距離《きょり》は三十二センチメートルの壁の厚さをふくんでいます」

「三十二センチメートルの厚さ……」オクサはため息をついた。「たったそれだけ？　きっと扉なんかなくて、向こうの部屋に行くには、このすっごくぶ厚い岩を通り抜けないといけないんだよね……」

「グラシューズ様はミュルムの体質の適用を行う絶対的な要求に出会われています」

オクサに背負われているフォルダンゴが口をはさんだ。

「やっぱりそうなんだ」オクサは髪を後ろにはらいながら答えた。「よし、成功させなくちゃね。失敗なんてとんでもない！」

オクサはフォルダンゴを背中から下ろした。ひきつった顔をしているフォルダンゴをかわいそうに思い、そっとなでた。

「こうしよう。あたしは壁を抜けるのと瓶《びん》を手に入れるためにカモフラじゃくしから出ないといけない。肉体がなきゃできないからね。でも、向こう側に何があるかわからないから、カモフラじゃくしは持っていかないといけない。おまえたちには最小限のカモフラじゃくしを残していくよ。ここは人通りが多いから、身を守らないといけないからね。ここでおとなしく、あたしを待ってて。いい？」

フォルダンゴとガナリこぼしはしっかりうなずいた。

「ガナリ、この壁の向こうにだれかいる？」

「生きているものはいません！」

「じゃあ、すぐにね」オクサはカモフラじゃくしから出た。「あたしを隠して！」

フォルダンゴたちをおおっているうごめくカモフラじゃくしと、通り抜けるのが不可能に思える壁の間にはさまれて、オクサは必死に精神を集中させた。

「ギュスのことを考えて……ギュスのことを考えて」と、何度も心のなかで繰《く》り返《かえ》した。「あの瓶を持って帰らないと、ギュスは死ぬんだよ。ほら、がんばれ！」

体の半分が石に食いこんだとき、オクサはうれしさのあまり声をあげそうになった。この通路を通るかもしれない——幸いにもそれはありそうにないことだが——反逆者《フェロン》たちの目からオクサを隠すためと、彼女を励《はげ》ますために、フォルダンゴが後ろから押してくれているようだ。ちょうどいいタイミングで、ギュスが〈絵画内幽閉《ゆうへい》〉されたときに出会ったおかしな根の頭が言った言葉がよみがえってきた。「あなたの足はあなたの意思が向かうところに進む」。この言葉がいま、特別な意味をもってひびいてくる。身体的な力は関係ない。いくら力を出してもどうにもならない。解決策は別なところにある。頭と心のなかだ。「あなたの足はあなたの意思が向かうところに進む」。オクサがこの原則を完全に理解したとき、石の硬《かた》さは障害ではなくなった。ぶ厚い石は気化したように抵抗《ていこう》を失い、オクサは簡単に石にめりこんだ。汗《あせ》びっしょりになったが、自分が誇《ほこ》らしく、気持ちはしっかりしていた。

その部屋は小さくて、天井《てんじょう》が低く、不気味だった。部屋全体を照らすのに、たいまつひとつで十分だ。ガナリこぼしが言ったとおりに、キャビネットはそこにあった。横に並んだ六つのロッカーが五列あって、そのひとつひとつに輪の形をした取っ手がついている。たしかに見覚えがあるものだ。オクサはほっとして笑みをもらし、頭脳向上キャパピルが彼女の記憶にもたらした効果に感謝した。オシウスが瓶をしまった真ん中あたりのロッカーに近づこうとしたとき、人の声が聞こえてきて、オクサははっと立ち止まった。

カモフラじゃくしを出す呪文《じゅもん》を心のなかで唱え終わったのと、黒い石の壁と反対側にあって死角になっていた扉が開いたのはほぼ同時だった。発光ダコのまぶしい光に照らされたモーティマーが最後の半透明族《とうめい》を連れて部屋に入ってきた。

52　期待していなかった人の助け

入るとすぐに、その半透明族《とうめい》は立ち止まった。にんにくと腐《くさ》った卵とほこりの混じったような例の臭《にお》いが部屋に充満《じゅうまん》した。そのうえ、血管と異常に大きい心臓に黒い血がめぐっているのが皮膚《ひふ》の下にはっきりと見えた。しかも、その心臓の鼓動《こどう》が急に速くなり、半分溶《と》けた鼻の穴がひくひく動くのがオクサにもわかった。彼女は壁に張りついた。しかし、半透明族はつけ狙《ねら》うようにオクサの周りをくんくんとかいで回った。

「どうしたんだ?」

キャビネットのロッカーのひとつをあけながら、モーティマーがぶつくさ言った。

「愛の香りがするんです……」半透明族はひどいしゃがれ声で答えた。

オクサは凍りついた。もしあたしがいることに感づいたとしたら、このおぞましい〈吸い取り屋〉の嗅覚《きゅうかく》は並みじゃないということだ。カモフラじゃくしに守られているときは、ヴィジラントにも熟練した匠人《たくみびと》にも気づかれなかったのに！　気づかれそうになったのはただ一人、オーソンだけだ。

「おまえって、吐《は》き気《け》がしそうだよ。ぞっとする」と、モーティマーは心底いやそうに言った。

「ああ、いい匂いだ！」半透明族にはモーティマーの言葉がまったく耳に入っていないらしい。「ここにはだれかがいます。激しい恋をしている人が……。豊かで甘くはっきりとした匂いがします」

半透明族はオクサがいる場所にやってきて、カモフラじゃくしの膜《まく》があるあたりの匂いをしきりにかいだ。オクサはぞっとして息を止めた。

「激しい恋をしている人だって？　おれじゃないことはたしかだな」モーティマーは次々とロッカーをあけながら吐き出すように言った。「ばかなことを言ってないで、あの小瓶《こびん》がどこにあるのかちゃんと教えてくれよ！」

「指導者オシウスはあの小瓶をしっかり見張るよう命令されました」半透明族はまだ鼻をひくひくさせている。「もう一度言いますが、あなたがあれを手に入れることは許されていないのです」

モーティマーはふり返って、偉《えら》そうな態度で半透明族を見つめた。

「オシウスが死んだことは知っているはずだ」と、きっぱりと言った。

モーティマーの声は低かったが、弱々しいひびきはなかった。ほんの少し前に起きた事件を考えると、オクサにとってその落ち着いた態度は驚きであると同時に不安だった。短く刈った髪《かみ》と同じくらい黒い目には、有無を言わさない威厳があった。

「おれの親父が反逆者《フェロン》の首領になったんだ。おまえの主人でもある。親父があの小瓶を持ってくるようにおれに命令したんだ。親父のことは知ってるだろ？　あの人の機嫌《きげん》をそこねたり、ましてや命令にそむいたりしたくはないんだろ？」

半透明族はうなり声をあげ、とほうにくれたように頭をふった。気味の悪い体が動くたびにいやな臭いがしてきて、オクサは吐きそうになった。

「小瓶はそこです」ついに半透明族はやせ細った腕《うで》を戸棚《とだな》の下のほうに伸ばした。「まず左に半分回してから、右に四分の一、また左に八分の三、最後に右に五分の二、回してください」

モーティマーはかがんで、言われたロッカーのダイヤルに軽く触《ふ》れ、人差し指の先で半透明族に教えられたとおりの動きをした。ロッカーの小さな扉《とびら》があいた。青みがかった気体がもれ、あの小瓶が見えた。

オクサがカモフラじゃくしの膜から出てきたのは勇気があったからではない。絶望したからだ。ギュスが生き延びる最後のチャンスである小瓶を、モーティマーが手にしたのを見て恐ろしい絶望にかられたのだ。

クラッシュ・グラノック

殻《から》を破れ
わたしの存在を無にする
カモフラじゃくしを集めよ

カモフラじゃくしはあっという間にオクサのクラッシュ・グラノックのなかに吸いこまれた。

「オクサじゃないか！」

モーティマーはぽかんと口をあけ、ぼうぜんとオクサを見つめた。

「ここで何してるんだ？　危ないじゃないか！」

「モーティマー、その小瓶をちょうだい！」

オクサはクラッシュ・グラノックを手にしたまま、小刻みに震《ふる》える体を前かがみにしながら攻《せ》めの構えをとった。攻撃《こうげき》しようとしたとき、驚いたことにモーティマーがその瓶を差し出した。

「おまえにわたそうと思ってここに取りにきたんだよ」

オクサは小瓶をさっとつかむと、モーティマーをにらみつけながらポシェットに入れた。自分はモーティマーを完全に信頼できるだろうか？　「野蛮人《やばん》」というあだ名でよんでいたモーティマーは、聖プロクシマス中学校では最悪の敵のひとりだった。それに、オーソンから受けた攻撃にかなり手を貸していたことも忘れてはいない。

「ここから出るのを助けてやるよ」モーティマーは早口に言った。

「ありがと、でも、一人でなんとかするよ」

「オクサ……おれはおまえが思っているような人間じゃない……。おれはあの人たちとはちがうんだ」

モーティマーの目には苦悩がにじんでいた。彼はなんて変わったんだろう。なんてつらそうにしてるんだろ……。

「あんたの父親がしたことを見たよね？」オクサは言いにくそうにつぶやいた。

モーティマーから表情がすっと消え、息が荒くなった。

「あれに、おれが耐《た》えられると思ってんのか？」モーティマーはあえぐように言った。

オクサはしまったというようにほおの内側をかんだ。

「おれは心を決めたんだ。ここはおれがいるべきところじゃない」

グラシューズ派の仲間に入りたいという気持ちを知っているとオクサが言おうとしたとき、通路のほうから騒々《そうぞう》しい物音が聞こえた。二人はびくっとした。

「来いよ！」モーティマーは扉を指さした。

「待って！　フォルダンゴとガナリこぼしがこっち側で待ってるんだ！　置いていけないよ！」

「あなたのうっとりする香りを味わわずに逃がすわけにはいきませんね」

いきなり、半透明族がオクサに近寄ってきた。

不透明な膜におおわれた大きな目がオクサを動けなくした。底なし沼にはまるように、オクサはいやおうなくその目に吸いこまれていく。半透明族がすぐそばに来たので、その気味の悪い体の血管に脈打つ血の流れが見えるだけでなく、音まで聞こえてきた。

「あっちに行け！」

そうどなったモーティマーのこぶしが半透明族の頭にあたってにぶい音を立てた。半透明族はびっくりしてふり返り、気味の悪いうなり声をあげた。モーティマーは自分の姿を隠そうと発光ダコをクラッシュ・グラノックのなかにもどした。部屋が薄暗《うすぐら》くなって、光が必要な半透明族は苦しみだした。モーティマーはオクサの手をつかみ、黒い石のほうに引っぱった。

「はやく、急ぐんだ！」

モーティマーは石の壁が綿であるかのようにのめりこんだ。

「モーティマー！」

半身を壁のなかに入れたまま、モーティマーはふり返った。恐怖で青白い顔をしているオクサの片腕は半透明族にしっかりとにぎられている。クラッシュ・グラノックは地面に落ちていて、オクサが不利な立場なのは明らかだ。

「あなたの恋心をくれたら、命は助けます……」半透明族ははっきりしない声でつぶやいた。

「ください！　どうしてもいるんです！」

モーティマーと半透明族が両方からオクサを引っぱった。しかし、半透明族の決意とどう猛《もう》な欲望のほうが強いようだ。かぎ爪《づめ》がオクサの皮膚に食いこみ、肉を引きちぎりそうだ。オクサがふりほどこうとすればするほど、かぎ爪が深く食いこんでくる。平らな石を敷《し》きつめた床に血がしたたった。半透明族はうっとりとしてよだれをたらしている。黒くとがった舌で口の周りをなめ、あふれるほどの恋情をもうすぐ吸い取ることができるという期待に鼻の穴が異常にふくらんでいた。

「離《はな》して、モーティマー。なんとかしなくちゃ！」ぞっとしたオクサは叫《さけ》んだ。

モーティマーは一瞬迷ったが、言われたとおりにした。オクサは自由になったほうの手でさっとクラッシュ・グラノックを拾い、口に当てた。

オクサは熱っぽい目をして息を吹《ふ》いた。

こんなに早くこのときが来るとは思わなかった。

それに、自分にできるとも思っていなかった。

半透明族の頭上には、闇夜《やみよ》のような真っ黒な渦《うず》ができた。それが最初はゆっくりと、そしてしだいに速く回り出した。半透明族は上を見た。不透明な目におびえが浮かび、オクサを離して逃げようとした。しかし、〈まっ消弾《だん》〉は許さなかった。半透明族が逃げるのをどこまでも追っていく。

オクサには後悔《こうかい》の気持ちはひとかけらもなかった。黒い穴ができて半透明族の頭に近づいていき、いいようのない恐怖のどん底に半透明族を突き落とすのを食い入るように見つめていた。それから、時が止まった。

黒い穴が大きくなった。

そして、半透明族は吹っ飛んだ。


オクサは両手を太ももにつき、気持ちの悪い怪物《かいぶつ》を吸いこんだばかりの黒い雲をじっと見つめて小声で言った。

「……すごい……」

モーティマーは怒ったようにオクサをちらりと見た。〈まっ消弾〉にはいやな思い出があった。ロンドンの家の地下室で父親がこのグラノックを浴びた。父親は死ななかったけれど、そのショックは大きく、いま目の前で起きたことに平然としてはいられない。モーティマーはぞくっとした。妹のようにかわいがっていたゾエのことも思い出したからだ。半透明族はゾエの未来をめちゃくちゃにした。

「きたならしい野郎め……」モーティマーは吐き捨てるように言った。

「最後の一人よ。あたしは最後の半透明族を殺したんだ」オクサの声は震えていた。

モーティマーはオクサの手を両手で包《つつ》んだ。

「あれでよかったんだ」モーティマーはしだいに消えてゆく黒い雲をぼうっとながめた。「あの怪物野郎には当然の報いだ」

「あたしはあいつを殺したんだ……」オクサは繰り返した。

「自慢《じまん》してもいいよ！　それより、おまえはここから逃げないと。いま起きたことで、ちょっと厄介《やっかい》なことになった。このへんをうろうろしているのは危険だ」

モーティマーはオクサの手を引っぱり、いっしょに黒い壁を通り抜けた。オクサはカモフラじゃくしで姿を隠す前に、モーティマーを呼んだ。

「なんだよ？」

「ありがとう。これと」と、オクサはポシェットをぽんとたたいた。「それにトシャリーヌも」

モーティマーの視線は宙をさまよった。

「どうってことないよ」

「がんばって、モーティマー」

「おまえもな、オクサ」

複雑に交錯《こうさく》した通路をたどって帰り道を見つけるのは大変だった。だが、ガナリこぼしとモーティマーがうまく導いてくれた。ケタハズレ山の中心とその付近の洞窟《どうくつ》にざわざわとした動きがあることがいちばんの問題だった。オシウスの死、とりわけ死に至った状況を知って、彼に最も忠実だった人たちの間にパニックが起きていた。つまり、〈断崖山脈《だんがいさんみゃく》〉に避難《ひなん》している反逆者《フェロン》たちの大部分にということだ。オーソンがすぐに権力をにぎったことは、多くの反逆者《フェロン》には本人が期待したほど歓迎されなかったようだ。最も過激な武力派の人たちだけが、ゆるぎない決意を持った首領に親近感を抱《いだ》いた。しかし、意見はいろいろあっても、全員があることで一致した。オーソンは恐るべき——「愛すべき」ではなく——男だということだ。

反逆者《フェロン》やアボミナリの間をジグザグによけて通り、モーティマーはオクサ一行を洞窟の入り口まで案内した。口封《ふう》じ虫をつけている二人の見張りは、首領になったオーソンの息子におじぎをした。

オクサは口と鼻を押さえ、たいまつから出る催眠《さいみん》効果のある煙を吸いこまないよう気をつけた。

突き出した地面の先まで行って、反逆者《フェロン》が無数の洞窟から出入りしてあちこちを飛び回っている峡谷《きょうこく》をながめた。ヴィジラントの群れがうなりながらオクサのすぐそばを通ったので、彼女はあやうく落ちそうになった。

モーティマーは見張りたちと少し話をして、なるべく何げないふうをよそおってオクサのそばにもどってきた。

「親父が洞窟への出入りの監視《かんし》を強化したようだ」モーティマーは口を手で隠し、浮遊《ふゆう》している人たちの動きを見ているふりをした。「おまえならだいじょうぶだろうけど、気をつけろよ」

オクサはたいまつの明かりに照らされてあやしげな色になっている夜空に向かって飛び立った。そして、峡谷から離れる前にふり返り、途方にくれて洞窟の入り口に立ちすくむモーティマーに向かって叫んだ。その声は聞こえないはずだが、気持ちは彼の心にきっと届くにちがいない。

「ひとりじゃないからね！　がんばって！」

53　報告

これほどのスピードで飛んだのは初めてだ。オクサはポシェットをしっかりとかかえ、峡谷《きょうこく》を越《こ》え、〈断崖山脈《だんがい》〉と〈千の目〉の間にある平野をロケットのように横切った。フォルダンゴは何度も小さな叫《さけ》び声《ごえ》をあげた。それが歓喜の声か恐怖の声か、オクサにはわからなかった。ガナリこぼしのほうは、どこまでもついて行く気持ちはあるのだが、主人の猛烈《もうれつ》なスピードについていけなかった。羽がけいれんしてきたので、しゅんとしてオクサの肩《かた》にとまった。

三人の冒険家《ぼうけんか》が〈千の目〉の入り口に着いたとき、あたりはまだ暗かった。二羽のドヴィナイユが夜の寒さに不平を言いながら出迎えた。そこでやっと、オクサはカモフラじゃくしのおおいから出た。

「グラシューズ様がつかまれた危険は膨大《ぼうだい》でしたが、挑戦《ちょうせん》はろうそくの甲斐《かい》がありました！」

フォルダンゴがオクサの背中から下りながら言った。

オクサは思わず吹きだした。フォルダンゴの言葉にはいつもびっくりさせられる。

「おまえの言うとおりよ！」オクサは突拍子もない召使いの頭をぽんぽんと軽くたたいた。「挑戦は労苦の甲斐があった……とにかく、うまくいったよね」

フォルダンゴは決まり悪そうに頭を横にふり、恥ずかしそうにこう言った。

「グラシューズ様は膨大な勇気の披露《ひろう》をされましたが、その召使《めしつか》いは非常なる臆病《おくびょう》と無益の全体を示したにすぎません」

「なに言ってるの！　おまえがそばにいてくれることが、いつだって大事なんだよ。いなきゃ困るんだから！」

フォルダンゴは鼻をすすった。

「若いグラシューズ様は召使いの心に癒《いや》しの塗《ぬ》り薬をほどこされました。召使いに対するあなた様の寛容《かんよう》さは限界を知りません」

オクサは優しくフォルダンゴを見つめた。

「さあ、じゃあ、このことをみんなに報告しなくちゃね」オクサの目がくもった。「おまえが絶対、そばにいてくれないと困るよ」


父親の勘《かん》なのだろうか？　それとも、オクサの生き物たちがパヴェルに知らせたのだろうか？　オクサには答えを出すひまもなかった。パヴェルがひざにひじをついて壁にもたれ、オクサの部屋の前で待っていた。オクサがやってくると、いらいらした悲しそうな視線を投げかけてきた。

「パパ？　こんなとこで何してるの？」

「こんなとこで何してるかって？」パヴェルの声は強い怒りをはらんでいた。「オクサ、おまえはどうなんだ？　こんなとこで何してるんだ？」

オクサは顔をそらした。彼女が行った場所を知ったら、どなり出すにちがいない。しかし、パヴェルはある意味、オクサの手間をはぶいてやった。

「まさか、〈断崖山脈〉へ行ったなんて言うなよな。そんなことはないだろ？」

オクサが黙《だま》っているので、パヴェルは頭をかかえた。

「娘がそんな無茶なことするなんて、ぼくは何かしたのか？　ぼくはこんなに分別があって慎《しん》重《ちょう》なのに、なんでこんな娘ができたんだ？　マニキュアをしたり、ショッピングしたり、シンクロナイズドスイミングとかにしか興味がない、かわいい女の子の幸せなパパになるはずだったのに……その代わりに、かわいそうな父親を苦しめることしか考えない頑固《がんこ》で向こう見ずな子をさずかったなんて！」

オクサは少しの間迷っていたが、小さな声で言った。

「状況《じょうきょう》がよくなったら、シンクロナイズドスイミングを習ってもいいよ……約束する！　でもさ、マニキュアはさ、ちょっと考えさせてくれない？」

パヴェルは怒った顔でしばらくオクサを見つめていたが、急に表情をゆるめた。そして、大きく腕《うで》を広げ、娘がひざをついて自分に抱《だ》きついてくるのを受け止めた。

「パパ！　話すことが千ぐらいあるんだ！」

「たった千かい？」パヴェルはにっこりしながら、わざと不満そうに言った。

「ママとギュスを助けられるんだよ！」

それを聞くと、パヴェルははっと顔をあげた。そして、オクサの肩に両手を置いて、まっすぐに目を見つめた。急に少し若返ったようにオクサには思えた。父親の心が希望で明るくなった。それは、途方《とほう》もなく、あやうい希望だったけれど。

〈逃げおおせた人〉たちと〈ポンピニャック〉のメンバーは全員、眠《ねむ》っていたところをたたき起こされ、〈円形サロン〉に集まって緊急《きんきゅう》会議を開いた。あきれながらも誇《ほこ》らしげにしているパヴェルの横で、オクサはケタハズレ山の洞窟《どうくつ》での冒険をこと細かに報告した。とくに、常軌《じょうき》をいっした息子の手によって致命傷《ちめい》を負わされたオシウスの最期をオクサが話すと、その場に衝撃《しょうげき》が走った。しばらくの間、全員がぼうぜんと沈黙《ちんもく》したままだったので、オクサも口をつぐんだ。それから、急にみんなは口々に考えていることを言い合った。つまるところ、みんなの意見は一致した。オーソンは最悪の反逆者《フェロン》で、オシウスよりも危険で抑制《よくせい》がきかないということ、決して癒せない長年の恨みで頭がおかしくなっているということだ。父親が死んだいま、オーソンがどうなるのか、とりわけ、彼の狂気がだれに向かうのか、何に向かうのか、まったく予測もつかない。

スパイがいるということについても、動揺《どうよう》が広がった。〈逃げおおせた人〉たちと〈ポンピニャック〉の公僕《こうぼく》たちは驚きで言葉を失い顔を見合わせた。

「そいつを見つけなければ！」と、スヴェンが大声で言った。

「でも、どうやって?」オクサが口をはさんだ。「そのスパイがどっちの側にいるのかわからないのよ。あたしたちの仲間かもしれないし、もぐりこんでいる反逆者《フェロン》かもしれない。〈アイギス〉の裂け目《さめ》を見つけられたらいいんだけど……。ルーカスは裂け目をふさいだと言っていたけど、〈エデフィアの門〉が開くことを反逆者《フェロン》たちに知らせるためには、スパイはまたそこから出なきゃいけないでしょ。もしオーソンが門を抜け出たら、〈外界〉は大変なことになる……。なんとしても阻止《そし》しないと」

みんなは黙って考えこんだ。オクサはオーソンがスパイの話をしたときに頭をよぎった考えが恥ずかしくて、テュグデュアルをまともに見ることができなかった。自分でも受け入れがたい疑念を、彼が見抜いてしまうのではないかと恐れた。モーティマーのことを話したときも、テュグデュアルの視線を避《さ》けた。湖のほとりでオクサが見た二人の密会にも触《ふ》れなかった。しかし、テュグデュアルはモーティマーと会ったことを自ら認めた。彼は立ち上がり、モーティマーがオクサの側につきたがっていることを驚くほど落ち着いて話した。

「なんといっても、彼はグラシューズの血を引く人間だということを忘れてはいけないんだ」テュグデュアルはとくに疑り深そうにしている人たちに向けて言った。「レミニサンスやゾエと同じように、彼にとっても血のつながりはそんなに大事じゃないんです。それに、オクサが説明してくれたように、自分の父親が祖父を殺したのを目の当たりにして、迷いがすっぱり消えたんじゃないかと思います」

「それがオーソンのたくらみじゃないのかしら？　スパイはモーティマーかもしれないじゃない！」と、ジャンヌが言った。

「虫をつかって果物の内部から腐《くさ》らせるやり方ね！」エミカが加勢した。

「トロイの木馬（古代ギリシャの故事に由来し、巧《たく》みに相手を陥《おとしい》れる罠《わな》や内通者の意）だ！」と、オロフが叫んだ。

今度はオクサもドヴィナイユの話を引き合いに出してテュグデュアルに手を貸した。しかし、まだ疑いを捨て切れないでいる人たちをようやく納得させたのは、トシャリーヌが何株か入った筒《つつ》だった。

「敵同士なのに、モーティマーが自分で〈近づけない土地〉に行ってあなたのためにトシャリーヌを摘んできたって言うんですか？」ミスティアは驚いたようにたずねた。

「あたしのためじゃなくて、お母さんのためだけど」オクサは言い直した。

「彼が冒した危険がわかりますか？」スヴェンが続けた。「何年も前から〈近づけない土地〉は、エデフィアのなかでいちばん荒《あ》れ果てた危険な地域です。そこに生息する生き物は、近年の気候の変化でいままで以上にどう猛《もう》になっています。ここ十年はだれもそこに足を踏み入れることができなかったんですよ」

「トシャリーヌの話は信用できるかしら？」エミカが口をはさんだ。「もし、それが毒草だったら？」

その言葉にパヴェルはいらいらと体を動かした。オクサもむっとして眉《まゆ》をひそめ、テュグデュアルの視線をとらえようとしたが、かわされた。テュグデュアルは真っ青だったので、気分が悪いのだろうかとオクサは思った。テュグデュアルはまたがった椅子の背もたれをつかみ、目を閉じていた。顔はまるで彫像のように表情がない。オクサはテュグデュアルの話に細部が欠けていることに気づき、不安が大きくなっていた。どうして詳しく話してくれないんだろう、と思いながら、オクサはトシャリーヌの筒をじっと見つめた。

「アバクムおじさん、おじさんならはっきりしたことを言えるんじゃない？」オクサはテュグデュアルの様子にがっかりしながら、アバクムに問いかけた。

妖精人間アバクムはいままでずっと黙っていた。彼はオクサの話にじっと耳をかたむけ、それからテュグデュアルの話も真剣《しんけん》な顔で聴《き》いていた。実の父親に対するオーソンの行為に衝撃を受けているのだろうとオクサは思った。アバクムは重い足取りで近づき、トシャリーヌの束を取った。そして、それをじっくり調べ、匂いをかぎ、光にかざし、葉の一片を口にふくんだ。それからこう宣言した。

「これは本物のトシャリーヌだ！　しかも、この上なく純粋で生きのいいものだ」

オクサはほっとしてため息をつき、パヴェルも緊張《きんちょう》を解いた。

「オクサ、わたしのグラシューズ、これをもらってもいいかな？　マリーの薬を作るよ」

「作り方を知っているの？」オクサはつい軽口をたたいてしまってから、後悔《こうかい》してくちびるをかんだ。

オクサはデリカシーに欠けるときがたまにあるのだ……。

「知ってますよ」アバクムは頭を下げながら答えた。

「じゃあ、すべてそろったというわけね」と、オクサが締《し》めくくった。

「あとは門が開くのを待つだけだ」パヴェルがつけ加えた。

「オーソンの攻撃もだ」そう言ったアバクムの目はなぜか悲しそうにかげった。「だが、以前の打ち合わせどおりにみんながそれぞれの役目につく前に、ごく近い将来に関わる決定をいくつかしておこう。オクサ、わたしのグラシューズ、まずは、おまえが〈外界〉に行っている間、その代わりをする人を任命することから始めようか……」

54　すべてがうまくいかなければならない

グラシューズ・オクサの〈統治録〉、第十二ページ。

場所：千の目のクリスタル宮、グラシューズの部屋
日付：不明。わたしの統治砂時計が設置されてから五十六夜目

今日はめずらしい訪問があった。わたしの不死鳥が会いにきたのだ。ドラゴミラからのメッセージを伝えてくれた。バーバがいなくてすごく寂《さび》しい。

そのメッセージはとても重要なものだ。

みんなが待ち望んでいた情報だ。

いまの段階では、それを知っているのはわたしだけだ。

これから起こるはずのことに苦しんでいるのも、いまはわたしだけ。耐《た》えられるだろうか？〈断崖山脈《だんがい》〉から帰ってきてから三日三晩がたつ。わたしの仲間たちにとって、つらく、果てしないような三日三晩だ。

だが、わたしがいま知っていることを知ったら、もっと大変だ。

わたしは詳《くわ》しいこともすべて知っている。

ところが、簡単なことではない。これまでも簡単なことはひとつもなかったし、これからもそうだろう。「ポロック家はそうなんだよな……」ギュスならそう言っただろう。ちょうど九時間後に〈エデフィアの門〉が開く。つまり、目の前にある統治砂時計の砂が百八十粒《つぶ》落ちたときだ。この砂時計をひっくり返して、時を止めてしまいたい。過去にもどって、すべて一からやり直したい。ちがうやり方で。

鍵《かぎ》を持っているのはわたしだ。

鍵は二つある。

門は二回しか開かない。その後は永久に閉じたままだ。つまり、選択《せんたく》しなければならない。

〈外界〉か、エデフィアか。

〈つかの間の秘密〉は今後、不老妖精がわたしに託《たく》したことを超《こ》えることになる。

単に門が開くこと以上のことだ。

その秘密は鍵だけ。だから何もあばかれる心配はない。

鍵はわたしの頭のなかにある。最高の隠し場所だ。それは言葉にすぎないけれど、重い。とても重い。

母とギュスは回復するだろう。わたしがいちばん望むことは、二人に再会し、二人を救うこと。

すべてがうまくいったら、二人はわたしといっしょにエデフィアに来ることができるはず。アバクムがそう保証してくれた。彼が開発したばかりの「同化キャパピル」を得る代わりに、わたしの全超能力を放棄《ほうき》するよう求められるとしても、もちろん、わたしは喜んですべてを投げうつだろう！

アバクムは天才。すばらしい人間だ。あらゆる意味で。彼がいなかったら、わたしはどうしたらいいだろう？

同化キャパピルは何としても作らなければならなかった。キャパピルの物質が〈締《し》め出《だ》された人〉の体のなかに根をおろすまで三十三日間待つだけでいい。そうすれば、門はもはや彼らが通り抜けることをじゃましない。

〈内の人〉と同じように簡単に通り抜けることができる。

すべてがうまくいけば……。

すべてがうまくいかなければならない。

わたしがいま書いていることはまったく正確というわけではない。だから、うれしいことばかりのはずなのに、こうして途方《とほう》にくれているわけだ。

喜ぶことも泣くこともできない。自分が二つに割れてしまって、その二つを合わせることができないみたいだ。

わたしは何を信じていたのだろう？　何を期待していたのだろう？

〈内の人〉ならだれでも門を通れるというわけではないのだ。
わたしの後見人アバクムとグラシューズの血を引く人だけが通ることができる。
ジャンヌとピエール、
ナフタリとブルン、
テュグデュアル、
彼らは残らなければならない。
どうしていつも心を引《ひ》き裂《さ》かれる別れをしないといけないのだろう？
また会えるだろうか？
みんなが幸せになれる日は来るのだろうか？

九時間後に鍵のひとつをわたしは使う。母とギュスをもう待たせることはできない。

しかし、その前に、門がもうすぐ開くという噂《うわさ》を立てるのだ。

それがオーソンを引き寄せる最高の手段だから。スパイから聞いて、オーソンは門を通り抜けるために〈千の目〉を急いで攻撃《こうげき》してくるだろう。

彼の力を奪《うば》ってからでないと、わたしは門をあけない。オーソンが〈外界〉に出るというリスクをおかすことはできない。彼は危険すぎる。


すべてがうまくいかなければならない。

55　待機

グラシューズの血を引く人とアバクムだけがエデフィアから出ることができるということを仲間たちに知らせるのは、オクサにとってつらいことだった。ジャンヌとピエールは打ちのめされ、クヌット家の人々も平静を装ってはいたが、落胆《らくたん》していることは明らかだった。ボドキン、コックレル、フェン・リーも残って待っていなくてはならない。

「テュグデュアル！　行かないで！」

オクサは〈円形サロン〉を出て廊下を遠ざかるテュグデュアルを追った。彼は壁を通り抜けたので、オクサも同じようにした。自分が簡単に壁を抜けられたことに気づきもしなかった。やっとテュグデュアルを見つけたのは五十六階のテラスだった。厳《きび》しい顔つきをして、夜明けのほのかな明るさのなかで途方《とほう》に暮れたように立っていた。オクサはテュグデュアルと同じように手すりにひじをついた。肩《かた》が軽く触《ふ》れた。テュグデュアルは二人の間隔《かんかく》をあけるようにオクサから少し離《はな》れた。

「ちょっと！　あたしが何をしたっていうの？」オクサは腹立たしげに言った。

テュグデュアルは黙《だま》ったまま、横を向いた。

「こんなふうになってよかったって、あたしが思ってるとでも言うの？」オクサの声はかすれていた。「だって、あたしのせいじゃないよね？」

涙《なみだ》がわいてきそうで鼻がつんとした。オクサは石の手すりをつかんでから両腕《うで》を伸ばした。大声でどなって、どこかに飛んでいってしまいたかった。欲求不満と怒りがふつふつとわいてきて顔がゆがんだ。

「もう十分に厄介《やっかい》な状況《じょうきょう》だと思わないの？」涙がこぼれそうだ。「それなのに、あなたはもっとことをややこしくして、あたしを罪悪感で苦しめたいのよね」

とつぜん、テュグデュアルがふり向いてじっとオクサを見つめた。その表情にオクサはぎくっとした。目に暗くて刺《さ》すようなかげりがある。こんな苦しそうなまなざしを見たことがあるだろうか？

「すぐに帰ってくるわ。約束する！　そんなに長く待たせないから」

そう言ったオクサの声は優しくなった。テュグデュアルは何か言おうとしたが、言葉が出てこなかった。

「ねえ、何か言って！」と、オクサは訴《うった》えた。「そんなふうに黙ったままでいないでよ」

言葉はない。

「それって、ギュスのせい？」

テュグデュアルははっとした。

「愛してる、テュグデュアル」

その小声の告白にオクサ自身が驚いていた。これまでだれにもそんなことを言ったことがない。その意味がテュグデュアルにはわかっているのだろうか？

しかし、テュグデュアルの目のかげりはしだいに毒々しくなっていった。テュグデュアルは指先でオクサのほおに軽く触れ、無言のまま、紫《むらさき》のまだら模様のついた空に向けて飛んでいってしまった。

〈エデフィアの門〉が開こうとしているという噂《うわさ》は導火線に火がついたようにあっという間に広がった。パヴェルとアバクムだけがそれが嘘《うそ》だということを知っていた。本当はオクサだけが門を開くことができるのだ。その噂を流せば、オーソンが彼のスパイによってこの嘘を真に受けるだろう。

〈千の目〉の出入口の警戒《けいかい》が強化された。どんな理由であれ、だれも外には出られない。獅身女と警備部隊がその監視《かんし》を担当した。しかし、いくら捜索《そうさく》しても、反逆者《フェロン》たちがあけた裂け目《さめ》は見つからなかった。オクサは喜んだくらいだ。裂け目のことはもう重要ではない。オーソンが門の開放の噂を耳にすれば、それだけ早く攻撃《こうげき》をしかけてくるだろう。そうすれば、このいらいらした待ちの状態に決別できる。

オクサはアバクムとパヴェルといっしょに、枕《まくら》ほどの大きさにふくらませた〈拡大泡《ほう》〉で静まり返った街をバルコニーから観察していた。ここ三日間ほど、グラノック学と防衛の公僕であるナフタリとスヴェンは新しい武器と機動力のある戦略を完成させるために、働きづめだった。その武器はこれまでのものとちがって、敵の不意をつく効果が大いに期待できた。攻撃の角度が検討され、標的の優先順位が決められ、クラッシュ・グラノックに弾《たま》がいっぱいにこめられた。全員が待ちきれない気持ちと不安を抱きながら警戒態勢をとっていた。

それは、風にはためく旗のようになめらかな音で始まった。

それは、何千という太鼓《たいこ》が何千という手でたたかれているような音だった。音はだんだんと近づいてきてふくらんでいった。

ついに、それがあらわれた。

空と地平線が騒《さわ》がしい大群におおわれて暗くなった。ヴィジラントに囲まれた浮遊《ふゆう》する人たちとその頭上を飛ぶ何千という骸骨《がいこつ》コウモリが先頭を切ってやってきた。ばたばたと激しく羽ばたく音と、とがった歯の間からもれる破裂するようなするどい音が耳をつんざく。

地上では、どれもこれも恐ろしい生き物たちが立てるにぶく力強い地ひびきがした。ねばねばした気味の悪いアボミナリ、信じられないほど長い角を持った青いサイ、剣《つるぎ》のように長い牙《きば》を持つ銀色の毛並みのトラ、太くぎらぎらしたしまヘビ……。

「あいつらを飼いならすのに成功したようだな」

アバクムが〈拡大泡〉を下ろしながらつぶやいた。

「メッタメタにしてやるわ！」オクサは〈千の目〉に向かってくる大群から目を離さずに叫《さけ》んだ。

「レオザールにだってなんとか勝ったじゃない？」

「レオザールのほうがずっと数が少なかったけどな」と、パヴェルが言った。

オクサはいらいらしてどなった。

「パパ！　あんな虫けらにびくびくしてなんていられないわよ！」

パヴェルの目が熱をおびていた。わかった、わかったというように両手を上げ、進んでくる敵のほうに再び目を向けた。防護バリア〈アイギス〉にたどりついた人間や生き物たちは、透明《とうめい》な膜《まく》を取り囲むように広がった。飛べない怪物たちはじれったそうにバリアの足元の地面を蹴《け》り、浮遊する人と骸骨コウモリはバリアの表面積を最大限におおうために広がった。まるで急に腐《くさ》ったかのように、わずか数分で〈アイギス〉は完全に黒くなった。

〈クリスタル宮〉のてっぺんで、オクサははっと息をとめた。

「そろそろおまえは地下七階に行かないとな」と、父親がうわずった声で言った。

「でも、パパ……」オクサはうめいた。

「オクサ、たった一度でいいから言うことをきいてくれるかい？」

「オーソンはおまえに的を絞《しぼ》ってくるだろう」アバクムが口を出した。「門に行くためにはおまえが必要だからだ。あいつはおまえを危ない目にあわせはしない。だが、激しい戦いになる。おまえは避難《ひなん》しておかないといけない」

「あたしが餌《えさ》になれば、あいつをやっつけるのがずっと簡単になるよ！」と、オクサは抗議《こうぎ》した。

「そのことはもう話し合っただろ」パヴェルがきっぱりと言った。「そんなことは……」

パヴェルの言葉をさえぎったのはオクサではない。クラッシュ・グラノックを手にした百人ほどの反逆者《フェロン》が〈千の目〉の西側に押し寄せて来たのだ。予想を上回る攻撃をしかけてくるにちがいない。パヴェルは最後にちらりと娘を見てから、闇《やみ》のドラゴンとなって飛び立った。炎のような舌が薄暗《うすぐら》い空を引き裂くように伸びたかと思うと、うなり声がひびいた。アバクムはオクサの腕をとってグラシューズの部屋の外に引っぱりだした。二人はひと言も言葉を交わさずにエレベーターに乗って〈クリスタル宮〉の地下一階まで下りた。

「安全なところに隠れているんだ、オクサ。終わったらだれかが迎えにいくよ」

アバクムはグリーンの目でオクサの目をじっとのぞきこみ、回れ右をして入り口ホールのほうへ向かった。オクサは一人になるとすぐ、地下に行くかわりに、もときた道を引き返した。

「みんなが命がけで戦っているときに、この地下にじっとしてるなんてこと、できるわけないじゃない！」オクサはぷりぷりしながらつぶやいた。「オーソンとあいつの仲間に本物のグラシューズの力を見せてやる！」

56　新たなカオス

オクサが〈クリスタル宮〉前の広場に出たか出ないかのところで、ものすごく大きな爆発音《ばくはつ》がひびきわたった。地面がひどく揺《ゆ》れたので、〈クリスタル宮〉の上から石やガラスの破片が落ちてきてオクサの足元に散らばった。オクサは急いで壁際によって、勇気をふり絞《しぼ》るためにケープのひもを締《し》めなおした。そして、いっせいに放たれた酸の爆弾《ばくだん》で〈アイギス〉が蝕《むしば》まれていく様子をぼうぜんとながめた。薄《うす》くても頑丈《がんじょう》なはずの膜《まく》にぽっかりと穴があいたところに、それより小さいがやはり強力な爆弾が放り投げられた。ほんの数分もすると、〈アイギス〉は燃やした紙香のように縮み、ばらばらになって焦げた破片の雨を〈千の目〉に降らせた。

〈千の目〉は防護膜を失った。

急にあたりが静まり返り、羽根のように軽い灰が湿《しめ》った空中に舞《ま》い始めた。まるで時が止まったかのようにあらゆる動きがやんだ。つかの間の休戦状態だ。とつぜん、恐ろしい雄叫《おたけ》びがあがったと思うと、反逆者《フェロン》たちが包囲の輪をせばめてきた。家々のテラスで待ち構えていたグラシューズ派の人たちは、革の鎧兜《よろいかぶと》をつけた敵に向かってグラノックを雨のように浴びせ始めた。オクサのところからも、人間や骸骨《がいこつ》コウモリの死体が空から〈千の目〉のはずれの地区に落ちるのが見えた。

「大変！」

オクサはそう叫《さけ》び、怒りをみなぎらせて矢のように飛んでいった。

包囲するのはうまい作戦だ。しかも、空中と地上の両方から包囲するわけだから、よけいに手ごわい。〈泡《あわ》ゾーン〉の上を飛びながら、オクサは効率のよい敵の攻撃《こうげき》にがくぜんとした。地上では、反逆者《フェロン》を背中に乗せたサイがあらゆるものを蹴《け》とばし、踏《ふ》みつぶし、家を突き破っていた。何もかもめちゃくちゃだ。骸骨コウモリの群れは、長くするどい角を持った青いサイがあけた壁の穴から家の中に入りこみ、隠れていた人たちにかみついた。

しかし、グラシューズ派の人たちは勇敢《ゆうかん》に戦った。魚を捕《と》る巨大な網《あみ》カゴを持った男たちが屋根の上にすばやくあらわれた。それが目の前を通りすぎるのを見たオクサは、その変わった網カゴの正体がわかったような気がした。縫合《ほうごう》グモがこの巨大な網カゴを編んだのだ！　骸骨コウモリの群れの近くまで浮遊《ふゆう》した男たちは、ロケットのようにスピードを上げ、網カゴの口を広げた。中に閉じこめられた骸骨コウモリはひどく甲高いうなり声をあげた。ファイヤーフラワーの軸液《じく》を塗《ぬ》られた網が燃え上がってコウモリたちを焼きつくし、うなり声も消えた。

それでも、反逆者《フェロン》たちはひるむことなく前進し、攻撃の激しさも増していった。

オクサは〈千の目〉のいちばんはずれにある通りの上を飛びながらがくぜんとしていた。かつてはいっしょに暮らしていた人たちが敵味方になって激しい戦いを繰《く》り広《ひろ》げている。

「なんて無意味なことなんだろう……」オクサは目に涙《なみだ》を浮かべてつぶやいた。

上から見ると、〈千の目〉はグラノックを使って戦う男や女たちの巨大なもつれ合いにしか見えなかった。レオミドの娘ガリナの周りに集まったフォルテンスキー一家が〈腐敗弾《ふはい》〉でサイをやっつけているのがオクサには見えた。三つ編みをふり乱し、気合の入ったガリナを前に、しだいに体が腐《くさ》っていくサイは痛みにもだえ苦しんだ。こんな状況《じょうきょう》でなかったら、彼らはみんなサイの苦しむ姿を哀《あわ》れに思っただろう。しかし、この殺りくの場には優しさや親切心はおろか、哀れみの入りこむ余地もない。強い者だけが生き残ることができるのだ。

尊敬すべきスヴェン、サーシャ、ボドキンはそういう人たちのなかには入れなかった。手足の関節がはずれ、泥《どろ》の中に横たわった三人は、このカオスの最初の犠牲者《ぎせい》だった。

少し離れたところでは、ナフタリとブルンとその子どもたちが頑固《がんこ》に抵抗《ていこう》する反逆者《フェロン》の一団を〈窒息弾《ちっそく》〉で攻撃していた。のどに詰《つ》まる虫で窒息した人たちが次々と空から落ちてきた。

テュグデュアルがいっしょにいないのがわかると、オクサの心はちくりと痛んだ。彼は危険な目にあっているのだろうか、それとももっと悪い状態に……。

生き物たちもじっとしてはいなかった。自分の持っている能力を使って戦っていた。ヤクタタズはものを腐らせる唾液《だえき》を吐《は》き、獅身女は爪《つめ》で反逆者《フェロン》たちに襲《おそ》いかかって攻撃の手をにぶらせ、〈心くばりのしもべ〉たちはアボミナリに跳《と》びかかっていった。アボミナリのねばねばした体がばらばらになって宙に飛んだ。人間も生き物も、男も女も、全員が先祖から受け継《つ》いだ平和主義の心を捨てて勇敢な戦士に変わっていた。

戦いはすさまじかった。その激しさに敵も味方も驚いているようだ。反逆者《フェロン》の側であれ、グラシューズの側であれ、ここまで容赦《ようしゃ》ない相手に立ち向かおうとは思っていなかったのだろう。あちこちに命のつきた体が横たわっていた。革の鎧を着た者もいたが、それ以上に前合わせになった上着を着た者が多かった。

〈千の目〉の反対側でも反逆者《フェロン》の前衛部隊は同じようにどう猛《もう》だった。しまヘビとヴィジラントは残忍《ざんにん》さをいかんなく発揮していた。オクサはティンとオロフが巨大なヘビに囲まれているのに気づいた。斧《おの》の一撃がヘビを真っ二つに切りさいた。しかし、ヘビは死ななかった。半分になった体を起こして、上から二人をにらみつけた。どんよりとした目をして、先の割れた舌をしきりに動かしながら、二人のほうに向けて液体を吐き出した。それをまともに受けたティンは、うなり声をあげながら地面に倒れた。

そのヘビにグラノックを雨のように浴びせながらもとどめをさせないルーシーをかばおうとして、今度はオロフが毒を浴びた。オクサはもう我慢《がまん》ができなかった。彼女の〈ノック・パンチ〉のものすごい勢いに、ヘビの真っ二つになった体が近くの壁にぶち当たった。肉と毒が飛び散って、やっとヘビは死んだ。グラシューズ派の人たちは感謝のまなざしでオクサを見たが、同時にグラシューズがここにいることに驚いてもいた。どう猛で残忍な反逆者《フェロン》たちが次々に攻撃してくるというのに……。

「だれも彼女に触《ふ》れるな！」

すぐにそれとわかる声がひびいた。

オクサが顔を上げると、オーソンが目の前にいた。クラッシュ・グラノックを手にし、地上から数メートル浮いている。

「彼女は無事でないといけないのだ」

オーソンはオクサをじっと見つめたまま言うと、憎《にく》むべき敵であると同時に自分の鍵《かぎ》をにぎる少女の正面に下りてきた。野獣《やじゅう》の皮でできた胸当てを着けているせいか、いっそう手強《てごわ》く見える。ただし人間らしさを欠いた表情はいつものままだ。オクサは体を弓の弦《げん》のようにこわばらせ、オーソンをぐっと見返した。

「そんなことを言わないといけないなんて、さぞ我慢《がまん》ならないいんでしょうね！」オクサは皮肉っぽく言った。「あたしを殺したくてうずうずしているのに……」

オーソンの表情のない目におもしろがっているような驚きが浮かんだ。

「殺すだと？　わたしに最後の奉仕をさせる前に殺すなんてことはありえないじゃないか」

反逆者《フェロン》の側から〈ツタ網《あみ》弾〉が何発もすごいスピードで放たれると同時に、オクサの側から火の玉が飛んでいった。火の玉と衝突した〈ツタ網弾〉は一瞬のうちに灰になり、火の玉のほうはオレンジ色の小さな渦《うず》巻《ま》きになってほこりの充満した空中に消えていった。

「あたしがあなたを門に連れて行くって、本気で思ってるの？　夢でも見てたらいいわ！」

オクサは吐き捨てるようにそう言うと、自分の持っているなかでいちばん強力なグラノックをオーソンに向けて発射しまくった。彼女は〈まっ消弾〉を半透明《とうめい》族に使ってしまったことを悔やんでいた。再び使うためには百日も待たなければならない。オーソンは指先から細い電波を発してたくみにグラノックの飛ぶ方向をそらせた。そして、二人はどちらが有利なのかわからないまま、動きを止めた。オーソンは短剣《たんけん》の刃のようなするどい目を陰湿《いんしつ》に細めてオクサをじっと見つめた。グラシューズは無事でいなければならない。それがオクサの最大の武器だった。オーソンは急に飛び上がり、勝ち誇《ほこ》ったような笑い声をあげながら空に消えていった。あとに残ったオクサは怒《ふる》りに震えた。

オクサはオーソンの後を追っていきたかったが、仲間が止めた。

「グラシューズ・オクサ、あなたはここにいてはいけません！」

アボミナリと戦っている女が言った。

「噂《うわさ》の生意気な女はこんなところにいたのか！　おまえの家族にへどを吐き、おまえの祖先を憎んでやる。わかったか？」と、アボミナリはわめいた。

「わたしたちのグラシューズ様にそんな口をきくんじゃないわよ！」女はこう言いながらアボミナリの頭を打った。頭は熟《う》れすぎのスイカのようにぐしゃりと割れた。

「あぶない、オクサ！　後ろだ！」

燃えている家のテラスからモーティマーがオクサのところに跳《と》び下りてきた。オクサがふり返ると、銀色のトラが自分に襲いかかってくるところだった。とっさに腕《うで》を伸ばし、そのすばやい動作がトラに勝った。火の玉がトラの顔に向かって飛んでいった。トラはうなり声をあげて体をねじり、おそってくる炎《ほのお》を消そうと口をぱくぱくさせたがむだだった。足元に倒れたトラを見て、オクサはその怖《こわ》いほどの美しさにはっとした。

「モーティマー、だいじょうぶ？」

モーティマーはうなずいてから、とがった爪をむき出しておそってくるアボミナリに跳びかかった。反逆者《フェロン》の印である革の兜と鎧をぬいでしまっていることにオクサは気づいた。彼は自分の加わる側を決めたらしい。

「こんなとこで何してんの？」とつぜん、ゾエの声がした。「〈クリスタル宮〉の安全な場所にいるはずじゃなかったの？」

「オーソンを探してたの」と、オクサは答えた。

ゾエはヴィジラントに〈ガラス化弾〉を浴びせながら、オクサを横目で見た。ヴィジラントが一瞬にして固まり地面に落ちたところを〈心くばりのしもべ〉がひづめで踏みつぶし、ガラスの破片にした。

「どうかしてるよ！　危ないじゃない！」ゾエがどなった。

「オーソンを倒さないと戦いは終わらないのよ！」

オクサは襲いかかってきた反逆者《フェロン》に〈腐敗弾〉を放ちながら叫んだ。

彼女はこの大混乱の元凶《げんきょう》である人間を追いかけるために、再び空に向かって飛び立った。

戦いは何時間も続いた。グラシューズの側は数の上では優勢だったが、反逆者《フェロン》の側が力でまさっていた。そのため最初は反逆者《フェロン》が勝っていたが、双方の死傷者が増えてくると、オクサの側がしだいに有利になっていった。

反逆者《フェロン》の多くは戦死するか、捕虜《ほりょ》になった。残りの数少ないしぶとい者が〈クリスタル宮〉の周りでまだ抵抗していた。オクサはそこにオーソンがいるにちがいないと思った。

グラシューズの庭に人が集まっていた。アバクム、キャメロン、ナフタリ、ジャンヌ、ピエールといった見慣れた仲間のシルエットにほっとしながらも、オクサは用心しながら近づいた。

テュグデュアルだ。

オクサは心の底からほっとした。

しかし、みんなが声をあげて泣いているのが聞こえると、最悪の事態が起きたのかと考え、血の気が引いた。だれ？　みんなはだれのために泣いているんだろう？　だれがいないんだろう？

ゾエか？　レミニサンスか？

父親か？

57　終止符《しゅうしふ》

オクサは自分が気を失うかと思った。全身から力が抜け、どんな肉体的な痛みにもまさる稲妻《いなずま》のようなするどい痛みにおそわれた。影が頭上を横切った。オクサは顔を上げた。パヴェルと闇《やみ》のドラゴンが炎《ほのお》のような翼《つばさ》をした不死鳥といっしょに飛んできた。ほっとして心が軽くなった。

父親は生きていたんだ！　パヴェルはオクサの近くに下りてきた。

「ここにいたのか……」パヴェルはオクサを抱きしめた。

「あたしがあの地下で、一人でおとなしく待ってるなんて思わなかったでしょ？」

オクサは父親の肩《かた》に顔を押しつけながらつぶやいた。

パヴェルは長いため息をもらした。少し離《はな》れたところで叫《さけ》び声《ごえ》があがり、父娘の再会をさえぎった。

「キャメロン！　待て！」

ナフタリの声だ。悲しそうなうわずった声だ。パヴェルとオクサは不安になって声のあがったほうへ近づいた。そこにいた〈逃げおおせた人〉たちは二人に道をあけた。オクサは目を大きく見開き、はっとして口をふさいだ。

ヘレナ・クヌットの体が固い地面に横たわっていた。

そのそばにしゃがんでいるアバクムはずだ袋《ぶくろ》から小瓶《こびん》を十個くらい出している。ヘレナの意識を取りもどそうとしているようだ。ヘレナはおだやかな顔をしていた。アバクムの背中が急に丸くなった。煙の上がる空を無表情に見つめているヘレナの薄《うす》いブルーの目を、アバクムはしわだらけの手で閉じてやった。オクサはぼうぜんとテュグデュアルを見た。ブルンはナフタリの胸に抱《だ》かれている。長い前髪《まえがみ》で顔が半分隠れ、両手をだらりとたらしたテュグデュアルはショック状態にあるようだ。

母親が目の前で死んだ。

もう両親ともいないのだ。

何を考えているのだろう？　どんな気持ちなのだろうか？　激しい戦いをしたにちがいない。服はちぎれ、体はほこりだらけで、火傷のあとや血がついている。ブルンとナフタリはテュグデュアルを抱きしめようとした。目に氷の粒《つぶ》のような涙《なみだ》をためながら、最初は抱きしめられるままになっていたが、二人を押しのけてキャメロンのそばに行った。取り乱しているキャメロンはクラッシュ・グラノックをみんなが憎む人のほうに向けた。オーソンだ。

「あいつだ！　あいつがヘレナを殺したんだ！」と、キャメロンは叫《さけ》んだ。


木の根元にもたれた反逆者《フェロン》の首領は怪我をしていた。首を絞《し》められたような痛々しい紫《むらさき》のあとがのどについている。しゃべろうとしたが、痛みでゆがんだ口から出てきたのは言葉ではなく、ひと筋の血だった。キャメロンに毒々しい視線を投げかけている目だけが思いを物語っている。

「あいつがヘレナを殺したんだ」キャメロンが繰《く》り返《かえ》した。「何のちゅうちょもなくやった。わたしは見たんだ！」

オーソンは首を横に振《ふ》った。そのためによけいに出血がひどくなった。伸ばした手から出てきた閃光《せんこう》は驚くほど弱々しかった。それから、上着をあちこちたたいた。

「これを探しているのか？」キャメロンがクラッシュ・グラノックを見せながら言った。

オクサが知っているものだ。細い銀糸の飾りのついた黒っぽいべっ甲のクラッシュ・グラノックはたしかにオーソンのものだ。オーソンの目が大きく見開くと同時にくもった。ぎこちなく地面にこぶしを押しつけて体を起こそうとした。しかし、腕《うで》が曲がり、力つきたようだ。

キャメロンがオーソンに近づいた。その凶暴《きょうぼう》な様子にみんなが驚いた。

「おしまいだ、オーソン」

だれも止めるひまはなかった。キャメロンが〈ガラス化弾《だん》〉を放つと、たちまちオーソンはガラスの彫像に変わり、キャメロンがこぶしで打ち砕いてバラバラにした。

〈逃げおおせた人〉たちはぼうぜんとして口もきけないでいた。

オーソンが死んだ。

ひどいことだ。だが、同時にあっけなかった……。


キャメロンはふり返って仲間に向き合った。いつもの優しい顔にもどっていたが、残酷《ざんこく》な光が明るい瞳の底にやどっていた。だれも何も言えなかった。こんなふうになるとはだれも予期していなかった。彼らにとって最悪の日の部類に入るだろう。今日だけで何百人という人が死んだけれども、オーソンの死は不幸な時代の終止符のようなものだった。

それに呼応するように、弱々しいながらもくっきりした陽の光がひと筋、ぶ厚い雲と煙を突き抜けて〈千の目〉にふりそそいだ。ぼうぜんとたたずむオクサは羽ばたく音にはっとした。顔を上げると、頭上に彼女の不死鳥が飛んでいた。伸ばした腕に不死鳥が静かに下りてきた。オクサの腕には鳥の爪が軽くかすったくらいにしか感じられなかった。すると、オクサにしか聞こえない言葉が不死鳥のくちばしからもれた。

不死鳥が飛んでいってしまうと、オクサは仲間の顔を一人一人見つめた。オクサはケープをしめなおし、くちびるを震わせ、荒い息づかいで言った。

「門が開くときがきたわ……」

グラシューズ側の人々にしっかりと周りを囲まれた反逆者《フェロン》の捕虜《ほりょ》の長い列が、オクサと〈逃げおおせた人〉たちが通りすぎるのを見ていた。めちゃめちゃにされた〈千の目〉を進むにつれて、オクサたちの表情は固くなった。歓声がひびきわたった。エデフィアの国民は二つの世界の中心を救ったグラシューズと、オシウスとその横暴に対して国民の側に立って戦った人たちを讃えた。〈千の目〉のはずれに来ると、オクサたちは〈褐色《かっしょく》の湖〉に向かって飛び立った。

〈エデフィアの門〉は湖の黒い水の下にあった。

アバクムがレミニサンスといっしょにオクサたちを待っていた。ミニチュアボックスの重みでやや背を曲げている妖精人間アバクムは二十歳《さい》も老けたように見えた。

「またすぐに会いましょうね……」

レミニサンスがアバクムの両手を自分の両手で包みこみながら言った。

アバクムは黙《だま》ってうなずいた。オクサは自分の留守の間、代役を務めてくれる人に近づいた。

「レミニサンス、役目を引き受けてくれてありがとう。三十三日したら、帰ってくるわ」

「それを祈っているわよ、大事なオクサ」

感情の高ぶりを見せまいと、オクサは目をそらした。彼女の周りには、愛する人たちがみんないた。オクサといっしょに行くグラシューズの血を引く人たち、そして、自分の思惑《おもわく》とは関係なくようやく取りもどした土地に残る人たち。

「きっとギュスを連れて帰るわ。約束する！」

オクサはジャンヌとピエールの腕に飛びこんだ。

〝バイキング〟ことピエールは太い指でオクサのあごをはさんだ。

「たよりにしてるよ」やっとそれだけ言った。

オクサは手の甲《こう》で涙をぬぐった。これまでになくオクサの心は真っ二つに引《ひ》き裂《さ》かれていた。愛する人たちを残して、愛する人たちのところに行く。人生はいつもこんなにおかしなものなのだろうか？　こんなに不公平なものなのだろうか？

「三十三日だけだよ、オクサ」パヴェルが娘の耳元でささやいた。

オクサはポシェットを手で押さえた。ギュスと母親を救う二つの小瓶を持っていくのだと思うと、とてつもなく励《はげ》まされる。まるで奇跡《きせき》だ！　オクサはぽっちゃりした手が自分の手のなかにすべりこむのを感じた。

「グラシューズ様はわたくしの感謝の受理を受け入れなければなりません」

「フォルダンゴ、やっと来たんだ！」

「グラシューズ様の召使《めしつか》いは〈外界〉への旅行に参加を加えていただいたことで感謝の酔《よ》いに出会いました」

「あたしが行くとこには、どこでもついてこないといけないんだよ。そういうことになってるんだから」と、オクサが答えた。

フォルダンゴの顔はうれしさでバラ色に輝いた。

「オクサ」父親が呼んだ。

オクサははっとした。もう行く時間だ。家族と友だちを救って、自分の運命を誇《ほこ》れるものにするために行動するときがきた。オクサは黙ったまま、逆の意味で〈締め出《しだ》された人〉である人たちを一人一人できる限り強く抱きしめた。テュグデュアルの番では長い時間をかけたが、彼の冷淡さにぎくりとした。

「あたしが言ったことを忘れないで」とだけ言った。

テュグデュアルの肩越《ご》しに、森のほとりに立っているモーティマーが見えた。もう一度テュグデュアルに目を向けると、その冷たいまなざしにオクサは苛立《いらだ》った。

「モーティマー!」

〈逃げおおせた人〉たちはみんなふり返った。モーティマーは近寄ろうとはしなかった。

「おいでよ!」と、オクサは叫《さけ》んだ。

モーティマーはしばらく迷っていたが、うつむいてやってきた。みんなはオクサの意思をそれとなく尊重するように、彼のために道をあけた。

おぼれないで門に行くための潜水キャパピルをアバクムがグラシューズの血を引く人たち全員に配ると、オクサはやっと水際に近づいた。のどが詰《つ》まって、錠剤を飲みこむのに苦労した。それでも、いちばんに水に入った。

「オクサ!」

テュグデュアルの声だとわかって、すぐにふり向いた。

「待てよ。送っていくよ」

オクサは胸がどきどきした。テュグデュアルにともなわれてぎりぎり足が立つところまで進み、それから一気に水中にもぐった。

潜水キャパピルの効果は絶大だった。飲みこむとすぐに、酸素の詰まった無数の玉が肺にいきわたり、数十分は呼吸できる。水の中での呼吸の問題はこれで解決した。オクサたちは旗のようにたなびく長い水草をかきわけて動き回ることができた。太陽の光はあまり水中深くまで届かないため、薄暗く、不気味な感じだ。オクサは発光ダコを使おうかと思った。水中で発光ダコに危険はないだろうかと考えていると、青白く光る魚の群れがオクサたちを追い越し、小さな明かりとなって先頭にたってくれた。その意外な案内人に導かれ、オクサとテュグデュアルはかなりのスピードで進んだ。その後にパヴェル、フォルテンスキー一家、ゾエ、フォルダンゴ、アバクム、モーティマーが続いた。体にしばりつけた大きな袋に引っぱられ、キャメロンがいちばん後ろについていた。

ついに、門が見えた。

オクサはもっと堂々として豪華《ごうか》なものを想像していた。しかし、目の前の門はなんのへんてつもない門だった。平らな石でできたアーチ形で、湖底の泥《どろ》の上に倒れており、古びたはがねの扉《とびら》がついている。何度か水をかくと、オクサは門に着いた。テュグデュアルに話しかけたかったが、口から出たのは泡だけだった。すると、テュグデュアルはオクサのそばに来て指先でくちびるに触れ、もう自分を見るなというように門のほうを向かせた。「三十三日だけだよ」というパヴェルの言葉がよみがえった。

　グラシューズの血を引く者たち全員がオクサの周りに集まった。ついにこの瞬間がやってきた。二つの鍵のうちのひとつがオクサの頭のなかにあった。気持ちを集中させ、鍵の言葉を思い出し、ほとんど口を動かさずに慎重にその言葉を唱えた。そして、熱っぽいまなざしで父親と仲間たちを見つめた。門が水の底で揺《ゆ》れ、泥が舞い上がった。一ヵ所に固まっている〈逃げおおせた人〉たちは、しだいに強くなる光線に目を奪《うば》われた。

　そして、門が大きく開いた。

　オクサは何も考えずに、両脚をそろえて光のなかに飛びこみ、姿を消した。すると、蝶番《ちょうつがい》がにぶい音を立ててきしんだ。もう閉じようとしている！　時間をむだにできない。みんなは急いでオクサのあとに続いた。

　自分の番がくると、キャメロンは一瞬動きをとめた。門はもう数秒で閉まりそうだ。彼は湖の底に目を凝《こ》らした。そして、にたりと笑ってから門に飛びこんだ。

　袋をかかえた二つのシルエットがキャメロンのあとからすべりこんだ。そのすぐあとで門は再び閉まり、暗い藻《も》の間に消え去った。

58　おれのことでおまえの知らないことはいっぱいあるさ

門を通過するプロセスは、目がくらむほど強い光のほかは〈外界〉からエデフィアにやってきたときと、ほとんど同じだった。とほうもない力に吸《す》いこまれ、ぼんやりとした印象しかない次元に放りこまれた。通過の速度は人間の知覚能力を上回っている。わかったことは、それが、まったく抵抗《ていこう》できないくらい膨大《ぼうだい》なエネルギーだということだ。

オクサはちゃんと全員がいるか確かめるためにふり返ろうとした。だが、少し首を回すだけで、髪《かみ》の毛《け》が顔に激しく打ちつけたので、あきらめることにした。ポシェットの中からガナリこぼしの報告する声が聞こえる。通過速度、方向、空気浸透《しんとう》率、気温、湿度《しつど》などだ。オクサは思わずほほえんで、それからほかの人たちと同じように目を閉じた。目的地に着くのをじりじりと待ちながら、体を流れにまかせた。

旅はそれほど長くなかった。せいぜい数分だろうか。運命の決めた行き先にオクサが気づいたとき、旅はあっという間だったとあらためて思った。

どこに着いたのか、すぐにわかった。ロンドンに住んでいて、トラファルガー広場の噴水《ふんすい》を知らない人がいるだろうか？　オクサは以前セント・ジェームズ・パークに行くのに何度もここを通った。問題は、別世界から到着するのに、噴水はかなり目立つ場所だということだ。パヴェルがばしゃばしゃと水をはじきながら出てきたとき、通行人は驚いただけでなく、非難するような目を向けた。幸いにも夜だったために通行人はそれほど多くなく、次々と出てきたグラシューズの血を引く人たちは、正体を疑われるよりは、マナーの悪い酔っぱらいだと思われたようだ。

アバクム、モーティマー、ガリナ……〈逃げおおせた人〉が次々と噴水の澄んだ水から出てきた。みんなは言葉も出ないくらい驚いてはいたが、いっしょにロンドンにいることにほっとしていた。まったくラッキーだ！

「世界じゅうのあちこちに散らばって出てきてたら大変だったよね？」

オクサは父親を抱《だ》きしめながら言った。

「想像したくもないな……」パヴェルが答えた。

フォルダンゴが出てきた。全身びっしょり濡れて、顔が青ざめている。すぐにオクサのところにやってきた。

「おお、グラシューズ様！　あなた様の召使《めしつか》いは警報の詰《つ》まったメッセージの供給をいたします！」

オクサは急に心配になって、フォルダンゴの身長に合わせてかがんだ。恐怖で飛び出した両目がぐるぐる回っている。ぶるぶる震《ふる》えているのは夜の寒さのせいでないことは明らかだ。

「何が起きたの？」と、オクサがたずねた。

数メートル先では、グラシューズの血を引く人たちが一人ずつ噴水から出てきている。ゾエ、キャメロンの三人の息子、ガリナの娘たち……。

「グラシューズの血を引く者の追加の人たちが門の通過を経験しました、グラシューズ様」

オクサは眉《まゆ》を寄せた。

「レミニサンス？」

レミニサンスが衝動的《しょうどう》になることがあるということをオクサは知っていた。最後の最後になって、アバクムといっしょに行きたくなったのだろうか？　フォルダンゴがうめいた。

「グラシューズ様のご親戚の方の外装を実現した人のそばに、グラシューズの血を引く人二人が存在の追加をもたらしました」

オクサはうろたえて父親とアバクムを見た。彼女が体を起こしたちょうどそのとき、背中に大きな袋をかついだキャメロンが噴水から出てきたところだった。これで十二人だ。全員が成功した！　妹のガリナに助けられて水から出たキャメロンは石の階段に立ち、濡れた服を直し、髪を後ろになでつけた。なぜだかわからないが、その動作にオクサはいやな予感がした。パヴェルとアバクムの不審げな顔もオクサの不安を煽《あお》った。

「キャメロン、だいじょうぶかい？」

アバクムは上着のポケットに手をつっこみながらたずねた。

「これまでにないほど元気だよ！」キャメロンは興奮した様子で答えた。

オクサは体をこわばらせた。どうもおかしい。何かを感じ取ったように、ゾエとモーティマーがクラッシュ・グラノックを持った手をだらりとたらしてやってきた。キャメロンの後ろでは、噴水の水がぶくぶくと泡《あわ》を立てていた。びしょぬれになってたがいを不安げに見つめ合う様子を不審《ふしん》に思ったのだろう。通行人のカップルが、オクサたちを避《さ》けて通っていった。オクサはあやういところで、フォルダンゴを自分の後ろに隠した。そのうち、オクサたちも人目を引くだろう。少し離《はな》れたところにいるパトロール警官たちがこちらにやってこないだろうか？

噴水の泡が激しくなり、水の底に二つの人影が見えてきた。フォルダンゴは正しかった！　あわてたオクサはグラシューズの血を引く人のリストを頭のなかでもう一度なぞってみた。最後まで数える前に答えがわかった。男が一人、水から出てきてキャメロンの横に並んだのだ！

グレゴール。グレゴール・マックグロー。

みんなは防御の構えをした。不審に思った警官たちが早足で近づいてきた。

「キャメロン、これはどういうことなの？」

兄がグレゴールの腕《うで》に手をのせるのを見たガリナが震える声でたずねた。

「キャメロンは門を通らなかったんだ、ガリナ」アバクムがうわずった声でつぶやいた。

その言葉を裏づけるように、キャメロンの顔はろうの面のように溶け出し、みんなをまんまとだました男の顔になった。オーソンだ！

「そのとおり。キャメロンは門を通らなかったんだ！」

オーソンは勝《か》ち誇《ほこ》ったように言った。

キャメロンの息子三人は悲鳴をあげた。ほかの人たちも頭がくらくらしてきた。オーソンがキャメロンに化けたのなら、ガラスの破片になって飛び散ったのはだれだったんだろう？

「わたしに席をゆずってくれた親愛なるキャメロンにはお礼の言いようもないね」と、オーソンは皮肉った。

「殺してやる……」引きつった顔をしたガリナが叫《さけ》んだ。

「おい、そこの人たち！」警官の一人が呼んだ。「何をしてるんだ？　すぐにやめなさい！」

噴水にわき出す泡がますます激しくなり、水が水盤《すいばん》からこぼれ出した。

ついに、最後のグラシューズの血を引く人があらわれ、石のふちをまたぎ、オクサに絶望的な目を向けた。そして、オクサのほうに来る代わりにオーソンとグレゴールに肩《かた》を抱かれ、ロンドンの街に消えていった。

警官たちは楽しそうに帽子を投げ合いながら、遠ざかっていった。アバクムがあやういところで放った〈幻覚催眠弾《げんかくさいみんだん》〉で意識が現実から遠のいたのだ。トラファルガー広場の噴水のほとりに散らばって座ったオクサたちはショックを静めようとしていた。いちばん衝撃《しょうげき》を受けたのはオクサにちがいない。

テユグデュアル。

テユグデュアルはグラシューズの血を引く人だった。

テユグデュアルがオーソンといっしょに行ってしまった。

数秒間のうちに、すべてがくずれ去った。

オクサは涙《なみだ》も出なかった。わけがわからないと涙も出ない。父親が肩を抱いてぐっと引き寄せた。すぐ近くにはゾエとモーティマーもショックのあまり背中を丸めて並んで座っていた。全員がそれぞれの苦しみの殻《から》に閉じこもっていた。

フォルダンゴが重い足取りでやってきて、ぽっちゃりした手をオクサの腕にのせた。

「あたしがちゃんと聞かなかったんだろうけど、あたしに何か言おうとしたんだよね？」と、オクサはあえぐようにたずねた。

フォルダンゴは頭をふり、大きな音を立ててしゃくり上げた。いろんな考えがオクサの頭のなかでぶつかっていた。答えを探そうとすると、たくさんの思い出がどっと押し寄せてきた。いくつかの言葉はいまや別の意味を持とうとしていた。

「おれのことでおまえが知らないことはいっぱいあるさ、ちっちゃなグラシューズさん」

「すべてを知ろうとはするな……」

ある光景が思い出された。オーソンとテュグデュアルが〈アイギス〉をはさんでぶつかり合い、それから急にさっと離《はな》れた。そのとき、フォルダンゴは何と言っただろうか？「グラシューズの血を引く人たちの対決は、重大さの詰まった結果を精神の均衡《きんこう》にもたらします」

オクサは顔をしかめた。フォルダンゴが言ったのはオーソンと自分のことだと思っていた。でもそれはとんでもないまちがいだった……。もちろん一方はオーソンだったが、対決したもう一人は、テュグデュアルだったのだ。オクサのことではない！

「グラシューズ様の召使いは、割り当てられなかった質問に対して回答を提供するのは不可能なのです」と、フォルダンゴは言った。

オクサはぶるっと体を震わせて頭をかかえた。フォルダンゴがたずねられた質問にしか答えられないことをオクサも知っていた。するべき質問をこれまで一度もしなかったのだ。

「グラシューズ様はお心を非難で埋《う》めるべきではありません。グラシューズ様の愛するクヌット家の孫息子様に対する重大な疑いを呼び覚ます印はなかったのですから」

オクサは父親に寄りかかった。

「グラシューズ様の召使いは過去において発語されたことの確認をあたえます。グラシューズ様の愛するクヌット家の孫息子様は暗い心を持っていますが、その心は純粋さに満ちています」

「ホントにそう思う?」オクサは苦々しげに言った。「あたしは疑問をはさませてもらうけどね」

「グラシューズ様、それは保証です。愛するお方の心はその存在すべてを汚染《おせん》する暴露《ばくろ》を受理されたのです」

フォルダンゴはそこで迷って口をつぐんだ。目に涙をうかべたオクサは先を続けるよう優しくうながした。

「グラシューズ様、今後は真実の受理を受け入れられますか?」

オクサは悲しそうなあきらめ顔でうなずいた。

「グラシューズ様の愛するお方は内密の血縁関係を所有しています。今日から十七年と数ヵ月前、生気あふれる邪《よこしま》な反逆者《フェロン》オーソンはヘレナ・クヌットのもとで変身の活用をいたしました。彼はティコ・クヌットの外見を盗《ぬす》み、ヘレナとの間に出産をひき起こしました。ヘレナはこの外見のかすめ取りに気づきませんでした」

「オーソンはヘレナの夫になりますために変身したっていうこと?」オクサが口をはさんだ。その続きは予想できたが、オクサは考えたくなかった。

「ヘレナ・クヌットはこの詐欺《さぎ》を知りませんでした。九ヵ月後、彼女はグラシューズ様の愛するお方の母親になりました」

この不吉な情報はオクサとその仲間の心に剣《つるぎ》のようにつき刺《さ》さった。オーソンは生きていた。それだけでも恐ろしいことなのに、そのうえテュグデュアルが彼の息子だったとは。これほど最悪なことはない。

「ある警告が提供されなければなりません。グラシューズ様の愛するお方はつい最近、その出自の暴露の獲得《かくとく》をされました。彼の心は膨大《ぼうだい》な苦悩を経験し、強力な邪悪《じゃあく》さのなかへの飛びこみと出会われたのです」

「どうしてテュグデュアルはそのことを話してくれなかったのかな?」

ほおを涙でぬらしたオクサはつぶやいた。

「反逆者《フェロン》オーソンはグラシューズ様の愛するお方の精神を完全に保有しています。あのお方自身はいかなる裏切りも所有していません。その親子関係のみが彼の意思に作用をひき起こしているのです」

「オーソンが操作しているわけね……」

「全体的にです、グラシューズ様」

オクサは肩をがっくりと落として立ち上がり、噴水から離れていった。心がこなごなだ。足元にあった空き缶《かん》を怒りにまかせて蹴《け》ると、何百メートルも先に飛んでいった。オクサはふり返って仲間を見つめた。それから、ビッグトウ広場に向けて矢のように飛び立った。

最悪なことを経験したと思った。

しかし、それはまだ始まったばかりだった。

訳者あとがき

『オクサ・ポロック』シリーズは、今回の第四巻刊行で物語の折り返し地点を越《こ》えた。活発でちょっとキレやすい中学生オクサが、地球上の見えない世界「エデフィア」の次期君主「グラシューズ」であることを知るところから始まったシリーズは、第一巻の最後で倒したはずの宿敵オーソンが第二巻では死んでいなかったことがわかり、しかも世界中で異常な自然災害が多発しているのは、二つの世界――エデフィアと〈外界〉――が滅《ほろ》びようとしているためだと判明する。二つの世界を救うためには、オクサがエデフィアに帰還《きかん》して、そこにある「世界の中心」を癒《いや》さなければならないのだ。第三巻では、反逆者《フェロン》の拠点《きょてん》があるスコットランドの島から〈エデフィアの門〉があらわれるというゴビ砂漠《さばく》まで、オクサの仲間と反逆者《フェロン》たちが波乱に満ちた旅をする。無事にエデフィアに入ったものの〈外の人〉は締《し》め出《だ》され、ドラゴミラの命が失われるという大きな犠牲《ぎせい》を払《はら》うことになった。さらには、君主のようにふるまうオシウスに監禁《かんきん》され、ゾエがオクサを救うために一生恋のできない〈最愛の人への無関心〉を受けたショックで無気力な状態に陥《おちい》る。

　第四巻では、不老妖精となったドラゴミラの助けで気力を取りもどしたオクサが、ついに新グラシューズに即位《そくい》する。そして、エデフィアの均衡《きんこう》を取りもどして二つの世界を救うという使命をまっとうし、エデフィアをオシウスから奪還《だっかん》する戦いに挑む。オクサ陣営とオシウス／オーソン陣営との間で激しい戦いが繰《く》り広《ひろ》げられ、オクサたちが完全に勝利したかのようにみえたが……最後にあっと驚くどんでん返しが待っている。熾烈《しれつ》な戦いの場面が多い第四巻だが、別のみどころは、なんといってもエデフィアの様子が読者に明かされることだろう。全編エデフィアが舞台《ぶたい》なので、読者がそれぞれ想像していた世界がより具体的な姿を見せてくれる。〈クリスタル宮〉の内部、〈千の目〉の町や家々の様子、木の上に家が建つ幻想的《げんそう》な〈葉かげの都〉、〈断崖山脈《だんがい》〉の宝石が敷きつめられたきらびやかな洞窟《どうくつ》など、作者の想像力が余すところなく展開される。

気になるテュグデュアルとオクサとギュスの関係はというと、ついにオクサはテュグデュアルに愛の告白をするが、彼に対する疑念は完全には消え去らない。一方、意識だけが〈外界〉に旅することでギュスの様子を垣間《かいま》見ることができたオクサは、クッカに激しく嫉妬《しっと》する自分にとまどう。十六歳《さい》の恋心は振《ふ》り子《こ》のように揺《ゆ》れる……。

フランスでは完結編の第六巻が昨年十一月に刊行された。残念ながら、第五巻、第六巻のストーリーをここで明かすことはできないが、今まで以上に波乱に満ちた試練がオクサを待ち受けていることだけは確かだ。そして、シリーズ全体に通底するトーン——強力な超《ちょう》能力を持つグラシューズであるオクサがスーパーヒロインを演じるのではなく、仲間の一人一人が自分のできることで貢《こう》献《けん》し、力を合わせたパワーで困難を一つひとつ乗り越えていく——は最後まで健在だ。第六巻には日本もちょっぴり出てくるのでお楽しみに！

児玉しおり

二〇一四年三月、パリ郊外にて

『オクサ・ポロック⑤　反逆者《フェロン》の君臨《くんりん》（仮題）』あらすじ

オクサと〈逃げおおせた人〉たちはロンドンのポロック家に帰りつき、〈締《し》め出《だ》された人〉たちとの再会を喜び合った。いっぽう、オーソンとその息子たちも、オクサたちのあとについて〈エデフィアの門〉を通り抜けていた。

〈逃げおおせた人〉たちが、ギュスとマリーを死の危険から救い出すために治療《ちりょう》を始めたころ、オーソンは、グリーンランド沖《おき》の石油プラットフォームを拠点《きょてん》にした武装組織を作ることに着手する。彼の目的は、主要国の官邸《かんてい》に侵入《しんにゅう》し、首脳をあやつったり、心理的なプレッシャーをかけて服従させることにより、膨大《ぼうだい》な権力を握《にぎ》ることだった。そのために息子のテュグデュアルを巧《たく》みに利用しようとする。

オクサはオーソンとの戦いに敢然《かんぜん》と立ち向かう。テュグデュアルをオーソンの支配下から救い出せるのではないかという期待と、これまでとはちがうギュスへの感情に心を引《ひ》き裂《さ》かれながら――。

「オクサ・ポロック」シリーズ　全6巻

1 希望の星
2 迷い人の森
3 二つの世界の中心
4 呪《のろ》われた絆《きずな》
5 反逆者《フェロン》の君臨（仮題）　２０１４年冬刊行予定
6 最後の星（仮題）　２０１５年夏刊行予定

アンヌとサンドリーヌより

感謝の告知

感謝は、作者２人組によって非常に評価される
豊富な対象の選択《せんたく》に出会いました。

男性版グラシューズのベルナールの庇護《ひご》のもと、パリの
〈クリスタル宮〉の上階に設置されたXOポンピニャックのメンバーの方々。
あらゆる段階で膨大《ぼうだい》な労力を供給したこれらのみなさんは、
無限の謝意を必ず受けなければなりません。

書籍《しょせき》の流通網《もう》に携《たずさ》わる人たち、書店、司書、資料係、
先生方やジャーナリストのみなさん。熱意の詰《つ》まった彼らの介入《かいにゅう》は
オクサの発展に貢献《こうけん》をもたらしています。

さまざまな年齢《ねんれい》、出身、感受性、性格に彩《いろど》られた
オクサ・マニアのみなさん。その熱意は栄養素と強固さの詰まった
肥沃《ひよく》な土壌《どじょう》を製造しています。

多くの外国の出版社、翻訳《ほんやく》家、さらには、
ウェブサイトやフェイスブックの管理者のみなさん。そのおかげで、
オクサは多国語の発展と友人の増加に出会いました。

言葉から映像への変換《へんかん》の準備を行う映画製作会社
SND社とジム・レムリーに。

最後に、かなり重大な事項《じこう》として、計り知れない価値ある“脱線《だっせん》”の
ために、耳や存在や共犯関係の貸与《たいよ》を提供した方々に。
その方たちが、ご自分の貢献を認める意思を持たれますように。

★
★　★

このあいさつ文はフォルダン語《ゴ》
（フォルダンゴとフォルダンゴットの独特な言葉）
で書かれています。

アンヌ・プリショタ　Anne Plichota
フランス、ディジョン生まれ。中国語・中国文明を専攻したのち、中国と韓国に数年間滞在する。中国語教師、介護士、代筆家、図書館司書などをへて、現在は執筆業に専念。英米文学と18～19世紀のゴシック小説の愛好家。一人娘とともにストラスブール在住。

サンドリーヌ・ヴォルフ　Cendrine Wolf
フランス、コルマール生まれ。スポーツを専攻し、社会的に恵まれない地域で福祉文化分野の仕事に就く。体育教師をへて、図書館司書に。独学でイラストを学び、児童書のさし絵も手がける。ファンタジー小説の愛好家。ストラスブール在住。

児玉しおり（こだま・しおり）
1959年広島県生まれ。神戸市外国語大学英米学科卒業。1989年渡仏し、パリ第3大学現代フランス文学修士課程修了。フリーライター・翻訳家。おもな訳書に『おおかみのおいしゃさん』（岩波書店）、『ぼくはここで、大きくなった』（小社刊）ほか。パリ郊外在住。

オクサ・ポロック4 呪われた絆
2014年5月30日　初版第1刷発行

著者＊アンヌ・プリショタ／サンドリーヌ・ヴォルフ
訳者＊児玉しおり
発行者＊西村正徳
発行所＊西村書店 東京出版編集部
〒102-0071 東京都千代田区富士見2-4-6
TEL 03-3239-7671　FAX 03-3239-7622
www.nishimurashoten.co.jp
装画＊ローラ・クサジャジ
印刷・製本＊中央精版印刷株式会社
ISBN978-4-89013-705-3　C0097　NDC953

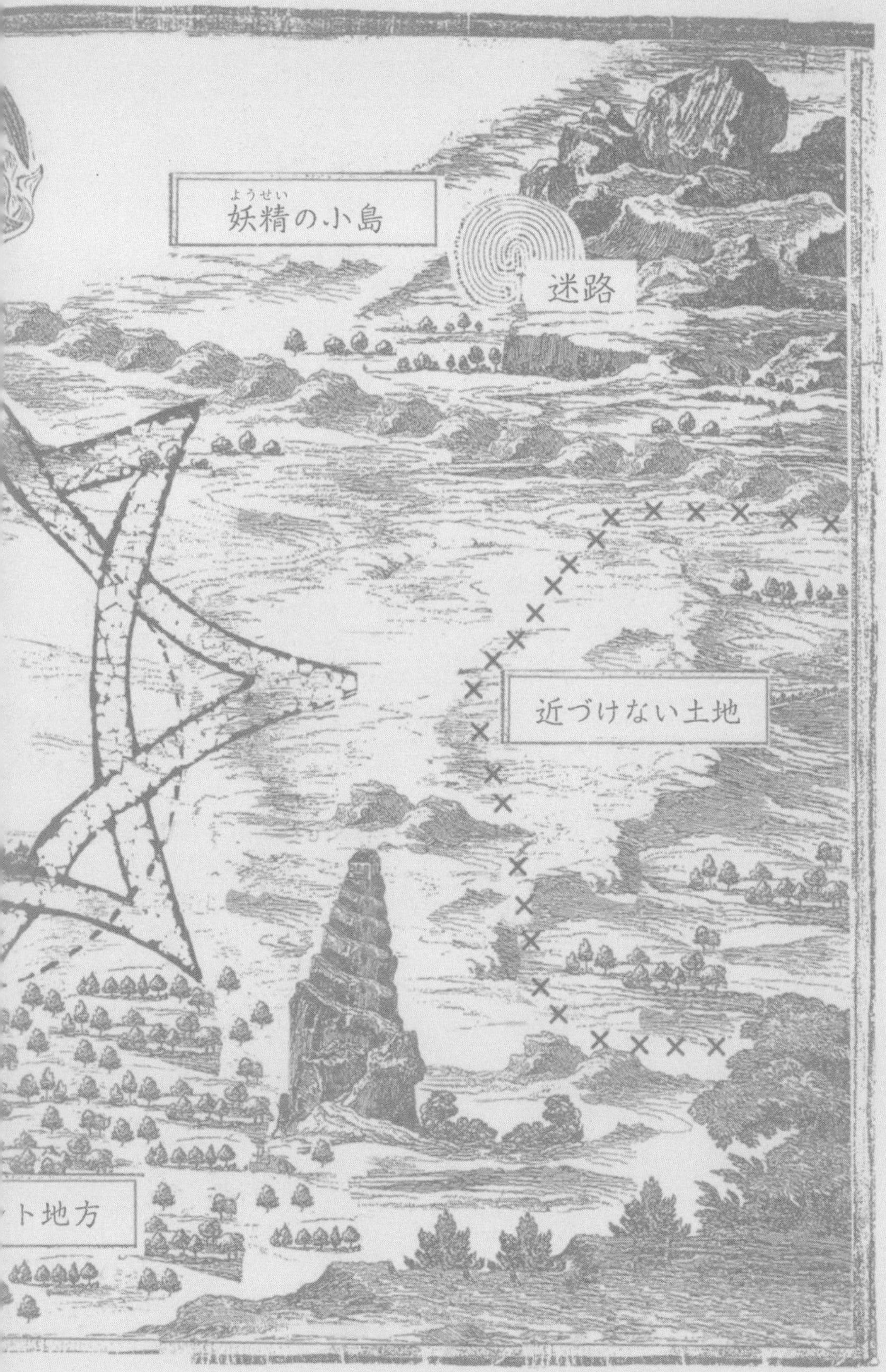

妖精《ようせい》の小島
迷路
近づけない土地
ト地方